中国网络文学双年选（2018—2019）
男频卷

邵燕君　吉云飞　主编
北京大学网络文学研究论坛　编选

编委
邵燕君　吉云飞　李强
王鑫　项蕾　谭天　田彤
马哲　龚翰文　蔡翔宇

漓江出版社

图书在版编目（CIP）数据

中国网络文学双年选 . 2018—2019. 男频卷 / 邵燕君，吉云飞主编；北京大学网络文学研究论坛编选 .-- 桂林：漓江出版社，2020.2

ISBN 978-7-5407-8839-1

Ⅰ. ①中… Ⅱ. ①邵… ②吉… ③北… Ⅲ. ①中国文学－当代文学－作品综合集 Ⅳ. ① I217.1

中国版本图书馆 CIP 数据核字（2020）第 002444 号

ZHONGGUO WANGLUO WENXUE SHUANGNIANXUAN（2018—2019）· NANPIN JUAN

中国网络文学双年选（2018—2019）· 男频卷

邵燕君　吉云飞　主编

北京大学网络文学研究论坛　编选

出版人：刘迪才

责任编辑：孙精精

书籍设计：石绍康

责任监印：张璐

出版发行：漓江出版社有限公司

社址：广西桂林市南环路 22 号　邮编：541002

发行电话：010-85893190　0773-2583322

传真：010-85890870-814　0773-2582200

邮购热线：0773-2583322

电子信箱：ljcbs@163.com

微信公众号：lijiangpress

印制：三河市中晟雅豪印务有限公司

［河北省三河市泃阳镇错桥村　邮编：065200］

开本：690 mm × 1000 mm　1/16

印张：23　字数：320 千字

版次：2020 年 2 月第 1 版

印次：2020 年 2 月第 1 次印刷

书号：ISBN 978-7-5407-8839-1

定价：52.00 元

目 录
contents

序言："严冬"之下，别有洞天

吉云飞

2018年以来，网文行业一直在面对严峻挑战。形势的严酷，从资本市场的反应中可见一斑：行业龙头阅文集团2017年11月于香港上市后，两年时间里市值就跌去超600亿港币。"严冬"的来临，直接原因有二：游戏、影视等关联产业入冬导致的IP（Intellectual Property，知识产权）潮冷①；中国互联网人口红利耗尽和"多元娱乐"兴起后的付费阅读见顶。

其中，IP潮冷还只是一时的风潮起落，受影响的无非是大资本和一线作家，浮华散去，对网络文学的长远发展未必不是好事。但随着新入网人口的减少与短视频、音频听书等新的文娱形式的崛起，行业发展的核心指标——付费读者人数和付费收入都有所下降②。此外，力度空前的"净网行动"也将网络文学带入"严监管"的新常态。

在这幅"肃杀"的光景以外，网络文学的发展仍是别有洞天，只是静水深流不易察见。在"粉丝经济"的支撑下，受技术、市场和政策交织影响的网络文学，在商业模式、互动机制等方面都有新发展，特别是在作家作品层面更有重大转型和进化。虽被外部力量反复冲击，但"内力深厚"的网络文学仍稳步向前。

---

① 2018年3月至12月间，游戏版号的核发在事实上陷入停滞。版号停发后，国内游戏行业陷入"冰点"，而与游戏相关的网络小说IP开发自然遇冷；年中，范冰冰偷逃税事件引发影视行业监管风暴，导致影视资本大量出逃，网文IP估值随即降到近年最低点。

② 以阅文集团为例，2019年上半年，阅文集团月付费用户为970万，较2018年同期减少了100万。同时，阅文在线业务收入为16.6亿元，占总营收56.0%，同比减少11.5%。仅次于阅文集团的掌阅科技付费阅读收入也呈下降趋势。

一、在免费阅读冲击下，重新理解“粉丝经济”的“有爱”加“有钱”

2018—2019 年，行业内部最大的事件是免费阅读的崛起。

2018 年 5 月，趣头条旗下米读小说上线，以首创的“免费阅读 + 观看广告”的模式引发了持续至今的免费阅读冲击波。这一模式是以较低的成本向中小网站购买中底层作者批量生产的用于“充书库”的“套路文”，为对质量要求不高但对价格敏感的用户提供免费阅读服务，再通过大量投放广告来盈利。依靠这一互联网免费经济在网络文学领域中的实践，六个月内，米读小说就收获了 4000 万用户，同时日均用户使用总时长达到约 4000 万小时。2018 年底，米读小说成为仅次于掌阅、QQ 阅读（阅文旗下）的业内第三大移动阅读平台。①

2018 年 8 月，连尚文学推出连尚免费读书，读者主要来自三、四线城市和乡镇中的网络小说爱好者以及盗版网文阅读人群。到 2018 年 12 月，连尚免费读书月活跃用户近 3000 万。②

2019 年，七猫免费小说依靠重金推广后来居上，在年中超越米读小说和连尚免费读书，成为国内第三大移动阅读平台，并获得百度巨资入股。在日趋激烈的竞争之下，众多免费阅读平台开始签约原创作者，并为作者带来了不比订阅分成收入低的广告分成收入。

为应对免费阅读的冲击，掌阅推出了永久免费的得间小说，阅文也在 2019 年 1 月上线了飞读小说。相较其他免费阅读 App，飞读小说诞生较晚，但在内容上拥有绝对优势。阅文此前积累的众多极具人气的完结作品，如唐家三少的《斗罗大陆》、辰东的《完美世界》都可以在飞读小说中免费阅读。

免费阅读市场的极速扩张在网文界引起了免费阅读是否将取代付费阅读的大论争，甚至在作为网文创作中坚力量的签约作者中引发了恐慌。这一争论持

---

① 数据来自趣头条 2018 年第四季度财报。
② 据第三方调查机构 QuestMobile 数据。

续了整个 2019 年。各方争论的焦点在于“免费模式是否可持续”以及“免费模式对付费模式的冲击有多大”。

其中，阅文集团 CEO 吴文辉的意见①是对未来趋势最有洞察力的。在他看来，“免费的商业模式和收费的商业模式，是长期并存的”，并且“免费带来的是增量市场”，吸引的是“没有付费阅读习惯，但也逐渐产生阅读需求的用户”，在更长期的培养之后，“也将有机会把部分免费用户转化为付费客户”，因为读者总会想看更好的作品，在内容消费上也会不断升级。他认为“免费实际上没有涉及商业模式的变革，只是针对内容的不同变现模型”，即把完结作品等存量内容和不具 IP 价值的流量作品的变现方式，从以订阅为主变为以广告为主。

别有意味的是，免费阅读平台读者规模的迅速增长再次突显了一个长期被忽略的事实——到 2019 年上半年，中国网络文学读者虽已有 4.55 亿，但付费的核心读者可能不超过两千万②。接近 5% 的付费率其实并不低，因为在盗版屡禁不止的网文生态中，这批付费读者是在完全可以“白看”的情况下选择了订阅自己喜爱的作品，打赏③自己热爱的作家。对他们来说，“有爱”就要通过让作者“有钱”的方式来证明，这也是免费模式不能吸引付费读者的原因——想要不花钱看书，他们一直能做到。

相较盗版网文和免费阅读的读者，付费用户才是真正塑造了网络文学面貌的核心读者。因为他们的存在，从他们当中产生出来的一千多万注册作者、几十万签约作家④才能全面而深入地在作品之中反映这个时代最主流和最细微的情绪与欲望，并敏锐地为正在酝酿中的东西赋予文学的形式。网络文学就是以这样的方式，最妥帖地抚慰着当代人最深的伤痛。

这一切都是建立在“有爱”加“有钱”的“粉丝经济”之上的。网络文学

① 详见吴文辉，邵燕君，吉云飞《网络文学恢复了千万人的阅读梦和写作梦——起点中文网创始人、阅文集团联席 CEO 吴文辉访谈录》。(待发表)

② 2019 年上半年，阅文集团月付费用户为 970 万，阅文集团约占网文行业市场份额的 50%，由此估计中国全部付费网络文学用户接近两千万。

③ 打赏是互联网新兴的一种非强制性的付费模式，最早出现在网络文学领域中，指的是读者因非常喜爱小说而在订阅之外单独为作者送钱。

④ 据中国音像与数字出版协会发布的《2018 中国网络文学发展报告》，2018 年，国内网络文学创作者数量已达 1755 万，其中签约作者数量为 61 万。

诞生于市场经济条件下，商业性是内在于其文学性之中的。只有向市场证明了自身的有用性，也就是能挣钱，最好是能挣大钱，文学才能获得生存空间和成长土壤，只有爱但没钱的“靠爱发电”注定难以持续。当然，只有钱没有爱的商品交换也很难产生好的文学作品。

从“粉丝经济”的视角来看，免费阅读模式就是一种冷冰冰的计算，用户还没有进化为粉丝，“有钱”也没能进化到“有钱”还“有爱”。虽然在表面上呼应了网络文学诞生初期免费而自由的状态，但实际上是一种更加复杂的商业模式，并非真正的“免费”。

在这里，读者不再是作者的直接“供养人”了，买单的是广告商。但羊毛总出在羊身上，广告商愿意花钱的前提是读者要跟随广告去消费，结果只是在作者和读者中间增加了不止一层中介，导致网站对互联网资本、广告行业的依赖性大为加强。资本直接介入创作活动中，削弱了读者与作者之间的血肉联系。而失去了与粉丝团的亲密互动和相互造就，大神作家和优秀作品就很难成规模地养成。即使是付费会员免广告的模式，也使读者不再“供养”某一具体的作家或类型，而是为整个平台的服务买单。

免费阅读之所以只能成为付费阅读的补充，关键就在于它还不能建立起一种“有钱”兼“有爱”的“粉丝经济”。失去了情感联结的网文创作不再具有文学活动超功利的爱欲劳动的一面，也就把自身彻底降格到了商品层面。不过，网络文学的大厦是建在商品经济的地基之上的，因此免费模式的补充也很重要，它不但再次扩大了网文行业的整体市场规模，更成为盗版读者向付费读者转化的一个新渠道。

二、转型中的网文及其“新神”

因为网络文学作者－读者在深刻、密切的互动中构成了一个超大规模的共同体，所以最受欢迎的网络小说类型和“套路”发生变化，往往也意味着国民心态的重大变动。在2017年，我们已经注意到了网文内部发生的世代更迭，以及伴随着“90后”作者、读者一同崛起的“欢脱风”和“日常向”[①]。经过2018和2019年，这一趋向已经演变为一次从人物设定、世界设定和叙事风格到文学资源和代表作家的整体性换代。这是网文的第一次全面转型，对应的是已然发生或将要发生的社会转型。获2019年起点中文网年度月票总冠军[②]的《诡秘之主》(爱潜水的乌贼，起点中文网)，正是这样一部具有新气象的作品。

《诡秘之主》对这一转型是有充分自觉的，小说中最重要的一对人物关系即两代穿越者之间的隔空互动。第一代穿越者罗塞尔大帝是过去二十年男频[③]小说主角的一种典型形象。罗塞尔携带着征服一切、掌握世界的野心和欲望穿越而来，发自草莽的英豪气让他十分善于在粗粝的风沙之中搏斗，不过再多的勇气、坚毅和狡黠似乎也不足以帮助他实现那无尽的欲望。即使在“外挂”的帮助下登上巅峰，在这个神灵真实存在的异世界中，他最终发现自己不过是诸神之争中推动世界历史前进的小小工具，根本谈不上拥有发自内心的幸福和真正的自由。这一位前辈，强悍而孱弱。

作为后来者的克莱恩，这位第二代穿越者则有点“宅”。他沉醉于普通的人间温暖与世俗幸福之中，不仅没有钢铁雄心，甚至很有些中产阶级的多愁善感和小市民的庸俗气。不过，在自己所爱的生活和所爱的人被损害、被侮辱之后，他愿意且能够承担起责任；为了复仇，更为了拥有可以选择自己生活方式的自由而战斗。尽管成了一个战士、冒险家和超凡力量的拥有者，克莱恩仍保留着平民心态、过盛的好奇心和某些不同寻常的兴趣——比如做一个“女装大佬”[④]。

《诡秘之主》中的两代穿越者，对应的不仅是两代男频小说主角，更是两代

---

① 参见邵燕君，肖映萱，吉云飞：《媒介融合 世代更迭——中国网络文学2016—2017年度综述》，《文艺理论与批评》，2017年第6期。

② 月票是月度排行票的简称。月票榜是最能显示作品受欢迎程度的榜单，年度月票总冠军被视为起点中文网的最高荣誉。

③ 男频是男生频道简称。网络小说网站一般按照阅读人群的性别不同将小说分成两大类，一类是男频小说，另一类是女频小说。

④ 指穿女装且穿得很好看的男性。

中国人：改革开放的一代，以及成长在物质相对丰裕的社会里的中产一代、小康一代。划分这两代人的并不只是年龄，更是“三观”以及生成着“三观”的社会现实。他们之间虽然仍有深刻的连续性，但断裂体现得更为明显。①

通过调用“克苏鲁神话”②这一新资源，《诡秘之主》还创造出了一个新的世界。小说所构建的世界在本质上是非理性的，这一非理性的“源代码”在创世之初就被写下——造物主或曰上帝本就是“疯癫”的乃至对“他的造物”充满恶意的。人类的理性以及建立在理性之上的文明只是一种偶然。这当然是后现代的，其实也是前现代的，是重新走进神话世界去面对人类理性无法应对、无法理解的种种不可名状的未知与恐怖。在人类可以在基因层面被改写的“后人类时代”，这种不确定性再次降临到了我们的世界。令人颇为惊喜的是，前沿理论动态与此暗合，首创“赛博格”一词的唐娜·哈拉维在2016年提出了“克苏鲁纪（Chthulucene）”③的概念，这一概念与加速主义一道被视为“后人类主义”之后最重要的两个理论新动向。

这一直面虚无的深渊后对世界和人类命运带有根本悲剧性理解的设定，完全改变了过去洋溢在网络小说中无限进步的乐观氛围。在《诡秘之主》中，拥有超自然力量的“超凡者”实力越是强大就越容易失控，异化成为各种怪物，对力量的无限崇拜和偏执追求由此被消解，力量由目的转化为工具，开始为获得和守护一种更好的生活服务。不再一味“升级打怪”后，对日常生活的细致描摹成了《诡秘之主》新的着力之处。把主角的生活写成一种艺术品的高标虽然还难以实现，但让人物的日常生活变得有意思、更好玩无疑成了作家的有意追求。

拿下2018年起点中文网年度月票总冠军的《大王饶命》（会说话的肘子，起点中文网），在书写欢乐的日常生活方面做了更多努力。小说的日常描写妥帖

① 关于《诡秘之主》中的“两代穿越者”，笔者颇受本选本中谭天对该作品点评的启发，特此致谢。
② 克苏鲁神话（Cthulhu Mythos）是以美国作家霍华德·菲利普·洛夫克拉夫特的小说世界为基础，由奥古斯特·威廉·德雷斯整理完善，诸多作者共同创造的架空神话体系。克苏鲁在这一体系中不是地位最高的神灵，但因知名度最高成为体系的代表。
③ Donna Haraway, *Staying with the Trouble: Making Kin in the Chthulucene*, Duke University Press, 2016.

动人，更有一种极其独特的语言乃至美学风格："贱萌"（表现得很讨打但又有点可爱）背后的深情，利口之下的热肠。讲好段子，让读者大笑是件不容易的事，不是"脑洞大开"就能做到，还需要追求欢乐的精神，就像相声界的老话"万象归春"（相声又名"春口"）——来自社会生活各个领域的材料，无论是食色还是政经、文化，最后都要落在这一乐上。

《大王饶命》让读者重温久违了的狂笑的感受，让人学会去笑，并记住笑的感觉，用笑声和热血，而非用戾气和铠甲来抵御人生的艰难。在这个满目苍凉的世界，面对千疮百孔的人心，这部小说让它的读者感到了温暖，得到了治愈。《大王饶命》所代表的"升级文"的日常生活转向，就是努力在用热血爆笑来救赎、升级、逆袭；主角不再是一个只渴望着自身无限增值的"企业人""工具人"，他更关心自己和自己的生活，哪怕仅仅是体现为瞬间的快乐。但生命不就是一个又一个瞬间的连缀吗？

好的喜剧总是有着悲剧的底子。《大王饶命》最打动人的是浸透在作品骨子里的一点悲凉，这种悲凉落实在了人物设定上。正因为主角吕树、吕小鱼生为孤儿的境遇，这对相依为命的没有血缘关系的兄妹才明白该如何抓住每一次机会去笑。在某几个时刻，小说中的吐槽[①]和玩梗[②]流露出了一种深沉的悲剧气息，让读者由喜转悲，由笑转泪。尽管更高的价值观念依然被悬置，个人成长也需要成功作为前提，但对于受众最广的主流网文，任何一点点进步都是重要且艰难的，这意味着我们这个社会的底线在缓慢而坚定地抬升。

《我有一座冒险屋》（我会修空调，起点中文网）则将小众的类型带入大众的视野，和《深夜书屋》一同创造了恐怖类小说在起点的最好成绩。恐怖小说是悲剧的替代品，有类似的"净化"效果。高贵的史诗英雄的悲剧命运所带来的灵魂战栗已很难被当代读者领受，恐怖小说代之以最直接的肉身濒死体验，

---

① 吐槽，一般是从对方的行为或者语言中找一个有趣的切入点，发出感慨或者疑问，通常以挖苦、抱怨、找碴儿的方式表现出来，但带有相当的戏谑和玩笑的成分。

② 梗，是对"哏"字的误用，指各种好笑的片段。下文出现的"梗文"是大量"玩梗"甚至以"玩梗"为主的小说，"接梗"类似相声中一捧一逗的互动行为。

以死亡的直接显现来“净化”读者被种种欲望和焦虑填满的内心，并重新激发起动物性的求生本能和原初的生命活力。类型变迁的背后是社会心态和集体想象的改移，恐怖小说在男频网文里的再度兴起，显示出已经有一定物质基础的网文读者开始接受并期待着一种极限的肉身体验，而非只被困陷在“升级”这一固定、单调、抽象的快感模式之中。同时，在中国狂飙突进的经济高速增长期逐渐过去，失掉时代氛围的加持后，对不顾一切只管勇猛精进的“升级文”，网文读者也很难再和过去一样如痴如狂了。

为网文带来新气象的这批代表作家都很年轻，爱潜水的乌贼是 1986 年生人，2011 年开始创作网络文学。会说话的肘子则是 1990 年生，我会修空调更是 1993 年生人，且都是在 2016 年才开始写作。虽然没有“中原五白”[①]在网文圈外的知名度，但这批近年来崛起的年轻作家已是网文创作的主力。当然，迭代并不意味着取代，转型也不是说老套路就无人问津，而是形成了一种多元共生的关系。比如，《全球高武》（老鹰吃小鸡，起点中文网）就以对“升级文”教科书般地纯熟掌控而深受读者的喜爱，连载期间多次打败《大王饶命》和《诡秘之主》，获得起点中文网月票榜的单月榜首。

2018—2019 年，值得关注的作品还有《牧神记》（宅猪，起点中文网）、《秦吏》（七月新番，起点中文网）和《大道争锋》（误道者，起点中文网）等，这些作品虽然更多是对网文传统的继承，但无一不是在相当高的难度下精益求精，继续进行“微创新”。《牧神记》在东方玄幻的旧套路上往前多走了一步，在保有玄幻的恢宏和壮阔外，又融入历史小说的厚重和骨气，并辅以相对轻松欢快的节奏，是近年来此类作品中最有代表性的。《秦吏》是有讲故事才华的历史系研究生所写，作者迎难而上选择了中国王朝史中距今最古的秦，将最前沿的研究成果写成一部中华先民的创业史和秦汉风俗的浮世绘，被誉为“秦穿第一文”。《大道争锋》则对修仙小说中最重要的流派“凡人流”进行了一次升级，不但

① “中原五白”是网文圈的一个惯用语，指唐家三少、辰东、天蚕土豆、我吃西红柿、梦入神机五位名气最大的白金作家。

把凡人阶段的筚路蓝缕写得动人心魄，也将成长之中和成功之后的状态刻画得有模有样，没有与那个平凡琐碎乃至肮脏卑劣的现实世界割裂，但又超乎其上流露出了一缕自由王国的气息。

三、可玩的“本章说”与“特色文”土壤的造成

《大王饶命》和《诡秘之主》还有另外一顶桂冠：它们分别是 2018 年和 2019 年起点“本章说”评论最多的作品，在连载期间就获得了超过百万的读者点评。“本章说”是与移动阅读相适应的新机制，为作者 - 读者之间最古老的互动需求提供了新空间。就与“本章说”的契合而言，会说话的肘子和爱潜水的乌贼是媒介理论家麦克卢汉所说的真正的艺术家，是能够迎向技术，并且觉察人类感知变化的专家。

2015 年，主打“二次元”小说的欢乐书客参照视频网站 bilibili 首创“弹幕评论机制”，以便读者对小说内容进行实时吐槽。2017 年 2 月，起点读书 App 推出“本章说”等“批注点评机制”，将网文阅读参与机制从 PC 时代（以长篇书评为主）带进移动时代。“本章说”让使用手机阅读的读者可以在任意一段小说文字之后，非常方便地开展即时的点评，比在纸书上做批注更便利的是，作者可以立刻看到评论而读者之间也能彼此互动。截至 2019 年 4 月，起点平台上已累积产生了 7700 多万条读者“段评”[①]。这让网络时代的读者人人可为金圣叹，也让几乎每一部好作品都有了最严厉的批评家和最热心的注释者。

“本章说”是最能体现移动阅读时代到来后，读者参与是如何改变小说的创作和阅读方式的。如今，对于有签约资格的作者，每一个新章节上传后，几小时之内，少则数十条，多则上千条的评论就会如野草般蔓延而出，覆盖住文本的各个层面，给作者带来山呼海啸般的呼应。“大神”“小神”们都在与读者的“打情骂俏”“斗智斗勇”中，进一步激发出创作灵感并保持住写作热情。甚

① 数据来自阅文集团总裁商学松。

至，有作者长期在“本章说”中吸取灵感而被戏谑为靠抄评论来写小说。

普遍来说，认真写作的网文作者今天都已经离不开“本章说”了。当起点为方便自审暂时关闭“本章说”功能时，立刻有作者哀叹:“没有了‘本章说’，完全不知道自己写得怎么样了……答应我，一旦‘本章说’解开，立刻发几条好吗？”[①]幽怨之情可谓溢于言表。读者也同样怀念，表示“起点关闭‘本章说’，看书乐趣少一半，就像……羊肉串没孜然，喝酒没有下酒菜一样”。

在各种“梗文”中，“本章说”更为读者营造了一处可以尽情玩耍的空间。作者在正文中“玩梗”，读者在评论中“接梗”，读者评论尤其是最高赞的评论成了小说阅读中不可或缺的一部分——读小说要看“本章说”就像刷微博要看评论一样自然。同时，这一读者发起且占据主动的读者－作者之间的互动行为也削弱了作者对文本的“最终解释权”，小说的文本在实际操作层面由可读的变为可写的，更进一步由可写的成为可玩的，创造出种种只有依靠集体智慧才能产生的丰富的阐释可能。于是，不少原本习惯看盗版的读者因为想看正版阅读平台上才有的“本章说”而选择付费订阅，使用过“本章说”的用户相比未使用的，付费率提升了10%。[②]

“本章说”对读者的充分赋权使作者和读者的互动达到一个前所未有的高度。不但越出了印刷时代文学创作和阅读能抵达的边界，甚至超越了口头文学时代说书人和听书人的同盟——说书人也无法想象自己可以得到数以千计的听众的即时反馈。网络文学的类型和“套路”就是在如此高频的创作、阅读和互动中一点一滴养成的。

什么是网络文学中的“套路”？简而言之，就是一套与时代情绪相匹配的叙事模式。穿越网络小说的种种“套路”之后，我们能很清楚地看到世界的深层结构，这些结构决定了我们的文学以及生活。虽然统治着我们生活的东西，也统治着我们的文学，但文学，无疑仍时刻渴望着把自身解放出来，超越当代

---

① 《匹夫仗剑大河东去》（刀一耕，起点中文网），第八十五章《后卷》，2019年10月4日。
② 数据来自阅文集团总裁商学松。

生活去抵达一种更高、更整全的生命形式。网络文学在抚慰大众以外，是否还能拥有一种对时代的爆破性潜能呢？在“特色文”中，我们能看到作者为此付出的努力。

“特色文”在网络文学中的历史其实与“套路文”一样漫长，不过一直处于网文生态中的边缘位置。我所在的北京大学网络文学研究论坛自 2015 年起就持续在每年编选的年榜中推出“特色文”，2015 年的《雅骚》[①]（贼道三痴，起点中文网）和 2016 年的《十州风云志》[②]（知秋，起点中文网）都是有意与时代主流拉开距离、渴望着别种生活的作品，不过它们能逆势而行几乎完全依赖于作者本人的一腔孤勇。就像商业电影的兴盛最终为艺术电影创造了空间，“套路文”的极大繁荣和一批“老白”[③]读者的长成，再加上“本章说”的诞生，为“特色文”提供了较好的生存土壤。

“特色文”中原本难以为普通读者所感受到的曲笔、深意，现在都有机会在“本章说”里被心领神会的“老白”读者一一批注，他们也由此被尊称为“课代表”。高明的作者可以不再时刻顾及一般读者的理解能力，进而放飞自我去寻求更好的可能。猫腻的新作《大道朝天》——或许因为是这位“中国网络文学大师级作家”[④]最后一部 300 万字的大长篇——就隽永、高蹈到几乎切断了与大众读者的联系，跟随多年的老读者也不得不担心，《大道朝天》会不会因为飞得太高、离地太远而坠海而亡。所幸，有“本章说”踵其事而增华，每章均有上千条的评论为之喝彩、为之解说、为之发扬，这些评论既是帮助读者理解作品的阶梯，也成为作品本身的重要组成部分。

在 2018—2019 年完结的顶尖“特色文”《心魔》（沁纸花青，起点中文网）和《谋断九州》（冰临神下，起点中文网）就都颇受惠于“本章说”的加持。冰临神下和沁纸花青虽都极具先锋精神，但绝不背对读者写作，他们都非常渴望

① 邵燕君主编，吉云飞副主编，《2015 中国年度网络文学 · 男频卷》，漓江出版社，2016 年。
② 邵燕君主编，吉云飞副主编，《2016 中国年度网络文学 · 男频卷》，漓江出版社，2017 年。
③ 网络文学中资深且有相当品味的读者被称为“老白”，与之相对的是“小白”。
④ 邵燕君：《猫腻：中国网络文学大师级作家——一个“学者粉丝”的作家论》，《网络文学评论》2017 年第 2 期。

点击、推荐和评论，一心想寻求自己的同路人，只是由于无法放低标准，知音者还是不多。“本章说”的出现，使不多的知音可以尽情地与作者对话乃至交锋，有了“一个顶一万个”的可能。

这两部真正的“特色文”不只是在造“套路”的反，也是在“造”现实生活和当代价值的反。这一造反是让类型小说自己统治自己，让作者和角色都服从于小说所建构起来的那个新世界中的“第二自然”，并在其中孕育出一种不同于当代的生活方式和生命形态。读者也在阅读过程中重新确立自我，不再满足于从彻底源于当下的“套路”中获得直接抚慰。

这一造反不是外来的，而是“老白”读者在追求“爽”的同时也必然追求的故事“合理性”的最高阶段，是内在于网文的发展逻辑的。就像“神话”内部蕴含着“启蒙”的要素，“套路文”本身也暗含着自己反对自己的因素——要基本合理了，读者才能代入，才能“爽”得起来；但要是完全合理了，那就和现实规则一样，一点不爽了。对合理性的追求发展到最后就是对“套路”的造反，而从“旧营垒”中冲决出来的反戈一击，往往也是最具有爆破性的。

这种价值观造反是最难为大众所接受的，但这不是故作高深，而是在追问比“爽”更重要的问题，比如，人应该如何生活。这两部小说不但提出问题，也尝试给出答案:《谋断九州》架空历史、直面苦难，正是为了在罗网困陷的现实处境中，寻觅一种真正的历史中的行动者的形象;《心魔》则在修仙世界中，以一种存在主义的方式叩问生命的本真性存在是否可能存在。

四、现实题材的暧昧性与幻想小说的可能性

在“官方”力量的强力引导下，现实题材网络文学在近两年越来越受到关注。2017 年刚开始推介时，文学网站百般搜罗也只能推出不知名作家的不知名作品来“冲奖”，而两三年间，顶尖大神已是纷纷响应。2019 年，唐家三少写出大运河题材的《隔河千里，秦川知夏》，管平潮则交出网络安全题材的《天下

网安：缚苍龙》，蒋胜男推出严肃历史小说《燕云台》。主流媒体也有了“现实题材网络文学迎来爆发期”[①]与“拥抱现实主义，网络文学终于登堂入室”[②]的说法。

网络文学或许已经登堂，但现实题材却不等于现实主义。现实主义的定义尽管有宽有窄，但始终是一种具有批判性和战斗性的文学主张。而现实题材网络文学的提法则有其暧昧和不确定之处。一般的理解，这是针对网络文学以幻想题材为绝对主流的一种反拨，目的是要求网络文学承担与其体量和影响力相匹配的社会责任和教化功能。只要能够弘扬“正能量”，现实题材网络文学作品可以不具有现实主义精神，也可以继续使用网文的创作手法如“重生”“系统”等，只是描写的内容应当是“现实”的。

然而，仅仅因为题材的不同，现实题材网络文学就可以比幻想类的作品更能反映现实社会吗？马克思主义文学批评家詹姆逊认为：“文学素材或潜在内容的本质特征恰恰在于，它从来不真正地原初就是无形式的……而是从一开始就具有了意义，既不多于又不少于我们具体社会生活本身的那些成分：语词、思想、目的、欲望、人们、地点、活动等等。”[③]正如詹姆逊所言，文学素材都“既不多于又不少于”我们具体社会生活本身的那些成分。在网络文学中，被认为是现实题材的小说对现实的反映并不会比幻想类的修仙、玄幻小说多一分，被视为“神神鬼鬼”的文学素材对现实的把握亦不会比都市、农村题材少一分，它们都关乎当代人的欲望、活动和想象方式等。

如前文在论及网络文学转型时对具体作品的分析，幻想小说并非不反映现实，有时还以一种超现实主义的方式更深刻、更直接地抵达了现实的深层结构和当代人的深层心理。从偏向现实到耽于幻想，更多是当代人特别是年轻人审美经验变迁的结果，而这一变迁也同时发生甚至首先发生在游戏、影视、动漫等文艺形式中。审美经验的变迁背后是生命经验的流变，这种流动如大江东去，

① 康岩：《现实题材网络文学迎来爆发期》，《人民日报》（海外版），2019年11月1日。
② 西蒙：《拥抱现实主义，网络文学终于登堂入室》，澎湃新闻，2019年10月17日。
③ ［美］弗雷德里克·詹姆逊：《语言的牢笼：马克思主义与形式（下）》，百花洲文艺出版社，2010年，第362页。

绝难逆转——要知道，在“95后”和“00后”那里，长销数十年的《平凡的世界》和金庸小说也已不再流行。若只提倡现实题材，忽略幻想类的作品，恐怕会造成官方品味和大众趣味的割裂。

当然，这绝不意味着网络文学要抗拒承担其应有的社会责任，网络小说一直在发挥着积极的社会功能和意识形态功能。作为当代中国最重要、最有影响力的文化工业之一，它在持续地抚慰大众、凝聚人心、坚固社会，是弥合分歧的“社会水泥”，也是完成劳动力再生产的精神环节的关键部分。尽管这一文化工业的固有功能早被阿多诺、霍克海默等思想家指出了内在其中的“欺骗性”，但在市场经济的条件下，于大众层面，已是退而求其次的次好选择，也是我们必须要面对的现实情况。

在这一点上，现实题材网络文学与幻想类型网络文学的作用和形式是相同的，它们都是以“YY”[①]的方式实现对社会矛盾的想象性解决。为什么现实题材也只能是白日梦般地“YY”呢？因为“揭出病苦，引起疗救的注意”[②]，前提是对现实矛盾有现实性的解决方案，或者说至少要有解决问题的希望和提出问题的空间。在对人类未来进行总体设计的宏大叙事瓦解后，尤其是在“短20世纪”[③]结束，战争与革命的主题被和平与发展的主题取代后，在全世界范围内，文学以对现实直接喊话的方式介入社会的方案就已经没有了，甚至连空间都很狭小了。

在网络文学中，虽然矛盾的解决总是想象的（但未必总是虚假的），但代入主角的读者就能“爽”了。只提出问题，不解决矛盾，在读者看来就是“找虐”，而且是“虐了白虐”。尽管，我们还可以保有这样一种信念：提出问题的人并不需要给出答案，准确地说出了错误/虚假的东西，那么真理/真实也就呼之欲出了。这样的“死磕”固然可歌可佩，但已并非是注定带有虚构性的小说的任

① “YY”是意淫一词的拼音首字母简写。

② 鲁迅：《药》，1919年5月《新青年》六卷第五号。

③ 霍布斯鲍姆站在欧洲的视角，将20世纪界定为从1914年世界大战爆发至1991年苏东解体为止的、作为“极端的年代”的短20世纪（艾瑞克·霍布斯鲍姆：《极端的年代：1914～1991》，中信出版社，2017）。汪晖则倾向于把中国的20世纪界定为从1911年至1976年的作为“漫长的革命”的短20世纪（汪晖：《去政治化的政治：短20世纪的终结与90年代》，三联书店，2008）。

务了。

2018—2019 年，《大医凌然》（志鸟村，起点中文网）和《重生之出人头地》（闹闹不爱闹，掌阅文学）分别代表两种最典型的现实题材小说。《大医凌然》是典型的现实问题虚假解决的现实题材作品。志鸟村以“硬核”的专业知识赢得了包括大批医务工作者在内的读者的赞美，但他以非常写实的态度和笔法营造出的现实感极强的医院环境和医生形象，只是为了让矛盾解决起来更“爽”。主角凌然克服种种当下医学领域的难题和医药卫生体制的痼疾，靠的是从天而降的游戏化的“系统”乃至自身天神下凡般的容貌。不过，在批评其虚妄之时，也不要忘记这几乎是现有环境下唯一可以细致描摹社会现状和问题的方式，何况作品在帮助读者杀时间之外，还以有趣的方式提供了大量专业的知识。

《重生之出人头地》运用了网络都市小说的经典写法，即以重生者的后见之明来实现个人成功乃至圆满。小说的高明之处，在于以高超的写实功力将故事写到就算没有重生这一“外挂”也可以成立的地步，读者恍惚之间，几乎以为看到的是狄更斯式的 19 世纪欧洲现实主义大作。作者把主角的枭雄之姿与时代的风云变幻刻画入骨，写出了资本主义上升期的生猛之气。更可贵的是，作者不只瞩目于出人头地者，还每每将大时代里小人物普通乃至卑琐的生命中的光耀瞬间定格下来，以抵抗对现代社会中的受害者和牺牲者的漠视与遗忘。虽然名为“出人头地”，但主人公最终仍直面了市场经济中改变个人生活和拯救自己灵魂之间的永恒冲突，并以巨大的代价做出了抉择。

这两部都市小说的完成度都很高，但在这个被宣判为“There Is No Alternative”[①]的世界，失去主义和理念的引领之后，摹仿现实的小说也别无选择，只能与现实的逻辑同构，最多在以世俗成功为最高价值外还保有某些人道主义的关怀。当然，这并不代表着幻想类的小说就能轻易翻出全球垄断资本主义的“五指山”，它们甚至是更进一步带着这一当代逻辑穿越回历史，穿越到平行世界。在绝大多数情况下，穿越者就是殖民者，是要在对过去未来无穷时

① 1970 年代，面对新自由主义治理术的扩张，英国首相撒切尔夫人说出了这句著名宣言。

空的全面殖民中证明当下生活方式的战无不胜和坚不可摧。

可是，在想象的世界中，人真的也不可能拥有另外一种生活了吗？取材于被这个理性的世界压抑下去和排斥出去的种种神话传说、古典英雄和民间文化的异世界和历史空间终究还是带来了一些抵抗的可能性。从其他的空间中生长出来的独特的文明样态和社会形式，为我们重建当下的社会生活和个体生命提供了资源。

一如《大道朝天》的主角井九，对读者而言，他绝不是殖民者，而是带着我们一同去往古典－未来世界朝圣、观光的时空旅人。而作者猫腻，这位或许我们可以称之为“属于一切时代的小说家”——你可以把他想象为穿越古代而来的现代人和寓居现代都市的异界来客，他在用小说接引有缘之人回到/去往古典－未来世界的“应许之地”。

五、“新媒体文”、文学的阶梯与神话式启蒙

2019 年 7 月 2 日，微信官方公众号“微信派”发布《到此为止吧，小黄文》，对在微信公众号引流的涉黄“新媒体文”进行最严厉的声讨，并宣布仅在本年的前七个月，微信团队处理的违规小说账号就超过 6.6 万个。此前，全国政协委员、网文作家唐家三少也曾提议加强对此类新媒体平台的审核，并表示“‘新媒体文’不是网络文学”。同期，主流文学网站也多次发声，为被这些作品败坏名声的网文行业申辩。

的确，不再写到“脖子以下”的主流网站是在代为受过。不过，要将网络文学与“新媒体文”彻底切割也不太可能。毋庸讳言，情欲从来是文学的母题之一。在网络文学发展初期，情色也曾是重要的推动力。时至今日，因为需求的旺盛与网络空间的开放，“打擦边球”“赚快钱”的“暧昧文”在以微信、微博等社交媒体为主要引流渠道的各种小网站中仍屡禁不绝。对于这种现状，我们正视的同时也不用太过紧张，对人性中向上的力量应该有信心。网络文学自

身的发展历程也证明了，就算没有监管，“小黄文”也只会在最边缘处存在。

因为媒介的阻隔，网络空间刚刚诞生时一度处于“王纲解纽”的状态。色情小说的创作也有一种“压抑后的反弹”，但在极短暂的兴盛期之后，就被作者和读者主动边缘化。不但是主流作者不再在小说中过度使用色情元素，主流读者也普遍对不必要的欲望描写表示反感。作者与读者在用文学艺术的方式以极低的成本完成欲望探底后，便发现不过如此，绝大多数人还是会更渴求向上的更好的文学和生活。放眼整个世界，偏向色情的内容也没有在任何一个国家的文艺中占据重要位置，这足以证明，适当的宽松氛围并不会导致情欲的泛滥，反而是过度的压抑可能会带来报复性的反弹。

必须要承认的是，大众读者的趣味一开始就是相当基础的，无非是饮食男女、升官发财。精英群体对此的态度应当不是无视和单纯压抑，而是用教化的方式来引导，这也是政治精英和文化精英的重要责任。网络文学在二十多年的发展中，最大的成就之一就是为大众读者提供了一条从最低处开始的一路向上的文学阶梯，这也是它自身走过的历程。尽管这条起点极低的阶梯会被许多人认为“很 low（低级）”，但在我看来特别可贵，因为这种向上的过程有着身体经验的坚实地基，不是单凭观念搭造起来的空中楼阁。这条向上的文学阶梯也就是启蒙的道路。

1960 年代以来，自由、平等、民主等启蒙价值早已崩溃的秘密逐渐从极少数人那里流向大多数人，成为一个公开的秘密。阿多尔诺、霍克海默的《启蒙辩证法》更清晰地指出了启蒙翻转为神话的现实，并暗示我们大众启蒙的不可能性。但启蒙的运动真的就此停息了吗？正如福柯在 1984 年——康德的同名文章《什么是启蒙？》诞生两百周年，也是福柯在世的最后一年——发表的《什么是启蒙？》[①]中所揭示的：尽管“启蒙的历史事件并未使我们成为成熟的成年人，而我们至今也未曾达到这样的状态”，但作为“一种态度，一种精神气质，一种哲学生活”的启蒙信念始终内在于我们的批判性工作之中，也“正是它体

① 福柯：《什么是启蒙？》，李康译，王倪校，《国外社会学》，1997 年第 6 期。

现了我们对于自由的渴望”。

或许，任何一个时代，都只能在特定的时间以特定的方式启蒙特定的人群。在不同的时代，启蒙甚至会以看似完全相反的形式出现。而网络文学中的有经典价值的作品，正是在以表面上远离现实的幻想小说的方式恢复了一种神话式启蒙。就像柏拉图在《会饮》中让包括苏格拉底在内的“剧中人”以对“爱若斯神”①发表颂词的方式来揭示爱欲和人的秘密。此时，启蒙的信念暗藏在神话的形式之中。

以讲述神话的方式来进行启蒙可以有不同的路径，猫腻《大道朝天》的居高临下、先难后获是一种，愤怒的香蕉《赘婿》的甘为孺子牛、下学上达也是一种。愤怒的香蕉已苦更八年多的架空历史小说《赘婿》，就是从最“低级”的男性“开后宫”②的欲望写起，像西西弗斯推石头上山，一点一滴、无比艰难又非常扎实地把主角和读者一同从山脚往上推，视野从个人、家宅逐渐扩展至国家、天下，尝试和读者一起养育一种英雄气魄乃至理想人格。2018 年 5 月底，这部“月更三章”的作品打破了起点中文网单月的月票历史纪录并保持至今，体现的就是这个小小的共同体在这漫长的共同成长过程中培育出来的让人震撼的凝聚力和行动力。这位自陈甘愿做大众读者和文学经典之间的阶梯的作家，也以“做阶梯”的方式在向网络文学的高峰进发。

结 语

纵观 2018—2019 年网络文学的发展状况，在生产机制方面，免费阅读的崛起与其说是挑战了自 2003 年起点中文网建立 VIP 模式后成功运行至今的在线付费阅读模式，不如说是成了付费阅读的重要补充，并使网络文学的商业模式进一步完善；在作家作品层面，随着读者群体的世代更迭，“85 后”和“90 后”

① 古希腊的爱欲之神。
② 指男性主角和多个女性角色拥有亲密关系的模式，因为类似皇帝和后宫妃子的关系，被戏称为“开后宫”。

作者成为创作主力，并以成熟的新类型、新风格完成了网文的第一次全面转型。这一转型不只是代际更迭，更是断裂后的新生，背后是时代和社会的转型。

同时，网文生产机制和“类型套路”的高度成熟，特别是“本章说”的诞生，也为一类尝试跳出“套路”之外因而被网文界称为“特色文”的作品提供了土壤。类型小说超越性的一面逐渐被打开。这意味着尽管要充分发掘网络文学已经显露却尚未实现的潜能，或许还需要不止一代作家漫长、艰苦的跋涉，但伴随着“特色文”的兴起以及网络小说经典化的加速，网络这一新媒介能够为文学带来的几乎全部可能性都在展开之中了。

此外，中国网络文学的“走出去”也从内容传播进化到了模式输出，并在由中国本土的“起点模式”国际化而成的“起点国际”模式和从海外的粉丝翻译网站 Wuxiaworld 孕育出的“Wuxiaworld”模式这两条道路的竞合中，持续提升着自身的世界影响力。①尤其在行业发展遭遇瓶颈之后，“网文出海”不再只被赋予文化上的意义，也开始被视为产业的突破口。

支撑这一转型和进化的根本力量是网络文学的“粉丝经济”与建基其上的作者 - 读者共同体。而未能和网络文学原生的“粉丝经济”和文学共同体气脉相通的现实题材作品，在“官方”的大力提倡和引导之下，虽已颇为兴盛，但若不能更好地落地，暂时也只能以所谓“冲奖文”的形式存在。

① 因篇幅原因，海外传播问题本综述不能展开讨论，详见拙作《“起点国际”模式与“Wuxiaworld”模式——中国网络文学海外传播的两条道路》，《中国文学批评》，2019 年第 2 期。

诡秘之主

爱潜水的乌贼

爱潜水的乌贼，1985 年生，阅文集团白金作家。毕业于四川大学计算机学院，现任四川省作协副主席、网络作协主席。“乌贼”是一位不断尝试自我超越的作家，每部小说都有进步且均属精品。2011 年，开始在起点中文网业余创作修仙小说《灭运图录》(原名《成仙途》)，这一练笔之作虽多有生涩之处，但已显示出世界设定的缜密和恢宏。2013 年，凭借《奥术神座》一书封神，以西方近代科学史重构奇幻小说，被誉为“科玄合流”的代表作。2014 年，融合武侠与无限流写成《一世之尊》，再度实现类型微创新。2016 年，都市小说《武道宗师》是作者有意补短板之作，针对此前人物单薄的问题，此书在日常生活和情感上用力颇多。2018 年，创作迄今为止最受欢迎也是个人的巅峰之作《诡秘之主》。

《诡秘之主》于 2018 年 4 月 1 日开始在起点中文网连载，至 2019 年 9 月底尚未完结，已有 330 万字。小说以克苏鲁神话为设定内核，以资本主义上升期的欧洲为历史原型，创造了一个蒸汽工业版的奇幻世界。新颖、严谨又恢宏的世界设定，丰富、细腻且饱满的人物塑造，外加对升级节奏的娴熟掌控，使《诡秘之主》成为罕有的“起点大火、龙空大热”的作品，以小众题材在读者口碑和商业成绩两方面同时登顶。自 2018 年 6 月起，始终稳定在月票榜前五，多次获起点月票冠军，并于龙的天空获得 8.8 分的超高评价且评分人数高居全站第一。

【标签】奇幻　克苏鲁　蒸汽朋克

【简介】

周明瑞穿越成克莱恩。适应新身份后，他惊讶地发现，这个世界存在过一个叫罗塞尔的穿越者前辈。那位前辈凭借一己之力，将整个世界从中世纪带入了蒸汽工业时代。在文明进步的同时，巨大的贫富差距和血腥的资本积累也让城市沦为邪神孕育的温床，危险往往不期而至。为了守护家人，克莱恩成为拥有特殊力量的非凡者。不仅如此，他还拥有了神秘的金手指“灰雾”，并组建起一个名为塔罗会的团体，扮演起名为“愚者”的神灵。然而，在阅读罗塞尔遗留的中文日记时，克莱恩发现“穿越”这件事似乎隐藏着一个惊天秘密，“灰雾”也别有玄机……

选文共分为三部分，来自小说第二卷的第261—264章、第三卷的第133、232章与第四卷的第34、58章。第一部分选文是第二卷的卷末高潮，讲述了克莱恩挺身而出，破坏邪神降临的故事，剧情紧凑起伏。其中《秸秆们》一章着力刻画了大时代下的底层平民惨状，流露出作者的现实关怀。后两部分选文主要内容为克莱恩阅读前代穿越者罗塞尔的日记，借由罗塞尔从意气风发到绝望挣扎的经历，展现出世界疯狂的真相，也点明“穿越”背后更深层的秘密，是揭示小说世界观的重要部分。

【节选】

第二卷第二百六十一章　埃德萨克的“故事”

红蔷薇庄园，日晒屋内。

埃德萨克·奥古斯都站在落地窗边，脸孔阴沉，择人欲噬般地望着对面一脸无所谓表情的特莉丝，嗓音里有即将爆发的火山。

“你为什么又要逃走？”

特莉丝的目光越过他，投向窗外，轻笑一声，不答反问道：

“看见刚才的流星雨了吗？感觉到大地的震颤了吗？”

她的背后，博物柜内摆放的瓷器等物已然摔在了厚软的地毯上，老管家芬克尔则侍立于旁边。

“这并不是太罕见的事情。”埃德萨克沉声回应。

特莉丝微挑眉毛道：

“你很迟钝。

“那我就坦白地告诉你，我是一名魔女！”

埃德萨克王子的表情未有丝毫改变，他转而望向老管家道：

“你去门口守着，别让任何人进来。”

“是，王子殿下。”芬克尔冷漠地看了特莉丝一眼，回身走出了日晒屋。

听到房门关上的声音，埃德萨克缓缓吐了口气。

“特莉丝奇克，呵，你更喜欢被叫作特莉丝。

“我知道你是魔女，帮你购买非凡材料的人并没有成功，你得到的那些都是我提供的！

“我不介意我的王妃是‘女巫’，还是‘魔女’，我甚至看过你的通缉令！”

特莉丝先是一愣，旋即露出戏谑的笑容：

“知道的很多嘛……

“那你是否清楚，我曾经是一个男人，我的真名是特里斯。”

“……什么？”埃德萨克眼睛圆睁，略微偏了偏头，似乎不敢相信自己听到的内容。

特莉丝见状，顿时失笑，笑得前俯后仰，极为剧烈，状似疯子。

“哈哈，你没有听错，我曾经是个男人！我曾经和你一样，下面比你还长，比你还粗！但是，‘女巫’魔药强制改变了我的性别！

“是不是很恶心？是不是已经起了一层鸡皮状的疙瘩？”

她发泄般地说着积压了很久的话语，并往前走了两步。

埃德萨克本能往后退开，喉头不自觉地上下蠕动了一次。

“不，不是这样……你是真正的女人……没有任何问题……我完全可以确认这点！”他先是喃喃自语，接着拔高嗓音道，“从我认识你开始，你就是真正的女人，你过去是什么样子，我并不想知道！我可以当作没有类似的事情发生！我喜欢的是，爱的是，现在的你！”

特莉丝怔了怔，抬手擦掉刚才笑出来的眼泪。

“你真是一个可怜的人。你还不明白吗？我们的相遇并不是巧合，甚至你喜欢……”她反胃般顿了顿，继续说道，“甚至你喜欢上我，也在别人的安排里，你不觉得一切太快太迅速了吗？我相信一见钟情，但我不相信它有如此大的魔力，你表现得就像一个三流爱情里的主角，仅仅因为见了一面，就痴迷地爱上，爱上陌生的我，忘记了曾经喜欢的目标，这太疯狂了！”

埃德萨克王子眼神发直，嘴巴张开，却没有说出话来。他的身体忽然晃动了一下，就像终于从漫长的梦境里苏醒。

“你……你确实是我喜欢的类型……但我的反应，真的，真的，太夸张了……”

特莉丝嘴角上翘，侧头嗤笑了一声。

“可怜的人啊，连喜欢这种事情都被别人安排好了，就像那牵着线的木偶。

“你还不明白吗？你属于可以牺牲的对象，而我，既是王室和魔女教派合作需要的人质，也是欺骗所必需的伪装。

“我带着魔女教派的重要物品，处在你们的严密监管下，随时会被摧毁，会丢失宝物，这就是我们展现的合作诚意。而一旦事情暴露，被三大教会或军方另外的派系知晓，那事情的发展就会很简单，埃德萨克王子贪恋美色，偷养魔女，自知罪恶深重，于是吞枪自尽，然后，所有的问题都会被掩盖。”

“不！”埃德萨克脱口喊道。

接着，他脸庞扭曲地问道：

“他们在和魔女教派合作什么事情？”

“一个随时可能被放弃的人质怎么可能会知道？”特莉丝自嘲一笑，“这就是我想逃跑的所有理由。”

她埋下脑袋，连续低笑，笑得身体轻轻颤抖。

过了几秒，她重新抬头，微勾嘴角道：

“你想怎么处置我？剥光我的衣服，将我丢到床上？不，你应该已经有心理障碍了。其实，我现在不介意给你些温暖，两个可怜人之间互相安慰并不是丢人的事情。”

埃德萨克王子阴着一张圆润的脸孔，沉默地看了特莉丝近一分钟。

突然，他闭上眼睛，指着另外一边道：

“你离开吧。从那扇门离开。”

特莉丝愕然抬眉。

“你要放我走？”

“嗯。”埃德萨克转身望向窗外，缓慢回答道，“我会阻止芬克尔的，至于能不能逃脱别的追捕，就看你自己的实力和运气了。”

特莉丝眸光迷茫了几秒，快步奔向了暗门。

离开之前，她忍不住回望了一眼。

“你呢？”

埃德萨克没有侧头，依旧凝望着落地窗外，仿佛在找寻过去的影子。

他笑了笑道：

“我？就让我活在这个美好的故事里，迎接它最后的结尾，无论是好是坏。”

特莉丝吸了口气，不再停留，进入了暗门。

…………

圣赛缪尔教堂，一个安静的房间内。

黑夜女神教会十三位大主教之一，贝克兰德教区的负责人，圣者安东尼·史蒂文森拿到了从霍尔伯爵府邸传来的紧急电报。

这位脸无杂须、眼睛深邃的老者外表极为干净，哪怕穿着黑色带红的大主教长袍，也不给人晦暗的感觉。

可是，凡直面他的人，都会发自内心地战栗，仿佛被恐惧统治了灵性，或者面对着黑暗深处注视自身的未知存在。

特莉丝奇克……原初的魔女……圣安东尼轻拍了下纸面，当即站了起来。

四周的光芒突然消失，仿佛被房间内的昏暗所吞没。

整座教堂内，所有祈祷的信徒都有那么瞬间感受到了黑夜的降临。

一切迅速恢复正常，圣安东尼出现在了教堂地底的查尼斯门前。

今日率领小队负责值守的是“死灵导师”戴莉·西蒙妮。

未等她开口询问，圣安东尼大主教就沉声吩咐道：

“做好准备，进入流程，我要唤醒一件封印物。”

他要利用的是“0-17”。

他要借助那恐怖的封印物确认并处理与特莉丝奇克相关的事情。

而这是唯一一件保存在圣堂之外的“0”级封印物，整个教会只有两位高层知道它在贝克兰德教区。

“是，大主教阁下。”戴莉怔了一秒，当即做出回应。

等待的同时，圣安东尼闭了闭眼睛，脑海内自然浮现出封印物“0-17”的部分资料：

“编号：17。

“名称：×××××。

“危险等级：‘0’。非常危险，最高重视度，最高保密等级，不可打听，不可外传，不可描述，不可窥探。

“保密等级：教宗，A组研究员，及负责贝克兰德教区的大主教（注：大主教调离贝克兰德教区时，需用封印物‘1-29’清除相关记忆）。

“封印方式：通过‘1-29’和‘1-80’的配合，完成封印。

“描述：这不是一件物品。

“这是一个活着的天使。

“他外表秀美，头发和眼睛都是黑色，疑似年轻的女性，实际年龄无法估算。

“……他没有典籍里记载的羽翼，仅从外表来看，和普通人缺乏足够的区别。

“……他没有思考的能力，失去了所有的灵智。

“……凡是靠近他的人和物品，都会彻底消失……通过占卜等手段，可以确认他们还活着，还真实地存在着，但始终无法找到，目前已尝试1825种办法，全部失败。

“……‘0-17’的影响范围会没有规律地扩大和收缩，目前已造成超过70位的研究者消失。

……

“警告，他无法被利用！

“附录1：这件封印物最早在第四纪苍白年代出现，具体年份，缺失；具体日期，缺失；具体地点，缺失。

“附录2：资料显示，他曾经被唤醒过五次。”

…………

借着传递消息，搜查假冒的因斯·赞格威尔，克莱恩在占卜手段的帮助下，战胜了“万能钥匙”的干扰，一路奔着启示里的出口位置而去。

他很清楚，在地毯式的搜索下，无人房间内的尸体很快会被发现，所以自己必须争分夺秒，尽快赶到出口。

“无面人”的能力得搭配可以毁尸灭迹的神奇物品啊……实践出真知的克莱恩没用多久就越过一处处关卡、一个个巡逻队，来到了占卜指向的出口。

但让他分外惊讶的是，这里竟然没有守卫，只一扇沉重的对开石门孤独地立在那里。

这是什么情况？为什么都没人看守出口？我被占卜误导了，或者守卫在外面？思绪纷呈间，克莱恩找了个角落，脱掉身上的盔甲，恢复了轻便敏捷的状态。

接着，他来到那扇对开石门前，摸索着移动至左侧墙壁的角落。

谨慎地用金币做了次确认后，克莱恩掏出那把形制古朴的黄铜色钥匙，将它抵在了墙上，轻轻一扭。

水波浮现，略微晃荡，克莱恩无声无息穿过了墙壁，没走正门！

当先映入他眼帘的是从穹顶垂落的自然光芒，这意味着此地确实是出口。

克莱恩谨慎地没有动弹，迅速适应了这里的光亮，看见脚下是整齐但斑驳的灰色石板，前方有一根根粗大的柱子。

这是一个大厅，中央位置围绕疑似祭台的东西跪了四道戴兜帽的人影。

紧跟着，轻柔但低缓的女声传入了克莱恩的耳朵：

“A 先生，你准备好了吗？”

第二卷第二百六十二章　绝望女士

A 先生？极光会的 A 先生？本打算沿着墙边和阴影，慢慢挪到门口的克莱恩无声无息又缩了回去。

因斯·赞格威尔应该是在和王室某个派系合作……能于贝克兰德附近发掘并隐藏那么大一个地下遗迹的势力必然是鲁恩王国的主导者之一……

因斯·赞格威尔和“0-08”的加入，可以直接排除女神教会这个选项，风暴之主的人虽然鲁莽了一点，大男人主义了一点，但也不太会和魔女教派合作。至少目前为止，没出现疑似“水手”途径的非凡者[①]……同样的道理，蒸汽与机械教会的嫌疑也不大……

极光会也卷了进来？他们究竟想做什么？

克莱恩背贴墙角，放缓呼吸，边思考边听着大厅中央传来的对话。

短暂的安静后，一个沉哑的声音响了起来：

“好了。”

这回答简洁到了极点，让克莱恩完全听不出他们在谋划什么。

先前那个轻柔悦耳的嗓音低笑了一声道：

“你似乎还不太信任我们？”

“对。”A 先生毫不客气地回应。

“呵呵，那我坦诚地描述下我们的目的，以及为什么找你合作。”轻柔的女声并无恼怒地说道，“我们做了些事情，留下了一定的痕迹，在被黑夜、风暴、蒸汽教会和军方发现前，必须做相应的清除，而这就需要你们提供帮助。呃，看来你还没有真正理解我的意思，那我举个例子，假设我在一栋房屋内犯下了谋杀等严重罪行，消灭证据和线索的最好方法是什么？”

“并不需要，让别人目睹这样的行为正是我们的目的。”A 先生漠然说道。

……不愧是极光会的人……都是一群疯子啊……克莱恩初步肯定说话的那个男性就是杀掉因蒂斯大使的 A 先生。

“……假设是我，不是你。”轻柔的女声有不太明显的换气声。

---

① 《诡秘之主》将拥有超自然力量的人设定为“非凡者”。非凡者的升级路线共有 22 条，统称非凡途径；每条途径包含 10 个序列（等级），以数字 0—9 排列，数字越小，等级越高，全书总计有 220 个非凡序列。“水手”途径即风暴之主教会掌握的途径。选文提到的“魔女”“恶魔”是途径名称，“女巫”“死灵导师”“无面人”“律令法师”“牧羊人”“欲望使徒”“通识者”“工匠”是序列名称。

过了一秒，A 先生回答道：

“烧掉那栋房屋，将所有的线索都埋葬在里面。”

轻柔的女声带上了笑意：

“这正是我们的想法，我负责‘纵火’，你们则借助这个机会，扩大趋势，制造通道或容器，让你们那位主降临于世间。

“而你们付出的唯一代价是，背负所有的恶名，获得军方和三大教会最大限度的仇恨，但我认为你们应该不会介意。”

“只要能迎接主的归来，即使被所有势力憎恶，我们也不会有任何的胆怯。”A 先生的语气不再那么淡漠和疏离。

纵火？极光会趁机完成“真实造物主”的降临仪式？这第三次了吧……怎么又被我遇上了……这 TM 是孽缘啊……克莱恩忍不住在心里用中文爆了句粗口。

此时此刻，他对王室某个派系与魔女教派、因斯·赞格威尔合作谋划的事情异常好奇又充满戒备，这已经可怕到需要用“真实造物主”的降临来做挡箭的盾牌了！

也许，他们留了暗手，最后会破坏极光会的仪式，将除了自己之外的所有势力都坑掉……克莱恩又紧绷又冷静地想着。

“看来你已经没有疑问了。”轻柔的女声低笑道，“这里非常隐蔽，且有相应的布置，你可以放心地举行仪式，不用担心成功前会被人打扰，而外面的部分，我们也已经准备完毕，很早很早，就等着我点燃第一朵‘火焰’，如果你还有疑惑，可以再检查一遍。”

就在 A 先生开口之际，克莱恩听见了哐当的声响，那是大门被打开的动静。

“谁让你进来的？我不是吩咐过，任何人都不能靠近这里吗？”轻柔的女声压抑着怒火道。

“绝望女士，有紧急情况！地底被人潜入了！上面派我进去安排后续事宜，关闭相应的通道。”一个带着明显的贝克兰德口音的男声语速极快地回应。

所谓的“绝望女士”沉默了几秒，似乎在与未知的存在沟通，确认情况。

终于，她嗓音和语气不变地说道：

“进去吧，不要再出来了，也不要让任何人出来，等待后续的通知。”

“是，绝望女士！”那男人噔噔跑动，直奔这边的石门，背景音是一声“哐当”。

从克莱恩躲藏的地方，可以较为清楚地看见通往后面区域的石门，他等待了七八秒，一道身高普通、不胖不瘦的人影就出现在了那里。

呼……男子喘了口气，伸出双手，龇牙咧嘴表情狰狞地推开了沉重的石门。

这个瞬间，克莱恩已将他的长相和特点完全纳入视线，没有丝毫遗漏，这正是“无面人”附属的非凡能力！

那男子皮肤棕红，有着明显的南大陆血统，五官毫无特色，让人难以记住。

因为龇牙咧嘴的关系，他的牙齿显露了一部分出来，左上方第三颗闪烁金光，是颗假牙。

这……拥有占卜家灵性直觉的克莱恩眉头一皱，莫名觉得熟悉。

很快，他就利用技巧，回想起了熟悉感的来源：

“倒吊人”曾经拜托塔罗会成员寻找一位肤色棕红，缺少了左边第三颗牙齿，有浓厚贝克兰德口音的男子。

那男子叫作巴伦，与诸多殖民岛屿奴隶逃亡和失踪案有关！

而此时此刻，克莱恩眼前的男子与“倒吊人”描述的巴伦近乎一致！

“殖民岛屿奴隶失踪……

“南大陆诸多部落凭空蒸发……

“巴伦出现在了这里……

“把持着地下奴隶贸易很大份额的卡平有疑似‘仲裁人’途径的四位非凡者保护，其中最强的有序列 6，甚至序列 5……

“卡平坚持绑架的目标是较为纯洁的天真少女……

“《谷物法案》通过，纺织机改进，造成大量的失业……

“不少纺织女工得到新的活计，悄然离开东区，没留下什么线索……”

一个个零散的点瞬间在克莱恩脑海内串成了一条线，直指地底深处！

他们在做什么，需要如此大量的人口，以及许多纯净的少女？仪式？一个可怕到极点，必须隐蔽进行且需要很长时间的仪式？克莱恩的瞳孔霍然收缩。

吱……砰！石门合拢，巴伦消失在了他的视线里。

大厅内静默了几秒，A 先生沉哑的嗓音再次响起：

“我闻到了意外的味道，开始吧，抢在它到来前。”

绝望女士低缓回应：

“这正是我的想法。

“但我需要你将我送到东区。”

东区？克莱恩又有了不好的预感。

“没有问题。”A 先生情绪缺乏起伏地回答道。

戴着兜帽的他，身前迅速浮现出一本透明模糊的书册，并伴随悠远缥缈的吟唱：

“我来到，我看见，我记录。”

书册飞快翻动，定格在了其中一页，旋即绽放出浅蓝而虚幻的光芒。

那光芒将穿着纯白长袍的绝望女士包裹，让她的身影先是模糊，继而无形。

绝望女士瞬间看见了数不清的难以描述形体的透明影子，发现最高处有一道道蕴藏着无穷无尽知识般的明净光华。

她的身体被奇异的力量拖着前行，快速穿梭，没用多久就离开原地，来到一个僻静无人、肮脏恶心的巷子角落。

她拉下面纱，遮住脸孔，抬头望向半空，只见午后的太阳重被云层和雾气遮掩，变得苍白黯淡。

淡黄色的雾气不算特别浓厚，沉浮于贝克兰德每个地方，带着略微呛人的味道，冰冷而湿润。

可惜，没有等到雾霾最严重最静止的时候……特莉丝身上发生的意外，

“0-08”突然而短暂的失控，阿兹克的出现，“黑皇帝”之前的破坏，让事情越来越大，变得引人注意，行动只能提前到今天……绝望女士环顾一圈，走出了巷子，进入街道。

她的步伐很慢，仿佛正徜徉于雾气的海洋里。

她所经过的地方，雾气难以察觉地浓了一点，染上了些许铁黑的颜色，可见距离在悄然变小。

她离开这条街道后，一个穿着陈旧夹克、脸色蜡黄的流浪汉突然咳嗽，咳得剧烈无比，咳得倒在了地上。

与流浪汉相隔很近的两个贫民惊恐地退开，旋即捂住喉咙，发出咳咳咳的声音，似乎得了严重的肺部疾病或支气管炎，已经喘不过气来。

铁黑与淡黄交错的雾霾降临于东区，降临于码头区，降临于正喷薄烟气的工厂区，不断往整个贝克兰德蔓延。

远处的各种景象被“淹没”，就连高耸的钟楼都只剩下淡色的影子，一个个工人、一个个贫民相继有了难受的感觉，艰难对抗着寒冷和困顿的流浪汉围绕那个女士途经的路线，一个接一个发病倒下，人命就像浆洗衣服时的泡沫一样脆弱。

绝望女士表情沉静而柔和，仿佛在完成一件艺术品。

她没有异常地行走于路人中间，嘴角微勾，低声笑道：

“鲁恩王国的历史将铭记这一天：

“贝克兰德大雾霾事件。”

…………

幽暗的深谷已被漆黑虚幻的水面完全覆盖，但“0-08”的书写并未停止。

它在任何可以落笔的地方疯狂编排着荒诞可笑又惊悚恐怖的故事：

“……裤子的掉落并未影响因斯·赞格威尔的发挥，因为他穿的是长袍，也许他早就预料到了会有类似的意外……

“‘律令法师’将阿兹克·艾辛格震慑于原地，临时剥夺了他两种强大的非凡能力，是真正意义上的好帮手，但灵界与冥界重叠的大门被阿兹克的特性吸引，被他们战斗的力量敲动，发生了难以预料的变化。

“这个时候，一个未知的存在被吸引，路过了这里，他借此将自己的手伸到了现实世界，哎呀！他抓住了因斯·赞格威尔！”

半空之中，穿神职人员黑袍的因斯·赞格威尔身后突然探出了两条布满蠕动烂肉的血黄手臂！

它们抓住因斯·赞格威尔的肩膀，一把将他拖入了虚空，拖入了灵界。

第二卷第二百六十三章　秸秆们

因斯·赞格威尔消失的地方，光芒突然不见，染上了最浓郁最深沉的黑暗。

黑暗之中，有吟唱诗歌的声音传出，安宁静谧，催人入眠，就连漆黑水面下不断上抓的无数苍白手臂都因此变得缓慢，不再疯狂，仿佛获得了心灵的救赎。

这样的“黑夜”里，一道人影走了出来，正是刚才被拖入灵界的因斯·赞格威尔。

与之前相比，他失去了头顶的软帽，左肩衣物破烂，被硬生生撕下了一块血肉，并有淡黄的脓包一个接一个地咕噜冒出。

他的眼神不再淡漠，充满了痛苦，似乎正承受着别人无法想象的折磨。

“0-08”这支羽毛笔继续写道：

“有人遗憾，有人庆幸，因斯·赞格威尔身上有一根‘邪神脐带’，那来自梅高欧丝肚子里的婴儿，来自‘真实造物主’，通过使用‘脐带’，他顺利摆脱了未知存在的禁锢，强行返回到现实世界，但他也彻底失去了那件神奇的物品，并将在短时间内承受邪神子嗣无法降生的怨恨。

“这让他的实力就像百货商店换季时的某些商品一样，只剩原本的55%。

嗯，这个数字非常精确。”

…………

东区深处的一条街道上。

老科勒抱着装于纸袋内的火腿，急匆匆返回租住的公寓。

他警惕地四下张望，害怕那些饿得眼睛冒出狼一样光芒的家伙会扑上来抢走自己的“新年馈赠”。

还在乡下的时候，他曾经见过狼，可没想到，在贝克兰德还能体会那熟悉的感觉。

“还是太贵太大了，只能和人合伙买一条，锯成几份……这足够我新年假期吃了，每一顿都能有两片，三片，不，至少五片的火腿肉。我还能切一些下来，和土豆一起炖汤，甚至不用放盐……”想到这里，老科勒望向怀里的火腿，看着那夹杂不少白色的红肉，喉咙忍不住蠕动了一下，吞了口唾沫。

走着走着，他感觉四周的雾气浓了不少，远处还算清晰的教堂钟楼逐渐被淡黄与铁黑混杂的颜色所吞没，就连周围的行人，超过十步，也只剩下模糊的影子。

老科勒瞬间有了被世界遗忘的感受，抬手捂了下口鼻。

“今天的雾气怎么这么难闻？”他嘀咕一句，加快了步伐。

一步，两步，三步，老科勒觉得自己的脸庞在发烫，额头似乎烧了起来。

他胸口发紧，喉咙不适，很快有了呼吸困难的症状。

“生病了吗？该死，我还想过个美好的新年，现在只能把积蓄送到诊所送到医院了……不，也许睡一觉就好了，盖上我的被子睡一觉就好了！”老科勒无声自语，脑袋越来越烫，越来越迷糊。

咳、咳、咳，他听见了自己艰难的喘息声，双手一软，装着火腿的纸袋重重落到了地面。

老科勒下意识蹲身拾取，却一下摔在了那里。

他按住装火腿的袋子，努力地把它往怀里收。

这一刻，他认为有浓痰涌起，堵住了自己的喉咙，于是，努力抗争，发出风箱拉动般的声音。

扑通！老科勒在开始模糊的视线里看见几步之外同样有人摔倒，喘不过气来，年纪和他差不多，也是五十来岁，鬓角斑白。

忽然之间，他有了明悟，知道自己即将死亡。

这让他想起了自己的妻子和儿女，他们也是这样，突然染上瘟疫，很快就死去。

这让他想起了自己因病住院治疗的那段时间，同房的病人当天晚上还能笑着聊天，到了第二天清晨就已被送去了停尸房。

这让他想起了做流浪汉时认识的朋友，一个冬天过去，他们消失了很多，最终在桥洞或能避风的街道角落，僵硬着被发现，还有少量的人则死于突然获得食物。

这让他想起了自己还是个不错的工人那会儿，街区的邻居们也会如此突然地死亡。他们有的头疼抽搐而死，有的不小心掉进了刚出炉的钢水里，有的全身骨骼疼痛，浮肿着死去，有的甚至无声无息就倒在了工厂里，一批又一批。

这让他想起了之前打探消息时，在酒吧里听一个醉鬼说的话语，他说：

“我们这样的人，就像地里的秸秆，风一吹来，就会倒下，甚至没有风，自己也可能倒下……”

风来了……老科勒一下闪过了这样的念头。

他一边抱紧装火腿的纸袋，一边伸手摸索陈旧夹克的衣兜，想要拿出那一支舍不得抽的，已经皱巴巴的香烟。

他不能理解的是，为什么身体健康的自己会突然染病，那样的浓雾又不是没有经历过。

他想不明白的是，自己的生活刚走上正轨，往着足够美好的方向发展，并且收获了莫里亚蒂侦探提前支付的报酬，买到一块想了很久的火腿迎接新年，正期待着品尝它的美味，为什么却突然倒下了。

老科勒掏出了那根皱巴巴的香烟，但手臂却再也无力抬起，重重撞在了地面。

他用尽最后的力气，想要喊出心里积攒的话语，却只能让虚弱的单词在嘴边徘徊，无法传出。

他听见了自己的遗言。

他听见自己在问：

“为什么？”

…………

东区边缘的一栋公寓内。

丽芙将浆洗好的最后一件衣物挂了起来，等待晾干。

她看了下外面的天色，被不知什么时候变得浓郁的雾气弄得有些判断不准时间。

“总之，还很早，而我们的浆洗工作已经全部完成……”丽芙的表情渐渐变得沉重。

太早做完活计并不是好事，这不意味着能够休息，它只表明开工不足，收入不足。

丽芙吸了口气，转身对旁边擦拭着双手，目光直往隔壁房间单词册望的大女儿弗莱娅道：

“快新年了，我们的大多数雇主离开贝克兰德，去别的地方度假去了，我们不能再这样下去，得找新的工作。”

她边说边往门口走：

“这样的节日里，那些有钱人会举办一场又一场的宴会，他们的仆人不一定够用，也许会雇用临时的厨房清洗女工，我打算去问一问。弗莱娅，你待在家里，到时间去接黛西，我们需要收入，那些婊子养的小偷、强盗、人口贩子也需要收入迎接新年。”

在东区，每一名未进入工厂的妇女要想存活，手艺或泼辣必有其一。

弗莱娅轻快地回答道：

“好的。”

她的心思已经飘到了隔壁的小桌和单词册上。

丽芙刚拉开房门，忽然踉跄了一下，跌倒在地。

咳咳咳！她发出剧烈的咳嗽声，脸庞涨得通红，身上每一处关节都酸痛难忍。

弗莱娅惊慌地跑了过去，蹲了下来。

“妈妈，你怎么了？妈妈，你怎么了？”

“没有，咳咳，我没有问题。”丽芙的呼吸逐渐艰难。

“不，你生病了，生病了！我立刻带你去医院！”弗莱娅努力搀扶起妈妈。

“太贵了，太……贵了，咳……去……慈善医院……慈善医院，我能等的，没……没什么大问题。”丽芙喘息着回答。

弗莱娅流出了眼泪，视线飞快模糊。

就在这时，她感觉自己的肺部烧了起来，身体一下软倒，连带丽芙也重新摔在地面。

“弗莱娅，你怎么了？咳咳，你也生病了？”丽芙焦急地喊道，“钱在……咳，在柜子挡住的……咳……墙壁破洞里，你……快……快去医院！我好的……好的医生！”

弗莱娅想说些什么，却发不出声音，她的目光斜着往上，看到了隔壁的房门。

那是她们的卧室，那有属于她们的高低床，有她喜爱的小桌和单词册。

她的身体突地抽搐了起来。

丽芙的咳嗽戛然而止。

东区边缘的公立初等学校内，雾气还不算浓厚，但已有不少学生开始咳嗽。

当值的老师受过培训，当即吩咐道：

“快，去教堂，去旁边的教堂！”

黛西惊恐慌乱地站了起来，跟着人群往学校旁边的教堂跑去。

忽然，她心头一悸，有了失去某些重要东西的恐慌感。

……妈妈……弗莱娅……黛西猛地扭头，想逆着人潮，冲回家里。

但是，她被阻止了。她被老师们抓住，强行往教堂拖去。

黛西竭力挣扎，撕心裂肺地喊道：

“妈妈！弗莱娅！”

“妈妈！弗莱娅！”

…………

在东区，在码头区，在工厂区，那些或年纪老迈或身有隐疾的人如同被砍伐的树木，在雾气里相继倒下，而此时接触他们的人，则感染上瘟疫，飞快死去，身体还算健壮的成年人和孩子们也有了轻微的不适。

在他们的眼里，那淡黄与铁黑交杂的雾气就像是降临的“死神”。

1349 年最后一周的周二，贝克兰德大雾霾。

…………

大厅的墙角，克莱恩紧贴着石壁，不让自己被 A 先生发现。

很快，他听到了一声声闷哼，闻到了血肉糜烂的味道。

“为主的降临献出生命吧。”A 先生的嗓音突然响起。

扑通！扑通！人影沉重倒下的动静传入了克莱恩的耳朵，强烈的灵性波动浮现，不断回荡。

A 先生献祭了他的四位侍者？克莱恩刚刚浮现这样的想法，耳畔就传来了虚幻层叠的哭泣声，有人在喊妈妈，有人在剧烈咳嗽，有人在痛苦呻吟。

作为半个神秘学专家，克莱恩似乎看见了一道道带着不甘的怨念化成虚幻透明的身影，前仆后继地进入仪式，而工厂区、码头区和东区沉积多年的麻木、绝望、痛苦、愤恨等压抑情绪也随之潮水般涌来。

正式开始了吗？克莱恩闭着眼睛，背贴墙壁，右手猛地握紧，又松了开来。

对他来说，此时最好的选择是，趁 A 先生专注于仪式，溜出大厅，逃奔远方。

他的右手松了又紧，紧了又松，连续多次。

七八秒之后，克莱恩睁开了眼睛，嘴角浮夸上翘。

他伸手握住左轮，猛地一个转身，冲了出去。

身穿黑色双排扣长礼服的他抬起右手，瞄准了祭坛。

第二卷第二百六十四章　愚者千虑

当先映入克莱恩眼帘的是环绕着层叠光辉的祭台，以及立在祭台内的高瘦人影。

那人影取掉了兜帽，露出漂亮妖异宛若女性的脸孔，左胸、肩膀、腹部、大腿四个位置则覆盖着蠕动的黏稠的恶心的血肉。

他的四周，光层内充斥着虚幻透明的身影，洋溢着麻木、绝望、痛苦、压抑等感觉。

而在祭台之外，先前祈祷的四道人影已然倒下，他们皮肤干瘪，紧包着骨头，像是风化多年的尸体。

整个大厅的上方，一道道辉芒穿透虚空而来，顺着布满象征符号和魔法标识的石柱、地板、空气，飞快投入了祭台。

克莱恩刚从躲藏处出来，A 先生就已睁开眼睛，望向了他所在的位置。

他的瞳孔染着血色，冷漠里蕴藏着极致的疯狂。

换作别的非凡者，此时恐怕已经下意识移开目光，不敢对视，但克莱恩直面过“永恒烈阳”，见识过“渎神者”阿蒙，对此并未恐惧。他冷静扣动扳机，让一发铭刻诸多花纹的银色“猎魔子弹”激射而出，奔向祭台。

目睹这一幕的A先生下意识想要抬手，但最终停了下来，漠然看着银色的子弹钻入祭台四周的光层。

无声无息间，满是花纹的“猎魔子弹”在层叠的光辉内融化了，消失了，被那些难以数清的不甘怨念和负面情绪吞没。

最终，它彻底分解，没留下丝毫痕迹。

克莱恩眼眸一缩，砰砰连扣，将左轮手枪内剩余的子弹全部射了出去，淡金色的“净化子弹”、黄铜色泽里绽放金芒的“驱邪子弹”首尾相接，先后贯入了祭台周围的光层里。

然而，它们同样分解了，消失了，未能制造丝毫涟漪。

A先生嘶哑着笑了起来：

“没用的，小爬虫，仪式已经正式开始，以你的力量是无法打破和中断的，即使序列5的非凡者也办不到！

“但你也是幸运的，你将活着见证我主的降临，融入他的身躯。”

说完，A先生不再理睬克莱恩，重新闭上了眼睛，似乎对方确实就只是一条渺小的虫子。

这位“牧羊人”半举起双手，做出敞开怀抱的姿势，用古赫密斯语高声喊道：

“创造一切的主；

“阴影帷幕后的主宰；

“所有生灵的堕落自性。

“您虔诚的信徒祈求您的降临；

“我愿意奉献我的身躯，让它作为容器，承担您伟大的意志！”

祈祷声里，A先生头顶突有光芒从未知处降临，将他完全笼罩。

四周化成人影的不甘怨念和沉积的负面情绪潮水般内卷，涌入了A先生体内。

砰，砰，砰！

克莱恩连打响指并操纵火焰，竭力攻击着祭台，但它们依旧不可抗拒地在周围光层内分解了，熄灭了，消融了，没有一点效果。

怎么办？我其他的神奇物品都在灰雾之上，要想取出来，必须先举行仪式，这至少会浪费一两分钟的时间，而且没有保护的肉身会非常危险……怎么办？克莱恩理智停止了尝试，站在那里，思绪电转。

而且，无论太阳胸针、生物毒素瓶、全黑之眼，还是只提升位格的“黑皇帝”牌，似乎都无法突破那祭台的屏障！

难道只能等待“正义”小姐那边及时找来援军，或者眼睁睁看着“真实造物主”降临？克莱恩精神紧绷，念头飞闪，快速思考着自己能有什么对策。

他一件件过滤着身上的物品，掌心已不自觉沁出冷汗。

突然，他想到了某样东西！

来不及去考虑后果，他将手伸入衣兜，抓住了一件充满金属质感的物品。

噔噔噔！

克莱恩前跨几步，用力甩动胳膊，将攥在掌心的那件物品扔了出去，扔向祭坛。

黄铜色的辉芒一闪，那物品进入了层叠的光层。

那是一把形制古朴的钥匙。

那是“万能钥匙”。

光层之内，黄铜色的“万能钥匙”开始分解，开始融化。

而当它的外壳不见，内里蕴藏的诅咒便直接显现了出来，连接未知之处的“门”先生。

…………

皇后区，霍尔伯爵的豪华别墅内。

奥黛丽立在落地窗边，忧虑地望着远处。

她看见天边的雾气逐渐浓郁，淡黄染上了铁黑，并慢慢往自己所在的方向渲染而来。

“这有些不对劲。”金毛大狗苏茜蹲在她旁边，同样眺望着那原本常见的雾霾。

嗯，希望来得及阻止……奥黛丽并不清楚那雾气代表什么，只默默在心里向女神和“愚者”先生祈祷，请求他们不要让“原初魔女”降临。

忽然，她发现窗外的树枝开始摇晃，玻璃轻微震颤。

“风来了……”奥黛丽莫名感觉喜悦。

乔伍德区，圣风大教堂。

它的外面突地浮现肉眼可见的恐怖风暴，然后向着东面鼓荡起了难以想象的飓风。

呜！

沉积的雾气被吹散，浓郁的黄色与铁黑飞快淡化。

呜！

一根根干枯的树枝掉落于地，粉尘与泥土扬上半空，随着雾气远去。

呜！

许多行人的帽子离开了自己的脑袋，身体摇晃得必须扶住树木或墙壁。

码头区的水手们仿佛回到了港口城市，正目睹一场台风的袭击。

东区和工厂区的烟气变淡，健康民众的轻微不适得到缓解。

轰隆！轰隆！

闪电跳跃，雷声炸响。

它们很快平息，哗啦啦的雨水开始清洗大地。

“风暴教会这次的反应很快嘛……也有我们提前行动，准备不太充分的原因……呵呵，那些中产，那些富翁，如果没有相应的保护，在这样的‘大雾’里，和平民们毫无区别，都是待宰的羔羊……”绝望女士坐在一辆出租马车内，悠然听着雨点敲打玻璃窗的声音。

哪怕被及时破坏，根据她的估算，刚才的“雾霾”也能直接造成 20000 人以上的死亡，而后续还有蔓延的瘟疫。

这样一来，我的魔药也消化得差不多了，但这只是顺带的收获……大量人口失踪的痕迹将被抹去，指向极光会，指向“真实造物主”，没谁能猜到王室真正想做什么……我该离开了，带走特莉丝……绝望女士心情不错地想着。

她行踪隐秘，事前还做了处理，所以短时间内完全不担心自身会被贝克兰德的半神们堵住。

等对方找到痕迹，她已经远离了这座城市！

就在绝望女士准备离开马车时，她眼前一花，看见了一道人影。

那人影坐在她的对面，是个年轻的女性，披着带兜帽的古典长袍，眼睛和头发都为黑色，面容秀美但呆滞。

…………

扔出“万能钥匙”后，克莱恩又握住了阿兹克铜哨，接着屏住呼吸，等待结果。

如果他的构想未能实现，祭台的屏障仍然没有被打破，那他就将使用阿兹克铜哨，看是否能获得“信使”的帮助。

再不行，他就进入灰雾之上，将“黑皇帝”牌等物品搬出来，尝试每一种可能，拼到最后一秒！

此时此刻，还在下午，没有绯红之月，更别提明澈的满月，所以，克莱恩对“万能钥匙”内蕴藏的诅咒缺乏足够的信心，只希望祭台屏障的消解作用对它的存在产生威胁，让它本能地做出反应，比如反向沟通“门”先生，将他的求救声传递出来。

也就一两秒的工夫，克莱恩看见“万能钥匙”分解成了最微小的光粒和一片虚幻扭曲的绯红。

那抹绯红在快速变淡中竭力挣扎，猛地爆开！

刹那之间，克莱恩失去了听力，看见光层内怨念和不甘化成的无数身影齐齐仰头，发出惨叫。

它们飞快变化，染上了黑绿，长出了第二个脑颅，第三只眼睛，或者第五条腿……

它们交汇成洪流，涌入了 A 先生体内。

A 先生霍然睁开了眼睛，淡漠的血色下是不敢相信的惊愕。

紧接着，整个祭台四周的光层扭曲了，坍塌了。

轰隆!

巨大的爆炸从祭台中央往外扩散，掀起了恐怖的风浪。

咔嚓！最近的四根粗大石柱瞬间折断，远处的克莱恩只来得及做出翻滚的动作，就被冲击波拍飞了出去。

砰!

他撞在墙上，一下扁平，化成了薄纸。

那薄纸迅速被后续的风浪撕碎，撒向四周。

克莱恩本人则浮现于角落里，借助墙壁，对抗着爆炸产生的风浪。

“万能钥匙”制造的破坏效果超乎了他的想象!

被强行消融的诅咒确实有了本能的反应，将“门”先生的呐喊传递了过来，而这位至少天使级的被放逐者的声音污染了仪式需要的不甘怨念和麻木绝望，于是，祭台失去平衡，走向了自我毁灭的道路!

风浪稍有平息，克莱恩就冲了出去，确认成果。

半空传递来的虚幻人影和压抑感觉已然消失不见，整个祭台只剩些许残骸。

A 先生身体前倾地跪在倒塌的石柱旁，少了条手臂，少了半张脸孔和诸多内脏，仅剩的那只眼睛内则充满刻入骨头般的仇恨。

但是，那些伤口很快就被蠕动的血肉覆盖了。

瞧了这么一眼后，克莱恩毫不犹豫，拔腿就跑。

对他来说，破坏掉“真实造物主”的降临就算达成了终极目标，此时不走，一个序列 6 难道还要留下来和“牧羊人”A 先生共进晚餐，迎接新年?

第三卷第一百三十三章　灰白的雾气

…………

“五月八日，我可爱的贝尔纳黛快满两岁了，越长越是讨人喜欢，不愧是继承了我和她妈妈优秀基因的小姑娘。

“听着她清脆地叫爸爸，看着她活泼的身影，我忽然感觉到了一种满足。

“自穿越到这个世界，我做了很多事情，有些甚至可以说见不得人，但我并没有觉得羞愧，也不对此后悔。这一方面是因为我是个很难克制自身欲望很容易被周围环境影响的人，呵呵，必须感谢命运，我一直没有碰到过‘恶魔’途径的‘欲望使徒’，否则按照资料的记载，我肯定被这个序列的非凡者克制得相当厉害，甚至可能遭遇秒杀。

“另一方面，我依旧对这个世界有一种疏离感，我这一世的父亲母亲对我很好，我也努力让他们骄傲。可是，我知道，我对他们的感情很淡薄，同样的，这也是我对玛蒂尔达的感觉，占有欲多过感情。

“不得不承认，我的心态就像在玩一场虚拟现实的角色扮演游戏，父母、妻子、兄弟、朋友都只是 NPC（非玩家角色），可以投注一点感情，但不会真正地放在心里，所以，我可以毫无愧疚地参加各种堕落的聚会，可以冷酷地对付曾经的熟人，就像当初玩上古时可以为了一只鸡屠掉一个村子一样。

“但贝尔纳黛出生以后，我发现我对这个世界多了点归属感，不再那么疏离。

“这是我的孩子，活生生的孩子。

“也许这就是所谓的成熟？”

没有孩子，没法体会这种感觉，不，连女朋友都没有……不过大帝这篇日记里提到的心态，我也得警惕……之前不存在，不代表将来不会出现，序列越高，越是神性多过人性……克莱恩无声感叹了两句，翻到了第三页日记：

“一月六日，新的一年，新的开始。

“晋升‘工匠’后，我终于有能力做那件事情了！

“那就是制作我记忆里的那个神秘银牌，大概是它导致了我穿越！

“其实，成为‘通识者’后，我已经完全回忆起了它的样子，回忆起了它表面的奇特符号和花纹，但那时的我，可以明确地感知到自己无法仿制出类似的物品。

“一月九日，经过几次失败，我终于成功了。

“拿着这布满奇异符号和花纹的银牌，我努力地灌注灵性，试图激发。

“我的眼前似乎出现了一片无边无际的灰白雾气，但之后什么都没有发生。

“是材质的原因，还是缺乏必要的步骤？

“一月十日，我按照回想起来的穿越前经历，还原了当时的状态，自认为不再缺少什么，可是，那神秘的银牌依旧只能让我看见古怪的灰雾，无法帮助我完成任何事情。

“既然这样不行，我当初又是如何穿越成功的？

“我暂时放弃了尝试，毁掉了制作出来的银牌，也许等我成为高序列强者，成为半神后，会有办法解读出那些花纹和符号的意思，弄清楚穿越之谜。

“嗯，我肯定能成为半神！我是这个时代的主角！”

灰白的雾气？大帝仿制出地球那个神秘银牌后，看见了一片无边无际的灰白雾气！克莱恩读日记读得瞳孔霍然微缩。

他的脚底，正好有一片亘古不变般的无垠灰雾！

“难道我和大帝的穿越，都与这片神秘空间有一定的关系？可是，为什么大帝无法进入，而我可以？根据大帝人生最后阶段的那几篇日记看，他肯定没能解开银牌的秘密，否则他最绝望最疯狂的时候，不会不想到这里，不会不将此地作为依仗……克莱恩抬起脑袋，目光落到了古老宫殿的外面。

他记得这片神秘空间的深处，有一座通往天国般的光之阶梯，隐约对应着自身的序列。

那阶梯仿佛为巨人建造，目的地是一层浮在半空的，似乎托着什么的灰白雾气。

我和罗塞尔大帝穿越的秘密都藏在那里？

…………

第三卷第二百三十二章　新的日记

…………

克莱恩没有等待太久，那三页日记就具现完毕，来到了他的手里。

“太阳”戴里克等成员本能就安静下来，不打扰“愚者”先生的阅读。

“二月九日，今天是博诺瓦的生日，他已经是个健康、结实、诚实、善良的年轻人，他是如此的虔诚，受到了教会的重视。

“所有人都在恭贺我，说博诺瓦肯定能成为眷者，成为圣灵，称赞他的信仰是那样的纯粹，那样的无瑕。

“我应该很高兴，但我心里却有着难以遏制的悲凉，我希望我的孩子能更人性一点，能更有感情一点，能更多地做自己，而非神灵的信徒。

“可是，几乎所有人都发自内心地认为博诺瓦现在的状态很好，玛蒂尔达是这样，夏尔是这样，我的贵族们我的大臣们也是这样，只有贝尔纳黛与我有着同样的感受，她私下告诉我，她认为人应该更自我一点，只要不伤害谁。

“想到查拉图在博诺瓦出生时的那些话语，以及我踏入半神领域后越来越多的预感，我的心情更加沉重，可爱的天使，呵呵，真的是可爱的天使。

“这就是你对我的防备吗？

“这就是你试图控制我的办法吗？

“不，你大概无法理解我内心的骄傲，在我看来，神灵又如何？我可取而代之！”

…………

另外，他也从第一则日记的字里行间读出了罗塞尔大帝的压抑和愤懑，并用上辈子锻炼出来的阅读理解能力，品出了一些隐藏于内容之下的信息：

成为天使后，大帝似乎受到了蒸汽教会的钳制和防备，那位“蒸汽与机械之神”有对他的小儿子博诺瓦施加一定的影响，让他成为最虔诚的信徒，将来可以进入“完美之地”成为天使的那种。

而这不仅没让罗塞尔大帝屈服和顾忌，反倒激起了他的抗争之心。

“大帝后来成为世界公敌，正是源于这种抗争？”克莱恩在心里点了下头。

…………

第四卷第三十四章　诸神的“锚”

知道“神秘女王”精心挑选过的日记肯定都有相当重要的内容，“愚者”克莱恩让精神集中起来，状似漫不经心地将目光投向了手里的黄褐色羊皮纸。

“九月十一日，自从成为天使，我就有了一种自己人格出现分裂的感觉，我的心里，我的灵内，我的精神深处，始终有声音在催促我，影响我，制造着难以控制的冷漠、嗜血、残忍和疯狂。

“这不来源于外界，也非神灵对自身途径的影响，我可以清楚地感受到它源自基因，源自人类一代代遗传下来的集体潜意识，源自非凡特性本身，而不是上面残留的精神影响。

“它让我有着强烈的狩猎和杀戮渴望，想要吞噬周围所有具备非凡特性的生灵，这让我必须花费绝大部分精力来对抗它，哪怕我已经在扮演，在消化魔药，也没见好转。

“难怪‘门’先生说，理智是暂时的，疯狂是永恒的。

"九月二十八日，我已经很久没写日记，之前大半个月内，我仿佛在看着自己一点点被陌生人取代，一点点变得冷酷和可怕，就连我的女儿贝尔纳黛都只能让我产生少量的父爱，很少很少。

"就在我快要疯狂的时候，我似乎听到了数不清的赞美，那是我的臣民们，那是所有在我改革里受益的人们，那是将我视作'蒸汽之子'的信徒们，在称赞我，歌颂我，为我竖立雕像，为我撰写故事，为我创造诗歌。

"他们的声音仿佛船只的锚，帮我'定位'住了自己。

"我开始有能力对抗那种渴望，对抗那种发自内心的呐喊，我一点点走了出来，又能拥有作为一个父亲、一个丈夫、一个男人的正常情感了。

"仅仅只是序列 2，就有这样的变化，到了序列 0，到了真神层次，要对抗的疯狂该有多么的恐怖？

"或许他们也需要'定位'，以对抗非凡特性和集体潜意识深处潜藏的强烈失控倾向。

"我大概有些明白他们为什么要建立教会，为什么要传播信仰，为什么要给自己势力的圣者书写篇章，给对应的天使留下传说……

"可为什么他们没有人类形象，只是符号象征？

"想不明白。

"下次问一问'门'先生，他在神灵领域懂得非常多，如果他当初没有被放逐，神灵可能会多一位。

"九月二十九日，重看昨天的日记，我想起了我序列 4、序列 3 和序列 2 分别对应的仪式，它们都明显有疯狂残忍的意味，就像小说里的反派才会举行的那种。

"序列途径，很可能是注定疯狂注定绝望的道路。

"而这又是人类唯一能获得超凡之力的道路。

"真是好笑啊，讽刺啊。

"我们努力地拯救自己，只是为了更好更彻底地毁灭自身？"

…………

第四卷第五十八章　日记的尾声

陵寝都已建好……开弓没有回头箭……克莱恩望着手中的日记，脑海里思绪如沸，各种念头不断冒出又不断破碎。

在他看来，罗塞尔大帝的这则日记近乎证明了他之前做的猜测：在晚年选择强行转到“黑皇帝”途径，试图以半疯为代价，成为序列 0 的真神！

究竟是什么驱使大帝下定了这样的决心？之前那则日记里的激荡、冲动和失态，又是因为发现了什么？而且和那时候相比，大帝这则日记的情绪看似平静内敛，却给人更加偏激的感觉……很难想象，晚年时期的大帝遭遇和经历了什么，以至于人格都有出现异化的情况……天使本身蕴藏的那种疯狂，还是说锚定他理智的生灵信仰出了问题？嗯，正常不是应该㞞一点稳一点，等着找机会吞掉“隐匿贤者”吗？克莱恩一瞬间想到了很多，却无从寻找证据。

而这一页羊皮纸上，只有那么短短两行文字，似乎在说明这就是罗塞尔大帝人生最后的那则日记，这一年的末尾，或者新一年的开始，他疑似陨落在了白枫宫。

一代大帝，一位穿越者最后的文字？克莱恩暗叹一声，表面毫无异常地翻到了下面那张羊皮纸。

这页日记上没有日期，但抬头却写了行古弗萨克语：

“紧连着刚才那张。”

这行句子字迹秀丽端正，与罗塞尔大帝的手书有明显区别，一看就是他人额外添加的。

应该是“神秘女王”做的注释……为了说明这才是日记的最后，是大帝在开弓没有回头箭后写的？可为什么没有日期？克莱恩带着深深的疑惑，往下阅读起相应的内容，眸光随之凝固：

“我想，这个世界上，穿越者应该不只我一个。

“如果还有人能看懂我的日记，一定要记住，谨慎地选择你的非凡途径。

“一旦确定了这点，也就意味着你的盟友和你的敌人也大致确定了。

“我没法提出具体的建议，因为我看不清七神，看不清那些邪神的真正面目，这也许与那个古老组织隐藏的第二块‘亵渎石板’的部分内容有关，很可惜，我只是大概猜到有隐藏的部分，无法获得证实。

“同样的，我也不知道第一块‘亵渎石板’书写着什么。

“一个有用的告诫是，不要选序列 0 位置已经被占据的途径，并且小心相近途径的序列 0、序列 1，我在这方面就吃了很大的亏。

“至于序列 0 代表什么，如果你还不知道，记得搜集我其他日记。

“呵呵，这一页相当于我人生的后记，若是我成功，那之后就是神生，就是另一段故事；如果失败，那就没有之后，大概，嗯，你懂的。

“去吧，能看懂我日记的朋友，去探寻我们穿越的秘密和其中埋藏的真相吧，我会注视着你的，如果我还活着。

“最后提醒你一句，一定要记住：

“小心月亮！”

对于穿越者不止一个这件事情，克莱恩并不诧异，毕竟他早就知道罗塞尔大帝这位“前辈”存在。

他疑惑的是，大帝又是从哪些事情哪些细节发现穿越者不止一个？

这一点很重要，对克莱恩找到回家之路有着其他问题不可比拟的意义！

这就像有几个未知数的方程，如果例子不够，条件不够，无论怎么解，都是得不到确定答案的，只有式子足够，才有希望找出正确的解答。

…………

［节选自起点中文网］

【粉丝评论摘编】

@马伯庸：这是一部克苏鲁＋蒸汽朋克 +Scp 背景的小说，看似杂芜，但作者把诸多元素糅进故事里不觉生硬，能力体系设定富有想象力。其实这个架空世界观不亲民，人名地名拗口，宗教历史陌生，但流畅的叙事节奏让这些反成了加分项。可见没有晦涩的世界观，只有不会讲故事的作者。

（发表于新浪微博，2018 年 11 月 12 日）

@安迪斯晨风：从某种意义上说，《诡秘之主》开创了一个新的小说写法。主角虽然始终是一个人，但是因为他有“无面人”的变化能力，可以拥有很多个身份，每个身份都有真实而完整的人设。所以小说中就可以有很多个视角，底层公务员、穷困大侦探、疯狂冒险家、神秘大富豪……各种各样人物各自面对这个世界的一个截面，而且还可以让他们的经历交叉到一起，构成一个复杂的网状结构，呈现出这个世界的每一个细节。这种写法看起来有点像无限流，但无限流是同一个身份在不同的世界里穿梭，而《诡秘之主》相反，是不同的身份在同一个世界的不同层面上观察。

（发表于新浪微博，2019 年 4 月 29 日）

@赤戟：蒸汽朋克＋克苏鲁，都是相当小众的题材，现在不躺着吃老本，还敢每开新书都是全新题材的大神作者已经不多了，这就是我佩服乌贼这类作者的地方，他们的每一次努力都是为网文开拓新的边界！暂时给个四星。

（发表于优书网，2018 年 4 月 1 日）

@勖寡人：魂穿到超凡能力与蒸汽朋克的世界，通过追查原主师生的自杀事件，了解到超凡力量在背后操纵，并通过秦汉方术仪式进入一个超凡空间，利用空间特性伪装成幕后BOSS愚者，成功组建了一个共济会式的隐秘组织。同时，与现实超凡者特警接触并加入政府组织，立功后成为超凡者占卜家……从此，主角一边通过空间平台了解、搜集超凡资料，逐渐成为操控世界的“幕后黑手”；一边在前台当一名守序者，追捕超凡者罪犯，斩断邪神入侵的触手……非常喜欢主角三兄妹温馨有趣的家庭亲情生活，以及与性格各异的同事之间的相处协作，在这个工业革命阶级压迫与克苏鲁邪神宗教入侵的世界里，让人在阴冷暴戾中感受人性的希望，在黑暗混乱中感受着文明的光辉。

（发表于优书网，2018年5月31日）

@何足道哉：这部小说的喜剧元素非常密集，不仅限于这里，包括装大神然后被当成大神，结果人家就不给钱了这种也是。作为一个星迷，感觉乌贼是真的把无反差不喜剧这个原则吃透了。

不但如此，他还发掘到了喜剧的悲剧内核，或者说以喜衬悲。原来最悲凉的不是抄家，而是抄家了还唱歌；最悲情的不是要饭，是要饭了还说“真香”；最痛苦的不是失控，而是xxx失控了还没意识到自己失控（有点类似xxxx弥留之际说梦见自己老了，以为现在的衰老是梦，实际上年轻的往事才是梦）；最悲凉的不是死去，而是死而复活却和家人不能相认，甚至也不是复活以后不能相见，而是复活以后扮成小丑去逗他们笑，相见不相识！

最高明的套路是不怕拆穿的，因为这可是现实的投影。

（发表于知乎网，2018年7月22日）

@走远了的咸蛋：作者很想写出西方特有的贵族腔调，可效果却是非常的刻板和僵硬，有种为了翻译腔而翻译腔的感觉。乌贼在刻画社会环境和细节上下了一番功夫，但在人物的塑造上还处于比较青涩的阶段。就拿主角来说，乌贼的书主角永远都是那副“微微一笑”“幽默地说”“淡然点头”式的完美（装×）性格，多如此类贴标签式的对人物性格的塑造显得很暴力，与其他人物的互动也似乎都是拿模具套上去一般僵硬。一本好的小说其主要人物一定会有所变化和成长，而本文主角除了设定的力量增加了，性格却从开头就是那副淡定坚毅得体的样子没变过，这绝对是错误的。可能乌贼并不是一个有才华的作家，而是一个会揣摩市场的书匠，他知道怎么写最迎合大众。

（发表于优书网，2018年9月25日）

［导引：吉云飞、谭天；简介、节选、粉丝评论摘编：谭天］

世界“返璞归乱”时

——评爱潜水的乌贼《诡秘之主》

谭　天

《诡秘之主》展现出的是一个混乱疯狂的世界。精灵、巨龙等传统意义上的奇幻生物在创世初处于疯狂状态，恢复理性纯属偶然，人类文明的秩序则是反“自然”的产物，是人为的“规定”。在这个世界中，一个人的实力越强，他就越接近自然的“本色”，越容易失控成为毫无理智的怪物。疯狂，仿佛被创世者编入了这个世界的核心代码之中。书中倒吊在十字架上、陷入狂乱的邪神“真实造物主”，也在无声传达着一个隐喻：上帝疯了。

当然，这个概念原本并不新鲜。二十世纪以降，西方文学一直在向我们揭示出宏大叙事破灭（即“上帝已死”）的真相。宗教徒们幻想出地狱天堂，启蒙主义者们构思过民主社会，后现代思潮却把它们解构得支离破碎。但宏大叙事破灭对应的是拟宏大叙事兴起。在《魔戒》的中土、《星球大战》的太空或金庸小说的江湖中，人们继续创造出一个如宏大叙事般秩序分明的世界，演绎壮阔的正邪之争，呈现现实社会的倒影，寄托大家的理想、价值与梦。拟宏大叙事的异托邦里还有精心构造的秩序，还有灵魂高贵的英雄，还有现代社会主流所不容的种种幻想。

《诡秘之主》连这一重拟宏大叙事都打破了，疯狂混乱的世界底色与蒸汽工业时代背景汇合起来，击碎传统奇幻中清晰分明、秩序井然的中世纪田园牧歌。工业时代是凡人的时代，这里没有屠龙的骑士，英雄只能降格为凡人。

各安其位的宏大秩序解体后，凡人不得不依赖亲朋好友的情感纽带来定位自我，这就是日本 ACG 作品常说的“羁绊”，或者也可视作江湖干涸后的“相濡以沫”。《诡秘之主》的男主角克莱恩确实曾一度拥有这样的羁绊。第一卷中，他有哥哥、妹妹，有导师高文、老尼尔，有好友邓恩、伦纳德。在陌生的异世界中，穿越者克莱恩似乎找到了自己的羁绊与归属。可这些羁绊如此脆弱，轻易就被突发的不可抗力击碎。卷末，邓恩、老尼尔去世，克莱恩被迫抛弃旧身份，切断与亲友的联系，更名远走，成为一个“无面人”。

除了易逝的亲情与友情外，爱情，以及背后暗藏的情欲，也是人最重要的羁绊。然而小说至今已有三百余万字，主角连个暧昧对象都没有，更不用说恋爱了。不仅如此，克莱恩的仇敌中有一部分人相貌美丽，身怀操控情欲的魔力，可以让被操控者产生恋爱的错觉。眼见未必是真，心动也未必是真。这导致克莱恩一见美女就警惕，完全没有别的心思。无情欲乃至恐惧情欲的主角，宣告了爱情羁绊的破灭。

羁绊破灭的个体如何重新寻找自身的价值？只有通过奋斗，获得世俗意义上的成功。这正是传统的屌丝逆袭网文所不断讲述的故事。在这些故事里，主角白手起家，靠自己的努力（和金手指）取得成功。其背后折射出来的是万千普通人的渴望，是一种坚信个体奋斗可以改变人生的精神，也是中国经济强劲增长二十年的时代产物。

《诡秘之主》中的前代穿越者罗塞尔大帝就是这样一位人物，他称王称霸、变革时代、超凡入圣、抄袭异世界智慧，堪称穿越者的楷模。但罗塞尔最终被刺杀而死，死前发现自己的穿越是一场阴谋，自己的成就是邪神诞生的温床。于是传统网文里“个体奋斗 + 金手指 = 成功”的公式也破灭了，奋斗指向败亡，外挂实为虚假。作者爱潜水的乌贼一贯的怀疑精神在本书走向极致，克莱恩的穿越与灰雾两重金手指已明确是阴谋，《斗破苍穹》开创的“随身老爷爷”变成心怀鬼胎的寄生者，传统网文辛苦十余年塑造出的屌丝逆袭神话被否定。

宏大叙事、羁绊温情与屌丝逆袭的本质，都是对混乱世界的条理化认知，是对无序自然的秩序化收编，是一个人确立自身价值、安放个体位置的努力。《诡秘之主》对这三重建构的否定并非虚无主义，而是揭露真实。作者将个体与世界之间的遮掩缓冲撕掉，让人直面世界的原貌。

主角克莱恩在小说中拥有双重塔罗牌代号：“愚者”“世界”。愚者是起点，代表天真、单纯、无限可能；世界是终结，代表完成和世界本身。“愚者”与“世界”的一体，暗示着最纯粹的人性与最真实的世界之间的沟通。

然而，混沌是世界真实面貌的一部分，欲望也是人性本质的一部分。出于外力而畏惧、压抑情欲，与正视欲望并主动选择克制是有区别的。前者是一种安全的平庸，后者才是真正的勇士。作者似乎想把克莱恩写成后者，却常常不经意间让他滑向前者。在当今这个时代，庸人与勇士，“佛系”与真佛之间的关系如何把握，对爱潜水的乌贼来说是很大的挑战。但既然已被视作最有潜力的新大神之一，他就必须要去面对、处理一些棘手的问题。能否给出属于自己的答案，是这位类型作家摆脱匠气，蜕变到更高境界的考验。

不论怎样，《诡秘之主》已经将个体直接逼进真实的世界中。如何接受世界的真相，如何克服个体的缺陷，如何寻找心灵的“锚点”，在靠近世界的同时守护自己的本真，这些都是《诡秘之主》想要与读者探讨的问题。正如小说中反复出现的一句名言：“我们是可怜虫，也是守护者。”

大王饶命

会说话的肘子

会说话的肘子，本名任禾，1990 年生，阅文集团大神作家。电竞爱好者，巅峰时期《DOTA》(《远古遗迹守卫》，一款游戏名）世界排名前 100。2016 年 3 月，为重温电竞梦开始在起点中文网连载《英雄联盟之灾变时代》，并取笔名为“肘子”以致敬《紫川》[①]作者老猪。2016 年 12 月，转型创作都市小说《我是大玩家》，成绩再上层楼，平均订阅数过万。2017 年 8 月，开始连载偏向“二次元风格”的“灵气复苏流”小说《大王饶命》，成为首位获起点年度月票总冠军的“90 后”作者。2019 年 4 月，新书《第一序列》上传，是一直颇为冷门的“科幻废土”题材。

《大王饶命》自 2017 年 8 月 18 日至 2018 年 11 月 26 日在起点中文网连载，总字数约 280 万。连载期间，不但多次打破起点月票榜的单月纪录，并长期在正在更新的起点作品中均订排名第一，更借助 2017 年 2 月新的点评机制“本章说”[②]开通的契机，成为起点总粉丝值最高、读者讨论数最多的作品，拥有超百万读者书评。

① 《紫川》与《诛仙》《小兵传奇》在早期网文界有“三大奇书”之称，也是会说话的肘子的网文入门书。

② 2015 年 7 月 4 日，首个垂直类网文阅读 App“欢乐书客”上线，定位为“服务‘95 后’爱看宅文的二次元粉丝”，参照视频网站 Bilibili 首创“弹幕评论机制”，以便读者对小说内容进行实时吐槽。“弹幕评论机制”后被起点中文网借鉴，2017 年 2 月在起点读书 App 上推出“本章说”等“批注点评机制”，将网文阅读参与机制从 PC 时代（以讨论区书评为主）带进移动时代。

【标签】二次元　都市　灵气复苏

【简介】

绝地天通、人神永隔的末法时代，迎来了灵气复苏、神通显世的巨变。作为神王转世之身的高中生吕树，得到了负面情绪系统，可以通过使他人感到恐惧、厌恶而收获负面情绪强化自身。吕树依靠毒鸡汤成为大魔王，但这个让读者爆笑不止的大魔王却很有底线，并不太冷。

选段为小说开头第一至六章，既有主角很快因意外而获得“金手指”的惯常套路，又显示出与主流“升级文”气质迥异的人物设定与语言风格，以及在男频网文中罕见的对日常生活的细致描摹和兄妹感情的微妙刻画。这一混搭的感觉贯穿了小说始终，而热血爆笑、笑中带泪的故事基调也于开篇便奠定。

【节选】

第一章　庙会

时值 2 月，冬日里的晚霞由西边向整个世界蔓延，寂静的红色像是一层油画的涂料，把所有行人身上都换了一种颜色。

来往过客都是笑容满面的。

今天大年初三，正是逛庙会的好时候，洛城这个小城市，光是举办庙会的地方就有六七处之多。

“吕树，我要吃糖葫芦，夹核桃的那种。”一个小姑娘拉了拉身前那个少年的衣袖，小手已经指向路边的糖葫芦车，透过玻璃窗还能看到里面的糖葫芦晶莹剔透。

小姑娘很小，大概也只有 10 岁的样子，穿着白色干净的羽绒服，一尘不染。

名叫吕树的 17 岁少年心疼地看向卖糖葫芦的车子，然后咽了一口口水对小姑娘说道：“吕小鱼，咱们给你买羽绒服的时候就已经说好了的，想要买这件羽绒服，以后就得省吃俭用，不然我下学期上高三的学费都不够了！”

“吕树你变了！”吕小鱼平静说道。

吕树脸当时就黑了。“你这是跟谁学的，少看点爱情肥皂剧行不行?！”

然后他又盘算了一下，还是叹了口气走向卖糖葫芦的老板。“老板，夹核桃的这种多少钱？”

“5 块，给妹妹买一串吧。”老板笑呵呵地说道，他早就看出来这一大一小到底是谁想吃糖葫芦了。

5 块……真贵，吕树从兜里掏出来一张皱巴巴的 10 块钱递给老板，然后老板找了 5 块钱给他。

糖葫芦这就算是到手了，一串糖葫芦有 7 颗夹着核桃的果子。吕树递给吕小鱼的时候，吕小鱼说道：“我吃 5 颗，给你留 2 颗！”

吕树乐了，摸了摸吕小鱼的脑袋。“留一颗就行。”

小姑娘这个年纪，个子也才长到吕树的齐腰处，吕树一伸手刚好能摸到她的脑袋。

“好。”吕小鱼也不客气，白净的脸，红色的嘴唇，让吕小鱼在冬天里像是一个瓷娃娃。

这个时候旁边走过去几个年轻人，还在兴高采烈地讨论着新奇的事情。“你们看到昨天网上的那个新闻没，说是一个老头临死前魂魄竟然能被人看到，结果这个新闻又是被秒删了。”

吕树眼巴巴地看着吕小鱼吭哧吭哧地吃着糖葫芦，一边心里嘀咕着：最近关于这种灵异事件的新闻真是越来越多了，前阵子还有小孩手里冒蓝光、大汉徒手举起 2000 斤重物的新闻。

也不知道是假新闻还是怎么的，这些人随着新闻被删除，也都销声匿迹了。

还有一些视频，比如某人走到哪里，哪里的路灯就会忽明忽暗，看起来还怪唬人的。

还有一个是大妈忽然就凭空消失了的视频。

还有一个是旁观者拍摄的视频，说在道观看到有人在山顶吞云吐雾。

比较一致的是，这些视频最终都消失了。

吕树看了看天色，他总觉得好像有什么事情要发生，却不知道是什么。

世上真的有那么神奇的东西吗？可总不至于自己活了 17 年，这些东西才慢慢出现吧？什么情况？

总感觉生活好像要跑偏啊！

“走吧，看杂技去，”吕树从兜里掏出门票看了一眼，“还有 20 分钟，说是今年庙会专门请来的杂技团呢，有火焰表演。”

这个时候吕小鱼已经吃完了 6 颗糖葫芦，心满意足地把糖葫芦的签子以及签子上剩下的那颗糖葫芦递给吕树。“好吃！”

“吃货。”吕树嘀咕道。

今年的杂技确实别出心裁，看起来还有点魔术的味道。庙会的主办方搭起了巨大的舞台，下面人山人海的，吕树这才感觉有了点年味。

这杂技一开始没啥意思，就是顶大缸、耍飞刀之类的把戏。

然而到了最后一个压轴的节目就有点不一样了，就一个年轻小伙子上台表演，一开场全身上下就忽然燃起了火焰。

吕树当时就惊了，我的天，这样表演真的没问题吗？不会死吗？

“吕树吕树，让我骑你脖子上看。”吕小鱼喊道。

吕树无奈。“我举不动你啊。”

吕树看起来有点瘦削，脸色有点不正常的苍白，这不是刚刚得了病，而是身体从小就虚，他也偷偷买过六味地黄丸吃了一阵子，结果好不容易下决心忍痛买的地黄丸，吃完也并没有什么明显的效果。

还是很虚……

起码这样也算证明自己虚不是因为肾了，也算是一种安慰吧……吕树是这样安慰自己的。

吕树带着吕小鱼往前挤，站得近了也就可以看清楚了。

也就在这时，台上的表演者火焰刹那间消失，竟像是收发随心一般。

所以吕树才觉得今年的庙会票价一张 20 块钱绝对是值得了，又看杂技又看魔术啊！

台上的人一会儿身上带着火焰，一会儿不带，那火焰红色中还夹杂着一丝蓝色，非常绚烂。

在收尾时，那人手中的火焰忽然脱手而出，犹如彗星拖尾般向观众砸来，却在快要到达观众面前的时候再次消弭于无形。

所有观众鼓掌叫好，表演者鞠了个躬就下台了。

只有一个人是沉默的，那绚烂的火焰刚刚距离吕树其实是最近的，当那火球靠近的时候，吕树忽然感觉自己心脏里有一阵悸动，那种感觉……就像是久别重逢……

怎么回事？吕树有些疑惑，这种感觉真实到让他无可置疑。

“吕树吕树，我要学这个，你带我去找他学杂技！”吕小鱼拽着吕树就往后台跑。

“你一个小姑娘学什么杂技啊，人家这是压箱底的绝活，能教给你才鬼了呢，而且咱们也没钱给人家交学费啊！”吕树无奈道，不过他也想去看看那位表演者，如果可以的话，他想让对方再表演一次，看看自己刚才到底是怎么回事。

然而他刚跟着吕小鱼跑到后台就看到四五个身穿黑色风衣的人抬手一枪，只见一个小针管一样的东西扎在了那个火焰表演者的脖子上，表演者没过两秒就挺到地上不动了。

周围杂技班的人没有一个敢说话的，实在是这群人的气质太过凛冽，藏在黑风衣下的身体仿佛有着巨大的震慑力。

吕树都蒙了，这什么情况？！画风有点不对啊！

但吕小鱼不管那么多。“你们凭什么打晕他！”

对于吕树他们来说，正常人碰到这种诡异的情况能不吓尿就不错了，但吕小鱼这小吃货平时就轴得不行，眼瞅着自己想要拜师学艺的人挺在地上，立马就不乐意了。

吕树脸都绿了，当场就想拉着吕小鱼转身跑，结果黑风衣里有个人平静地说道：“这个庙会没有申请火焰表演的消防批文，他违反了消防安全惯例条例，所以要带回去调查。”

我信了你的邪！吕树压根就没相信他们的说辞，就算是违反消防安全也应该是找庙会的主办方好吧？

而且哪家查消防直接用这种像是麻醉针一样的东西把人打晕？

有问题！有大问题！

第二章　吃货

吕树一边权衡着眼前一切到底是怎么回事，一边随时准备拉着吕小鱼跑路，至于跑不跑得了……只能说尽力了。

然而，身穿黑色风衣的这群人似乎并没有打算跟他们纠缠什么，更不像是那种电视剧里演的标准坏人，动不动就滥杀无辜什么的，竟是直接走了。

到了这个时候，吕树有点安心下来，难道对方真的是官府的？

他忽然想起之前那些灵异事件消失的视频与人……难道这个表演者跟那种事情也有关系？官府里什么时候多了黑色风衣这种制服了？……看起来还不错。

如果对方这个时候忽然出示一个神秘部门的证件，搞不好吕树还真的信了。

至于对方所说的消防大队……就算了吧……

遇到这种事情，吕树吕小鱼这一大一小两人也没心情继续看庙会了，回家吧。

离开的时候，吕树低头沉思着，有点心不在焉的样子。

吕小鱼抬头看了他一眼。“吕树，你在想什么？”

“你叫我一声哥哥能死是吧！”吕树当时就有点火大。

“我们有血缘关系吗？”吕小鱼一脸鄙夷，人小鬼大。

这个时候，忽然有个年轻人拦住吕树和善笑道：“你们刚刚从后台那边出来吗？能不能告诉我里面发生了什么？”

吕树警惕道：“你谁啊？”

“你好，我叫知微，很高兴见到你。”帅气的年轻人笑着自我介绍。

“有多高兴？”吕树问道。

这个叫作知微的年轻人差点就尿了，这货怎么这么不按常理出牌？！

“呃……总之是很高兴吧……”然而知微刚想继续解释，就看到对面的这个少年理都没理他，拉着可爱的小姑娘就走了，小姑娘还在他身边一蹦一跳的……

“呼……算了，不跟你计较！”知微有点无奈了，还是自己去看看吧，里面应该还有不少目击者，那些人应该会比这个少年更好打交道才对。

吕树走了一段路之后，回头望着那个年轻人的背影皱起眉毛，吕小鱼平静道：“吕树，你今天有点不对劲。”

“小鱼，如果说这个世界上多了很多比正常人更牛 × 的人，你会怎么办？”吕树问道，如果说那位表演者真的有问题，那么自己心脏之中的悸动是不是代表着……自己也有问题？

“当然是要比他们更牛 × 了呀！”吕小鱼理所当然地说道。

吕树听了之后沉吟片刻，然后像是想通了什么事情一样展颜一笑。“你说的还真简单啊，不过很有道理，走吧，回家。”

吕小鱼自顾自地说着：“吕树你身体这么弱肯定不行了，跟同学打个五分钟篮球你就喘得不成样子了。不过没关系，你不行，但我可以啊，以后我保护你，你就专门给我做饭吃好了！”

“呵呵，”吕树黑着脸说，“莫名其妙的自信。”

吕树和吕小鱼住的地方在洛城行署路四号院，这里是传说中的市委家属院，然而已经是几十年前的事情了，现在的四号院是公认的贫民窟。在当下这个时间里，还是一层的小平房，破破烂烂的没有燃气没有暖气，也不怪别人说这里是贫民窟。

吕树他们住在这里是租的房子，一个 80 平方米的小平房，在这三线小城市里每个月 500 块钱，不包括水电费。房东没有卖房子的打算，纯粹是想等着拆迁的时候有个不错的补偿条件。

这里早就说要扒掉了，结果说了好几年也没扒，因为院子里的住户都比较难缠。

很多人嫌弃这里，吕树倒是挺喜欢，因为每家平房门前都有一个小院子，大概也能有个十来平方米，还能种点大蒜、韭菜之类的东西，毕竟买也需要钱啊。

吕树缺钱，因为他是孤儿，打小就被扔在孤儿院门口了。

吕小鱼也是。

一般情况下，孤儿在孤儿院成长到 16 岁还没有人领养的话就得进入社会自力更生了，吕树就是这种情况。

他从小身体就比较虚，哪家会愿意领养一个病秧子回去？

而吕小鱼是自己偷跑出来的，孤儿院对此习以为常；这个时代里小孤儿受不了孤儿院的生活偷偷跑出去，偷东西抢东西当乞丐的情况多的是，所以到了现在连报警都懒得报了。

孤儿院也没电影里面那些“模范孤儿院”那么有责任心，孩子跑出去了是死是活，谁管那么多？

吕树是想把吕小鱼送回孤儿院的，毕竟她条件不错年纪也还小，肯定有人愿意领养她，但吕小鱼每次都会再次跑出来。

久而久之，吕树也习惯了。

吕小鱼有点不正常，相比同龄的孩子她有点早熟了，当然吕树其实也未必有多正常，平常还不怎么体现，但今天跟知微的那段对话也只是一个缩影罢了。

他们租的屋子在一排平房的最里面，路过一个平房的时候，一位邻居大婶正在熬中药。

吕树晓得这家有一个老人，常年都处在病症的折磨当中。这位邻居大婶是那位老人的儿媳妇，病好像是遗传的，老人还没走呢，儿子就先被病痛给折磨走了。

儿媳妇倒也算孝顺，这么多年一直照顾着老人。林婶虽然看起来 40 多了，脸上也有不少皱纹，可吕树还是能从对方脸庞轮廓看出对方年轻时是如何的漂亮。

这样的女子愿意一个人守着寡照顾丈夫家的老爷子，在这个社会里真的不多见了。

“林婶，晚上好啊。”吕树笑着跟大婶打招呼。

“小树和小鱼啊，你们回来啦！”大婶笑着应承。

然而就在吕树准备拉着吕小鱼回家的时候，吕小鱼忽然蹲下身子眼巴巴地看着小煤炉上的药锅。“林婶，我能喝点吗？”

林婶乐了。“这是药呀小鱼。”

吕小鱼想了想。“那我就喝一小口！”

吕树当时脸就黑了。“走走走，添什么乱呢你，别人的药你也喝！”

太丢人了啊，吕树这年纪，正是少年自尊心增长的时候呢，带着这么个小吃货，简直了!

那中药闻着就不好喝的好吗？!

“噢……”吕小鱼心不甘情不愿地继续往里面走，一步三回头，明显还有点惦记那一锅中药。

林婶身后的屋子里传来低低的咳嗽声，有老者叹息：“年轻真好啊。”

林婶笑着应承道：“是啊，年轻真好。”

吕小鱼不再回头看那一锅中药了，而是眼巴巴地看着吕树。“吕树，我想吃泡面，红烧牛肉的！”

第三章　你摊上大事了

“吃什么泡面啊，我给你煮面条吃。”吕树不情愿了——这么冷的天还得出门买泡面，这大过年的想要买泡面都得去隔着两条街的 24 小时张东来便利店才行。

“你煮的挂面一点味都没有，我不吃，你去给我买泡面！”吕小鱼不乐意了。

“我不去。”吕树说着就要换鞋了。

“那你把你脖子上的小核桃敲了给我吃。”吕小鱼眼睛里闪着光。

“敲什么啊，别惦记这个了成不成？”吕树整个人都有点不好了，自己脖子上戴的玩意不是什么核桃，只是上面的纹路看起来像而已，只是有些发黑，圆得也有些不正常。

它是随着自己一起被遗弃在孤儿院的，看起来平平无奇。虽然吕树经常诟病那个孤儿院里的员工都有点不负责任，但吕树必须承认他们的人品还是挺端正的，不然这玩意也留不到现在他还戴着。

这东西对别人没什么用，可对吕树来说算是一个不大不小的念想。

万一……他是说万一，他的父母如果通过这个又想找回他呢，这不就是一个凭证吗？

虽然他对父母这个词语并没有什么概念，自己这么多年一个人也活得好好的。

当初有家长来孤儿院想要领养孩子，院长牵着他的手走到那对陌生夫妇面前时，他还对父母这个词语有过一丝期待。

然而当对方嫌弃他体弱多病之后，那一丝期待也随之烟消云散。

自己好像……真的不太需要父母了吧？吕树偶尔会这样想想。

但总归真的要扔了它时……还是有些不舍得。

“我再说一遍这玩意肯定不能吃。”吕树没好气地说道。

“别人的中药我都敢喝，这有什么不敢吃的！”吕小鱼不服气。

吕树当时就尿了，你说的好有道理啊！

“吕树你变了，你以前不是这样的！”吕小鱼平静道，“去年你还帮我……”

吕树当时脸就黑了。“吕小鱼你够了啊……我给你说，你再看爱情肥皂剧，我就砸电视了！”

“那你得赔房东800块钱。”吕小鱼冷静分析道。

“我去我去，我去给你买泡面！”吕树转身就出门了。

站在门口的吕树紧了紧自己的领口，洛城的冬季确实有点寒冷。

忽然眼皮上感觉到了一点湿润，他抬头看去，不知道什么时候天空开始飘起细密的雪花。

细碎的雪像是绒，缓慢地由天空向大地坠落着，飘零在地面上，屋檐上，吕树的身上。

自己和吕小鱼的关系为什么会这么好？吕树站在门口看着天际落下的白色雪花想着，其实他也不太清楚。

大概是自己 14 岁过年时在孤儿院发烧的那天，吕小鱼给自己倒了一杯热水？自己被孤儿院里的其他人欺负时，吕小鱼总是替自己喊来院长？

也许是大家都无依无靠，抱团取暖？

又或许是吕小鱼毫无道理地信任他，依赖他，让他有种莫名的责任感。

“管他为什么呢。”吕树笑了，既然这世上已经没有父母没有亲人，多一个妹妹又有什么不好的？即便这个妹妹整天给他闹幺蛾子。

冬季的天色暗下来比较早一些，因为是大年初三，街上已经没什么行人了，只有一些偶尔路过的货车，过年还在跑货，大家的生活都不容易啊。

不知怎么的，吕树忽然又想起来今天白天那位杂技表演者被带走的事情来，那位表演者会是现在网上大家猜测的异能者吗？修道的人是不是真的存在？

为什么这一切在过去都只是个幻想，却在今年忽然像是要马上走进人们的生活一样了。

今天还有一个人让吕树记忆深刻，就是自己出了后台以后遇到的那个叫作知微的年轻人。

吕树想着那个有可能存在的、更加璀璨的世界，有点走神了。

就在此时，风声犹如破碎了一般向吕树身前席卷着，漫天的飞雪在两束巨大的灯光下显得格外绚烂。

那灯光来自身后，当吕树回头望去，刺目的车灯让他有些晕眩。

可即使是这样，他依然能够辨认出那是一辆巨大的货车，如同猛兽一般咆哮着向他冲来。

刹车片与轮胎摩擦而起的尖锐声，轮胎抓地的尖锐声，一同响起。

可是猛兽已经失控。

只是刹那之间的时间流逝，空气被挤压得几近扭曲，就在这漆黑的夜色里吕树已经被巨大的猛兽给撞了出去。

他的身体犹如断线风筝般撞破了身后的雪幕，吕树的世界似乎变得缓慢了，不知道为什么他忽然记起有人说，人死之前会瞬间回忆自己的一生。

吕树闭上眼睛想要抓住那一瞬的机会，看看把自己送到孤儿院的父母到底是个什么模样……然而什么都没有看到。

吕树觉得自己的生命正在消亡，就像是世间所有美好的事物都终将消亡一样。

此时他胸前的吊坠骤然间化成了灰尘，不，只是那坚硬到吕小鱼拿锤子都砸不开的外壳，化成了齑粉。

里面终于露出了一粒说不上来是什么的东西，有点像是一颗杏仁，又有点像是一枚星辰。

那枚星辰汇入他的身体里，随着血液河流一路漂泊，最终停留在了吕树的手掌之中，在它最终吐出一股暖流之后，彻底消失在了吕树的感知之中。

那股暖流犹如太平洋上由南向北而去的洋流，汇入吕树的心脏。

咚！

咚！

咚！

强烈的心跳声，于是心脏之中有一团白色的火苗重新燃烧了起来。

是的，曾在他体内熄灭却又重新燃烧的炽烈火苗，那种久别重逢的喜悦让吕树从未如此舒爽过。

这炽烈的火苗本就该属于他，似乎从天地出现以来，就是这个亘古不灭的道理。

啪的一声，吕树摔在了地上再无声息。

货车司机跳下车子，一脸犹豫地看着地上趴着的吕树，他后悔如果不是自己疲劳驾驶就绝对不会出现这么一档子事。

司机慢慢挪向地上的少年，他这车买的是全险，几百万都赔得起，也不至于见死不救。忽然间少年动弹了一下，司机师傅惊疑之下走过去。

结果还没走到跟前，就见吕树慢慢撑起了身子，满脸都是血污。“你摊上大事了！”

第四章　车祸与树

吕树虽然不知道自己为什么没有死，甚至身上连疼痛的感觉都没有，但身上的血迹是真的，那股热流也是真的，手心里那棵树苗的标记也是真的。

可能发生了什么吕树自己都不太清楚的事情，但问题在于他近段时间一直都在琢磨那些奇异事件的新闻，甚至也想拥有那样的能力。

此时此刻，一切征兆都好像在告诉他：他确实是与普通人不同的。

当下里的心情，一部分是遭遇车祸之后的心悸，毕竟被这么大一辆货车给撞翻，谁都会有害怕的感觉。

另一部分的心情则是内心深处的小小窃喜：少年人都希望自己与众不同，如果每个少年在 17 岁的时候面临一个是否能够拥有匪夷所思力量的选择时，在是与否的抉择之间，恐怕 90% 的人都会选择是。

而最后一部分的心情则是……不管自己有没有事，自己走的是人行道，这里也没有红绿灯，对方撞了自己就是不对的。

闲着没事大晚上出来给吕小鱼买包泡面结果就被大货车给撞了，这上哪说理去？

这不碰个瓷说得过去吗？况且这也不算碰瓷，自己是实打实被撞了的。

只是有一个问题……自己身上的伤能验出来吗？那一股热流过后，自己全身上下都是正正常常的，这一点吕树自己非常确定。

那么如果去了医院对方发现自己完好无损，这赔偿的事还进行得下去吗？

而且白天那位表演者被打麻醉针带走的一幕还在眼前，如果到了医院，明明出了车祸却屁事没有，万一自己身体的异常被人发现了，自己会不会也被带走？

这个时候，吕树有点担心被带走之后将会发生的事情，也有点担心如果自己被带走了，吕小鱼无依无靠的怎么办？

如果吕树今天没有看到杂技表演后台发生的一切，他或许会傻大胆地去医院检查一下，可他偏偏看到了。

明明这个时候可以让对方投保的保险公司付出一笔巨额赔付，然后让自己凭借这笔钱走上人生巅峰，可是吕树自己却退缩了。

既然正常理赔程序走不了，那就得走走不正常的程序了……

“你摊上大事了！”吕树慢慢地从地上爬起来。

司机看到一脸血污从地上爬起来的吕树时，整个人都惊了，竟然还能起来！当时他就想跑了，眼前这一幕实在太诡异！

“公了还是私了？……”

然而吕树刚说一半，司机大喊一声鬼啊，二话不说就跑了，车都留在原地不要了。

吕树静静地站在原地……

“我……”他擦了一下脸上的血迹，眼睁睁地看着那个司机逃跑，这还上哪要赔偿去？

吕树转身就走，着实是白天杂技表演者被抓走的一幕太吓人，谁知道对方会不会很快就出现在这里？

他原本是打算直接回家的，然而想了想继续朝超市那边走，这片区域在大年初三晚上还营业的也只有那一家张东来超市了。

“老板，两包红烧牛肉面。”满脸是血的吕树递了一张5块钱，超市的中年老板张东来惊疑不定地看着吕树……

吕树从货架上拿起两包红烧牛肉面就走，他也知道自己的模样太吓人。

雪还在下，当雪花坠落过程中飘过昏黄路灯时，这一幕场景就像是熟悉的电影片段。

吕树在薄薄的积雪上行走着，留下一串长长的脚印，白色的雪与黑色的地面，昏黄的灯光与深邃黑暗的天际，突兀却又和谐。

忽然之间他回头看了一眼刚刚经过的一切，仿佛从此生命里有什么东西开始变得不一样了。

“吕树！你怎么了！”当吕树打开家门的那一刻，吕小鱼惊慌地问道。

实在是这一身的血污太过显眼，刚才吕树在路上还遇到两个行人，对方也是被吓到不行，躲得远远的。

“没事，被车撞到了，不过没有受伤。”吕树解释道。

吕小鱼看吕树就像是在看一个弱智，这一身的血还叫没有受伤？！“所以你是把车给撞死了是吧？！它流了这么多的血？！”

吕树脸当时就黑了。“什么叫我把车撞死了，会不会说话！我去洗澡了，你自己煮泡面吃……给我也煮一碗！”

他不再跟吕小鱼解释什么，因为他知道这事压根就解释不清楚。

热水冲刷着吕树的身体，吕树站在淋浴下审视着自己，蒸腾的水汽把卫生间的镜子都蒙上了一层水雾。

“并没有什么不同。”吕树小声嘀咕了一句，此时他的身体依旧跟原来没什么两样，起码从外表看是这样的。

如果不是手心里多出的那一棵树苗纹路，他恐怕真的以为刚刚只是一场白日梦而已。

吕树凝视着手心里的浅白色树苗印记，骤然间他的脑子里忽然打开了一个界面：主菜单。

主菜单下面还有三个选项：购物商店、抽奖中心、收入记录。

吕树在脑海中点开购物商店看了一眼，列表里面只有一个商品是亮着的，其他全都灰蒙蒙一片，连东西是什么都看不清。

而这一个可购买的东西就有点灵异了。

星辰果实，售价1000。

然后商店下面则是一行小字：余额，697。

吕树有点纳闷了，这697是怎么回事？这商店里的货币又是什么？自己怎么会有余额在里面呢？

结果就在这个时候，697忽然跳动了一下，变成了701！

吕树记得商店外面的主菜单还有一个收入记录选项，他赶紧点进收入记录看了一眼，这里面都是一些收入的明细。

来自张东来的负面情绪，+131，+27，+5，+1，+1。

这玩意好像是持续的，可这个来自张东来的负面情绪是怎么回事啊？张东来不是超市的那个胖老板吗？难道是因为自己一脸血污吓到了他，所以他的负面情绪就变成了自己的收入？

话说这不就是传说中别人越恐惧，他就会越强大的大魔王属性吗？只是人家是直接就强大了，自己还得买东西练级才可以？

第五章　负面情绪

吕树往上看去，来自曲洋的加了十多点，来自李林的加了十多点，这应该是自己遇到的那两个路人？

来自张存果的有几百点，这难道来自撞了自己的那个货车司机？不然别人也不会贡献这么多吧，吕树已经大概明白是怎么回事了。

来自吕小鱼的一百多点，估计自己刚才吓住她了吧。

这时候吕树重新把记录的列表拉回最底下，赫然看到一行小字凭空出现：来自知微的负面情绪，+1。

吕树当时脸就黑了，知微不是下午的那个年轻人吗？自己不就撑了他一句，这咋到了现在还有怨念呢？这人是得有多记仇？！

不过这么看来，不仅仅是恐惧才能增加自己的收入，好像只要是负面情绪都可以的，怨念也可以啊！

想到这里，吕树忽然松了口气，他刚才还以为得扮鬼出去吓唬人呢，结果现在看来是不用了，现在的世道好像忽然乱起来了，自己要是扮个鬼，忽然跳出来一个正义的大能出来拿雷劈自己一下可就不好了。

既然异能都有了，除魔卫道的人恐怕迟早也会有吧。

至于让人产生怨念……这事吕树在行啊……

吕树终于搞明白这收入是从哪来的以后，回过头来点开最后一个抽奖中心的选项，里面是一个转盘，有指针，有按钮，按钮旁边一行小字：每次抽奖，100。

这下吕树就开心了，起码现在就能试一试啊。他点了一下开始，转盘哗啦啦开始转了起来，吕树脑海里一喊停，转盘开始减速。

“谢谢参与！”

尼玛啊！吕树当时差点就给浴室里的洗脸盆砸了！你是神奇的系统啊，怎么还会有谢谢参与这么坑爹的选项在转盘上！还能不能行了！

这还转个狗蛋啊！

他总共就701的负面情绪值，结果这就挥霍了100，然而真要他现在停手他也不甘心，毕竟这是他现在唯一能在这个系统里做的事情了。

呵呵！抽了！

转盘又转了起来……谢谢参与！

谢谢参与！

谢谢参与！

吕树又连续点了5次，都是“谢谢参与”！

自己脸这么黑吗？谁能告诉我这个“谢谢参与”出现的概率到底是多少？

吕树现在连转盘上其他那些东西是什么都不知道，净看见谢谢参与了，这是个多坑的系统啊?！

最后一次，转盘再次转了起来，吕树毫不犹豫地喊停。当转盘停下来的时候，吕树赫然看到转盘的指针所停位置的迷雾散开，不是谢谢参与，而是一枚红色的果实，长得特别像是李子一样的东西。

“洗髓果实已存入物品栏，物品栏内物品可随时凭意念提取。”

“提取。”

洗髓果实，吕树瞅着出现在手心里的这个看起来就好吃的果子，话说是吃下去可以易筋洗髓的意思?

吃还是不吃？根本就不用犹豫，吕树把果子放进了嘴里，那枚果子入口便化成一股热流进入了吕树的身体里。

原本这小平房没有暖气，所以冬天洗澡还是有点冷的，结果吕树瞬间一点都不觉得冷了，只觉得身上热烘烘的，开始暴烈地出汗。

这种感觉……就好像自己的身体通透了一些，很神奇！

往日里因为身体不好所缠绕着吕树的虚弱感已经荡然无存，就仿佛这枚果实帮吕树打开了身体里所有的枷锁。

且不说自己是否能成为传说中那些移山填海的大能，仅仅是这一枚改善了他身体的果实，就已经能够让吕树喜出望外了。

平日里在学校，体育课老师都会主动好心让吕树站到一边不用跑步，同学之间打个篮球踢个足球，吕树自己都不好意思参与。

病恹恹的样子，跟女同学说话都觉得有点底气不足……

用吕小鱼的话说就是，这么虚的身体，还要什么女同学……

这个时候吕树再次点开自己的余额，只剩下1了，来得快，去得也快啊。

他又点开了收入记录，忽然又多了1点收入：来自知微的负面情绪……

真是记仇啊……吕树觉得这个系统也挺神奇，起码知道谁对自己有怨念不是？

“吕树，出来吃面！”吕小鱼在外面喊道。

吕树下意识地喊了一句：“记得帮我放点葱花。”他们自己院子里种的就有葱，不放白不放。

然后吕树就眼瞅着收入记录里来自吕小鱼的怨念 +10，+10，+10……

吕树倒吸一口冷气，忽然就有点牙疼了……要是一般人恐怕得赶紧出去哄哄外面的小姑娘，但吕树不是一般人……

“再放点香菜！”吕树大吼一声。

+10，+10，+10……

吕树琢磨着，吕小鱼这熊孩子估计能承包自己日常生活里一半的负面情绪值？！

想着想着吕树就乐呵呵出去吃泡面了，越瞅着吕小鱼板着的脸就越乐呵。

“吕树，以前都是你煮泡面给我吃的！”吕小鱼黑着脸。

“没事，以后都让你煮。”刚说完，吕树看着自己记录里又增加的 20，乐得不行。

不过他也不能老欺负这孩子，毕竟这偌大的世界，也只有他们两个相依为命了。

窗外的雪越下越大，整个世界变成了白色，那寂静的雪花慢慢落下，就像是一声叹息。

是啊，全世界也就只有他们两个相依为命了。

“吕树，我们等会儿去堆雪人吧？”吕小鱼试探道。

“好啊，”吕树笑道，“堆个什么呢？”

“等会儿再说，还没想好呢。”吕小鱼继续低头吃泡面了，她愿意从孤儿院里跑出来跟吕树待在一起，不是因为吕树对她有多么好，就是觉得跟吕树在一起像是一家人一样，简简单单。

家人，这种词语距离他们太过遥远了。

最终两个人也没堆起来什么像样的雪人，这一大一小都没什么艺术天赋，人家堆雪人都是好看得不行，还有各种动漫造型的。

结果到了他们这里，小栅栏拦起来的院子里只有两个一大一小的雪人，歪七扭八地只能大概看出来个人形。

一大一小两个雪人就紧紧地挨在一起，孤零零地伫立在这个寒冷的世界里。

第六章　漂流瓶

“吕树，我怎么感觉你好像一点都不累啊。”两个人堆完雪人回到屋里的时候吕小鱼有点疑惑，平时吕树出去买袋十斤的米都要累得气喘吁吁。

吕树自己想了一下，好像还真的是有很大的改变，小说里总是写根骨好的人才能修炼更快，那自己现在吃了洗髓果之后，是不是就算有好的根骨了？

想到这里，吕树自己先笑了，他还不知道那个不一样的世界到底是个怎么回事呢，就开始异想天开了。

谁知道未来怎么样呢，走一步看一步吧，眼下自己这个新得到的系统也得继续研究研究。

回到屋里，吕树窝在沙发上乐呵呵地玩着手机，吕小鱼好奇地看了一眼，结果啥也没看到。“吕树，你在干吗？”

“聊天啊。”吕树继续盯着手机。

“让我看看。”吕小鱼扒着吕树的手，正好看到吕树在发微信，聊天窗口上三个字：漂流瓶。

吕小鱼鄙夷道：“吕树，你竟然玩漂流瓶！”

吕树懒得理她，重新捡起来一个漂流瓶：有可爱肥宅小哥哥吗？

对方：大哥哥要不要？

吕树：你是肥宅吗？

对方：嗯。

吕树：肥宅还不减肥还有心情在这捡瓶子？！

对方直接蒙了！你是不是有病？！

而吕树则乐呵呵地看着自己的收入记录：来自卢孟宇的负面情绪，+50……

可以可以，收获不小，吕树乐和得不行，这玩意来负面情绪值很快啊！要说吓人，吕树可能还没什么头绪，但怎么能让人产生怨念，吕树简直就是行家里的行家！

又捡一个漂流瓶，对方上来就问：睡不着，谁有片子发来看看。

吕树：我有，胸部特写的。

对方：快发来，好人一生平安！

吕树从网上搜了一张拍胸腔的 X 光片给对方发了过去。

对方：？？？

来自李明乐的负面情绪，+20……

吕树抱着他去年忍痛花了几百块钱买的国产神机玩得不亦乐乎，先甭管这收入最后能买到什么，抽到什么，当下吕树是很快乐的。

就像是自己的才能有了光明正大可施展的地方一样……如果这也算是才能的话……

自从离开孤儿院以后，吕树在洛城外国语学校高中部上学也有两年了，到现在也没太多朋友的原因，可能就是他的性格有点不太正经，容易噎死人……

来自知微的负面情绪，+1……

呵呵，吕树算是服了这货了，忒记仇了点。

他一般情况下不会考虑自己说话有多么噎人，习惯如此……

眼瞅着一晚上就又快凑够自己的负面情绪值最巅峰的 700 了，一颗星辰果实是 1000 值，吕树有心想尝尝这个果子是个什么效果，但又转念一想，话说自己还不懂怎么修行呢，这玩意都不晓得到底是个什么用处的，而且也不知道这东西有没有保质期，会不会放坏。

眼下好像只有洗髓果实对自己的用处是最大的吧，那就意味着，好像抽奖对他的用处最大。

抽奖到底能抽出什么东西来？会有秘籍这种东西吗？想到这里吕树内心有点火热了。

他已经猜到，自己所拥有的东西恐怕和别人是不一样的，毕竟当初为了找寻身世的时候他上网查了无数资料，但从来都没有人知道他脖子上戴的这个是什么玩意，好像就是一个独一无二的物品。

而且在那些视频新闻里，有些说是忽然出现的能力，有些说是受到刺激以后出现的能力。

也有人拍到有道士在山巅吞吐云雾与日月精华，由此看出，大家获得能力的方式好像都不大一样。

但看起来，明显已经有人比自己先行一步，吕树很想知道自己的这个系统会不会给予自己修行的功法，这样自己才能迈出新世界的第一步。

不过，如果真的是灵气复苏这种原因的话，那么那些人就算是比自己先行一步，估计也差不了太多吧，毕竟出现异常事件的时间也才几个月而已。

吞下洗髓果实，似乎也不过是迈出半步而已，没有修行的方法，一切都是竹篮打水一场空。

凑够 700 负面情绪值，吕树把吕小鱼撵回了自己的屋子，然后一鼓作气直接就梭哈 All in（拿出全部筹码）了，连抽 7 次！

吕树面无表情地看着转盘连出了 5 次谢谢参与，脸都已经黑透了。

别人都是直接获得能力，传说中受到刺激就能觉醒强大能力这种属性简直太让人羡慕了。

自己现在也在被刺激，但是被自己奉为至宝的系统刺激；人家受了刺激就能得到能力，自己受了刺激只能得到谢谢参与。

然而背运不总是在吕树这一边，第六次，洗髓果实，见到洗髓果实的时候吕树已经陷入了巨大的狂喜，这玩意的效果是显而易见的，既然出现了第二颗就说明它出现的概率应该并不低，而且也意味着自己瞎琢磨出来的“根骨”能够继续提升？

第七次，在转盘上出现的竟然是一张金色的纸页，上面写着吕树简直耳熟能详的东西，熟悉的程度，他甚至唱了出来……

一闪一闪亮晶晶，满天都是小星星……

吕树：？！

这是个啥？！

谁能告诉我这是个啥？！我好不容易大半夜地捡了那么多的瓶子，扔了那么多瓶子，回收汽水瓶子的大爷都没我勤奋好吗，结果抽奖抽出来一个这玩意？

我得亏是自己的怨念没法化成系统的负面情绪收入，不然我已经天下无敌了好吗！

吕树当时就蒙了，他觉得现在自己就已经受到了巨大的刺激，为什么还不觉醒能力？这系统就是为了来刺激他的吧？！一定是这样的！

可是再往下看去，歌词好像有些不一样了。

一闪一闪亮晶晶，满天都是小星星。
远浮于世烟云外，似若钻石夜空明。
烈阳燃尽宙合静，落日不再星河清。
漫漫长夜路何寻，直到炽焰长歌行。

吕树试着把整段都给唱出来了，这金色的纸页也并没有什么不同的地方。正正经经念了一遍，也没什么反应。

虽然词不同了，可你再不一样，还都是小星星啊，吕树手里拿着那张金色纸页有点无力吐槽了。

此时隔壁的吕小鱼忽然隔着墙大喊：“吕树吕树，雪停了！”

吕树骤然望向窗外。

此时窗外雪后的天空上，星辉如同璀璨星河般灿烂，寂静无声的夜晚里银白色的星光透过透明的玻璃窗户照射到屋里，那张金色的纸页随着星辉的照耀燃烧起了白色炽焰。

那火焰跳动如最炽热与丰盛的时光，金色纸页在火焰中化为纯白色的灰烬，而灰烬则直奔吕树手心里的树苗，融合在了一起。

吕树忽然感觉，也许自己这个时候再唱这首不同寻常的《小星星》，会出现什么不同寻常的事情。

[节选自起点中文网]

【粉丝评论摘编】

@荒叶尘：第一次发现他（吕树）的时候，《大王饶命》已经更到700多章了。带着好奇看一下，我就喜欢上他了，喜欢这个少年，一步一步看着他从自私倔强成了有担当的第九天罗。喜欢他starting怼人的样子，喜欢他和小鱼两人温存的样子，为他的第一场婚礼痛心过，感到很揪心。吕树，祝你生日快乐。

（发表于起点中文网评论区，2018年12月22日）

@天一地二我三：我记得我是在跨年元旦假期的时候看的《大王饶命》，那时只有三百多章，阿树还在象岛遗迹里写骚话，与卡洛尔的相遇也在象岛遗迹之中。吕家兄妹的骚操作承包了我一个元旦假期的笑点，吕树式回答总是让我憋不住笑声。眨眼间，一年就过去了，阿树的故事也走到了完结；一年里（现实），阿树也从天罗地网的萌新走到了现在，让我怅然若失啊，以后是没有吕树陪伴了。

（发表于百度贴吧“大王饶命吧”，2018年11月26日）

@流浪的蛤蟆：忍不住想要吐槽一下《大王饶命》。看其他成绩不错的小说，总觉得写得已经接近完美，但《大王饶命》就是能挑出来好多不尽如人意的地方……

我是几分钟前才忽然醒悟，我陷入了一个什么样的思维误区。这书已经在起点中文网均订第一了，居然还有巨大的进步潜力……

（发表于新浪微博，2018年7月20日）

@跳舞：《大玩家》那本书走对路子了，均订过万，打下了坚实的底子。

然后《大王饶命》一飞冲天。

其实肘子不是没走过弯路，最早的那本LOL（《英雄联盟》）的游戏小说，风格也是肘子标准的幽默风格，但是游戏小说的受众面就不够广，不玩LOL的读者就无法得到最好的阅读体验，所以收藏只到了五万，算很一般的成绩。

然后肘子醒悟了，他自己说过，他很熟的很多LOL的搞笑梗在后来写作中几乎都不用，因为他很清楚，要让梗被大多数人get到，就得让人看懂才行。

我想肘子大概明白了一个道理：LOL玩家多么？很多的。但是非LOL玩家多么？当然更多啊！

一个非特殊限定的梗，LOL玩家能看懂，非玩家也能看懂。一个LOL的梗，那可能就只有LOL玩家能看懂。哪个市场大？不用说了吧。

这行，天赋是一方面，天赋表示你如果找准路子的话，跑得会比别人快。而肘子找对了路子。证道成神就是顺理成章的事儿了。

我见过很多有天赋的作者，始终找不到自己的路子。也就是说，不懂得把自己的天赋用在对的地方，或者说自己都不知道自己真正擅长的地方在哪里。

这行其实有才的人很多。但有才的往往分两种。第一种：我有才，谁说的我都不听，我就信我自己——然后就自嗨一路扑街。第二种，我知道我有才，但是我也能放下姿态，小心地观察读者、观察市场，然后调整路线。第一种占据了 99.99%；第二种，万中无一。

肘子有弱点吗？

有的。

幽默搞笑的小说，看多了会让人疲劳的，看多了笑点就不敏感了，会让读者觉得，看得越多，就越觉得不好笑了……

所以需要有好的人设和故事来做架子。

肘子的人设做得很好。

肘子在编故事方面还没有达到业内真正的一流水准。他现在还有点偏科，人设和节奏都不错，但是大框架故事主线还不够好。（如果做影视改编的话，大框架故事主线往往很重要！因为要评价一个 IP 是否适合影视化，评估标准里，故事主线还是蛮吃重的。）

但这个不难解决，多写几本长篇，对长篇故事的驾驭能力就会涨分的，急不来。

（发表于知乎，2019 年 4 月 10 日）

［导引、简介、节选、粉丝评论摘编：吉云飞］

网文迭代：从升级逆袭到热血爆笑
——评会说话的肘子《大王饶命》

吉云飞

《大王饶命》是近两年来男频数以十计的现象级小说中最具生命力、最能代表未来潮流的一部。和众多开创性的作品一样，《大王饶命》粗看去小毛病相当之多，但细读之下，却能见得许多独到之处。且不论2018年起点中文网均订第一的商业成绩，这一成就所代表的大众阅读偏好虽是谈论《大王饶命》的基础，但本身并不值得一再夸耀，作品背后的种种新特质才是应当体察的关窍。

一是新世代的登场。《大王饶命》是“95后”读者比例最高的起点作品，会说话的肘子也是首位获起点中文网年度月票总冠军的“90后”作者。

二是新媒介的加持。新的点评机制“本章说”开通后，《大王饶命》是首部获得百万以上读者书评的小说，也是总粉丝值最高、读者讨论数最多的作品。

三是新风格的登顶。二次元风格的网络小说在诞生多年后，终于首次在老白读者最多、影响力最大的起点中文网成为NO.1（第一）。

新世代、新媒介、新风格，都是足以激动人心的新现象。不过穿越种种炫人耳目的光彩，抵达小说的肌理之后，《大王饶命》成功的秘密却并不复杂，核心就是热血加爆笑。这看似简单也的确并不高级，却是对“升级打怪换地图”的主流爽文的一次迭代，背后是新一代年轻国民的欲望的重大转型——不再苦大仇深的“95后”读者有了新梦想。

热血的本质是会流血的故事。首先是讲故事，其实，主流爽文作者中会讲故事的人寥寥无几。在“升级文”中，节奏是核心，故事是相对次要的，可以极其单调、重复、空洞。就像玩网络游戏，剧情、背景是可以不看的，只要数值、玩法、关卡设计得足够好；甚至要是故事丰富、饱满起来，节奏反而会被拖累、放慢。毕竟，要逻辑就不能无脑爽，不能再只对着类型小说读者物化的、模式化的欲望去，而要将整个复杂的、混沌的真实世界收纳其中。

《大王饶命》放弃了过于复杂、严密的升级体系，而更着力于人与人、人与世界的关系的细致描摹。作者想努力写出的更多是成长，而非成功。读者得到的更多是笑与泪，而非爽。少年成长中许多残酷事物，该小说也并未逃避，只是更努力地将刻骨的悲伤化成坚定的温柔，在受伤、流血的痛疼之后，选择让其他人，至少是最亲近的人不受伤，而非报复。这就是热血与冷血之分。尽管热血有时会过头变成鸡血，但总的来说，肘子的确是一个有讲故事的追求和天分的作者。他也能为了自己的故事付出很多，可以在《大王饶命》商业成绩最好的时候完结，然后开一部极其冷门的“科幻废土”题材新书。自然，这会少赚不少钱。

讲好段子、让读者大笑更是件不容易的事，不只是脑洞大开就能做到。《诗经·淇奥》里称赞“有匪君子”，就夸他“善戏谑兮，不为虐兮”。说话风趣幽默，但又不伤人，历来是很高的评价。肘子的搞笑能力在第一部作品《英雄联盟之灾变时代》中就有所体现，作为电竞爱好者，他非常熟悉的那套“电竞骚话”为小说增色许多。在《大王饶命》中，肘子更学会了如何让“骚话”出圈，用“大众梗”代替“电竞梗”。此外，在《大王饶命》中成为“搞笑担当”的“负面情绪系统”，在上一部作品《我是大玩家》中的“天罚系统”里也已见雏形。《大王饶命》以强制的系统任务的方式解决了搞笑的动力问题，即把搞笑的价值悬置了起来，使之成为一种日常生活的“挠痒痒”。

这就面临着如何写出欢乐的日常。作者需要在世界设定、人物设定和日常生活描写三方面下功夫，其中，前提是如何设定世界。故事发生的世界必须要是读者足够熟悉的当代都市，才能在默契之中会心一笑，环境一旦陌生，大部分读者就会“get 不到笑点”。但完全抛弃升级套路的都市情景喜剧早被证明没有出路，直到睡觉会变白的《顾道长生》所引领的“灵气复苏流”展现出把都市生活和升级体系完美结合的可能后，肘子才找到方向，并用少年成长的欢乐与泪水替换《顾道长生》里中年人的闷骚和纠结，最终大受欢迎。

《大王饶命》的一大好处还在于日常描写的妥帖和动人，以及一种极其独特的语言乃至美学风格：贱萌背后的深情，利口之下的热肠。主流爽文是少写甚至不写日常的，因为日常生活会让许多读者感觉到闷，就像是打了怪但没升级。何况日常生活是难写的，需要对人与人之间各种微妙而复杂的情感模式有相当的体悟，这对缺少生活历练的年轻网文作者尤其困难。而“95后”的许多读者是更喜欢这种日常的感觉的。他们没有那么多成功的欲望，更偏爱与自己身边的人和事有关的情节、情绪。

有了能打动人的日常生活和情感，《大王饶命》的欢脱才有了坚定的基石。吕树拥有的“外挂”让他需要获取他人的“负面情绪”成长，这带来了种种欢乐，但其实一不小心也会让读者产生反感，甚至觉得主角人品有问题。《大王饶命》里人心的温暖，让故事和段子的欢乐不至于滑落成恶搞，吕树那些耍贱的爆笑日常才能被毫无障碍地接受，读者也才能毫无顾忌地开怀大笑。

不过《大王饶命》最打动人的还是浸透在作者和作品骨子里的一点悲凉，这种悲凉落实在了人物设定上。正因为吕树、吕小鱼身为孤儿的境遇，这对相依为命的没有血缘关系的兄妹才明白该如何抓住每一次机会去笑。在某几个时刻，小说中的吐槽和玩梗甚至流露出了一种深沉的悲剧气息，让读者由喜转悲，由笑转泪。在这个满目苍凉的世界，面对千疮百孔的人心，这部小说让它的读者感到了温暖，得到了治愈。人是一种很容易感到痛苦的动物，但也同样容易得到安慰，即便这种安慰和治愈是暂时的。

《大王饶命》让人重温久违了的狂笑的感受，让人学会去笑，并记住笑的感觉。用笑声和热血，而非用戾气和铠甲来抵御人生的艰难。“95后”偏爱这样的小说，也的确是一件值得开怀大笑的事。尽管，价值依然被悬置，个人成长也需要成功作为前提，但对于受众最广的主流网文类型和套路，任何一点点进步都是重要且艰难的，这意味着我们这个社会最基础的底线在缓慢而坚定地抬升。

牧神记

宅　猪

宅猪，阅文集团白金作家。擅长运用中国传统神话传说资源，深耕东方玄幻等主流男频类型文，是类型大神中功力最深厚的作家之一。2008 年开始连载作品，创作总字数超过 2000 万，是一个起步不高但成长性极强的作家。处女作《重生西游》以《西游记》和梦入神机开创的“洪荒流”为直接资源，多用当时的网络语言，以别具趣味的轻松气获得部分读者认可。其后的《水浒仙途》试图延续这一风格，却遭遇冷落，仅坚持了 30 万字。此后由同人转向原创，一度在《野蛮王座》中尝试融合西方元素，但不算成功，刚过百万字即仓促结尾。2011 年，采取主流的仙侠设定与故事结构的《独步天下》成为他第一部完整的超长篇作品。2013 年，以东方玄幻《帝尊》奠定了大神级作家的地位。在 2015 年创作的《人道至尊》中，在宏大的故事背景下讲述了一个典型的“人定胜天”的升级流传奇，颇具历史的厚重感，在精品爽文中也堪称上品。新作《牧神记》更是精益求精，代表了主流东方玄幻的新高度，晋级白金作家。

《牧神记》自 2017 年 6 月 20 日至 2019 年 8 月 31 日在起点中文网连载，全文 1828 章，总字数 580 余万。小说将诗词等古典文学资源和现代物理理论引入玄幻类型文，主动参与快节奏、轻松化的整体网文转向但仍不失东方玄幻的恢宏壮阔，塑造出积极乐观又不失调皮的成长型主角秦牧及众多立体生动的配角，是宅猪本人技法最成熟、商业成绩也最好的一部作品。2018 年 3 月，更斩获 17 万余月票，打破了起点月票榜纪录。

【标签】东方玄幻　史诗

【简介】

少年秦牧带着“霸体”的不败信念，在大墟深处的残老村长大，当他一步步走向外面的世界，延康、西土、草原、上苍、天庭……每一个新地点的发现都伴随着巨大的挑战；妖、魔、神，每一次与异族的相遇都无法避免激烈的冲突与矛盾。在这个成长的过程中，秦牧也逐渐变成更大群体的守卫者与变革先锋，先是大墟，再是延康，而后是下界、元界、诸天万界，直至整个“第十七纪元”。

借助着“涌江迷雾”和“不易神通”，秦牧也多次重返过去，参与历史，成为世界潮流变动的重要推手。龙汉、赤明、上皇、开皇、延康，借名自道家典籍的五个时代，成为披着一层玄幻外衣的中国古代史再现，于是时间也被空间化为一个个“地图”，围绕着前期的大墟——也是中后期展开的元界，秦牧在一个时空交织的立体地图上纵横穿梭，留下自己遍布古今的印迹。当弥罗宫与天都两个历经纪元生灭的集体也进入讲述，全书也终于进入“纪元战争”的恢宏终局，最终的答案，等待着秦牧亲手去揭晓。

选文来自全文的前期，从中我们不难看出宅猪对传统武侠的借鉴、古典文学的吸收，而其中潜隐着的悠远历史与昭然的政治理想也可见一斑了。

【节选】

第一章　天黑别出门

天黑，别出门。

这句话在残老村流传了很多年，具体是从什么时候传下来的，已经无从考证。不过这句话却是真理，无须怀疑。

残老村的司婆婆看到夕阳一点点藏在山后，心里又紧张起来。随着夕阳落下，最后一缕阳光消失，天地间突然一下子寂静无比，没有任何声音。只见黑暗从西方缓缓地淹没过来，沿途吞噬山川、河流、道路、树木，然后来到残老村，将残老村淹没。

残老村的四个角竖着四个古老石像，石像斑驳，年代久远，即便是司婆婆也不知道这石像是何人雕琢，何时竖在这里。

黑暗降临，四个石像在黑暗中散发出幽幽的光芒，石像依旧亮着，让司婆婆和村里的老者都松了口气。

村外的黑暗越发浓郁，但有了石像的光，残老村便还算是安全的。

突然，司婆婆耳朵动了动，呆了呆，失声道："你们听，外面有个孩子的哭声！"

旁边的马老摇头道："不可能，你听错了……咦，真有婴儿的哭声！"

村外的黑暗中传来婴儿的哭声，村里其他老人除了耳聋的都听到了这个哭声。老人们面面相觑，残老村偏僻荒凉，怎么会有婴儿出现在附近？

"我去看看！"

司婆婆激动起来，踮着小脚跑到村子的一个石像边，马老连忙过去："司老太婆，你疯了？天黑了，出了村就是死！"

"背着这个石像出村，黑暗里的东西怕石像，我一时半会死不了！"

司婆婆弯腰，想要将石像背起，不过她是个驼背，背不起来。马老摇了摇头：“还是我来吧。我背着石像陪你去！”

一旁又有一个老者一瘸一拐地走过来，道：“马爷，你只有一条胳膊，背石像撑不了多久，我两手齐全，还是我来背。”

马老瞪他一眼：“死瘸子，你断了条腿，能走吗？我虽然只有一条胳膊，但这条胳膊力气大得很！”

他独臂将石像抱起，稳了稳步子，石像难以想象的沉重。“司老太婆，咱们走！”

“别叫我死老太婆！瘸子，哑巴，你们大家都要当心些，村里少了一个石像，千万不要让黑暗里的东西摸进来！”

……

马老和司婆婆走出残老村，黑暗中不知有什么古怪的东西围绕两人游走，但被石像的光芒一照，便吱吱怪叫退回黑暗之中。

两人循着那哭声前进，走出百十步，来到一条大江边，那婴儿的哭声就是从江边传来。石像散发出幽幽的光芒，照不太远，两人细细捕捉声音方位，沿着这条江向上游走去。走出几十步，哭声就在附近，马老独臂已经很难支撑。司婆婆眼睛一亮，看到一丁点荧光，那是一个篮子停在江岸边，荧光从篮子里传来，哭声也是从篮子里传来。

“真有一个孩子！”

司婆婆上前，提起篮子，却微微一怔，没能提起来，那篮子下面是一条被江水泡得发白的手臂，正是这条手臂将篮子和篮子里的孩子托起，一直托到岸边。

“放心吧，孩子安全了。”司婆婆对水下的那个女子低声说。

那具女尸似乎听到了她的话，手掌松开，被江水冲走，消失在黑暗中。

司婆婆提起篮子，篮子里是一个襁褓中的婴儿，襁褓上面放着一枚玉佩，玉佩散发出荧光。这枚玉佩的光芒与石像的光芒很相似，但是却要微弱很多，正是玉佩保护着篮子里的孩子不受黑暗中的东西的侵害。

只是玉佩的光芒很弱，只能保护得了孩子，却保护不了那个女人。

“是个男孩。”

回到残老村，村子里的村民都围了上来，都是些老弱病残。司婆婆掀开襁褓看了一眼，咧嘴笑了，残牙零落：“我们残老村，终于有一个健全的人了！”

只有一条腿的瘸子吃惊道：“司老太婆，你打算养着他？我们连自己都很难养活！我觉得还是送出去……”

司婆婆大怒：“老娘凭本事捡到的小孩，为什么要送人？”

一众村民唯唯诺诺，不敢反驳她，村长坐着担架过来，他比其他人都要凄惨一些，其他人好歹也有手脚，只是比正常人少，而他则是无手无脚。不过大家对他都很是敬重，即便是凶神恶煞的司婆婆也是不敢放肆。

“既然要养他，那么应该给他取个名字吧？”村长道，“老太婆，你看篮子里还有其他什么东西吗？”

司婆婆翻了翻，摇头道：“只有这块玉佩，没有其他纸条什么的。玉佩上有字，是个秦字。这块玉佩没有杂质，里面还有奇怪的力量，不是凡品，应该是出自大户人家吧？”

“他是叫秦，还是姓秦？”

村长思索道：“就让他姓秦吧，名字就叫作牧，秦牧。长大了，便叫他去放牧，好歹能够过活。”

“秦牧。”司婆婆看着襁褓中的婴孩，那婴孩也不怕她，竟然咿咿呀呀地笑了。

……

江边，笛声传来，牧童坐在一头母牛背上吹笛，笛声清脆悠扬。这牧童十一二岁年纪，长得眉清目秀，唇红齿白，衣衫半敞，胸前挂着一枚玉佩。

这少年正是十一年前司婆婆从江边捡来的婴儿，这些年来村里的老人含辛茹苦将这孩子养大，司婆婆不知从哪儿弄来一头母牛，让婴儿时的秦牧每天喝牛奶，熬过了容易早夭的时期。

残老村的村民虽然都凶神恶煞，但对他都很好。司婆婆是个裁缝，平日里秦牧随着司婆婆学裁衣，跟着药师学采药炼药，跟着瘸子爷爷学腿功，跟着瞎子爷爷学听音辨位，跟着没有手脚的村长学呼吸吐纳，日子倒也过得很快。

这头母牛是他儿时的奶娘，司婆婆原本打算卖掉，但秦牧不舍，因此放牛的任务便也交给了他。

他经常在江边放牛，青山如黛，碧波白云，很是惬意。

“秦牧，秦牧，救救我！”

突然，他身下的母牛开口说话，秦牧吓了一跳，连忙从牛背上跳下来。只见那头母牛眼中含泪，口吐人言，向他道：“秦牧，你吃我奶长大，我算是你半个娘，你要救我！”

秦牧眨眨眼睛，试探道：“我如何救你？”

那母牛道：“你腰间有镰刀，将我的皮扒下来，便可以救我脱困。”

秦牧迟疑，母牛道：“你忘记哺育之恩了吗？”

秦牧举起镰刀，小心翼翼割破牛皮，说来也怪，牛皮被剥开，竟然没有一丝血流出，而且牛皮里面竟然是空的，没有血肉和骨架。

牛皮剥到一半时，从里面滚出一个二三十岁的妇人，两条腿依旧包裹在牛腿中，皮肉与牛皮相连，不过上肢已经从牛皮中脱开。

那女子披头散发，一把抢过已经吓呆了的秦牧手中的镰刀，两三下切开腿脚上的牛皮，看向秦牧，恶向胆边生，镰刀架在秦牧脖子上，冷笑道：“小恶人，因为你我才被变成一头牛，十一年来我只能吃草，还要喂你奶喝！可怜，我刚刚生了孩子，便被那妖妇暗算，将我变成一头牛给你喂奶！今日终于脱困，先杀了你再来血洗这村里的恶人！”

秦牧脑中轰然，不知道这个从牛皮里钻出来的女子在说些什么。

那女子正要一刀砍死他，突然后心一凉，低头看去，一口刀从她胸前穿出。

“牧儿，你药师爷爷让你回去吃药了。”女子尸体倒下，身后站着的是村里的瘸子爷爷，慈眉善目，一脸憨厚，手里拎着一口血淋淋的刀，向秦牧笑道。

“瘸子爷爷……”秦牧身躯发软，看了看地上的那张牛皮和女子尸体，还是没有回过神来。

“回去，回去。”瘸子拍了拍他的肩头，呵呵笑道。

秦牧一脚高一脚低往村里走，回头看去，却见瘸子将那女子的尸体丢进江里。

这一幕给他的冲击实在太大，以至于他都不知道自己是何时回到村子里的。

“秦牧！死小子，怎么告诉你的？天黑别出门！”

夜幕降临，残老村四角的石像又自动亮了起来，司婆婆唤住正打算溜出村子去江边查看牛皮的秦牧，将他拖了回来。

“婆婆，为什么天黑不能出门？”秦牧抬头问道。

“天黑的时候，会有一些可怕的东西在黑暗中活动，出去就是死。”司婆婆郑重道，“村里的石像会保护我们，黑暗里的东西不敢进入村子。”

“其他村子也有这样的石像吗？”秦牧好奇道。

司婆婆点头，面色却有些忧虑，不住地看向村外，低声道：“瘸子应该回来了……真不应该让瘸子出去的，这家伙只有一条腿……”

“婆婆，今天出怪事了……”

秦牧迟疑一下，将牛肚子里钻出个女人的事情说了一遍，司婆婆漫不经心道：“你是说那个女人？瘸子跟我说过了，他处理得很好。早在你四岁断奶的时候我就说过将牛卖了，只是你舍不得，所以才让你喂着。你看，现在出事了吧？我就说吃奶吃到四岁，会对奶牛有感情。”

秦牧红了脸，四岁断奶的确有些太长了，不过好像关键不是在四岁断奶吧？

“婆婆，那个女人被瘸爷爷杀了……”

“杀得好。”司婆婆笑道，“那是便宜了她。十一年前她就应该死了，如果不是要奶你，她能活到现在？”

秦牧不明所以。

司婆婆瞥他一眼，道：“这女子是距离这儿千里外的镶龙城城主夫人，镶龙城主好色，而她善妒，镶龙城主喜欢在外面拈花惹草，强掠良家女子。而镶龙城主每坏了一个女子的清白，这个城主夫人便会派人将那女子活活打死。我潜入镶龙城，原本打算杀她，见到她刚刚生了一个孩子，孩子才三个月，又想到你还没有奶喝，而她有奶，于是将她变成一头奶牛回来奶你。只是没想到这女子竟然挣脱了封印，能够开口说话，差点就害了你。”

秦牧瞠目结舌，失声道：“婆婆，人怎么能变成牛？”

司婆婆嘿嘿一笑，露出半嘴零落牙齿：“你想学？我教你……瘸子回来了！”

秦牧看去，只见瘸子一手拄着拐杖，一手抓着背上的猎物，正一瘸一拐地走来。黑暗如同潮水飞快地向村子涌来，司婆婆急忙叫道：“死瘸子，快点，快点！”

“急什么？”

瘸子还是不紧不慢地往村子走，在他走入村子的一刹那，浓烈的黑暗正好将村子淹没。他背上的猎物是一头斑斓猛虎，还没有死，尾巴被黑暗扫中，突然猛虎发出一声哀吼，秦牧连忙看去，只见猛虎的尾巴竟然只剩下了一节节骨头，尾巴上的皮毛和血肉全都不见了，好像是被什么东西啃掉的一般。

他好奇地看了看村外的黑暗，那里漆黑一片，什么也看不到。

“黑暗里到底有什么？”他心中纳闷。

第四十三章　妖精赶路

第二天，秦牧被吵嚷的村民惊醒，起来询问，这才知道昨晚更夫突然暴毙，把村民们吓了一跳。

昨晚秦牧伐树，砍倒树后大树里蹦出一条大蛇，已经很吓人了，没想到深夜里又有更夫暴毙，让村民们惶惶不安，议论纷纷。

那对夫妻捧着个盘子，上面放着红布，红布上是一些酬礼，道："老娘婆，小兄弟，我们是穷苦人家，也没有什么好东西，这点东西你们一定要收下。"

秦牧正要推辞，瞎子道："牧儿，收下吧，不要让人念着你的好。"

秦牧将红布上的几件东西收了，向夫妻二人告辞。那男子笑道："小兄弟一身本领，出类拔萃，将来一定是人间龙凤！"

"龙凤有什么好的？"

司婆婆道："龙肝凤胆，不过是饭桌上的佳肴，别成为龙凤，成为吃人间龙凤的。"

那对夫妻面面相觑，司婆婆挥了挥手："回去吧。牧儿，瞎子，我们继续赶集！"

秦牧跟上小老太婆，好奇道："婆婆，昨天晚上是怎么回事？做法的就是那个更夫？他是怎么死的？还有，昨晚漂浮在我眉心的银丸子是怎么回事？上次你不是说咱们村里的都是普普通通的人吗？我怎么觉得其他村的普通人与咱们村的普通人有些不太一样。"

"哪来这么多问题？"

司婆婆头大如斗，求救似的看向瞎子，瞎子乐呵呵向前走，咚的一声撞在树上，昏死过去。

司婆婆在瞎子脸上连踩几脚，瞎子死活不醒。

秦牧连忙将瞎子背起，用希冀的目光看着司婆婆。司婆婆从篮子里抽出一根针，在瞎子屁股上捅了一针，瞎子屁股滋滋喷血，却依旧昏迷。

司婆婆无奈，眨眨眼睛道："更夫的确是养蛇的那个魔道高手，本事倒也不弱，他用的是魔影幻魔功，是天魔教的一门神通，很是厉害，让人防不胜防。我用含沙射影法，伤到了他的影子，借影子伤他本体。我心魔作祟，曾经答应过一个人，毕生不能伤害天魔教的弟子，所以我只让他知难而退。痛下杀手的不是我，是瞎子。"

秦牧眨眨眼睛道："银丸是怎么回事？那是不是剑丸？婆婆是不是精通剑术？"

司婆婆的眼睛也眨啊眨，一老一少相互眨眼睛，眨得眼睛都酸了。司婆婆咬牙，又在瞎子的屁股上捅了一针，瞎子依旧未醒。

“银丸？咳咳，你说的是这个？”

司婆婆手掌一翻，手心里多出一个银色丸子，秦牧连忙点头，道：“婆婆教我剑术！”

司婆婆叹了口气，道：“不是不想教你，而是不能教你。我的剑术虽然也能排得上名号，但无法做到天下第一。你学了我的剑术，人家便不愿意教你，所以我打死都不能传你。”

秦牧失望，随即精神一振：“天下第一剑术？是我们村的吗？”

“你不要瞎琢磨。”司婆婆警告道，“你若是去求他，他更不会教，只有他想通了，才会教你！你现在身负数种绝学，任何一种都谈不上精通，等到你能同境界拳打马爷，刀劈屠夫，枪挑瞎子，跑赢瘸子，再来想怎么磨砺剑法！那时候，他不传我们逼他传！”

瞎子打个哈欠，悠悠道：“他见识最高，修为最深，这些年愈发恐怖了，我们绑在一起都未必能打得赢他。”

“你舍得醒了？”司婆婆大怒，又在他屁股上捅了一针。

瞎子从秦牧背上下来，拄着拐杖道：“这件事，总归你来解释比较好，我解释不来。杀更夫的事情我倒可以解释一下，那个更夫的魔影幻魔功很是厉害，已经能够做到人影互换，身体不是本体，影子才是本体。与他对决，若是只攻击他的本体，便会被他的影子所杀。他想杀我时，被我用竹杖钉杀了他的影子，将他钉死在地面上。”

秦牧想了想，道：“那么他养蛇，用婴孩的先天精气和魂魄修炼什么？”

瞎子道：“婆婆，魔道功法你最精通，你来解释。”

“这门功法叫作自在先天功。”司婆婆道，“这门功法是天魔教自后天而成先天的功法，只是他不知从哪里得来的残篇，练得偏了，竟然用还未出生的婴儿来练功。真正的自在先天功虽然是魔功，但却是堂堂正正，不屑于用这种下三滥手段来练功的，而是吞吐天地灵气，汲取日月精华来修炼。”

她的神色有些忧虑，低声道：“天魔教的人竟然出现在附近，看来大墟不可能再平静了。这些家伙往往是一窝蜂地出现……”

三人回到奶奶庙，集会还在继续，待到午后，各个村庄的人都开始离开，返回各自的村子，秦牧也再次驾着牛车返回残老村。

“牧儿，你今后可以独自出门打猎了。”马爷坐在牛车上，身子随着颠簸的道路一起一伏，突然道，“你长大了。”

秦牧心中一暖，回头笑了笑，残老村的放牛娃笑得像早春阳光一样灿烂。

“不过，只许你打异兽，不许你去挑战异兽领主。”

司婆婆道：“而且每天傍晚都要回来放牛，让牛多吃草。”

放牛娃脸色顿时黑了，而正在默默拉车的那两头犍牛也是愤怒地叫了一声，牛眼含泪，显得异常委屈。

秦牧见状，狐疑道：“婆婆，这两头牛是不是也是人？”

“你猜。”司婆婆嘿嘿笑道。

秦牧不想猜。

背后一阵风儿吹来，少年被风儿吹得心儿荡漾，突然迈开脚步，从牛车上跃起，追风而走。他要追上这风，踩着风尖儿在天空中行走！

他速度极快，跃出松林，脚踩松树的树梢狂飙而去，速度越来越快，终于追上那股风的风头，纵身而起，跃到半空，虽然人在空中，但是他脚下顿时传来一种奇妙的向上的托力。

少年欢呼一声，脚步飞一般在空中点过，踩着风尖儿在空中奔行。

牛车上几人抬头仰望，瞎子佬神在在道：“会掉下来吗？”

药师抓住一把风嗅了嗅，笑道：“会掉下来。这是一股妖风，风中有一个妖精在赶路，发现他后会停下来的。你们谁去接住他？”

秦牧脚步飞快，那风儿也是飞快，不知不觉间奔出十多里地，少年正在兴奋，突然看到一只通体雪白的狐狸坐在一张大芭蕉叶上飞到自己的身边，两条前腿伸得笔直，后腿则是坐着。

他不由呆了呆，那只白狐也呆了呆。

一人一狐齐声尖叫，接着秦牧便感觉到呼啸的风儿顿时止歇，不由手舞足蹈从空中跌落下来，而那只狐狸则还坐在芭蕉叶上，抬起前爪指着他尖叫，显然是惊讶无比。

“糟了！”

秦牧脚步连连变换，施展出偷天腿法，心道：“只要跑得够快，便能在天上行走……”

他这才发现自己跑得不够快，脚踩空气根本踩不住，还是呼啸向下坠去！

秦牧向下看去，头皮发麻，下面是一片山地，连根树木都没有，只有一块块凌乱的石头，倘若摔在石头上，只怕粉身碎骨！

正在此时，那只在空中尖叫的白狐醒悟过来，芭蕉叶一溜烟地从空中飞来，秦牧立刻感觉到自己脚下生风，又能踩到风尖儿，连忙脚步快速点动，将自己下坠的势头止住，终于在将要坠落到地面上时脚踏风尖儿纵身而起，踏风而行！

他松了口气，却见那只狐狸坐着芭蕉叶赶上，一人一狐四目相对，白狐口吐人言，声音很是好听，但是身上却带着酒气，醉醺醺的，好奇道：“你在做什么？怎么跑到我的风里来了？”

秦牧惊讶，道：“我想试一试能否追赶风尖儿，踏风而行，不知道这是你的风儿。你会飞？还会说话？”

“我用法术驾风，便可以御风而行。”那只白狐道，“我赴宴归来，天快黑了，急着赶路，不送你了，先走一步。有缘的话改天再见！”说罢，卷着狂风消失不见。

秦牧只觉脚下的风力渐渐减弱，连忙从空中斜奔下来，降落在地，只见残老村就在前方，他抬头看去，那只狐狸已经不见踪影。

“赴宴归来？”秦牧一肚子的纳闷，“这只会说话的狐狸会法术，还去赴宴，有这么好玩的事情？下次遇到它，一定要问个清楚……”

两天后，张庄寨来了一老一少两个游方道人，风尘仆仆。走入村寨，那老者道：“村里的善人，可否施舍碗水喝？我们出家人经常在外，肠胃不好，讨碗热水。”

村民为两人倒了两碗水，老者和少年喝下，谢过村民。那老者慈眉善目，笑道：“我们师徒云游四方，多少懂些法术，我观贵村有妖气，是否需要我们除妖？”

那村民笑道：“妖精已经被除掉了，是一条藏在树身中的大蛇，被邻村的一个少年斩了！”

老者诧异道：“为何我还感觉到这里有妖气？最近贵村是否死过人？”

第八十章　太阳守

太阳船的中心，一个脆生生的声音传来，秦牧胸前的玉佩轻轻飘起，似乎要飞向太阳船。秦牧心头微震，急忙循声看去，只见说话的是一尊无比伟岸的巨人，比船上其他巨人还要高许多倍，像是一尊天神。

她的双腿则已经沉入船体大半，即将沉入腰部，即便如此，她也有百十丈高。

她长着四条手臂，四条手臂身前身后各自抓住一根柱子，柱子有铁链缠绕，而这些铁链正是拴着半空中的那个黑色太阳的链子！

她的周身燃起熊熊火焰，如同火人，熊熊的火力让秦牧看到她的身体便有一种被灼烧感。

说起来奇怪，秦牧看到她的面容，竟然觉得这不是一个成年女人，而是一个年纪比他还要小的小女孩。

只是如此高大的身体，怎么可能是个小女孩？

她显得很是疲惫，正在大口喘气。

“前辈认得这块玉佩？”

秦牧心中微动，连忙将胸前的玉佩摘下，只见那女巨人的四只手掌松开，身体渐渐缩小，没过多久，便从一个身高百余丈的巨人变成一个比秦牧还要矮半头的少女。

“前辈？”

她声音很是清脆，笑得很是开心，喘了两口气之后才道：“我才不是前辈……”

她费力地从船体中拔出自己的双腿。这艘太阳船很是古怪，她的双腿竟然像是与船融合了，船的火焰像是血管穿入她的腿中，必须要很费力才能拔出来。

等到她拔出双腿，她所站立的地方又恢复平整，双腿与船体融合的地方有两个洞口，在缓缓愈合。

这个女孩儿试着走动两步，腿脚有些发抖，险些跌倒在地，连忙四只手扶住地面，有些不好意思道：“你能不能上船来？”

秦牧看向太阳船上其他巨人，其中有一个老巨人点了点头，低声道：“让他上来。”

一个衣着简朴的巨人来到船头，伸出手臂，手臂在龙柱与太阳船之间搭了个桥梁，秦牧迟疑一下，走上他的手掌，踩着这条粗壮的胳膊快步来到太阳船上。

到了船上，他微微一怔，这里比他想象的要凉快许多，他原本以为这里一定是像火炉一样酷热难当，没想到反而很是清凉。

“牧儿这小混蛋！”

镶龙城中，村长等人也发现了太阳船的异状，回头看去，正巧看到秦牧顺着巨人的胳膊登上太阳船的情形，药师不由气极而笑，怒道：“胆子太野了，神的船也敢上！”

屠夫抽出两把杀猪刀，杀气腾腾道：“连我们的孩子也敢抢，咱们杀过去！”

村长瞪他一眼，徐徐道：“人家没有恶意，让牧儿去吧。那艘船上的，好像不是一尊神……”

秦牧走到那个小女孩身边，太阳船又缓缓恢复水平状态，那小女孩因为很长时间没有走路，腿脚不便，想要站起来施礼却有些吃力，只得坐下向秦牧欠了欠身。

秦牧还礼，将玉佩送到她的手中。这女孩儿细细打量，露出思索之色，口中发出奇异晦涩的语言，询问旁边的一个老巨人。

那老巨人露出惊容，连连打量秦牧，也以同样的晦涩难懂的语言回应。

“是神语！”

秦牧惊讶，这一老一幼说的话是神语，他听过神的语言，但是却不明白其中的意思，因此他们说的内容是什么便无从知晓了。

两人说了几句，女孩儿将玉佩还给秦牧，道：“族长爷爷说，你这块玉佩非神非魔非佛，他从前见过这种东西，应该是来自大墟中的无忧乡。”

“无忧乡？”秦牧精神一振，“无忧乡在哪里？”

女孩儿又询问那老巨人，老巨人迟疑片刻，说了几句晦涩的语言。女孩儿摇头道：“无忧乡极为神秘，只有在黑暗笼罩大墟时才会出现，他也不知道在哪里。”

秦牧有些失望，将无忧乡这个名字牢牢记在心底。无忧乡可能是他的出生地，是他父母所在的地方，无论如何他都要寻到这个地方。

“我刚才威风吧？”女孩儿嘻嘻笑道。

秦牧怔了怔，面色古怪：“刚才是你驾驭太阳船，把延康国的大军惊走？”

女孩儿得意扬扬道：“没有想到吧？”

秦牧的确没有想到，不仅延康国师被这个小女孩吓了一跳，甚至连村长、哑巴他们也被吓了一跳。他们甚至以为太阳船上有一尊古老无比的天神，延康国师自忖实力不敌，所以退走。

他们只怕做梦也没有想到是这个小女孩驾驭太阳船，当然，太阳船实在太震撼，太强大，以致他们做出这样的误判。

“我叫炎晶晶，你叫什么名字？”那小女孩好奇问道。

“秦牧。”秦牧迟疑一下，道，“我也不知道自己是姓秦还是叫秦，因为玉佩上有个秦字，所以村长就把秦当成我的姓。牧是放牛娃的意思。炎晶晶是什么意思？”

“就是很多太阳很多火的意思。”

炎晶晶努力站起来，但她应该很长时间没有用腿走路了，步履蹒跚，秦牧看到她的双腿已经肌肉萎缩，变得很瘦，皮包骨头，几乎没有一丁点的肉。

她瘦骨嶙峋，让人忍不住心中一颤。

“我出生的时候像是一轮太阳，娘亲被我身上的火焰烧死了，所以族长爷爷给我取了名字叫作炎晶晶。”炎晶晶脸色黯然道，“后来我长大了一些，族长爷爷说我身上有太阳守的血脉，太阳守的力量很强，可以让我得到太阳船的认可，驾驭这艘大船巡游大墟。族里只有我能够驾驭这艘船，于是我就成了这一代的太阳守。”

她又开心起来，笑道：“你是放牛的男娃，我是放太阳的女娃。我和太阳船融合在一起的时候，力量很强的，就像是天神一样，所以才会把坏人们吓跑。你刚才有没有被我吓到？”

秦牧笑道：“吓到了。”

炎晶晶低头道：“对不起。我刚才累得受不了，所以才停在这里歇一歇，吓到了你……”

秦牧怔然，笑道：“没关系。你的腿怎么这么瘦？”

“爷爷说，我们牧日族的太阳熄灭了，所以我驾驭太阳船的时候，太阳船会汲取我的力量，会让我越来越瘦。”炎晶晶道，“等到我没有力气的时候，就会和以前的太阳守一样，和这艘船融为一体，我爹就是这么死的……倘若太阳能够点燃，太阳船就会汲取太阳的力量，还会反哺太阳守，我会变得很强壮！”

秦牧心头震动，抬头看了看天空中的那轮黑色太阳，喃喃道：“需要把太阳点燃吗？谁能够做到？或许只有真正的天神才能做到……你们为什么一定要守着这里，一定要成为太阳守？”

“因为，这是我们牧日者的职责啊，太阳守是神职！很久很久以前，我也不知道是多久，反正很久，我们牧日者，被任命为太阳守，守护太阳船，守护大墟，然后就流传下来了。至于是谁任命我们为太阳守的，我也不知道。族长爷爷可能会知道。”

炎晶晶很是开朗，似乎没有多少玩伴一样，与秦牧坐在一起便叽叽喳喳地说个不停，说起自己这一路游历见到的许多趣事。

秦牧四下看去，牧日族都是巨人，能够与炎晶晶一起玩耍的少年男女也有，但对炎晶晶都非常敬畏，不敢上前。而且这些人的身材很高大，远比炎晶晶高，也更为强壮，炎晶晶更像是人族，与他们不像是同一个种族。

秦牧猜测，或许炎晶晶有着人族的血统，当然也有可能是炎晶晶被太阳船汲取力量，身材变得矮小了。

不过，奇怪的是，炎晶晶与太阳船融合时，却又变得异常魁梧，如同一尊威风凛凛的女天神，说明他的猜测并不一定准确。

他并不知道，牧日族的身材并非是天然就这么高大，而是栖息在太阳船这个地方，空气中游离着一种神力，牧日族的牧日者们平时呼吸饮食，都会不自觉地吸收这种神力，以至于身材魁梧异常。

而炎晶晶因为被太阳船汲取力量，体内的力量入不敷出，所以没有像其他族人一样变得魁梧。

当她与太阳船融合时，太阳船与她的力量融合，才会让她变得与天神一样伟岸。

“将来，我如果有能力的话，会帮你点燃太阳，让你解脱出来！”秦牧道。

“真的吗？”

炎晶晶眼睛亮晶晶的，兴奋道：“我期待有这一天！到那时我就可以走路了，可以像其他人一样了！”

秦牧重重点头，笑道：“我一定会找到办法，点燃这颗太阳。”

这时，那位巨人族长走来，道："太阳守，延康国的军队彻底退走了。"

炎晶晶勉强站起来，向秦牧挥了挥手，甜甜笑道："我也要走了。我从星海离开，然后会从太阳井那边出来。你如果想找到我的话，去太阳井便可以了！"

秦牧点头，这女孩儿又蹒跚地回到那一根根柱子旁，她的手触摸到柱子，身体便开始飞速膨胀，然后她的腿脚沉入太阳船中，与太阳船相融。

她的手掌抓住其他三根柱子，身体上开始燃起熊熊烈火，难以接近。

巨人族长来送秦牧，将他送到船头，这个年迈的牧日者白发苍苍，有着几分的哀恸，低声道："太阳守活不了多少年了……"

秦牧心头微震，抬头看了看这个老者，又看向那个火焰中的女巨人，炎晶晶正在冲他微笑。

"倘若你是无忧乡的来客，或许会有办法重新点燃太阳，毕竟……"

巨人族长迟疑一下，没有说下去，而是将他送下太阳船，这个难以想象的诸神造物开始缓缓地站起来，向星海走去。

夕阳落山，斜斜的阳光照耀在这艘古老的船上，渐渐走向远方，半空中的那轮黑色太阳也渐渐变小，最终太阳船已经看不见了，黑色太阳也变成了微不可察的黑点儿。

第一百二十章　祖师大考

秦牧纳闷道："祖师没有这个念头？"

少年祖师沉默片刻，叹道："有。你的头先放在你脖子上，继续说下去。"

秦牧继续道："我观延康国师行径，有些与我圣教教义相合，都是圣人之道，用于百姓。倘若我圣教依附于延康国，非但不会像其他教派一样没落，反而可以发展壮大。这是其一。"

他顿了顿，继续道："延康国师的小学、大学和太学，有弊端，而且是很大弊端。这个弊端，短时间内看不出来，但是两三百年，必见分晓。”

少年祖师露出好奇之色，道：“弊端何在？”

秦牧道：“敢问祖师，太学院中贫寒之家的士子有几成？”

少年祖师露出笑容，显然知道他要说什么，道：“一成。”

秦牧又道：“这些年，延康国的年轻官员，有几成是出自太学院？”

少年祖师道：“七成有二是出自太学院，其他的老臣则是出自各大门派，还有些则是一步一步爬上来的。”

“据我推测，两百年后，天下官员都是出自太学院，而太学院中的寒门子弟，百中无一！”秦牧看到浮漂下沉，不急于起竿，而是等了片刻，道，“两百年后，寒门子弟依旧毕生贫寒，而富贵子弟依旧毕生富贵，民怨日积月累，必然爆发。富贵世家则会趁机起事，推翻朝廷，那时是我圣教一统天下之时，滚滚大势，无人能敌，无人能挡。”

他起竿，一条大鱼被鱼钩勾住，但是这条大鱼的力量极大，啪的一声鱼线被挣断，大鱼扎入水中消失不见。

少年祖师冷笑道：“你要造反，陷我圣教于不义，我要杀你的头！”

秦牧沉默片刻，道：“祖师，别闹。”

少年祖师哑然，他也有鱼儿上钩，却是一条小鱼，被他一竿钓起，道：“好，说正事。两百年后，你让圣教成为另一个延康国，之后呢？一场大战洗礼，摧毁了原来的世家大阀，然后两百年后再形成新的世家大阀，又有人会来推翻我圣教统治。你如何破解？”

秦牧怔了怔，摇头道：“我没有考虑两百年之后的事情。还请祖师赐教。”

少年祖师折下一根柳枝，将鱼儿穿起来，起身道：“我也看不到两百年之后的事情。少教主，你年纪这么小便能看到两百年，已经是个合格的教主了，你过关了。我的想法与你有所不同，我想的是我圣教的教义。”

秦牧心头微震，看向这个年轻的老者。

少年祖师悠然道：“‘圣人之道，无异于百姓日用，凡有异者，皆是异端！

率性所行，纯任自然，便谓之道。’延康国师崛起时，我便察觉到他的雄心壮志。他来向我问道，我将《大育天魔经》的这句话告诉了他。他现在做的，就是这句话。”

秦牧心灵震动，拜服道：“祖师圣明，已经是圣人了。你想潜移默化，让延康国成为圣教，倘若延康国做到了圣人之道，延康国便是天圣教！”

少年祖师摇头道：“延康国和国师都做不到圣人之道，我也做不到，诚如你所说，权势和资源两百年后都将被世家大阀把持，穷者愈穷富者愈富，这并非是我天圣教的圣人之道。我想影响延康国师来影响延康国，但现在看来我已经失败了。我老了，这个担子便交给你了。我所能帮你的，就是替你坐镇几年。”

他提着鱼，背着竿，秦牧跟在他的身后，只见这老者寻到一个山坳，然后在这座延康国所有人心目中的至高圣地支起一口锅，添水生火，将那条鱼去鳞去内脏，扔进锅里。

少年祖师看着锅里的水，又从袖筒里取了些作料，撒入锅中，道：“再等几个月，我便会辞去大祭酒的官职。我老了，最后这几年我想出去走走。这世界有许多地方我还没有去过，圣教便交给你了。辞官之后，我会主持一场登基大典，我要亲眼看着你成为圣教的教主。”

秦牧有些为难，道：“我目前还是五曜境界，现在接掌圣教，是不是早了些，难以服众？”

少年祖师示意他坐下，秦牧与他一样盘腿坐在锅前，嗅着鱼汤的香气。

少年祖师道：“圣教其实比较散，三百六十堂的堂主散居在各地，教众遍布延康，就算是长老、天王也很难凑到一起。你大可以做个甩手的教主，实在不济，我不是还活着吗？我活着的时候没人敢动你，延康国师也不敢动你。”

秦牧心中微动，试探道：“延康国师应该想控制我圣教，对不对？”

“他当然想。但是你可以让他放心。”少年祖师尝了口鱼汤，觉得还不到火候，继续添火，道，“你要知道，你年纪小，修为低，还不会被他放在眼里。他会觉得可以掌控你。倘若他能做到圣人之道，让他掌控你、掌控圣教，并没有什么，倘若他做不到，你取而代之。”

他仿佛在说一件微不足道的事情，而这件事情偏偏却是改朝换代的大事！

秦牧尝了尝鱼汤，只觉鱼味鲜美，很是爽口，不禁赞叹一声。

突然，他想起一事，连忙道：“祖师，《大育天魔经》是不是缺少了功法？我这些日子研读参悟，没有从《大育天魔经》中寻到能够一统所有法门的功法。”

少年祖师伸手向空中抓了抓，不知从哪里抓来两只碗一只勺，秦牧接过碗勺，开始盛汤。

刚才少年祖师抓向空中，这种法术在《大育天魔经》中有记载，叫作五鬼搬运术，能够神不知鬼不觉地从远处偷盗东西。

“《大育天魔经》大一统的功法，只传教主，由圣教主代代相传。”少年祖师抿了口鱼汤，舒了口气，道，“《大育天魔经》中的内容，都可以传出去，唯独大一统功法只能教主修炼。等到你登基成为圣教主时，厉天行会传给你。”

秦牧怔了怔，前教主厉天行不是已经死了吗？

听少年祖师的语气，厉天行好像还活着的样子。

他喝着鱼汤，只觉越喝越爽口，连忙道：“祖师，这是什么鱼？”

少年祖师道：“九龙之气聚集在这里，形成了这片湖水，这鱼吸收了龙气，因此叫作九龙鲫。这种鱼，一身硬骨头，没有多少肉，只能煲汤，但煲汤味道特别美。”

秦牧若有所思：“祖师的意思是让我做一身硬骨头九龙鲫？”

少年祖师瞪他一眼：“想多了吧？做人有什么不好偏偏想做鱼？你想被人煲汤？我就是嘴馋了，带你来喝鱼汤而已。”

秦牧羞愧不已，看起来老爷子的确是嘴馋了，仅仅想喝鱼汤而已。

两人坐在那里，慢吞吞地喝着鱼汤，很是享受。

秦牧取来一根鱼骨，在地上画图，将霸体三丹功的六合境界行功图画出，道："祖师，我在青阳殿见到这张行功图，却没有上一篇，敢问祖师是否见过此图的上篇？"

少年祖师细细看去，惊讶道："你要这门功法的行功图做什么？你认得这门功法？"

秦牧点头，道："这是霸体三丹功的六合境界行功图。"

少年祖师面色古怪："连我都不知道这是霸体三丹功，谁告诉你的？"

"村长说的。"

少年祖师怔了怔，感慨万千："这老家伙到底还是比我高明了一分，我认不出这功法，不知道名字，但是他却认得，还是厉害啊。原来这门功法叫霸体三丹功，这老家伙的确见多识广。这幅行功图，是我在一处古代遗迹中见到的，除了这幅图，还有几幅残图。我见到图中的行功奥妙万千，大有神妙之处，非同凡响，所以将图记下来，刻在青阳殿中。青阳殿中的功法，都是残篇，其中以这幅图为最。"

他顿了顿，道："你修炼的是这门功法？"

秦牧点头："我自幼修炼的便是霸体三丹功。"

少年祖师迟疑一下："按理来说，你应该修炼我圣教的大一统功法，不过你们村的那个老家伙让你修炼这门霸体三丹功，一定有他的道理。他见识渊博，没有传授你他的功法，可见霸体三丹功还在他的功法之上。好功法总有相通之处，你不妨两种功法齐修，说不定有助你的修炼。"

秦牧称是，道："我并未找到霸体三丹功的上篇，没有五曜境界的功法，无法继续修炼。"

第二百五十八章　皇帝，道主，如来

"许多人不理解，变什么法，革什么命？从前不也很好吗，大家活得都很好，其乐融融，你现在变法了，革命了，不就是为了你皇帝的野心吗？得罪了名门望族，得罪了那些门派，不就是为了让延康的国土大一些吗？现在惹得天灾人祸连年，都怪你，都怪变法。此乃谬论！”

霸州府，延丰帝与一众文武大臣走在街上。看着一个个官府义粥摊子前排队领饭的人们，延丰帝走了过去。正在分发义粥的官差正要下跪，延丰帝摆手，道：“天寒地冻，没这么多规矩。一个人发多少？”

“回陛下，一个成人一碗米粥，两个馒头，一勺干菜。”

延丰帝点了点头，让他下去，自己掌勺给灾民发饭，他身后站满了朝廷的文武官员。延丰帝一边掌勺，一边继续道：“从前活得很好的，从来不是百姓！司农，你来告诉他们，国师变法之前一亩良田能养活几个人。”

司农大臣连忙道：“变法之前，一亩良田年产粗粮三百三十斤。只是当时的田地都集中在世家、寺院和道观的手中，农民手里是没有田地的。一户农家七八口人，种地八十亩，有粮食果木蔬菜，还有药材。劳碌一年，种植两季，一年没有余粮，勉强果腹，一个月能吃得上一两顿肉，碰到天灾人祸就要饿死。当年许多老人遇到灾年主动投河或者上山，便是免得连累家人。而那时世家、寺庙、道观里屯粮无数，屯钱无数。”

延丰帝道：“八十亩地，养活一家七八口，辛辛苦苦种了一年粮食，粮食去了哪里？你再来告诉他们，变法之后一亩地能养活几个人？”

司农大臣继续道：“陛下命国师变法，将天下土地收公，世家、寺院和道观不得掌有土地，丁男八十亩地，二十亩良田。最近些年人口翻了几番，国土也大了不少，规矩也就改了，丁男四十亩地，十亩良田。国师让武者、神通者劳作农务，旱涝保收，天旱下雨，大涝排水，因此一百六十年没有饥荒。而今亩产八百二十斤，田赋两石，农家吃肉倒不觉得费钱了。”

“三百三十斤，八百二十斤。”延丰帝捏俩馒头放在饥民的碗里，又打了勺干菜，感慨道，“什么是佛？这就是佛，活佛，生佛，所有百姓的佛！不是你顶个如来的名头顶个道主的名头，讲一些抚慰心灵的鸡汤之类的话就是佛就是道主！司农，我再问你，既然国师变法很好，粮食也多了，为何一旦天灾爆发，还有饥荒？”

司农大臣面带难色，迟疑道：“这个……”

“说！”

“是。除了人口翻了几番，还有吃肉的原因，打仗的原因。喂养牲口需要粮食，军中喂养异兽、练兵、打仗，都需要粮草。最主要的还是农田流转。有些农田被世家大阀和门派寺庙又买了去，成了地主。”司农大臣道，“粮食又回到他们手中。上次宗派叛乱，就是因为他们手中有钱有粮，所以才如此大胆。而这次饥荒本不应该闹得如此之大，还不是因为打过仗之后，国库空虚，这些世家大阀、门派寺庙不愿意放粮？上次宗派叛乱，造成的影响太大……”

延丰帝回头，瞥了群臣一眼，道：“世家大阀、门派寺庙、道观，从前高高在上，在天上坐着，天天吃着山珍海味，珍馐佳肴，说着风花雪月，谈着道法神通，论着神仙长生，有农民养他们，谁肯搭个手给这些农民？农民不服便直接降灾降劫！这场雪灾奇怪吗？不奇怪。从前宗派统治国家时，这种雪灾没少过！不过不是神降灾，天降难，而是宗派降灾降难，要这些百姓臣服，不敢作乱！

“国师变法，让宗派给农民做工，给商贾做工，他们就不乐意了，不想做。国师再变法，开小学、大学、太学，将这些宗派的本事传给世人，让世人来做，他们更不乐意。要造反，要杀人！殊不知祖上向前数八辈，他们都是农民出身，没一个特殊的！

“你们也给朕看清了，听清了。这次朕杀他们的头，下次你们像他们这样做，朕也杀你们的头！朕要的官，不是这些高高在上的宗派，什么高人什么佛祖，朕要的官，是能够踏踏实实做事的！士农工商，士必须要能给农工商做工，做事！朝里还有些士大夫以为自己高人一筹，奶奶的，——史官，容朕说一句脏话。——奶奶的，天天叽叽歪歪自视清高！朕恨不得杀他们的头！”

文武大臣们低头，不敢说话。

两个史官对视一眼，均露出难色，其中一个年长史官悄声道："陛下，天子慎言。"

延丰帝道："我也不常说脏话，不是气急了能骂人？史官担待一下。"

正说着，排队领饭的队伍轮到了一个大和尚，端着金钵，笑道："陛下说得真好，不过天灾来了，怎么让天灾止住不让百姓受苦，才是正道。"

延丰帝看了这大和尚一眼，打给他一碗饭，两个馒头，又盛了一勺菜，道："朕不止说得好，做得更好。大和尚慢慢吃，不要打搅了俗世人。"

那大和尚称是，端着金钵去了。

"如来！"延丰帝身后众人看到这大和尚，心头微震。

大和尚走后，后面来个老道士，衣冠不整，头发有些散乱，端着碗盆，笑道："陛下吃饭了吗？"

延丰帝面色凝重，给他打饭，摇头道："还没吃。"

"陛下应该吃一些，饱了才好上路。"

延丰帝点头，捏了两个馒头，端了一碗粥，向文武群臣道："你们也来吃一些，遇到事了。"

文武大臣们一个个如临大敌看着那和尚道士，只见这两人一个端着金钵一个端着碗盆蹲在街边墙角，喝着粥吃着馒头就着干菜，甘之如饴。

群臣上前，各自领了一份饭菜，各自蹲在街边墙角，延丰帝也蹲在那里，默默地吃着。

吃罢，延丰帝到压井前压水洗碗，群臣在后面排队。而如来和道主也上前洗了碗筷，道："好久不曾吃过人间的饭菜了，倒别有一番风味。"

"朕与这些大臣倒是吃了好几个月。"延丰帝认认真真道，"两位道兄应该经常吃一吃，不要让自己住得太高太远。"

"高远是为了免俗。"老道主笑道，"你是人间的皇帝，管理的是俗人，而修道修佛却是要远离尘世纷扰，被沾扰了便难以脱身。"

延丰帝笑问道："道主，你能成真神吗？"

道主摇头。

延丰帝又问如来："如来，你能成真佛吗？"

如来摇头："神桥断了，谁能成真正的神佛？"

"那你们扯什么淡？远离尘世，说的自己很厉害似的——史官，朕又说粗话了，不要记了，朕知道。你们下去吧，这里不需要你们了。"

延丰帝说罢，向城外走去，文武群臣相随，延丰帝停步，回头笑道："虽说是按照朝廷规矩来不是按照江湖规矩来，但也不需要这么多人。神桥境界的留下，其他人退下。"

许多文武大臣停步，延丰帝身边跟着七人：太尉元空和尚、司徒秀乐清、司空魏平波、天策上将秦宝月、泰山王灵虚花、骠骑大将军权定武和开府仪同三司上卿苏云芝，加上皇帝，共有八人。

如来和道主不以为意，继续向前走去。

延丰帝率众跟上，众人来到城外依旧不曾停步，待走到城外的田间，延丰帝停下来看庄稼苗，询问一个老农，道："能丰收吗？"

"能！"那老农声音响亮。

延丰帝露出笑容，回头向身后的几位大臣道："能丰收！"

道主道："陛下，今年能，下年未必能。老道带来了一卷书，记载大墟故事，叫作《开皇劫经》，陛下先慢慢看，咱们慢慢走，倘若陛下看完还执意变法，那么这日月便要换新天了。"

如来叹道："道主慈悲。"

道主摇头："他不知这里的凶险，知道了便会如我们一般。"说罢，将《开皇劫经》送到延丰帝手中。

"陛下，当心有诈！"上卿苏云芝提醒道。

延丰帝笑道："无妨。"

他从道主手中接过《开皇劫经》，打开细细阅读。

他们继续不紧不慢地向前走去，延丰帝一页一页翻过，将《开皇劫经》从头到尾读了一遍，道主与如来一直没有催促，而是静静地向前走着。

待走出百十里地，延丰帝将《开皇劫经》看完，定了定神，抬头看天，沉默不语。

老道主道："陛下以众生为念，应该知道怎么做了吧？"

延丰帝怔怔出神，突然道："我小的时候，延康国还没有这么大的领土，皇帝还没有这么尊贵。那时候一个个门派世家还作威作福，有一次我随使节到国外去，出访一个叫元启国的地方，也就是现在的元州。那里正在闹雷灾，天空阴云遍布，笼罩元启国，雷霆咔嚓咔嚓地劈个不停，劈死了不知多少牛羊牲口，也劈死了不知多少百姓。

"元启国的皇帝带着文武百官就跪在雷灾中祈求请罪，国中的百姓也跪在地上，请上苍息怒。那场雷灾，皇帝被劈死了。后来我才知道，他们口中的上苍并非是天神，而是雷隐宗，一个宗派。大抵是收成不好，进贡给雷隐宗的好东西少了，所以雷隐宗降劫。造成雷劫的是雷隐宗的镇教灵宝，九霄雷引罩。皇帝将罪过揽在自己身上，所以雷隐宗劈死了他，换了个皇帝。那个时候我便在想……"

他看向道主和如来，一字一句道："我要掀翻你们！现在，朕做到了，只是朕与国师做得还不够，所以会有这场雪灾。不就是神吗？朕掀翻神便是！"

道主忍不住道："陛下不以苍生为念吗？是否想让延康化作大墟一般？你与国师变法，你与国师打下那些门派，统一这么大的疆域，老道并没有阻止过你，对不对？但是你若再变法，便是苍天动怒，危及苍生！"

老如来道："陛下三思。"

延丰帝道："你们有你们的信念，朕有朕的信念。"

老如来叹了口气，向道主道："老道友，换一任皇帝吧。"

道主取来道剑，点头道："也罢，好话已经说尽，怎奈陛下执迷不悟，只得换一任皇帝了。"

延丰帝向四下看去，只见一个个老道人、老和尚和穷夫子等人从四面八方走来，将他们围在中央，数量要比他们八人多得多。

天策上将等人脸色大变。

延丰帝愕然，失笑道："如来，道主，朕还以为你们会讲江湖规矩，没想到你们来朝廷规矩。"

如来摇头道："情非得已，还请陛下见谅。道主，诸位道友，一起送陛下上路吧。"

[节选自起点中文网]

【粉丝评论摘编】

@老牛玄德：本书中没有真正的反派，道门、魔教、大雷音寺甚至于朝廷都是为各自的理念而战，没有什么高低贵贱之分，许多配角也很有魅力，的确有大神的功力。

（发表于优书网，2017年8月29日）

@jinianri：宅猪的文笔在起点大神中应该算得上佼佼者。这部小说不但文笔上乘，人物刻画也很到位，每个人物都栩栩如生。作者擅长大场面的精雕细琢，尤其是规模宏大的战斗，层次感很强，绝无凌乱之感。此外，在《牧神记》这部小说里，的确可以看到很多不一样的情节，宅猪的脑洞还是够让人惊叹的。

（发表于优书网，2018年7月6日）

@默默地注释着：看了很多小说，很多小说主角一开始就是性格完美，智商碾压，莫名其妙的我命由我不由天，更甚者，从头到尾主角性格都没写明白。这本小说里主角是成长的，经历了一些事情后价值观会变化，人写活了，冲这点，我就给好评。

（发表于优书网，2019年4月26日）

@狠狠红：我之前推荐@十四阙看这本书，记得某天早上她兴奋地给我留言："我看《升邪》《将夜》《牧神记》的时候特别感动。古龙后期觉得武侠将死他求新求变，若他活到现在便可知后继有人。少年高手层出不穷，天马行空的想象力，宏大严谨的框架，都远远超过他们那一辈。"

"站在巨人肩膀上发展的玄幻，包罗万象妙趣无穷啊。"

（发表于新浪微博，2019年6月21日）

@云姒：硬是把以前的老套路写出了新意，人设和剧情都可圈可点，活该人家爆款……所以说不要总说什么玄幻仙侠套路写完了……

（发表于龙的天空论坛，2019年3月26日）

@月下放歌：感觉这本小说中宅猪的功力大增，无论是情节还是人物都有一个跃升，尤其是中后期，已经跳脱出了传统的升级玄幻的窠臼，开始塑造刻画人物，专心经营情节。本来一般升级流小说都是到了什么等级就出现相对应的对手，结果这本小说主角还弱小得如同蚂蚁的时候就跟十天尊对上了。这种手法一个把握不好，就容易写崩，结果宅猪竟然hold住了。这种各大势力各种人物之间钩心斗角的情节，很容易塑造出人物来。全书中出现了不知道多少个角色，基本上主要的角色都能令人有比较深刻的印象。

（略）

现在写那些传统玄幻的，感觉好像都在走下坡路了，能够出现宅猪这么个异类，也算是不错了。

感觉这本书给传统玄幻指出了一条值得借鉴的路子，不要追求纯粹的升级与装 × 打脸，多加点人物与剧情，多构思一点世界背景的历史衍变，增加一些小说的厚重感。

（发表于龙的天空论坛，2019 年 6 月 4 日）

［导引、简介、节选、粉丝评论摘编：蔡翔宇］

在套路上多走一步

——评宅猪《牧神记》

蔡翔宇

在《牧神记》之前，宅猪虽说不上无名小卒，但也绝不是一个网文读者们熟知的名字。然而一本《牧神记》却将他推上了白金作家的宝座。原因是，他把玄幻这个老类型多年来积累的套路玩得相当纯熟，并且在套路上又多走了一步。

熟悉网文的读者能够轻易辨识出《牧神记》中的若干玄幻经典元素：升级换地图的基本模式、伪善的正派人士、学院进修、主角暗藏的高贵身份、一生之敌……如果再往前追溯，开篇“残老村”阶段的情节借鉴《绝代双骄》的恶人谷也是显而易见的。从宅猪本人的创作序列来说，从《重生西游》开始就很明显的古典文学资源的利用当然也不会缺席，许多招式改编自诗词，开篇又隐约有明清志怪笔记的影子。经过近十年的写作，宅猪已经对这些模式和元素熟稔至极，它们在书中混为一炉，嵌合得恰到好处，类同的大框架下有不同的细节，在给读者新鲜感的同时，也提供了适当的心理预期。再加上格外精练紧凑的情节推进，避免了许多小白文长久以来被人诟病的“灌水”，辅以特点鲜明、各具魅力的众多配角，宅猪铺排出爽点均匀又密集的流畅行文，这是《牧神记》打动读者的基础。

然而，以“中原五白”为代表的一代旧神，已经用他们如今不温不火的成绩证明，重复套路对当下的读者不再起效，熟练运用套路远远不够，读者要看新东西。

《牧神记》首先让人感到新鲜的，是加入若干轻松戏谑的细节以舒缓行文的紧张感。苦大仇深的“莫欺少年穷”、肆虐碾压的“龙傲天”都已经成为被嘲讽的烂梗，悠然的快乐是当代青年对网文更进一步的要求。且不提散落于行文中的幽默对话，龙麒麟“龙胖”这一角色的加入实是当之无愧的点睛之笔：从一开始学院里的护山神兽，到后来主角的坐骑和跟班，最后成了近似宠物的吉祥物，“龙胖”的言行越发显得“不靠谱”，却也因此使它的“小聪明”更招人喜爱。它自身的形象偏移也几乎是近年小说中“战兽”到“战宠”转变的一个隐喻。

“遇事不决，量子力学”，这一近年来热文的常见配置，宅猪也没有放过。加入近代科学的元素，让玄幻带上了“科幻”味道，这虽是乌贼（爱潜水的乌贼）首创（2013 年的《奥术神座》就提供了扎实、系统的“奇幻版”科学史），然而在东方玄幻的类型中，或许能算得上头一份。将科学概念作为情节推动的重要元素，从纪元衍化到时空穿梭、空间跳跃，不论是凌天尊这样的主要配角、道门等重要流派，还是灵能对迁桥[1]这样的常见道具，宅猪赋予这个世界合理化又令人熟悉的底层构造，让异界原生的主角给诸天万界带去一场穿越式的科技革命，成功融入了工业流的核心爽点。

最重要也最具原创性的一点，在于宅猪给玄幻的虚构时代填上了真实历史的骨架，让玄幻文向来虚浮散乱的大时代叙事变得充实可感。龙汉、赤明、上皇、开皇、延康，借名自道教的五个时代，成为披着一层玄幻外衣的中国古代史再现——“三分霄龙汉，赤明分两段，南北上皇立，开皇一代传”，朝代歌的改编是清晰的指认，让读者有了自行填充时代细节的空间，无论是三国争雄还是大唐盛世，都化作想象过往的生动材料，于是不必多费篇章，宅猪就给出了一曲曲令人热血沸腾的时代挽歌。而到延康所在的“当代”，也正成为近现代史的投射，对于这段切近的历史，宅猪不吝笔墨，从军事到政治斗争细节的刻画，使得这一个“大时代”不再是遥远的背景板，而这正是辰东式宏大叙事一贯欠缺的。于是历史文与民国文也成为显著的前身。更绝妙的是，借助“时间不存

① 灵能对迁桥：小说中多次提及的重要道具，是主角秦牧提出原型并与人合作设计的传送装置，运用了空间跃迁、质能转换等物理原理。

在论”，主角有了非常合理的“回到历史”的机会，于是原本线性的时间，转而成为“空间性”的场所，读者得以自然跟随秦牧领略每一个时代的风情。而通过天庭、悬空界、帝陵、无忧乡等时代的地理遗存，历史又得以“返回”当下，再加上本就在延康时代的西土、草原、天庭、幽都等差异化的场所，以早期的大墟、后来的元界为核心，勾连“时间长河”，宅猪构造了立体的“副本”网络，让主角可以纵横穿梭，却又随时可以返回读者熟悉的“第一现场”，前后呼应得恰到好处。

不过，当全书进入后期，读者黏性有了明显的降低。进入“祖庭”，主角正式开始与反派集团虚与委蛇的“政治游戏”，前中期营造的新奇感与轻松气，都被紧张压抑的权谋与心计掩埋，接近成熟的主角也不再具有少年的活力，整体基调下沉；而因着力于众多新角色的塑造，旧有的成功配角难免被放逐于剧情的边缘，甚至倒退为符号性的剧情工具；又因为作者迫切地抒发观念，部分章节流于生硬的刻意宣教，甚至引发读者的争论。临近结尾，或许出于经典化的企图，宅猪不再利落地让众多小角色退场——这曾经是本书一大突出优点——甚至还在添加新人物，使得节奏变得拖沓，显得“水”；另一方面在主线时间上突飞猛进，此前近两千章不过数百年历程，到此却数章之内就过了五千余年，又很“仓促”，看似矛盾的两个缺点当时就都被读者感知并指出。许多此前的优点，到此或缺位或过度，显示出宅猪的控制力在面临大故事收尾时的不足。

当然，也不必为此过多苛责作者，这本就是世界设定过于恢宏、时间跨度太过漫长的玄幻类型的死穴之一。

我有一座冒险屋

我会修空调

我会修空调，1993年生，阅文集团大神作家。2016年，以笔名“宇文长弓”在磨铁中文网发布《超级探险直播》（曾用名《超级惊悚直播》）。2018年，加入起点中文网，启用新笔名开始连载《我有一座冒险屋》（曾用名《我有一座恐怖屋》），凭该书封神。毕业于工科专业的我会修空调真的会修空调，但更渴望写小说。在工厂时，曾把《平凡的世界》里最喜欢的一段话——即使最平凡的人，也得要为他那个世界的存在而战斗。在这些平凡的世界里，也没有一天是平静的——写在车间椅子下。他虽是新作者，但文字成熟，能够在兼顾套路的基础上进行创新，把悬疑的故事写出生命的温度，将小众的类型带入大众的视野。

《我有一座冒险屋》自2018年6月11日开始连载，至2019年9月尚未完结，已有179万字。作者在延续、探索前作《超级探险直播》的“惊悚元素”和“直播特色”之余，更引入并丰富了2018年2月9日上架的《深夜书屋》（作者：纯洁滴小龙）所开创的“种田流”恐怖小说模式。参与感极强的直播放大了鬼故事的惊悚效果，种田成长的温馨充实和偶尔的搞笑欢脱又化解了连绵不断的恐怖单元剧所造成的疲劳感。小说创造性融合了“直播”“系统”“欢脱”等元素和风格，给出了超长篇悬疑小说新的可能性。发布不久，就成为起点中文网男频月票榜前十的常客，和《深夜书屋》一同创造了恐怖类小说在起点的最好成绩。

【标签】悬疑　轻小说

【简介】

陈歌的父母神秘失踪，只给他留下一座破旧的游乐园冒险屋。在整理失踪父母留下的遗物时，陈歌意外获得了一台不断发布惊险任务的黑色手机。每次完成任务，他都会有神奇的收获，既可以加强自己的实力，也能为冒险屋增添新的场景，为游客提供更加丰富的体验。在九死一生的任务背后，父母失踪的线索若隐若现。于是，陈歌踏上了一条紧张、惊险且奇妙的探索之路……

选文分为三大部分，来自小说的第 21—24 章、第 138—140 章与第 159—161 章。第 21—24 章是小说前期陈歌经历的惊险任务，作者通过渲染气氛、心理刻画、激发矛盾等方式描写出主角所面临的危机，展现出自己扎实的悬疑类型文功底。第 138—140 章是陈歌利用冒险屋里的新设施吓唬游客的情节，读者可以自由选择代入主角或是游客，体验到吓人与被吓的双重快感，这种感受是本书的特色之一。第 159—161 章是陈歌得到道具碎颅锤后的任务经历，包含他挥锤追杀敌人的情节；作者先将气氛压到极致，然后再骤然反转，让主角由惊险的承受者转为施加方，此前读者压抑的情绪变成了爆发的爽感，这种强弱逆转的奇观是小说能够兼顾类型文与大长篇的重要原因。

【节选】

第21章　凶手？凶手们？

破烂狭窄的房间里散发出一股浓浓的霉味，顶层似乎漏雨，屋内潮湿密闭，让人感觉很不舒服。

窗户全部被人用木板封死，陈歌检查了一下后发现，木板很新，是最近才装上去的。

“这只是间很普通的客房。”焚毁的家具早已被扔掉，屋子里空空荡荡，找不到任何有价值的东西。

“也对，都过去了五年时间，就算有证据恐怕也无法完整保留下来。”

他从屋内走出，漫步在漆黑的走廊上。客房大多被清空，杂物和生活垃圾混在一起，连个下脚的地方都没有。

“生活垃圾通常能反映出一个人的生活状态和性格，或许从这里面能有所发现。”更换了目标，陈歌忍受异味仔细搜寻，一个多小时后，他还真找到了一些奇怪的东西。

“为什么公寓楼里会有这么多布偶玩具？楼内没有小孩，这些玩具会是谁的？”他花费近两个小时的时间翻遍了所有垃圾，前后一共找到四个毛绒玩具。相比较布满走廊的杂物来说，这四个玩具并不起眼，若非陈歌主修玩具设计专业，对玩具比较敏感，他可能也会将其忽略。

四个玩具不知被扔在这里多久，表面满是污渍，有些地方已经发霉，手指轻轻一碰就能抓掉一大把绒毛。

陈歌反复观看，疑点变得更多，玩偶外形不同，但却出自同一个厂家。

“难道是平安公寓改建后，住宿在这里的房客留下的？”很快陈歌便摇头否定了这个想法，“先不说带孩子住进凶宅公寓的概率有多大，就算和孩子一起入住，也不太可能同时携带四个布偶，毕竟这四个布偶生产商相同，而且看做工和款式应该是好几年前的东西了。”

玩具市场更新换代极快，他在接手鬼屋以前就是某家玩具公司的职员，对行情还算了解。

“不是房客留下的，却保留在凶宅当中，那这东西很有可能是公寓原有的东西。”他大胆进行猜测，“公寓楼原主人有两个女儿，如果我所料不错，这布偶应该是她们的。”

想到这里，陈歌又浮现出了一个疑问：“水火无情，房子、家具都被烧毁了，这四个布偶是怎么躲过一劫的？”

“是巧合？还是说……有人特意将其放到了安全的地方？”陈歌感觉自己抓住了一条很重要的线索，“能在大火之中转移物品的只有一个人，就是凶手自己！可是他为什么要冒着危险去保护四个布偶，这四个布偶对他来说很重要吗？”

布偶背后的拉锁已经生锈坏掉，陈歌直接将其撕开，在发臭变质的棉絮中他找到了一张卡片，巴掌大小，字里行间充满爱意，看得陈歌直起鸡皮疙瘩。“把情书塞进布偶里？通过这种方式表白也太含蓄了吧？”

他开始脑补凶手的性格，对方应该是一个腼腆内向的男人，不好意思当面直说，所以送了布偶，希望对方回家以后再拆开查看。

带着好奇，陈歌又撕开两个布偶，里面各有一张卡片，内容大致相同。

可当他撕开第四个布偶时，一股寒意悄然攀上了他的脊柱。

最后一个布偶里没有放表白卡片，发霉的棉絮里塞满了撕碎的纸条，所有纸条上只有三个字——去死吧！

浓烈的爱不知为何变成了最恶毒的诅咒，这中间究竟发生过什么，陈歌无从知晓。

“纸条上的字应该是凶手留下的，这是关键性证据。”他挑出几张纸条放入口袋，正准备朝更深处查探，楼梯拐角的声控灯突然亮起！

"有人来了！"陈歌一下慌了神，他赶紧关了手机手电筒，抱着几个布偶躲入旁边的客房里。

大气不敢出，屏住呼吸，陈歌藏在门后，隔着门缝偷偷注视着外面。

脚步声响起，漆黑的走廊上响起了一男一女的交谈声。

"必须要赶紧把那东西弄出去，不能再耽搁了。"

"那个新来的房客之前上过三楼，他走到楼梯口突然又下去了，差一点发现我。"

"我知道，最近来公寓的外人越来越多，这东西要赶紧处理掉。"

"嗯。"

"叫上其他人，一起动手，今夜就给它挖出来，埋到后山去。"

来者提着一盏老式矿灯，借着光亮，陈歌这才看清楚——走廊上说话的两人，分别是房东和一楼的那个女人。

"他们深夜不睡觉怎么跑三楼来了？"陈歌调整角度，确保自己不会被发现后，身体贴在门后。

没过一会，曾经在公寓楼里见过的文身男和胖子全部走了上来，他们不仅把自己裹得严严实实，还拿着诸如铁钎、麻袋、菜刀等工具。

"这是要干什么？"

几人站在走廊上，似乎是发生了争执。

走在最后面的矮胖男人心情很差："真要这么做吗？一旦我们把它挖出来，周围就会残留我们的指纹，到时候一切都说不清楚了。"

"你以为现在就说得清楚？"房东瞪了胖子一眼，"别磨蹭，赶紧来帮忙。"

"我觉得咱们还是报警吧。"矮胖男人站在原地。

听到他这话，文身男直接走过来揪住他的衣领："疯了吗？自己往枪口上撞？警察过来第一时间调查的肯定是我们几个，到时候你酒驾撞人肇事逃逸的事，还有我们霸占老头子公寓的事全都得暴露！"

"老公，别生气。"一楼那个住在文身男对面的女人走了过来，"这事大家人人有份，谁也跑不了，还是赶紧干活吧。”

“咱们几个身上都不干净，好不容易找了个容身之地，你们谁要是敢有其他想法，别怪我翻脸不认人。”房东将手里的铁钎塞给矮胖男人，“你去弄第一下。”

“我？”胖子额头的汗立刻淌了下来，他脸色青一阵白一阵，抓着铁钎慢慢挪动。

看着门外几人异常的行为，陈歌愈发觉得不对劲：“他们到底准备挖什么？”

矮胖男人走到楼廊最深处，他把杂物推到两边，在其他房客的注视下，颤抖着手掀开了杂物堆后面的布帘。

那是一面加厚的水泥墙，墙体里面镶嵌着一具背对众人的女尸。

第22章　午夜逃杀！

陈歌咬紧牙，努力不让自己发出声音，在看到尸体的瞬间，他立刻给鹤山发送了信息：“报警，快报警！”

光线太暗，又隔着一扇门，直播间的水友根本不知道发生了什么事情，此时此刻陈歌也顾不上他们，贴近门缝，眼皮都不敢眨动一下。

“楼中藏尸，原来他们要挖的东西是这个。”陈歌缩在墙后，他不敢有任何异动，现在是最危险和紧张的时候，那几个房客就在距离他几步远的地方，他们只要转身进入这间屋子，就能发现陈歌。

“磨磨叽叽，挖啊！”房东低骂一声，提着工具走了过去，他将麻袋铺在地上，开始清理女尸周围的水泥。

可能是害怕吵醒楼下的住户，他们动作很轻，没有发出太大的声音。

墙壁被凿开，水泥块不断脱落，几人不知是热得，还是吓得，个个头顶冒汗。

他们分工合作，但毕竟是第一次做这样的事情，个个心里也害怕得不行，慌慌张张，进度很慢。

十几分钟后，他们才把女尸从墙体里剥离出来，装入了麻袋当中。

“胖子，你留下来清理墙壁，剩下几个人跟我去后山，咱们找地方给她埋了。”房东提着铁钎，在一旁指挥。

“我跟你们一起去！”矮胖男人想都没想就开口，把女尸挖出来后，他整个人都快要虚脱了，哪还敢一个人留在这地方。

“瞅你那点出息！娟儿，你陪他留在这儿收拾，等会我们在后山老地方会合。”房东朝唯一的女人叮嘱了几句，然后他和文身男抬着麻袋朝楼下走去。

他走路一瘸一拐，脚步声一轻一重，在经过陈歌躲藏的房间时，忽然停顿了一下。

“地上咋这么多棉絮？”

听到房东的声音，陈歌的心都要提到嗓子眼了。布偶撕开，有些棉絮和碎纸片掉在了地上，声控灯亮起，发现有人过来后他根本没时间捡。

“先别管那么多了，这玩意死沉死沉的，赶紧埋了再说。”文身男在后面催促，房东也没有深究，两人从陈歌藏身的房门前经过，似乎是走远了。

“胖子，别愣着了，干活吧。”女人和矮胖中年人开始清理垃圾，擦去工具上沾染的血迹，几分钟后，他俩提着一个大袋子下了楼。

脚步声渐行渐远，等三楼重新安静下来，陈歌才敢大口喘气。他非常谨慎，顺着门缝往外看。

走廊上漆黑一片，房客们都已经离开。

“靠！吓死我了。”

又等了三分钟，外面仍旧没有任何异常，陈歌这才慢慢推开房门，猫着腰走了出来。

为避免被发现，他没有打开手机手电筒，一手扶着墙壁，缓慢前行。

“听这几个人的对话，他们虽然都不是什么好东西，但墙壁里的女尸确实和他们无关。”要说起来，这群人也够倒霉的，霸占了老人家的公寓后，谁知道竟会在楼顶墙壁里发现一具尸体。正常人发现尸体第一反应肯定是报警，可这几个人自身不干净，一方面害怕报警被警察查出自己的案底，一方面又觉得和尸体住同一栋楼瘆人，没办法只能选择帮真正的凶手背锅，主动挖尸掩埋。

“难怪房东再三交代，不让我在午夜以后外出。”陈歌的双眼已经适应了黑暗，他加快速度，准备尽快离开公寓楼。

一路轻手轻脚，陈歌背包也不准备要了，他直接来到了一楼。

“坏了。”公寓楼的防盗门被锁上了，他被困在了大楼里。

“那些人去埋尸体，临走还不忘锁门？”陈歌隐隐觉得有些不妙，“一楼走廊的窗户上安装了防盗网，三楼的窗户被木板封死，我现在唯一能离开公寓楼的出口，就是二楼房间的窗户。”

公寓内的气氛很诡异，陈歌不愿停留，他提着工具锤返回二楼。

黑暗中的走廊幽长深邃，就像是凶兽张开的嘴巴，一旦进入就会被咬得粉碎。

“好安静。”陈歌自己的房间在走廊最左侧，和房东的屋子紧邻，他高度警戒，很害怕某扇房间的房门会突然打开。

放缓脚步，保持呼吸，用了一分多钟的时间，陈歌才走到自己房间门口。

“幸好没出意外，等会我把床单捆在窗框上，从二楼下去应该没问题。”陈歌摸出钥匙，借助手机屏幕的微光找准锁孔，他正要将钥匙插进去，手臂突然凝固在半空。

“我放在锁眼里的那半根头发怎么不见了？”

汗毛竖起，恐惧如潮水从四面八方袭来，陈歌只觉得手脚冰凉。

“有人进过我的房间！他们知道我不在房间里！”

呼吸变得急促，肺里好像塞进了一块冰。

“他们是什么时候进去的？是挖尸体之后？还是在发现地上的棉絮时？”其

实现在思考这个意义并不大，陈歌向后退去。他看着自己居住过的房间，很快冷静下来。“不能回去，那些人现在很有可能就在我的房间里！或许他们正拿着钢钎躲在门后！”

强大的心理素质让陈歌迅速调整自己的状态，他必须要在最短的时间里逃出去，拖得越久，就越危险。

一步步后退，陈歌没有发出任何声音，他心里很清楚，现在只有通过二楼的窗户才能离开公寓楼，其他的路都已经被堵死了。

漆黑寂静的走廊里，陈歌在没有发出任何声音的情况下，悄悄退到了走廊最右侧，这里是二楼距离他房间最远的地方。

“那群房客比我想象的还要危险，今夜能不能保住小命，就看这一搏了！”陈歌咬紧牙关，举起工具锤，重重地砸在最右侧房间的门锁上。

“嘭！”

笼罩平安公寓的死寂被打破，陈歌像疯了一样连续捶打门锁，随着一声声巨响，他最不愿意看到的事情发生了。

走廊最左侧，陈歌原本租住的208号房间，房门被推开！听到响动，文身男和房东两人手持钢钎和菜刀，面目狰狞地冲了出来！

“快开啊！”

“砰！”

经过连续锤击，锁头终于掉落，陈歌毫不犹豫一脚踹开房门！

第23章　真凶！

门板重重撞击在墙壁上，陈歌冲入屋内拉开了玻璃窗。

“这么高？”

站在窗沿旁边往下看，这里距离地面至少有三四米。

走廊上传来急促的脚步声，房东和文身男正在快速逼近。

陈歌来不及思索，翻出窗户，双手扒着窗台，脚踩一楼防盗网。

“他肯定看见我们搬尸了！”

“千万不能放他走！”

房东那张丑陋暴躁的脸已经出现在房门口，他举着菜刀，面目狰狞：“还想跑？！”

这阵势陈歌哪敢犹豫，直接松手跳了下去。

胳膊被墙壁擦破，衣服也让防盗网划出了一个大口子。陈歌落下后，就地一滚，捡起地上的工具锤就朝大院外墙跑去。

“快！抓住他！”房东怒吼，将手里的菜刀对准陈歌扔了下来。

后脑一凉，陈歌看着差之毫厘，深深插在身后草地里的菜刀，冷汗直流：“绝对不能落到这群人手里，他们已经动了杀念！”

公寓楼的防盗门这时候也被打开了，埋伏在一楼的胖子和女人抓着修剪灌木用的铁剪冲了过来。

“一群疯子！”陈歌全力狂奔，好像利箭般蹿到大院铁门，他踩着房东新换的大锁，抓着锈迹斑斑的铁链翻门而逃。

公寓楼被一片密林包围，夜色漆黑，根本看不清路，再加上又被几人追赶，匆忙之下，陈歌直接冲入树林当中。

一追一逃，手电筒的灯光不时扫过，房东和文身男的叫骂声在身后响起，陈歌头也不敢回，他此时心中只有一个想法——赶紧逃出去！

裤子被树杈枝蔓挂烂，满身的泥泞和树叶，足足跑了十五分钟，陈歌才把房东他们甩开。

他半蹲在灌木丛里，看着远处扫来扫去的微光，手指抓进泥土当中，大口大口吞吸着空气。

太惊险了！

被困在公寓楼中时，他只要有一个地方稍作犹豫或者选择错误，就很可能会丢掉自己的性命。

“这试炼任务的难度也太大了吧？”黑色手机发布的任务以生死为赌注，更可怕的是，它就发生在现实当中。

暂时甩开房东，但这并不代表自己的处境已经安全。陈歌缩在树丛里，事实上他很担心一扭头突然看见房东他们拿着铁剪和菜刀出现在背后。

心跳恢复正常，陈歌慢慢从灌木丛中站起。房东手电筒的灯光已经消失不见，深夜的密林一片死寂，连虫鸣和鸟叫都很少。

“该往哪走？”

他人生地不熟，在密林里狂奔，现在连东西南北都分不出来了。

“要不，就在这里躲到天亮？”

陈歌拿出手机，发现直播还在继续，黑屏了一个多小时，满屏都在刷问号，这么诡异的直播间，饶是见多识广的老司机们也开始摸不着头脑了。

他没有去和水友交流，看了下时间，正准备点开鹤山的回信，侧后方忽然传来了树枝摇晃的声音。

陈歌立刻把手机塞回口袋，防止屏幕的光线暴露自己。

抓紧工具锤，他紧张得手心冒汗，死盯着发出声音的树丛。

没过一会儿，一束浅浅的亮光照了过来。

“有人？谁在那里？”

就在陈歌准备暴起挥动工具锤的时候，他听到了一个熟悉的声音。

“王琦？他不是早就离开公寓楼了吗？怎么大半夜的又跑回来了？”陈歌虽然好奇，但是他深知好奇害死猫的道理，便蹲在原地一动不动。

“是我看错了？不可能啊。”王琦拿着手电筒扫了几遍，他不死心地在原地转悠。

“绝不能过去，此人身上的问题不比平安公寓房客小。”陈歌不仅没有靠近王琦，还开始主动避让，他朝着和王琦相反的方向离开。

走了没多远，陈歌发现地势越来越陡，他似乎是跑错了方向，独自进入了后山当中。

穿过灌木丛，眼前出现一块坡地，在树木环绕下，陈歌看到了一座十分简陋的木屋，门上还钉着一个标牌，他凑到跟前查看：“防火如防疫，千万别大意；改善投资环境，造林绿化先行。”

“这好像是护林员住的地方。”他试着推了一下门，木门没锁，伴随着嘎吱一声轻响，一股怪味散发了出来。

“什么东西？”他没敢打开手机手电筒，只是将屏幕亮度调高。

木屋不大，各种生活用品随意摆放，好像垃圾堆一样。

抽动鼻翼，陈歌走向怪味最重的地方，掀开床板，下面是一大堆已经发霉的衣服。

“收集癖？”双眼所见要比他想象中还要严重，床底下大部分衣物都是女性的，从来没有洗过，沾满污渍。

随便捞出几件对比大小，陈歌发现这些女性衣物尺码相同，应该是属于同一个人的。

“上面沾染的泥土没有完全干裂，这件衣服最近一两天内好像还被人穿过。”

陈歌拥有殓容技能，对人体线条结构非常了解，在用手指丈量尺寸的同时，脑中几乎在瞬间浮现出了那具被砌入墙壁里的女尸。

“尺码完美贴合，这衣服很可能是墙中女尸的！”

死人穿过的衣服为何会藏在这个木屋里？而且就在最近几天还被人穿过！

陈歌的心跳开始加快，他将手中的女性衣物铺在地面上，从其口袋中翻找出了一些皱巴巴的碎纸条，上面隐约写着我爱你等句子。

“这个字体……”陈歌又把从布偶身体中取出的纸条拿了出来，两者对比，字迹竟有八九分相似。

“布偶里的纸条是五年前的东西，而这些女性衣物很显然是最近几个星期才被扔到这里的，跨越了五年时间，为何它们会有如此多的相同之处？”

同样的字体，同样的表白信，难道两起案件的凶手也是同一个人吗？

他将衣物重新拿起，正要合上床板，一个桃红色外壳的手机从那衣服的里兜掉了出来。

“死者的手机？”

伸手捡起，陈歌按了一下开关，发现手机屏幕正处于编辑短信的状态。

“救我！”

他心中浮现出不好的预感，颤抖着手点开了发件箱，里面所有的短信都只有两个字——救我！

第24章　我抓住了凶手！

陈歌查看了所有短信的发件日期，全部是在午夜凌晨以后，这一点和王琦所说完全吻合，但这也是最让陈歌觉得惊悚的地方。

一具被砌入墙里的尸体，是如何在每天晚上发送短信的呢？

灵异现象？如果真是厉鬼作祟，那挖尸的几个人现在怎么可能还好好活着？

“一定是有人在捣鬼。”陈歌已经串联起了所有线索，他心里十分清楚，“这个使用死者手机每天给王琦发送短信的人，就是杀害他未婚妻的凶手，同时，也是五年前灭门案的真凶。”

“我想我已经知道凶手是谁了。”陈歌拿着手机站在屋内，“王琦被公寓楼内的房客当作疯子，房东更是每次见他都要将他驱赶出去，这个人是我今夜见过的唯一一个没有住在公寓楼里，却总在公寓附近出现的人，所以他的落脚点一定距离公寓楼很近。”

“可问题的关键在于，我因为房价和房东产生分歧时，他告诉我说这周围几千米内没有任何可以住宿的地方，也就是说王琦不可能是住在其他的公寓或者旅馆里。如此想来，他平时有很大概率就藏在这木屋里。

“如果他就是木屋的主人，那么一切都能解释得通了。这个拿着寻人启事，每天都在寻找自己失踪妻子的可怜人，其实就是亲手杀死自己未婚妻的凶手！”

陈歌简直不敢相信，自己居然跟一个杀人凶手聊过天，还试图打开对方的内心去沟通。

喉结滚动，他现在才有点后怕：“这个疯子肯定是受过什么刺激，收集死者生前的衣物，用死者的手机给自己发信息，或许他的身体里还隐藏着第二种人格，每当他睡着以后，就会接管他的身体。”

越想越瘆人，陈歌滑动手机，想要找出更多线索：“桃红色手机上应该保留有他的指纹，这是证物，必须要收好。”

他看着屏幕，也不知道是因为过于紧张导致眼花，还是其他原因，他竟然看到屏幕上模模糊糊映出了一个女孩的身形，那孩子看起来只有十七八岁，还穿着一件染血的校服。

揉了揉眼睛，他正要再仔细看一眼时，脖子后面突然传来一阵冰凉，就好像被什么东西抚摸过一样，这瞬间的刺激让陈歌猛然扭头！

木屋里空气仿佛结冰，看着自己身后，陈歌感觉心脏都快要跳出来了。

房门不知何时被打开，悄无声息，在距离他两米多远的地方，王琦瞪着满是血丝的眼睛，正缓缓将手中斧头举起！

时间似乎停止，两人站在屋子两边，谁都没有动。

“就差一点啊……”王琦的声音和之前完全不同，那是一种压抑的疯狂，就像是野兽一般不受控制。

……

“真可惜。”王琦向前走了一步，陈歌立刻将锤子护在身前，“别激动，手机里的东西你都看到了？”

陈歌不知道这疯子有什么打算，高度戒备。

“其实也没什么大不了的。”王琦脸上的疲态一扫而光，他非常兴奋，和最开始判若两人，“从你进入公寓楼和我第一次对话的时候，我就说过，我的妻子肯定藏在公寓楼内，怎么样？我没有骗你吧？”

他用斧头挑起自己未婚妻曾穿过的衣服："毕竟，是我亲手把她砌入墙里的。"

说着说着王琦语调突然发生变化，他情绪波动极大，好像是想到了什么痛苦的事情，抓着斧头狠狠地砍在了那件衣服上："我没有错，错的是她，她非要离开，我只是想尽自己的力量把她留下。"

王琦堵在门口，提着斧头，注视着地上被砍烂的衣服："我不想这样做的，你知道吗？我也不想这样的……"

不管王琦说什么都改变不了他杀人的事实，所以陈歌根本没有把他说的话放在心上。

抓紧工具锤，陈歌偷偷将死者的手机放入口袋，眼睛盯着木屋房门，他在寻找机会，随时准备逃离。

"我是个很讨人厌的家伙，几乎周围的人都这么说。不，就算他们不说，我也感受得到。"王琦这个人不单单是心理变态，他的精神也出现了很严重的问题，每次开口说话都像是在自言自语，他似乎走进了一个怪圈，怎么也爬不出来了。

在王琦说话的时候，陈歌慢慢调整自己的角度，他在脑海中模拟了三四种逃离的方案，比如转移对方注意力，或者诱使其靠近，等等，但是因为木屋空间太小，这些方案可行性极低。

王琦的声音越来越尖锐，他的状态很不稳定。

待得越久，陈歌感觉自己就会越危险，他决定不再等待，也不去想什么乱七八糟的方案，全身肌肉绷紧。在王琦情绪快要失控、无意识挥舞斧头时，他小腿蹬地，如同炮弹般主动撞向王琦。

兔子急了还会蹬鹰，这应该是陈歌前二十几年人生中做过最大胆的决定，在和连环杀人案真凶对峙时，他比杀人凶手还要疯狂！

两三米的距离转瞬即至，黑暗中王琦反应慢了陈歌一拍，有心算无心，早在几分钟前，陈歌就已经瞄准了王琦的脑袋。

“嘭！”

工具锤狠狠砸下，手腕上感觉到了一丝温热，陈歌又一脚踹向王琦小腹，夺门而逃！

冲出木屋后陈歌就朝着密林跑去，这一次他找准了方向，树木渐渐稀疏，视野开阔。但是危险仍在，他能感觉到树林里有人跟在他的身后，摇晃的手电筒灯光和树枝不断碰撞、折断的声音就是最好的说明。

一刻也不敢停，陈歌玩了命在前面跑，直到看见村镇附近的水泥路时，他身后的声音才慢慢消失。

“那些人应该离开了。”沿着水泥路，陈歌又跑了几百米，耳边忽然响起了警笛声。放眼远望，公路尽头亮起了警灯，几辆警车呼啸而来。

“得救了！”他就像是遇到了失散多年的亲人一样，站在马路正中央，“是我报的警！我抓住了五年前灭门案的凶手！”

第 138 章　原来藏在这（三）

“文龙？裴虎？”

夏美丽在门口喊了两声，结果鬼屋里连个回音都没有，好像所有东西都被藏在黑暗里的怪物吞掉了。

“这俩人怎么回事？”她不想和王海龙、窦梦露待在一起，又不敢一个人探索，只能来寻找自己的同伴，“不会真出事了吧？但是听文龙刚才那个声音不像是遇到了危险。”

想不明白，夏美丽在门口站了一会儿，推开了距离她最近的房门。

“304？门上还有编号？这是什么意思？”夏美丽往里面看去，和她想象的不同，屋子里很干净。

“为什么看着越干净，我心里越慌？”她站在门口，又喊了两声同伴的名字，越喊越是不安，“两个大活人能跑哪去？”

她拿出手机照明，可是当面前被照亮的时候，四周就显得更加黑暗，远处的走廊岔路口似乎有东西在晃动。

“站在外面太危险了，还是先进去再说。”夏美丽进入304房间，顺手将门关上，“这个屋子从各种意义上来说都很正常，就像是一个普通的出租屋，不过越是布置成这个样子，就越有可能隐藏有吓人的东西，鬼屋老板不会白白浪费钱去修建无用的场所。”

她心思细腻，胆子也比一般的女孩要大，身体贴着墙边，用手机照过四周后才敢挪动一小步。

花了几分钟时间，夏美丽把客厅的每一片墙壁都摸了一遍，也没有发现异常。

“客厅没有布置恐怖的东西，那说明另外两个房间很危险！文龙和裴虎有可能就是掉以轻心了，结果进入其他房间后中招。”夏美丽握紧了手机，慢慢接近卧室。

“卧室没有门，门后不可能藏有鬼屋演员，但是门框两边有视线死角，我要小心点。”她走得很慢，但心脏却跳得越来越快。

来到卧室门口的时候，夏美丽把手机摄像头打开，伸进卧室里转动摄像头。

拍摄一圈后，她拿出手机观看，画面很暗，不过也能确定卧室里没有藏人。

“卧室里也没人？差点忘了，还有最恐怖的床底下没有看。”她远远退到客厅里，专门挑选了一个角度蹲下身体，把手机亮光照向床下。

“还真是什么都没有，看来是我恐怖电影看多了。”夏美丽稍稍放松了一些，“如果我来设计，床底下这么恐怖的地方怎么能放过。可以在下面设置机关，弄一个半身假人，等参观的人一坐到床上，立刻就弹出来。”

说完，夏美丽又进入卧室查看了一遍，里面没有安装任何机关，只有一股淡淡的洗衣粉的清香。

“连擦桌子的抹布都有一股洗衣粉味，住在这屋子的人是有洁癖和强迫症吧。”从卧室里走出，夏美丽看向最后一个房间。

“厕所也是恐怖电影里最常出现的场景，不过这个厕所看着很小，也没有隔间，连个藏人的地方都没有。”

缓步前行，夏美丽真的把鬼屋玩出了绝境求生的感觉，她非常谨慎，每一步都小心翼翼。

这样的游客其实非常难缠，她们会想尽各种办法，提前想到鬼屋的惊吓设置，当隐藏的惊吓点被识破后，恐吓效果就会减弱很多。

海明公寓的卫生间设置得很有个性，镜子正对房门，不管是从厕所旁边路过，还是进入厕所当中，注意力都会被镜子吸引。

夏美丽也不例外，她看着镜中的自己，隐隐觉得很不舒服：“是特殊环境给了我心里暗示吗？为什么我觉得镜子里的人和我不太像？”

她走到卫生间门口，又停下了脚步，把手机亮光照在镜子上：“能反光，确实是一面镜子，不是鬼屋演员站在镜框里。”

扶着墙壁进入卫生间，里面空间不大，她很快就走到了镜子前面。

“这个房间应该还没来得及布置，或者藏在里面的鬼屋演员为了吓唬文龙、裴虎已经离开了。”夏美丽伸手摸了摸镜子，紧绷的神经终于松懈下来，“虚惊一场，一间空房子竟然把我吓成这样。都怪裴虎一惊一乍，弄得我都紧张起来了。”

她看了看镜子里的自己，离近了看似乎正常了许多：“这就是一家很普通的鬼屋，一直都是我们自己在吓唬自己，裴虎和文龙既然不在这个房间，那应该就在另外的两个房间里。”

拿着手机，夏美丽再次拨打了王文龙的电话：“铃声好像是从隔壁传来的。”

她侧耳倾听，眼睛无意识地看着前方，就在这时，一滴水从屋顶落下，打在了洗漱台边缘。

夏美丽全部注意力都放在确定铃声位置上，她也没去想屋顶为什么会滴水。

“没错，应该就在旁边的303房间。”

很快，屋顶上又有一滴水滴落，这滴水落在了夏美丽的鞋尖上，时间间隔很短，没给夏美丽反应的时间，第三滴水擦着她的鼻尖滴落。

这次夏美丽终于有了感觉：“这破屋子怎么还往下漏水？”

秀眉皱在一起，她仰头看去，在她头顶的隔板上趴着一个浑身湿透的女人。

痛苦扭曲的脸默默看着夏美丽，黑发垂落，已经快要碰到她的眼睛了！

“怪不得找不到，原来藏在这……”

一滴比水要黏稠一点的东西，落在了夏美丽脸上，离得近了她才看清楚，那好像是血。

身体一软，夏美丽扑通一声倒在了地上。

……

第 139 章　我在第四个隔间

披头散发，精致的五官因为恐惧而显得扭曲，她面无血色，光着一只脚，刚进鬼屋时的性感和妩媚早已不见了踪影。

“窦梦露？”

在陈歌看到窦梦露的同时，这个拿着手机狂奔的女人也看到了陈歌。

只不过和陈歌表现出的淡定不同，她如同见了鬼般，发出一声刺耳的尖叫，转身往回跑去。

待在原地，陈歌摸了摸自己的脸：“是因为面具的原因吗？”

连续受到两次惊吓，窦梦露爆发出前所未有的潜力，两条大长腿甩得飞快，眨眼的工夫就从陈歌视野中消失。

“不至于吧？”陈歌取下面具，朝场景内部走去，“怎么就她一个人？难道五个游客分散开了？”

走到第一个岔路口，陈歌仍旧没有看到窦梦露的身影：“算了，先去笔仙那里看看，别再给人吓吐了。”

他正要往前走，口袋里的一个手机突然响了起来，手机铃声在安静的鬼屋里传出很远。

……

卫生间的第四个隔间里，窦梦露丝毫不顾及自己的形象，她趴在地上，美丽的大眼睛顺着隔间下面的空隙往外看。

“没有追过来，还好，还好。”胸口剧烈起伏，窦梦露背靠隔间，眼里还残留着泪花。

她脑中断断续续闪过刚才玩笔仙游戏时的画面，游戏开始时十分顺利，可是当她问出王海龙未来的妻子是谁之后，宛如噩梦一般的场景出现了。

“那个吊死在屋顶的女孩到底是怎么回事？不可能是鬼屋演员，也不像是投影。”窦梦露越想越害怕，她一个人藏在狭窄的厕所隔间里，恐惧好像无形的手抓向她的身体。

“我要联系上其他几人，大家聚在一起，先把龙哥救出来再说。”擦干眼泪，窦梦露拿出手机拨打了王文龙的电话，但是响了十几声都没人接听，“怎么回事？他跟裴虎两个人也出事了？”

挂了电话，窦梦露又给夏美丽打了过去。

仍旧无人接听，窦梦露变得更加无助，害怕和惊恐让她缩在角落里：“该不会都出事了吧？我们可是有五个人啊！”

手指颤抖，窦梦露还不死心，抱着最后一丝希望给裴虎打了过去。

“拜托！赶紧接电话啊，死胖子，你不是喜欢过我吗，怎么能见死不救？”因为过度紧张，青色的血管凸显在她雪白的手臂上，窦梦露的样子看起来有些狰狞。

三秒钟过去了，窦梦露的一颗心慢慢往下沉：“你们都在干什么？”

五秒钟过去了，她怀揣着最后一点希望，握紧了拳头。

十秒钟过去了，窦梦露神色僵硬，委屈得想哭。

可就在她已经绝望的第十三秒钟，电话突然被接通了！

“死胖子，你怎么才接我电话！”窦梦露差点哭出来，她就好像溺水者终于抓住了救命的稻草，在最深的绝望里，遇到了“最美的意外”。

“你怎么不说话？龙哥被吓晕了，我现在藏在厕所的第四个隔间里，你快来救我！”窦梦露声音带着哭腔，“我刚在外面看见了一个全身是血的怪物，你来的时候一定要小心啊！”

她情绪激动，一口气把所有话都说了出来，但是等了半天也不见电话那边有人回话。

“裴虎？你在吗？”窦梦露双手捧着手机，把它放在耳边，“你不说话我可害怕了，你要是听到了就回我一句啊。”

过了大概几秒钟，手机那边终于有了回应。

只不过并非是裴虎在说话，而是另外一个沙哑低沉、完全陌生的声音：“好，我这就去找你！”

手机从指缝间滑落，在听到那个声音的时候，窦梦露整个人呆住了，她感觉心脏漏跳了一拍。

“我在给谁打电话？

“接电话的是谁？

“谁要来找我？”

她看着掉在地上的手机，根本不敢去捡，好像里面住着一个吃人的怪物。

“趁他没进来，赶紧走！”窦梦露撞开木门，手机也不要了，冲出隔间。

她踉踉跄跄往外跑的时候，正好看到了身穿血衣、刚进入厕所里的陈歌。

“啊！”

窦梦露滑倒在地，拼命往厕所里面爬去：“别过来！别过来！”

“不要怕，我是……”不等陈歌说完，窦梦露就退到了厕所里面。她没有犹豫，直接钻进某一个隔间当中，用身体顶住房门。

阻拦不及，窦梦露自己冲进了第五个隔间里，看到这情景，陈歌立刻跑了过去："喂！那个隔间不能进！"

本来就处于崩溃边缘的窦梦露，还没彻底缓过神来，一睁开眼就看到隔板上一只只眼睛在盯着她。这极具冲击力的一幕，让她全身汗毛直立，话都说不出来了。

"刚才不是这样的……"

身体撞在门板上，窦梦露向后栽倒，陈歌托住她的肩膀，赶紧把第五个隔间的门关上。

"没事吧？警告你们多少次了，不要在鬼屋里玩手机。"

陈歌将地上的手机塞进窦梦露口袋里，谁知道窦梦露用自己最后一丝力气又把手机给扔了出去："送你了，这个手机你给我，我以后肯定也不敢再用了。"

"别闹，先去门口歇着，我把你的同伴接出来。"陈歌把窦梦露拖到厕所门口，"话说你们几个还真是胆大，居然敢独自行动。"

安置好窦梦露，陈歌跑进女生宿舍。王海龙趴在椅子上，眼里含泪，一副快要不行的样子。

"笔仙的主要能力是预知，其他方面很弱的，看来这大块头也是个纸老虎。"陈歌拿起圆珠笔，见笔杆没有损坏后，就拖着王海龙离开了。

"这是新场景的首次开放，一定要带给游客们震撼才行。"将王海龙和窦梦露扔在一起后，陈歌又进入了另一条通道，他每个房间都进去逛了一遍。

将 304 卫生间的夏美丽背出，顺便把卫生间隔板上藏的道具女尸放好。接着陈歌又把 303 卧室里的裴虎从床底下拖出。

让人有些意外，这个胆子最小的胖子，竟然是所有人里最清醒的。陈歌过去的时候，他正在跟门口的仿真人头对视。据他自己说，截至陈歌来的时候，他已经和那个人头对视有十分钟了。

在裴虎的带领下，陈歌来到了最后一个惊吓点，他和裴虎站在枯井旁边向里面看去。

第140章　恐怖场景分级

王文龙坐在只有一米多深的枯井里，双手击打着空气，好像在和什么东西搏斗。

“你站这别动，我去把他弄出来。”陈歌冲着井里大喊几声，王文龙这才停下动作，他好像受到了过度惊吓，呆滞地抬头看去。

那双无神的眼睛扫到裴虎时，他涣散的瞳孔突然聚焦了。

身体气得发抖，王文龙好像挣脱了某种束缚，冲着裴虎吼道：“狗日的！你还敢回来！”

“你听我说，当时那个情况很复杂，我要是不跑，咱俩都危险了。”

“放屁！”

“真的啊！我用自己当诱饵，把最恐怖的家伙引走了！不信你问鬼屋老板！”裴虎也是委屈得不行，被人头盯着，在床底下一动不动趴了十几分钟，这种经历没有真正体验过的人根本不知道有多惊悚。

“你俩要吵去外面吵。”看到王文龙这么有精神，陈歌也放心了，“来，把手给我。”

发现陈歌在场，王文龙这才有所收敛：“不行，我下半身麻了。”

“麻了？”

陈歌跳入井中，跟裴虎配合，合力将王文龙弄了出去。

……

“走，该送你们出去了。”陈歌搀起王文龙，这哥们眼里的恐惧仍未消退。他刚才之所以能清醒过来，只不过是在看到裴虎的瞬间，怒火压制住了其他情绪。

连拖带拽，费了九牛二虎之力，陈歌总算是把这五个人弄出暮阳中学场景。

当鬼屋门口不透光的帘子掀开时，围观的游客全都吸了口凉气。

他们在外面能听见鬼屋里不断传出的尖叫声，但是谁也没想到会惨烈到这般地步。

“这几个人经历了什么？”

“前后不到半个小时……”

“五杀？”

背对鬼屋还在认真卖票的徐叔，发现眼前所有人的目光都看向自己身后，他隐隐有了不好的预感，转身看去，头发都吓得立了起来。

“怎么全倒了！”

徐叔票也不卖了，小跑过去扶起王海龙和夏美丽。

“受了一点惊吓，出了出汗，其他也没什么。”陈歌松开王文龙的胳膊，“能自己走了吗？”

听到陈歌的话，围观的游客很有默契地往后退了一步。

“路都不会走了，这是受了一点惊吓吗？！”

“仅仅是出了出汗？你也太乐观了吧！”

王文龙被众人看得不好意思，试着迈了两步，那样子跟刚学会走路一样。

“文龙，裴虎！”人群里挤出一个穿着背心的壮汉，这人肩膀上文了一个狼头，他步子很大，直接冲过来扶住了王文龙，“你们这是咋回事啊！我刚在外面都听见你们惨叫了。”

陈歌扫了这人一眼，他们六个是一起来的，按照他们最初的计划，现在就该这个男人独自进去挑战了。

“有那么大声吗？”王文龙恨不得找个地方钻进去，他甩开了壮汉的手。

见王文龙不理会自己，壮汉又看向陈歌：“你把我兄弟怎么了？”

“兄弟？”陈歌觉得壮汉的语气有点奇怪，不过也没放在心上，他向前一步，面朝所有游客，“我在他们几个进去以前就说过了，恐怖场景分级！只有通关前面的场景，能够承受住前面场景的惊吓后，才可以进入后面的场景。可是他们几个不听，想要去尝试，结果五个人变成了这样。”

站在恐怖屋门前，陈歌没有搭理壮汉，神色渐渐严肃起来：“我刚提出恐怖场景分级的时候，有很多朋友怀疑我是在坑钱，强制消费。其实真的不是这样，我只是想要保护大家。因为新开放的这个二星恐怖场景并不适合所有人参观，它的恐怖指数要远远超过市面上的其他鬼屋！”

陈歌抓住鬼屋门口的防护栏：“西郊恐怖屋已经营业了好几年，从濒临倒闭到现在好评率达到百分之九十，就是因为我们从来不会糊弄游客，只要你来就能带给你最惊悚的体验！但是大家有没有考虑过一个问题，每个人对恐怖的承受能力是不一样的。我们追求极致的恐怖，而有些场景对于没接触过鬼屋的人来说会过于刺激，所以我们经过慎重考虑，才制订出恐怖场景分级的规则。”

新的制度想要实行必须要得到游客的承认，甚至让他们主动去拥护，陈歌现在做的一切都是为了让游客接受这个制度。

他一方面为新恐怖场景参观设置奖金，鼓励游客参观；另一方面用王海龙他们五个作为反面教材，告诉所有游客不遵守制度的后果。

想要赢取奖金，那就要按照恐怖屋的规则来，先参观尖叫指数低的场景，通关之后才能挑战新场景。

这个制度一旦实行，将有效利用鬼屋里的每一个场景。最重要的是，只要能不断解锁尖叫指数更高的恐怖场景，整个鬼屋的所有场景都将被盘活，对特定群体的吸引力会越来越大，为以后的惊悚主题乐园打下基础。

第159章　八号房的病人（三）

“他是在报复，有目的、有针对性地进行报复。”陈歌在一瞬间想到了很多东西。

中年男人的故事里透露出了很多信息，而这些信息和陈歌脑海里的一条线索高度吻合。

第三病栋的九个病人里，有一个人的情况和中年男人故事里的主人公很像。

曾经都是医生，都是因为目睹太多扭曲痛苦的患者，导致心理出现了问题，从医生变成病人，最关键的是他们都具有很强的攻击性。

陈歌站在原地，脑海里浮现出一个名字——熊青。

这人住在八号病房，患有偏侧空间失调症，被隔离治疗，危险评定等级极高。

熊青能成为治疗精神疾病的医生，自身智商至少在基准线之上，他在发疯的时候才会去做种种恐怖的事情，平时和正常人差不多。

“他会不会就是精神病院里隐藏的凶手？”

这个人对康复中心非常了解，既是病人，又是医生，他完全有能力去做这样的事情。

“对方占据绝对的地理优势，不太容易对付。”熊青本身就是一个可怕的人，偏侧空间失调症虽然不是什么太恐怖的病，但是患病的人强加给了自己要去矫正那些错误的想法，这就导致熊青会做出很惊悚的事情。

他看什么都是错误、扭曲的，就算是完整的人站在他面前，也会觉得没有半边手脚才顺眼。

一般的偏侧空间失调症患者清楚自己患病，会努力去改变这种错误的认知，但是熊青不同，他是要用这种错误危险的认知去改变别人。

以病院里简陋破旧的条件，如果真有人丢了手脚，那结果已经注定——有死无生。

楼内发现了四个人的头发，但是现在陈歌只找到了三个人，少的那一个估计已经遇害了。

“午夜未到，还没有进入第三病栋就出了这么多事情，今夜有点难熬了。”

三星试炼任务的难度从一开始就超过了午夜逃杀和暮阳中学，一旦做出了错误的选择，可能就会面临生死危机。

一个凶手已经锁定，不过陈歌并没有见过熊青，他不知道那个长着畸形脸的人是熊青，还是眼前这个藏在笼子里的中年男人就是熊青本人。

他对于老人的过去知道得那么详细，是熊青本人的可能性很高。

蹲在中年男人的铁笼外面，陈歌检查了一下笼子上的锁，三个笼子上的锁都一样，没有什么不同。就算中年人身上藏有钥匙，在陈歌的眼皮底下，这男的也不可能开锁跑出来伤到他。

晃动工具锤，陈歌盯着中年男人的眼睛，思考了一会，还是决定直接问清楚。“这些事情你是怎么知道的？莫非你就是老人的儿子？”

“我？”中年男人听出陈歌话语中的怀疑，他说了一句莫名其妙的话，“我就知道你不会相信我，你们全都在怀疑我，就像我在怀疑你们全部一样！饶过我吧，我都躲到这地方来了，你们为什么还能找到我？不要再监视我的人生了！”

“怀疑我们全部？监视你的人生？你在说什么？”陈歌不知道中年男人在发什么疯。

“每当我揭穿你们的时候，你们总会露出这样无辜的表情！这就是我最厌恶你们的原因，已经被我识破，你们还想要骗我到什么时候？”中年男人十分理智地说些陈歌完全听不懂的话，“不知道我是该叫你王铭，还是徐菲？李一昌？马勇？又或者你又换了新的名字？”

“你在说什么？”

陈歌示意他冷静，但是中年男人却越来越疯狂：“接下来你是不是该说，这几个人我全都不认识？”

“可我确实都不认识啊。”

“别再演了！你们全都是一个人扮演的！你们虚伪的笑容让我恶心，终止这无聊的把戏吧！”

“全都是一个人扮演的？”听到中年男人的这句话，陈歌想起了高医生提供给他的另一条信息。

五号病室的病人叫许童，患有人身变换症。他认为身边所有人都是由同一个人伪装的，他生活在一个被操控的世界里。

这个中年男人的表现和五号病室的病人很像，一开始还可以正常交谈，但是当陈歌对他露出怀疑的时候，他潜在的病症就爆发了。

陈歌是第一次见到重度精神病人，上一秒看着还非常正常，下一秒就开始语无伦次，面目扭曲恐怖。

他看着铁笼里的男人，心里却在想另外一个问题。

为什么曾经住在第三病栋的病人，又回到了这里？是这里有东西在吸引他们，还是他们全都被鬼怪操控，不得不回来？

获取答案最简单的方法就是询问中年男人，可是他现在的状态根本不可能做出回答。

无法交流，陈歌只好重新走到那女人身边。

察觉有人靠近，女人用脚蹬着钢筋，支撑身体往远离陈歌的方向挪动。

用手电照了一下女孩的脸，她看起来二十岁出头，长相一般，完全无法和第三病栋里的两名女患者相提并论。

“这女孩和老人的头发都被剃掉，他俩可能才是真的受害者。”陈歌现在还没弄明白凶手为何要把别人的头发剃掉，如果按照报复心理来猜测的话，可能是凶手曾受过类似的逼迫。

“放轻松。”

陈歌把手伸进铁笼，女孩在里面拼命躲闪。过了大概三四分钟，她把自己折腾累了，才消停下来。

“我对你没有恶意，相信我。”陈歌轻轻抓住女孩嘴里的枕头套，将其拽了出来。

在枕头套被拽出来的瞬间，女孩就疯了一样冲着陈歌大喊：“手！手！手！”

“什么？”

女孩声音很大，还十分尖锐，陈歌也不知道她遭受过什么刺激，为何会有这么大的反应。

听到了女孩的声音，左边铁笼呆滞的老人突然趴在地上，一动不敢动。

右边中年男人也停止发疯，直勾勾地看着房门，眼里满是惊恐。

“手！手……”

女孩还在叫喊，陈歌直接把枕头套又塞回她的嘴里。

“她也是个疯子。”

整个病栋里似乎一个正常人都没有，这让陈歌有一点心慌。

第160章　你玩真的啊！

堵住女孩的嘴后，铁笼里的老人和中年男人又恢复原来的样子。

他们似乎对“手”这个字非常敏感，一听到这个字，就好像打开了记忆里的某个开关，心中的恐惧被唤醒，最可怕的记忆从脑海深处涌出。

“为什么要害怕手？”

陈歌在屋子里转了一圈也没有找到和手有关的东西，他又看了看三个病人的身体，他们身上没有明显的伤口，那种恐惧应该更多是来自心理上的。

“究竟什么东西能把三个人吓成这样？”陈歌提着工具锤，大脑飞速运转，他想到了一种可能。

在高医生提供的资料里，住在第三病栋四号病室的病人，因为意外丢失了一条胳膊，他也因此患上了幻肢症，总觉得自己的手臂还在。

这个病人没有名字，也不知道是高医生忘记了，还是被有心人抹去了。

“在我印象中，能和手扯上关系的就只有这个人。”

幻肢症并不是什么很恐怖的疾病，只能算是一种不太严重的心理病，可以通过调理治疗逐渐康复。

这些关于幻肢症的信息，陈歌很清楚，真正让他不安的是，一个得了幻肢症的人为什么会被关进封闭病区？

他做过什么事情？为什么院方会觉得这个人存在一定危险性？

陈歌又走到女孩身边——中年男人拒绝沟通，老年人好像不会说话，所以突破口还在女孩身上。

他蹲在铁笼旁边，看着女孩的眼睛。既然对方无法和他正常沟通，那就用另外的方法来试探。

靠近铁笼，陈歌确保女孩能够听到自己的声音："你是不是看见了很多只手？"

女孩并没有表现出异常，只是把身体缩在离陈歌较远的地方。

"那你是不是看见了一个只有一条手臂的人？"

他话音未落，铁笼里的女人就开始拼命摇头，脑袋甚至直接撞在了铁笼上。

女人异常的表现说明了很多东西，那个带给她噩梦、把她逼疯的凶手，可能就只有一条手臂。

凝视着女孩的脸，陈歌把她最细微表情的变化都看在眼中："那个人拿着凶器？"

眼睛睁大，女孩额头有一条条青色的血管出现。

"他拿着什么？锯子？刀子？还是斧头？"

"嗯！"女孩嘴被枕头套堵住，她情绪激动，但是发不出声音。

"看来就在这几种东西里，让我想想他当着你的面做了什么。"陈歌的声音慢慢压低，"劈砍？切割？他是不是说你们生得畸形，不够完美，所以想要矫正这一切？又或者想要借用你的手臂？

"被囚禁的人在减少，他们矫正病人的时候，你应该就在旁边，你是目击者，你看到了整个过程对不对？"

女孩面目扭曲，血管绷起，脸上满是泪痕，她还在拼命地摇头，仿佛在说自己什么都没有看到。

"你真的什么都不知道吗？那你为什么害怕那只手？是那只手掉落在了你身边，还是它曾抓住了准备逃跑的你？"

在陈歌看来，女孩虽然被吓疯了，但恐怖的记忆仍残留在脑海里。趋利避害是生物的本能，当他提到女孩害怕的东西时，身体会不由自主地将心理上的恐惧通过神态表情、习惯动作表现出来。

生物的本能不会撒谎，陈歌已经从女孩身上验证了自己的部分猜测。“不要怕，如果你真的无辜，我会救你出去。我今晚来这里，就是为了弄明白这一切，将那些疯子绳之以法。”

洗衣间里霉味浓重，陈歌在女孩身边停留了很久，也不知道女孩到底听懂了他的话没有，只是看到女孩情绪慢慢稳定下来。

他再次把手伸进铁笼，轻轻取下女孩嘴里的枕头套。

缩在铁笼里，女孩满脸惊慌。她张着嘴巴，还在不断地重复着那个字：“手……手……”

“她是受到了多严重的刺激才会变成这样？”陈歌刚把枕头套扔在一边，洗衣间房门忽然被人推了一下，对方没用太大的力气，似乎是准备悄悄进来，但是没想到门后面放了台洗衣机。

“洗衣房在走廊最深处，周围几个房间完全密闭，不可能是风吹动了门板。”陈歌捡起枕头套又堵住了疯女孩的嘴，他看向站在脏衣服堆里的白猫，可能是因为屋内霉味太重，白猫这次没有及时做出预警。

“看来无论什么时候都不能依靠别人，自己小心是对的。”陈歌握紧工具锤，注视着房门。就在他的眼皮底下，有一只手顺着门缝伸了进来。

门缝很窄，对方只能挤进来几根手指，他似乎是在确定锁头是否完好。

“正主出现了？”经历两次试炼任务后，陈歌的成长是显而易见的。他不慌不忙拉开背包拉锁，将造型狰狞的碎颅锤拿在手中，然后取下手腕上的微型摄像头，摆在正对房门的地方。

这个摄像头对应着直播间左下角小屏幕的直播画面，他将摄像头摆在门口，可以通过手机里自己的直播间随时随地看到洗衣房门口的场景。

做好这一切后，他把背包放在腿边，握紧碎颅锤，躲在房门一侧。

没过多久，洗衣室的门又一次被推动，门外那人好像失去了耐心，试探了几次过后，用力撞在门板上！

“嘭！”

洗衣机被撞倒，房门打开，陈歌通过自己的手机看得清清楚楚，此时门外面站着两个人！

一个面容畸形、拿着表面残留红色污渍的斧头，另一个用仅有的那条手臂抓着一把铁铲。

两人没有看到摆在不远处的微型摄像头。独臂男人朝畸形脸点了点头，然后小心翼翼提着铁铲往屋内走来。

他一步迈出，鞋尖刚踏入房门，身体还没有进入屋内，耳边就听到了一阵急促的风声！

陈歌不声不响躲在门边，高高举起了碎颅锤，在独臂男人露出往里走的意图时，他毫不犹豫抡圆了铁锤朝门外砸去。

时机把握得刚刚好，等到独臂男人察觉到的时候，铁锤已经抡到了他胸前。

眼睛里狰狞血腥的锤头在无限放大，他只来得及将仅剩的一条手臂挡在身前，整个人就已比进来时快几倍的速度飞了出去！

第 161 章　我自己看了都害怕

“嘭！”

独臂男人的身体摔在走廊上，他仅剩的那条手臂也软软地垂了下来。

“一对一就容易多了。”陈歌抓着铁锤看向畸形脸，这人穿着病院医生的制服，脸部好像做过植皮手术，总之看起来很别扭。

没有废话，也没有什么开场白，陈歌看见畸形脸后的第一个反应就是——抡起碎颅锤砸向他肩膀。

今夜的重头戏是第三病栋，在进入病栋之前，陈歌想尽可能多地将这些对他产生威胁的家伙控制住。

要说起来，这是双方真正意义上的第一次见面，畸形脸怎么都没有想到门后面的家伙会这么凶残。

如此疯狂不讲道理的行为，连疯子都害怕了。畸形脸往后退去，转身就朝走廊另一端狂奔。

地上那个独臂男人动作更是敏捷，他早已习惯没有手的生活，下肢力量强悍，就地一滚就站了起来。然后头也不回，窜得比畸形脸还要快。

这两人连象征性反抗一下都没有，果断逃命，让陈歌有些意外。

不过他很快反应过来，提着碎颅锤就追了出去。

漆黑的病栋里急促的脚步声打碎了夜晚的宁静，一个被困在病栋里的“受害者”手持铁锤，疯狂追赶着两个“幕后凶手”。

生死追击，已经到了白热化的地步，双方甚至都来不及开口说话。

陈歌一路从三楼追到一楼，那两个精神病熟知地形，又从另一侧楼梯往上跑。陈歌杀气腾腾，紧跟在后面，三人又从一楼跑到四楼。

来回几次，在经过三楼走廊的时候，跑在前面的两个精神病分开了。

“丢车保帅？”

陈歌没想到两个精神病会突然玩起了策略，他在第一时间做出选择：“独臂人另一条手臂也被砸断了，就剩下两条腿，除了跑得快威胁不大。我现在应该尽全力抓住那个畸形脸，只要废掉他，今夜进入第三病栋就会安全许多。”

陈歌思路清晰，可真当他去追赶畸形脸的时候，没想到那个独臂男人竟然主动停下脚步，返回来阻拦陈歌。

畸形脸借此机会又跑到了四楼，他朝着两座病栋之间的通道冲去。

“第二病栋和第三病栋的楼廊中间安装有铁门，二楼的锁孔已经锈死，三楼的还没有看，难道四楼的可以正常使用？”

面对冲过来的独臂男人，陈歌的反应很直接，对准独臂男人双腿，手起锤落。

只花费了几秒钟的时间，他就摆脱了这个疯子，转身朝四楼追去。

楼廊里的畸形脸眼皮狂跳，他怕是第一次见到反抗能力这么强的猎物。

进入第二病栋和第三病栋中间的通道，畸形脸一把将中间的铁门推开，飞也似的逃进了第三病栋。

看着消失在第三病栋走廊里的畸形脸，陈歌没有再继续追下去。

黑漆漆的走廊就好像怪物的食道，带给他一种很不舒服的感觉，空气中那种奇怪的臭味也变得浓郁起来了。

“第三病栋……”陈歌停在楼廊上，他检查了一下两座病栋中间的铁门，门锁上的铁条是被人一点点锯开的，“这群人手里还真有锯子，如果被他们抓住，那后果不堪设想。”

狂奔了十几分钟，陈歌也有点累了，他在铁门附近洒了一圈盐，做好标记。

回到第二病栋，陈歌将手、脚都不能动弹的独臂男人拖到洗衣间里。

这个男人一出现，铁笼里的三个人脸色全都发生了变化。

反应最强烈的还是中间的那个女孩，她用身体撞击铁笼边缘，似乎是想要逃离这个地方。

“你都做过什么事情，竟然能把一个人给活活吓疯？”陈歌对畸形脸和独臂男人一点也不手软，其中有一个很主要的原因就是，这两个人极有可能涉嫌谋杀，还是情节非常恶劣的那种。

独臂男人趴在地上，陈歌此时才意识到一个问题，刚才砸断独臂男人手臂和腿的时候，他一点声音都没发出。

“这人感觉不到疼痛？”陈歌没有折磨人的恶趣味，所以他不会去做无聊的试验，只是撕扯了一些床单，将独臂男人捆在角落的管道上。

做好这一切后，陈歌捡起地上的摄像头重新安装在手腕上：“现在主动权慢慢掌握在了我的手里，是时候进入第三病栋了。”

……

[节选自起点中文网]

【粉丝评论摘编】

@风萤月：本书看似是一本灵异文，实则是借助灵异线索破解悬疑凶案的另类推理文。……每一个灵异任务副本，都牵扯到一组现实发生过的血腥悬案，将人性的暗面与鬼祟的恐怖紧密联系在一起，虚幻与现实完美交融；此外更是巧妙地加入了直播流的元素，与正版章节中“本章说”的文本互动相映成趣，在令人惊悚的剧情之外增添了不少舒缓心情的笑点。

（发表于优书网，2018 年 8 月 11 日）

@竹林熊猫：小说虽主打恐怖，却将模拟经营、打怪升级、副本闯关等元素发挥得淋漓尽致，还顺便收获了一批从不看男频小说的腐女妹子们的追捧。

那有人就问了，同样是男频文，为何偏偏这本书就能收获女性读者，让那些腐女妹子心甘情愿嗑里面的 CP？

我觉得，作者在刻画主要配角时，给予了单独的故事线，而非脸谱化的炮灰角色。并在无明确 CP 前提下，男女配角个个有戏份，于是在看完小说后，你可以叫出其中大多数配角的名字。

（发表于优书网，2018 年 12 月 24 日）

@雷迪森尖的 BOOM：在我看来，作者的新书《我有一座恐怖屋》的文笔就很厉害，完全抛弃了以往的不足，直入主题。文笔炉火纯青，对剧情人物的掌握登峰造极。

灵异恐怖小说主角普遍弱势，但在这本小说中，我们不仅能感受到剧情的压抑、恐怖，也能体验到“受害人陈歌”举起大锤狂追两个“幕后真凶”的爽快，诡异的娃娃会有让人会心一笑的可爱一面，甚至能看到一些不一样的感动。

（发表于龙的天空论坛，2018 年 11 月 24 日）

@赤戟：据说是《超级惊悚直播》的作者从磨铁去到起点搞了个马甲开的新书。一经发表就刷新起点各项记录！堪称现象级作品。

小说主线发生于主角继承了父母留下的濒临倒闭的鬼屋和一部能发灵异任务的手机，开始完成各种手机发布的任务，经营鬼屋，吓哭游客……将模拟经营、副本升级、悬疑恐怖等元素出色地融合在一起，兼具人物塑造出彩，配角也让人有记忆点。感觉和《放开那个女巫》有点类似。作者一贯善于营造恐怖气氛，善于伏笔埋设，阅感真心不差。

（发表于微信公众号“赤戟的书荒救济所”，2019 年 1 月 3 日）

@云璈：这是灵异类网文中画风相对别致的一部，存在主线的单元剧，但不同副本间也有千丝万缕的联系。前期更偏传统的恐怖惊悚向，但自从陈大锤朝不幸的笔仙小姐询问出某个问题后，画风逐渐欢快起来……变成吃软饭的无良老板于半夜手持凶器四处游荡，晓之以理、动之以情并威之以力三管齐下拐骗员工的故事。

（发表于豆瓣读书，2019 年 5 月 10 日）

@贝贝狗：《我有一座恐怖屋》在世界观、情节架构上都另有新意。故事结构新颖，抛开烂俗的“深山旅游”“野外探险”“女生宿舍”等情节，而是以“恐怖屋”为主题，创造出一个独特而生动的灵异世界。小说线索点并非传统恐怖片中的“一个故事或者某个含冤而死的人”，而是以一台手机为中心点，引出多条线索，层层推进，以此发现案件，并揭开一个个谜团和秘密。每个故事都从不同的视角阐述人性，引人深思。值得一提的是，小说虽然涉及怪谈灵异，但在故事中加入了“直播”“校园霸凌”等元素，冤案鬼案的表层下实则囊括了社会百态，故事内容更加丰满，也贴近了当代社会的热点话题，在价值观塑造上紧扣现实生活，对人性的剖析，对生死的思考，传递出关照现实的正能量。

（发表于知乎网，2018 年 12 月 17 日）

@水水君:《恐怖屋》的视角更集中在一个个小人物的身上，借着他们的故事，空调老贼向我们铺开了一幅厉鬼云聚之都的绮丽画卷，以及生活在这样一座城市下的人们的爱与恨、聚与离、苦与忧。

（发表于知乎网，2019 年 7 月 31 日）

［导引、简介、节选、粉丝评论摘编：谭天］

悬疑与爽，如何兼得？

——评我会修空调《我有一座冒险屋》

谭　天

《我有一座冒险屋》（以下简称《冒险屋》）用开头证明了它是成熟的商业爽文，用第一个系统任务剧情证明了它是成功的悬疑类型文。然而，从主角陈歌拿起大锤开始，《冒险屋》就进入了新境界，成为一部优秀的大众化悬疑长篇网文。

长期以来，悬疑类小说在网文界都是小众题材。因为这类小说的作者面临着升级与悬疑的两难困境。悬疑是该类小说的类型核心要素，但为了塑造惊险的悬念，主角必须处在一个孤立无援的弱势地位上，不断经历生命危险，近乎虐主，肯定不够爽；而且没有升级套路支撑，小说很难写长，只能维持中短篇网文的体量。可悬疑文主角若像别的类型文一样升级进化，他面临的危机就不再对他有威胁性，悬疑惊险的感觉荡然无存。网络作家们曾试图调和二者，却依然未能让该类型走向大众。

又想升级求爽，又想惊险刺激，如何取舍是个问题。《冒险屋》的选择是：全都想要。于是，陈歌这样一个思路清奇的男主角应运而生。

原本来说，陈歌与其他同类文主角的境遇相似，他被神秘力量（黑色手机）选中，不得不去完成一系列危险任务。每次完成任务，手机都会给予陈歌奖励，为他继承的冒险屋增添惊险场景与吓人道具。但情况起了变化，冒险屋老板陈歌没打算做一个战战兢兢的幸存者，他选择无视惊险的氛围，挥动道具碎颅锤追杀恶鬼。

这一转变的关键在于碎颅锤。它是手机系统的奖励之一，是冒险屋的吓人道具，象征着惊险制造方的身份，这重身份原本只在冒险屋内生效。然而，当陈歌拿着碎颅锤离开冒险屋时，他就将其带出了原本框定的范围。从这以后，陈歌不再只是惊险的承受者。他可以随时拿起大锤，反转强弱，变身为惊险的制造方。

双重的身份带来双重的情景。陈歌未拿大锤时，魑魅魍魉演绎恐怖场景，彰显类型本色。陈歌大锤在手时，压抑到极点的情势骤然逆转为一个轻松愉快、升级打怪的故事，紧张变成爽感，满足大众阅读需要。碎颅锤帮助陈歌承担了转换器的功能，令《冒险屋》可以同时兼具双重文风，完成类型文与大长篇的二元要求。

大长篇的体量意味着小说节奏必须张弛有度，不能全程悬疑绷紧神经。“弛”自然要理直气壮地轻松，“轻松愉快、升级打怪”的重心渐渐从“升级打怪”转移到了“轻松愉快”部分，快乐悄然代替了传统的爽感。其中，起点前年推出的“本章说”功能（2017 年 2 月上线）起到了催化作用。“本章说”使读者可以在每一自然段后附加评论。他们抓住作者故意留下的空隙，反复细读，提炼萌点，利用“本章说”编写同人小段子，与正文形成微妙的互动。如果说，《冒险屋》的正文还必须保留传统爽文的框架，支撑长篇体量。那么“本章说”就是一片尽情快乐的读者自留地，大家可以在里面随意探索新的可能性。至此，正文主线与“本章说”评论构成了爽 / 快乐的二重体验。

在经营《冒险屋》的副线剧情里，陈歌的“惊悚体验接收者”身份被剥离出来，放置到参观游客身上。冒险屋经营者陈歌与冒险屋游客分别对应吓人 / 被吓的双方，原先同步、含混的二重身份得到更简单的呈现。此刻，读者们无比清晰地意识到，自己处在吓与被吓的双重位置上。他们既从主角的立场观赏游客被吓，又从游客视角体验毛骨悚然的氛围，爽感与刺激交织在一起，变成了双重视角下的游戏。小众的悬疑文读者可以选择成为游客，大众的普通读者可以选择去当主角，各取所需。按照传统的悬疑文设定，吓人的人是主动方，被吓的人是被动方。但在《冒险屋》里，被吓的人是主动走进冒险屋的消费者，吓人的人是被动等待的商家。吓与被吓，主动与被动，买家与卖家，相互倒错交织起来，形成奇诡快活的狂欢。

在悬疑小说里找快乐，确实是一大奇观。可过度注重快乐，又免不了损伤主线剧情的进展，让故事变得拖沓、松弛。“本章说”的评论反馈也会影响到作者的创作倾向，使小说在悬疑与爽、爽与快乐之间逐渐失衡，脱离最初的定位。尽管面临着上述困境，《我有一座冒险屋》依然是一部令人惊喜的作品，它为悬疑类小说的创作提供了全新的可能，也展现出迥异于前代网文的新气象。

秦 吏

七月新番

七月新番，1990 年生，阅文集团大神作家。爱动漫，也爱网文，长期以七月的流火的网名活跃在网络文学论坛龙的天空。跨专业考上了历史学硕士后，因书荒而创作《春秋我为王》(2015—2017，起点中文网)，在历史文作者中崭露头角。后又在起点连载了《战国明月》(2017—)、《秦吏》(2018—2019)，先后被阅文集团评为“2018 网络文学十二天王”[①]和“2019 年原创文学大神作家”。硕士毕业后，全职从事网文创作。

《秦吏》自 2018 年 1 月 4 日至 2019 年 7 月 22 日在起点中文网连载，共 335 万字。在起点历史类小说总人气、总收藏、总推荐中均排名前十，在“上古先秦”分类中，《秦吏》的总人气、总收藏、总推荐均高居首位，被誉为“第一秦穿文”。

【标签】穿越历史　秦朝

【简介】

警官学院的毕业生穿越到了即将大一统的秦国，成为《云梦秦简》里的人物黑夫。他从亭长做起，参与了秦统一天下的战争，后开发南方，打击匈奴，

① 主要用来奖励阅文旗下的年度潜力新人。

经营胶东，征服百越，在秦的军功爵体制中步步高升。在秦始皇去世后，黑夫通过北伐推翻了秦二世统治，摄政秦国，平定六国复辟，实行“新政”，传承了秦帝国的制度。

选文部分是第284—287章，写的是黑夫第一次见到秦王嬴政的故事。这部分表现了秦王的雄主气魄，也从多方面揭示了秦统一天下的必然性。正是基于这些认识，黑夫甘愿做一名秦吏，努力延续秦的制度，维护帝国的统一与稳定。这一部分，也写出了黑夫与赵高初次见面的紧张状况，为以后的争斗埋下了伏笔。

选文中生僻字注音为原文作者所加。

【节选】

第284章　秦王（上）

在众校尉领命前往各自所站的位置后，李由却单独喊住了黑夫，问他将要见到大王车驾紧不紧张。

“下吏激动莫名，昨夜一晚未眠！”

黑夫昨晚其实睡得挺香的，但还是做出一副要见到大人物的兴奋样。

他的回答很合李由心意。李由便大笑道：“然也，王之车驾，纵然我时常得见，但每次都还有震慑期盼之感，何况你呢？那我再问你，可知王舆上必不可少的是何物？”

“下吏不敢妄自揣测天子之驾。”黑夫又装出诚惶诚恐的模样，打死不猜。李由便直接公布了正确答案。

“大王的车驾虽然宽敞，却一无嫔妃宫人侍候，二无珍宝美器把玩；永远都会有的，一是天下山川舆图，二是各郡县的奏疏……”

李由解释道：“大王每到一处，纵然是小城小邑，亦会时刻查看舆图，询问城邑、户口、山川、河流，必要将治下土地都印于心中。此外，他纵然出行在外，也每日要批阅百斤竹简，绝不会让政务旁落！”

“不好享受的工作狂？那在关中建如此多的宫室干吗，果然只是为了收藏么……”

黑夫心里这么想，嘴上却佩服地说道：“大王勤政，秦国方能扫除诸侯！”

闲聊得差不多了，李由抬头看了看时间，日上三竿，便挥挥手道：“去安陆兵所在的路段吧，大王车驾经过时，务必让众人齐齐跪拜，随后便跟我入城中，虽然大王不一定还记得你，但见了我，或许就又想起梓材之言，或会召你相见！”

……

淮阳已经被秦军失而复得数月，作为军粮周转中心，城郊像是一座大兵营，三十万民夫大半被留在这里。得知秦王要来，他们立刻就再度被发动起来，整修了城门至宛丘的路面，黑夫他们这数万秦卒便沿着城门一直往西，排开整整十里！

兵卒站在路沿，身后则是一群群已经被军事化管理，还算站得规整的十五万秦国民夫，再往后，才是态度叵测的本地居民，他们也被强行拉拽出来，观看秦王驾到和楚王正式投降的仪式……

黑夫一边警惕地维持着自己负责这百步区域的戒备，一边还要回答手下们没完没了的发问，尤其是季婴的……

“率长，大王到底长什么样？”

“我又没见过，你问我，我问谁？”黑夫没好气地回答。

“李都尉不是大王之婿么，他肯定见过大王，就没和率长描述一番？”季婴等人不死心。

“李都尉言大王英明睿智，如神人。”李由的确说不出个所以然来，他对自己的秦王丈人，那是敬若神明。

“神人……”

季婴、东门豹等人却觉得这个比喻很有道理。

“那可是大王啊，当然是神人了。”

“我听说大王不老不死。”站在他们旁边的共敖也凑了过来。

“我听说大王高三丈。”擎旗的牡比着自己，“比我高一倍！”

“何止三丈，我听说大王头顶星辰，走到哪里，哪里就风调雨顺！”东门豹说得更夸张，眼中满是景仰。

看得出来，黑夫的手下们才是真正的激动。瞧那样子，昨夜可能真没睡好。

众人可以对管自己的县官甚至郡守不敬，但对于高不可攀的秦王，却是发自内心地盲目尊崇。

崇拜的不只是他的权力，还有这二十年来他所做的种种事。有的诸侯在位许多年也未必让底层的百姓知道自己，但秦王不同，从他亲政之后，一次次战争，都调动着秦人全民参与，在秦吏宣扬下，大家都知道有这么一个王：

他挥一挥手，就能让六国灰飞烟灭；他动一动嘴，六十万人就要南北奔波……

“一会就知道了。”黑夫无奈地笑了笑，指着西面道，“快去各自戒备的区域站好，我已听到鼓乐之声了！”

……

黑夫没有听错，远处的确有笙箫鼓乐之声，随风入耳。

首先进入他们视野的，是秦王车驾的先导部队，先有六辆威武的斧车经过，其后是五十名持棨戟开道和五十名持旗帜的仪仗人员，戟上有赤黑缯做成的套子，旗帜则五颜六色，上面纹饰各种兽类，都有不同的含义，随风飘飘。然后便是高大的鼓吹车，竟有两层！上层竖一建鼓，羽葆飘扬，有二鼓吏持槌击鼓；下层坐了四个乐手，两两相对，吹奏笙箫。

六辆鼓吹车，三十六人，鼓手奋力击鼓如狂舞，吹手则用尽全力吹奏，脸颊胀成一个大球，肺腑似乎随时可能炸裂。他们如此用力，就是要用最响亮的声音告诉所有人：

王驾已到！

仪仗队后，接踵而至的是英武整齐的郎中令军。

郎中令军，是守卫王左右的精锐部队，里面的成员都是关中的官吏良家子弟，李信、李由、蒙恬等人都出自其中。

先是统一穿着黑甲、头戴沉重甲胄的步行武士，身高几乎是统一的八尺，五百人按照“五兵”的顺序依次走过，盾牌背在身后，短剑挎于腰间，戈矛高高举起，弓弩箭羽整齐，铜戟的枝丫像是一片经过的森林。

步卒之后，则是骑士，这些人被称为武骑士。据李由说，年龄皆在四十岁以下，身高七尺五寸以上，身体健壮，骑术精湛，箭技高超，能够“越沟堑，登丘陵，冒险阻，绝大泽，驰强敌，乱大众”。

只见两百骑分为前后两支，前者戴着飘洒红樱的兜鍪（móu），穿着铜皮合甲，披着绛色的战袍，长达九尺的长矛向前斜指。

后者头戴纯白色禽毛冠，面戴狰狞的铜面具，腰佩长剑，连马都装备有皮制的马铠，人马全副武装，在尘土的遮蔽下愈发神秘。

他们马儿个高，人也装备精良，经过时显得龙马精神，黑夫的部下们观之便不觉嗟叹，只感觉不愧是保卫秦王的精锐啊，看上去当真可以以一敌五，尤其是作为斥侯的虞厩吏，羡慕得眼珠都快掉出来了。

至此，秦王的车驾已经陆续过去了几百米，黑夫在感慨王者出行不愧要摆足威风之余“必千乘万骑而行”，也在感叹秦王真是千呼万唤始出来啊！

就在他想感叹到底什么时候才是个头时，却又有几辆鼓车经过，上面的官吏大声喝道：

“大王法驾将至，拜！”

……

“拜！”

下意识地，众兵卒单膝跪地，身后的秦国民夫两腿跪倒，十里范围，沿途的十多万人像是被风吹过的麦田，齐齐伏倒！

这时候，战车组成的王驾护翼队伍也驶过眼前。黑夫听说，秦王已经在用天子法驾了，虽然没有当皇帝后车驾八十一那么夸张，但也有三十六乘。

先是六乘轻车，朱红色的轮舆，不巾不盖，建矛戟幢麾，上有持弩卫士警惕地看着四周，上面还插着五彩幡旗。

之后，则是六乘先导车，有尚书、御史乘坐，为王之先导；亦有戈矛弩箙（fú），皂色车盖，色赤内里，车舆也涂成朱色。

终于，在先导车之后，黑夫总算瞧见了秦王真正的乘舆法驾……

那是由六匹纯白色的马拉着的庞大马车，看似不甚华贵，可处处都有讲究，首先它比一般的车大一倍，轮皆朱班重牙，文虎伏轼，龙首衔轭，羽盖华蚤，并建大旂（qí），后面还紧紧跟着五辆副车。

黄屋左纛（dào），黑夫看得真切，是秦王车驾没错！

“来了？”

黑夫点了点头。

“来了！”

黑夫身边的季婴、东门豹等人原本还在低声询问，得到肯定的答复后，便统统屏住了呼吸，神情十分忐忑不安，他们既想挺直了身子，看看秦王的模样，又有些不敢，最终还是忍不住好奇心，偏起头打量来车。

今日并非普通出行，而是犒劳三军将士之旅，所以秦王没有乘坐严丝合缝却较为安全的“金根车”，而是敞篷的能让所有人看到他的乘舆……

不过黑夫他们最先看到的，是为秦王驾车的人。此人体魄高大雄壮，佩剑置弩，束带着冠，留着短须，威武沉稳，正是中车府官人！

而御者身后，在车舆中端坐着的，当然就是秦王本人！

但见其正襟危坐于车中，身上穿着绘有日月星辰十二章的王服，衣裳玄上纁（xūn）下，手里竟如李由所说，依旧拿着竹简。

秦王头上戴着沉重的冠冕，广七寸，长尺二寸，细旒遮住了他的容貌，所以黑夫只能看到颔下长长的髭（zī）须随风微微飘逸，而秦王眼睛微闭，似是在休息，在养神……

在经过最靠前的安陆兵时，秦王终于睁开了眼。

珠旒之后，是一对明亮锐利的眼！

虽然只是轻轻一瞥，面上也没有过多的表情，却足以让那些和王四目相对的兵卒吓个半死。

胆大包天的东门豹，常出惊人之语的利咸，方才还满嘴骚话的季婴，统统猛地垂下了头，因为他们下意识地觉得，与王对视是大不敬！

黑夫亦挪开了眼睛，这时候他才发现，自己的手下中，甚至有人整个人趴到了地上，以首稽地，呼吸王驾经过扬起的尘土，将此视为殊荣。

“王！”

也不知是谁带的头，这一片的秦卒发出了低沉而厚重的颂声。

“王！大王！”

从百步到千步，从千步到十里，宛丘至淮阳的沿途，十数万人像是传声一般，从西到东，都开始呼喊起同样的话。

“大王！”

“大王！”

先是秦卒在喊，而后两边的秦国民夫也在喊，最后，连外围见识了车驾威风凛凛，早已面如死灰的本地楚人，也受不了这气氛和压力，跪倒在地，跟着呼喊起来。

有关中话，有南郡话，有中原话，甚至还有巴蜀和燕赵方言，杂糅在一起，要表达的东西却是一致的。

也只有这个男人，才能让这么多人的这么多声音如出一口吧。

秦王的眼睛又闭上了，没有微笑，没有皱眉，只是轻轻捋着胡须，无一丝波动。他似乎是在享受，又仿佛是早就习惯甚至厌倦了山呼之声……

黑夫也跟着喊了几声，再抬头时，眼前只剩下了秦王车驾的背影，还有那高高的冠冕，纹丝不动地戴在头顶。

和普通秦卒、民夫满眼的崇敬、疯狂的呐喊不同，就在方才，从秦王身上，黑夫似乎看到了很多东西。

有法驾乘舆，黄屋左纛所代表的是荣耀。秦王是至高无上的王，也即将是这片土地上独一无二的皇帝。整个过程中，他虽无一言，却能够让千人万人为其欢呼，为其疯狂，为其稽首效死。

天下权柄，就攥在那只握着竹简的手中。如此威风，也难怪日后刘邦见了此情景，要感慨一句：“大丈夫当如是！”

但在荣耀之余，凑近之后，黑夫也见到了秦王身上的一丝脆弱：他权势再大，也是个人，一个凡人。其身上堆砌了太多的神话，一些秦兵坚信秦王是不老不死的，但黑夫知道，秦始皇最后并没有长生不老。

项羽也看到了这点吧，看到了日益衰老的皇帝，看到了他九五之尊下凡人的身躯，能敌万人的自己只要一步跃上去，就能将其打倒……

难怪他会张狂地脱口而出那句“彼可取而代之！”。

不过比起这两位的想法，作为后世来者，黑夫还知道关于秦王，关于始皇帝的更多：

他会活得很精彩，以其权势做许许多多前代难以想象，后世也无法重复的事，南取百越，北却匈奴。六合之内，皇帝之土。人迹所至，无不臣者。

他会死得很无助，在最后一次出行中，从端坐的车舆上痛苦倒下，尸体被置于臭鱼鲍肆中，旨意遗诏被人肆意玩弄修改，子孙几乎被屠戮殆尽；数年后，建立的帝国也分崩离析。

除此之外，黑夫还看到了其他。

他看到了出行途中秦王的手不释卷。

他感受到了靠一个人的精力治理这么一个庞大国家，是多么沉重的一个工作。黑夫现在做一个千夫长还算轻松，但让他管一个县或者一万军队，就十分吃力了。

他瞧见了秦王冠冕的高度和重量。

广七寸，长尺二寸？

“不，不。”

“其荣耀高千丈。”

“其重量亦万钧！”

刘邦看到了荣耀之高，但这个小亭长，当时肯定不知其重几何。

项羽看到了将这冠冕抢过来的可能性，却沐猴而冠，不知该如何去戴。

于是此时此刻，黑夫心里冒出来的，并不是那两位的话，而是自己的想法。

在秦王法驾渐渐远去后，黑夫不知是感慨眼中的秦王还是嗟叹历史，起身暗道：

“欲戴王冠，先承其重！”

第285章　秦王（中）

在秦王政的车驾走完十里长道后，在淮阳西郊，还举行了一场浩大的受降阅兵仪式。

主管宗庙礼仪的“奉常”此次也随王东行，早早就准备好了一整套的礼乐仪式。数万秦卒环绕两侧，伴随着以剑击盾的声响，乐官们开始敲钟击缶，演奏起浑厚的《殷武》来……

“挞彼殷武，奋伐荆楚。深入其阻，裒（póu）荆之旅！”

“维女荆楚，居国南乡。昔有成汤，自彼氐羌，莫敢不来享，莫敢不来王。曰商是常！”

曲调古朴，黑夫听不太懂。李由告诉他，这是《商颂》的最后一篇，诗写武丁伐荆楚之功，并让各地诸侯来臣服之事，那时候的楚人作为夏朝诸侯昆吾国的余孽，跑到荆山继续顽抗。

在血缘上，秦是以殷商的继承者自居的，子姓与嬴姓都有天命玄鸟，降生先祖的传说，秦国王族的远祖飞廉、恶来长期作为殷商帝王的御者，故嬴姓多显，甚至得为诸侯，是真正的“助纣为虐”，直到武王灭商，才一度中落，被赶到西陲养马。

《商颂》唱毕，接下来则是小雅里的《采芑（qǐ）》。

“蠢尔蛮荆，大邦为仇。方叔元老，克壮其犹。方叔率止，执讯获丑。戎车啴（tān）啴，啴啴焞焞（tūn），如霆如雷！”

此诗描绘的是周宣王时，命令卿士方叔为威慑荆蛮而演军振旅之事。虽然看着威风，可实际上，整个西周，都未能压服荆楚，周昭王还淹死在江汉之滨，当时熊渠还喊出了“我蛮夷也，不与中国号谥”的口号，赫然封子为王，表示自己不稀罕王号，不服周！

而秦国在血缘、姻亲上是商的继承者，在地域、文化上则又是宗周的继承者，秦国起于被犬戎残破的宗周故土，吸收了大批周人，几百年过去后，无论在器物、文字、语言上，其实都比关东六国更似宗周。诸侯视秦为戎狄，也与孟子等嫌弃楚国方言是“鸟语”，都是典型的地域黑，谁信谁傻。

据说，近来咸阳有一桩两百年前的旧案又被翻出来了。说是秦献公时，周太史儋入秦献礼，预言道：“秦始与周合，合而离，五百岁当复合，合十七年而霸王出焉……”

秦在周朝一开始只是区区“西陲大夫”，作为周王附庸，没有独立的地位，从秦襄公勤王有功被封为诸侯，到秦昭王收灭东西二周，迁九鼎，正好五百年。之后十七年，则是秦王政及冠亲政之年，秦也的确大霸天下。

于是乎，这场仪式的意味便不言自明了：殷商和宗周，终其一世都未能消灭荆楚，而作为殷周的继承者，秦却做到前代没有完成的事！

八百年楚国社稷覆亡，这场中原与南方两个文明中心长达千余年的战争，也宣告终结。

是谁做到了这一切？

当然是秦王政。

受降仪式在数千楚俘落魄地来到祭坛下，楚王负刍裸身牵羊，朝高高在上的秦王行稽首礼时，达到了高潮。

随着楚王负刍拱手至地，头也低低伏于地面，颤抖着请秦王饶恕己罪，环绕在祭坛的一千郎中令军也大声颂唱起奉常交代的台词。

> 秦之立国，维初在昔，嗣世称王。
>
> 讨伐乱逆，威动四极，武义直方。
>
> 戎臣奉诏，经时不久，荆楚沦亡！

在一阵鼓乐声中，宏大的受降仪式宣告结束。这时候黑夫却发现，在祭坛之下，还有三个战战兢兢的家伙。黑夫瞧他们穿着盛装，却不是秦王的随行人员，被安置在近处观摩受降礼，秦人越是山呼震天，他们就越是面色惨白……

“都尉，那是何人？”黑夫偷偷问李由。

李由看了一眼后对他道：“应是齐使者、代相和燕相。”

黑夫了然，秦王今日摆这么大的阵仗，不只是要宣布秦继殷周事业，终灭荆楚，让淮阳楚人死心，还可以吓唬吓唬尚未归服的三国。

据黑夫所知，数年前王翦攻破邯郸，俘虏赵王迁后，赵国公子嘉却带着数百人跑到了最北边的代郡，自立为王，却也不敢称赵，于是便称代国。

与之相似，也是被王翦攻破国都后，燕王喜走保辽东，献上太子丹的人头求得苟延残喘。如今燕、代都只有一郡之地，总人口不到十万，兵卒不到一万，对秦根本构不成任何威胁。

倒是齐国，尚有一定实力。这四十年来，齐王一直严守孤立主义，齐相后胜收受了李斯、尉缭派人送去的贿赂，于是便让齐国缩在东海边上，眼睁睁看着秦扫灭三晋、燕、楚，非但不助五国，每年还派人入秦纳贡。

楚国曾是三晋、燕、赵复国势力最后的希望，如今楚也沦陷，可想而知他们一定绝望极了，齐国现在反悔也晚了，秦已断山东之脊，将诸侯远远分开，可以各个击破。

黑夫没功夫关心三国使者的感受，因为在仪式结束后，秦王随即又宣布了伐楚将士的功赏……

此举引起了秦卒们一阵喧哗。

自昌文君死，昌平君叛，秦国数年来再无君侯，可今日，在此地，又有新的侯爵诞生了！

“大庶长王翦，破项燕军、虏楚王有功，晋爵为关内侯！”

……

整个下午，淮阳城外的秦军都是沸腾的。

除了王翦为关内侯外，其他几名副将中，蒙武为驷车庶长，冯无择为大上造，羌瘣为少上造。

而几名都尉中，李由也升为右庶长，是几十名都尉里目前爵位最高者。

将军都尉们赏完了，下面的军吏小卒也少不了好处，而其中以黑夫的安陆率成了最大赢家。

决战中最先抵达战场，广布旌旗让楚人军心大乱，后又连破数阵，夺项燕帅旗，功劳不小。于是全军千名兵卒，最低也是公士，有突出表现者甚至升了两级。几名军官里，季婴当上了不更，利咸、小陶为大夫，东门豹有夺旗之功，加上他的部队斩首盈论，于是直接升为官大夫！

至于黑夫，则被升为第八级的“公乘”！

众人喜气洋洋时，利咸却低头算了算后，轻声对黑夫道：“率长，若加上吾等在淮南的斩获，你的功绩足以升至五大夫了，为何却只得了公乘？”

“李都尉对我说过。”黑夫让他勿要多心，“军吏兵卒太多，故计吏和军法吏们只来得及算了淮北战事的功劳，淮南之功，当在彻底消灭楚国后，与全军一起计算。”

看得出来，此次封赏，秦王只赏了一半，剩下一半，应该要等到楚国完全灭亡后，再一起合计。一来可以继续用爵禄为饵，避免将军们心满意足；二来，也能让王翦避免落入直接满级，封无可封的地步……

“原来如此。”利咸颔首。

其他人则没有如利咸这样的心思，都高兴得快疯了，东门豹更是笑得合不拢嘴，过了一会却忽然严肃起来，对季婴道：“季婴，你打我一巴掌！”

季婴以为他犯糊涂了，最后在东门豹的一再要求下，才狠狠甩了他一个大耳刮子。东门豹捂着被打红的脸颊，再度笑道：“疼，看来是真的！”

“一年前在安陆，我做一个区区不更，管理一乡贼情便心满意足，可如今，我却是官大夫，官大夫了……”

感慨完后，他和季婴等人却又齐齐朝黑夫拜倒！

“二三子这是作甚？”

利咸知道众人的心思，替他们道：“多亏了率长那一日在席上以‘公侯将相，宁有种乎’激励吾等，不然，众人已小富既安，不愿再战，岂有今日继续升爵之荣？”

“是汝等自己在战场上流血流汗立的功劳。”

黑夫将他们一一扶起后，心中却道：“还是别高兴得太早，虽然待楚国完全灭亡后，我和众人可能还能继续升一二级爵，但水涨船高，这一场大仗下来，至少有十余万人得爵，秦的爵位，恐怕会有一次大贬斥！”

就在众人商量着晚上要如何庆贺一番时，李由却派了冯敬来寻黑夫。

“恭喜恭喜。”冯敬一进来就笑容满面，朝着黑夫连连拱手。

黑夫连称不敢，笑道：“我亦要恭贺子仰。”

冯敬虽然只是个文员书佐，未能升爵，但这次履历也算镀金了，而且他父亲冯无择，更是一举成为大上造，这个二代是越来越值钱了……

“子敬来找我，莫非是都尉有事相召？”

“你以为我在恭喜你升了公乘？”冯敬哈哈大笑道，“都尉让我来告知你，大王或有召见，让你速去王帐外等候！黑夫，这才是真正值得恭贺的事啊！”

……

“还算精神。”

李由见黑夫匆匆赶来后，将他上下打量了一番，甚至亲自为他整了整衣襟。

“毕竟还在军营中，你我就穿着戎装进去吧。”看黑夫似乎有点紧张，李由拍了拍他的甲衣笑道，“一会大王问你什么，便答什么，勿要张口结舌，大王不喜木讷愚笨之人。”

黑夫唯唯应诺，跟在李由身后等待。不多时，便有一位身材挺拔、腰佩长剑、束带着冠、唇上留着短须的白面中年人掀开王帐走了出来。

他容貌威武沉稳，笑起来让人如沐春风，声音柔和地笑道：“李都尉，请进吧。”

李由见了此人丝毫不敢怠慢，恭恭敬敬地道：“这……齐国和燕、代使者不是才刚进去么？”

白面中年人笑道："王说可，便可。"

他随即看了一眼黑夫："这就是前年被大王赞为'梓材'的那位率长黑夫？"

"下吏正是黑夫！"

黑夫没记错的话，此人正是为秦王驾车的人，职位爵禄应不算高，却是离秦王最近也是最受信赖的人了，难怪李由毕恭毕敬，于是他也深深作揖。

李由也为他介绍道："这位是中车府令，赵君……"

中年人朗声笑道："什么中车府令，我本是隐宫之余，世世卑贱，侥幸被选为宦籍，又犯了大罪，本该引颈受死，承蒙大王免死，仍让我侍奉陛前，如今只是一个普通的中车府小吏，叫我赵高即可！"

"赵高？！"

黑夫面色未变，心里宛如惊涛骇浪。

眼前这个身材高大，容貌俊朗，笑起来让人如沐春风，谈吐谦逊得体的家伙，就是赵高？

"走错片场了吧！"

黑夫感觉有些凌乱，偷偷盯着此人唇上梳理漂亮的胡须暗想："赵高不是太监么？为何长得高大雄壮，还有胡须？"

不过，若此人真是赵高，他若是死于那个时间点前，历史亦将完全不同吧！

黑夫只是起了那么一点心思，赵高却似乎感觉到了什么，忽然停下了与李由的对话，反首转了过来，双目对上了黑夫的视线，在黑夫肩膀上轻轻一拍，看似热情，但那只手却冰冷无比！

赵高平常的微笑，也像是藏着毒牙的蝮蛇："率长心神不安，莫非有何不妥？"

黑夫一个激灵，立刻诚惶诚恐地拱手道："边鄙小县之人，未尝见天子，今得召见，故震颤不安……"

"是这样？你如此年轻，也难怪。"

赵高冰冷的手从黑夫肩膀拿开了，还不等黑夫松口气，他便回头和李由讲了一句笑话。

“荆轲和秦舞阳觐见大王时，也说过类似的话，但那股不善，纵然想藏，却也藏不住，可惜当时我未带兵刃，只能以手搏之，最后让夏公立功了……哈哈哈，不过今日身处军营之中，士卒们血气方刚，杀意未熄，或是我感觉错了！”

第286章　秦王（下）

黑夫从李由、冯敬等从咸阳来的二代处，也多多少少了解过秦的中央官制。所以知道中车府令乃太仆属吏，其官衔虽不高，仅六百石，但责任重大，相当于秦王的侍从车马营营长，负责皇帝的车马管理和出行随驾，亲自为王驾御——秦王不轻易信人，这个位置，非绝对信任的心腹不能担当。

中车府汇集了全国最优秀的驾驶员，一般是从关中军队“武车之士”里选出来的，其标准是：取年四十以下，高七尺五寸以上；走能逐奔马，及驰而乘之；前后、左右、上下周旋；能束缚旌旗、力能彀三弩，射前后左右皆便习者，如此方能达标。

速逐奔马，东门豹办得到；驰飞车而乘之，黑夫的御者桑木也可以；束缚旌旗、力能彀三石弩，得为黑夫扛旗的牡才行；至于在马上前后、左右、上下周旋，安陆骑从无一人能办到。

所以中车府卫，个个都是百里挑一的武士。作为中车府令，赵高若不通武艺，不体魄强健，反倒奇怪。

但黑夫也没料到，他竟如此敏感，如此谨慎，自己只是惊异其与历史印象不同，并想到此人日后的种种行径，起了一点点“杀心”。

人的心思会被其动作出卖，或许只是眉头微扬，或许只是微微握拳，或许只是呼吸急促了点，眼睛闪烁了些，但这一点点的异样，竟就被赵高察觉了！

当赵高将手放在自己肩膀上时，黑夫只感觉，若真的动起手来，自己难说会是赵高这个“大内侍卫”的对手呢！

手无缚鸡之力，阴柔奸笑的太监？去他娘的，影视剧害死人啊！

好在黑夫机灵，装作要见秦王心情激动搪塞过去，但赵高看似说笑的话，却再度让他寒毛直竖！

“他方才怀疑我有行刺秦王之心？”

赵高之言看似玩笑，但却有深意。

翻译成后世的话，差不多就是在问李由：“小李啊，你带来的这个小率长似有异样，究竟可不可靠？若是出了类似荆轲、秦舞阳的事，你我可担当不起……”

若是一年前，李由也不敢拿自己的前程为黑夫担保，但这一年多时间里二人先在南郡作为上下级，多了几分熟悉，来到楚地后，黑夫也多次立下赫赫战功，被李由视为福将，是他们李家要保的人，便硬着头皮，对赵高的话一笑而过。

于是，在经过这场吓人的插曲后，由赵高指引，门后郎卫检查身上不带寸铁兵刃后，黑夫才和李由一起步入了王帐营区……

从辕门到真正的王帐，足足有百步之遥。中午见识过的那些郎中卫，持矛戟守卫在侧，个个燕颔虎头，魁梧雄健，椎髻戴冠，穿披黑甲，威严赫赫。

来到硕大的王帐前，赵高比了比手，示意二人噤声。原来，齐相后胜已经完成了觐见，与秦达成新的和约，又收了不少贿赂，心满意足地走了，但秦王还未结束对燕、代国相的接见。

然后赵高便率先掀开帷幕入内，留下李由、黑夫在外等待。

便是在这一道薄薄帷幕相隔的地方，黑夫第一次听到了秦王的声音。

“十年前，赵王使其相李牧来约盟，故归其质子。已而背盟，反我太原，故兴兵诛之，得其王。燕王昏乱，其太子丹乃阴令荆轲为贼，孤使兵吏诛之，灭其国……”

浑厚而清朗的声音传了出来，虽不紧不慢，但每个字，似乎都充满了力量，还有权势。

“两国皆自弃盟誓，背秦已久，如今燕喜退保辽东、公子嘉遁走代地，苟延残喘，却又带着名马、美人，来摇尾乞怜，想要孤赦之？”

黑夫他们听到里面传来以头稽首之声，而后又闻燕、代相邦颤颤巍巍地说道：“寡君乏无所使，敢使下臣彻声闻于大王……”

他们忐忑地解释道：“毁秦盟誓，以刺客犯天子，实乃赵迁、燕丹之过也，大王先前以师临加，鄙邦已服罪受惩，深知触怒天威之恶果。”

里面的两位相邦再稽首道：“还望大王念在秦赵同源、秦燕之盟的分上，宽恕鄙邦。北鄙小郡，口不足数万，卒不过数千，不足以辱大王天兵。且辽东、代地千里迢迢，苦寒霜冻，得之不能偿军费，反倒千里馈粮，使边地不安。寡君皆愿去王号，委国而降之，并以公子公主为质，男为秦臣，女为秦妾，向秦百世纳贡，只望大王能存两邦社稷……”

二人说得诚恳，但黑夫却知道，秦王最后也没放过他们，便继续细听。

果然，却听秦王又道：“王老将军，燕、赵困于辽东、代北，比之越王勾践困于会稽山，如何？”

他是在询问旁臣，黑夫便听到了王翦的声音。

“代地、辽东，大于会稽尺寸之地；燕代残余之师，亦众于勾践三军！”

秦王道：“王将军此言有理，想必燕代两邦在北方，也没少以勾践之事来激励臣民，妄想有一天能复仇吧？伍子胥曾言，树德务滋，除恶务尽，此语犹在耳畔，勾践却已入越。汝等以为孤是吴王夫差么？！”

燕、代相邦大急，三稽首道：“寡君绝不敢有非分之想，只愿永为秦之藩篱，出则为扞蔽，入则为席荐……”

秦王却打断了他们的话：“赵高，将那件事告诉彼辈！”

赵高柔和的声音响起，黑夫甚至能想象他说话时依然面露微笑：“燕国太傅鞠武，在易水之战后不知所踪，近代得闻，是经由上谷逃到了代地，正欲游说赵嘉，使其东连残燕，南连齐楚，北连匈奴单于，引匈奴入寇秦国北地，而燕代便能借兵复国！这就是汝等所谓的为秦扞蔽，永世藩篱？”

在轻易道破燕、代明为称臣，实际上一直没有放弃抵抗的计谋后，秦王似乎赫然站了起来，声音也朝黑夫他们这边清晰地传来……

“昔日，赵无恤灭代戎而设代郡，而赵武灵王亦变俗胡服，习骑射，北破林胡、楼烦，筑长城，自代并阴山下，至高阙为塞。其后匈奴犯边，李牧大破之，使单于不敢入赵边。

“至于燕国，燕昭王亦有贤将秦开，为质于胡，胡甚信之。率燕军袭破东胡，却东胡千余里，燕国方能有辽东之地。

“燕赵两国击胡而强，现如今，却欲引胡人入寇中国以求苟存，若武灵王、秦开等人泉下有知，不知作何想也？”

言罢，秦王语气已全然决绝。“汝二人回去告诉燕喜和赵嘉，冠带七国之战，乃兄弟阋墙之战，寡人虽然破其国，隳其都，残其社稷，却将其民视为秦民黔首，使其王公保全性命，迁于关中，做富家翁，未有大肆杀戮。

“但若燕、代不顾冠带君王之荣，借匈奴之兵入寇，残害三国长城沿边，则犹如申侯引犬戎入成周，孤必不能忍！必芟夷略尽，将二王残丑余孽，虏而尽坑之！”

言罢，不等燕、代相邦再言，就被郎卫给推搡着轰了出来，狼狈不堪地从黑夫他们面前经过。

二人才苦着脸钻出王帐，里面又响起了赵高的声音。

“都尉李由及部属觐见大王！”

于是黑夫便跟在李由身后，进入了里面……

与其说这是帐篷，不如说是宫殿。高大的穹顶，犹如宽敞的厅堂，空间比安陆县官寺的正堂还要大。但与黑夫想象中不同，很简约，几乎没有任何装饰，仅是一排编钟，几个鼎簋，案几上坐着奋笔疾书、记录秦王一言一行的书吏，墙幔上则挂着不少地图。

黑夫可顾不上瞧这些，他的目光，全然被坐于帐中央，王翦上首的那位王者吸引了……

秦王衣着，并非是黑夫之前见过的冠冕礼服，而是换上了一身燕居的装束。头戴练冠，上裳玄端，衣袂宽大，看这打扮，足以知道他就没把接见燕、代使者当回事。

再看其容貌，没了珠旒遮拦，方可一览无遗。秦王政今年三十六岁，正值壮年，有着高高的鼻梁，宽厚的额头，浓郁粗犷的胡须垂至胸口，坐在那里，恰似凶猛的鹰隼一样立于万仞之上，傲视万物，气势非凡！

“拜！”

顾不得多看，在礼官的悠长长喝下，黑夫紧跟着李由拜倒在地，行臣见王最隆重的稽首礼。

他发现自己额头下的砖块，刚好是方才燕、代相邦磕过的，还沾着一丝血迹……

但还是得磕下去，后世说什么某朝以前没有跪拜，那是扯淡；从周朝开始，九拜之礼齐全着呢，也就是因为平常大家也是跪坐相见，所以跪拜没有那么浓厚的屈辱意味罢了。

“臣李由，臣黑夫，见过大王！”

等行礼完毕再抬头时，黑夫发现，秦王一对锐利的长目正好看向了他。

黑夫也不知道这会儿自己该是什么表情，笑？还是肃穆忐忑一点比较好？

不知为何，虽然设想过无数遍，但真正到了秦王面前，他却一时间有些词穷了。

好在这时候不需他先说话，秦王让李由起身，勉励了女婿一句，而后又看向了还跪在地上的黑夫。

“秦王会先问我什么呢？”黑夫暗想，当然不可能是“我，秦始皇，打钱”，可能会问年龄？战功？或王翦肯定与他提及过的兵球？

这时候，秦王声音已传入耳畔：“你就是黑夫？鲖阳功臣，李由爱将，亦是南郡郡守叶腾在书简中提到的……‘公厕县尉’？”

“正……正是下臣！”

黑夫差点没一口老血喷出来，连忙答应，心里对郡守腾大骂不止。

这功劳不是送给安陆县令了么？怎么还被安了这名号，叶老狐狸还写到秦疏里给秦王知道了！

他不忘瞥了一眼旁边奋笔疾书，记录二人谈话的史官，心里直道完蛋。

“这下成秦王钦定了，公厕县尉，这臭绰号，怕是要被写到史册里去了！”

第287章　鹖冠

“率长回来了！”

入夜时分，随着季婴一声呼喊，安陆兵营地一阵脚步涌动。方才还心不在焉做各自事情的众人，纷纷拥到了辕门处，正好看到黑夫在两个中车府卫协助下，乘车而归，在营门口停下。二人将一个沉甸甸的大木箱搬下来，便与他作揖道别而去。

季婴、东门豹等人便一拥而出，将黑夫围住，当作英雄一般迎了进来，请他坐到了营门口的座席案几上，然后捏肩的捏肩，捶腿的捶腿，一个个都笑得很谄媚。

黑夫哭笑不得：“汝等这是作甚？”

“率长可是安陆县唯一被大王召见过的，这可不得了。”

季婴小心翼翼地替黑夫掸灰，仿佛他就是一个被秦王开过光的宝物。

今天，光是隔着十余步见到大王的车驾和身影，这些安陆泥腿子出身的军吏兵卒就觉得可以回家吹一辈子了。而黑夫更甚，其名入于大王之耳，被秦王点名召见，这是何等的荣耀！

于是，众人便七嘴八舌地问了起来。无非还是先前的那些问题，秦王长啥样，是不是身高三丈，上嘴唇是天，下嘴唇是地；卜乘还神神道道地说，他今天一直抬头看到淮阳上空有祥云久聚不散……

“大王的模样啊……”

等他们乱七八糟地问完了，黑夫才故作神秘地说道：“王者容颜，非一般言语可述也，我不可说，汝等亦不可听。”

众人不由大失所望。这时候，利咸也带着人将营门口那个沉重的大木箱抬起进来，问道：“率长，这又是何物？莫非是大王之赐？”

“是大王赐予安陆全率的，打开吧！”

得了黑夫允许，众人便打开了木箱，却见里面整整齐齐码放着一块块的金饼。纵然他们才参与了对寿春楚王宫府库的洗劫，增长了见识，但看到这么多金子，仍不由倒吸了一口凉气！

“这么多，怕得有上千两了吧？”

黄金是秦国上币，季婴等人对它的概念，仍停留在郡县常用的“两”上。

黑夫一笑：“足足有一百镒！”

一镒为二十两，百镒就是两千两！他们搜刮楚王宫府库时，因为不能拿太多，黑夫也才得了十镒，其余人里，军吏取一二镒，兵卒则只有蚁鼻钱。如今秦王却一下子赐下百镒，可谓是大手笔了。

“大王言，伐楚之战，安陆率立功不小，且获项燕帅旗，他曾言，得项燕、熊启首级者赏百金，虽然项燕首级不翼而飞，但夺旗之功亦不亚于斩首，故仍赐金百镒……”

百镒，那就是五十万钱！就算每个人均分，也能得五百钱，也是一笔不小的数目了，众人皆欢天喜地，相互庆贺。

他们都沉浸在得金的喜悦里，唯独细心的利咸发现，黑夫所戴的冠，与去时不同……

去时还是双板长冠，回来时，却成了环缨无蕤（ruí），以青系为绲，竖左右的“鹖冠”！

“率长又升爵了？！”他又惊又喜。

众人这才注意到。原来，鹖鸟是野雉的一种，头顶长着黑色的绒毛，耳羽雪白，成束状向后延长突出于脑后，像一对白犄角，看上去杀气腾腾。虽然它的双翅较短，不善飞行，但红色的双腿粗壮有力，走起路来昂首挺胸，尾巴翘起，威风凛凛，貌似随时准备与来犯之敌决一死战。

这种鸟是禽类中的“拼命三郎”，打斗起来，永不退缩。据说赵武灵王非常佩服其毅不知死的战斗精神，便用鹖的尾羽装饰冠，给作战勇敢的武士戴。到了秦国，变成了仿照鹖鸟头顶分叉的耳羽作冠，非高爵不可冠，也就是五大夫及以上方可佩戴。

黑夫笑道：“然，王见我言辞得当，听说我已是公乘，且在淮南又立了些功劳，便说不必待楚灭论功，提前赐我五大夫之爵。”

在秦国，常有一种理论，那就是，一个士伍，终其一生，都不可能获得公乘以上爵位，也就是“民爵不过公乘”！

第九级的五大夫，已相当于春秋时期的“上大夫”，乃是爵位的天花板，再往上的左庶长右庶长等，就算作“卿”……

所以，黑夫已经摸到了一般人眼中的制高点，让他们叹为观止。唯独利咸等人除了赞叹，还有佩服，因为他们知道，黑夫的志向，可是像王老将军一样，封侯!

谁料黑夫还未说完：“大王又闻我今年要满二十二，亦嗟叹说，自己亦是这一年纪，在雍城蕲年宫加冠礼的，于是便一时兴起，当场赐冠，并亲手为我戴上……”

听说秦王不仅赐爵，还亲手为黑夫加冠，所有人都安静了下来，安陆营内鸦雀无声，半晌之后，才响起了季婴杀猪般的惨叫。

“完了！”

众人偏头一看，却见季婴跪在了地上，双手颤抖，夸张地哀号道：“这冠可是大王亲手为率长加上去的，可我，可我方才扶率长就座时，却不慎碰到了。我这脏手，如厕完了还没洗过，真该砍了！”

众人皆哈哈大笑起来，利咸则觉得，事情没这么简单，便好奇追问道：“率长对大王说了什么？”

“也没什么。”

黑夫亦不由感慨，秦王政果然不负“能下人”的称赞，收揽人心真是厉害。换了任何一个人，被他这么一通赏金、赐爵，并亲自加冠，已经涕泪满面，稽首效死了。

这是黑夫没料到的，在王帐里时，他的确有些激动，出来以后，心绪也仍未平复。

可他已经冷静下来了，感念会有，将命交给秦王倒不至于，于是便道：“王问了我的出身，听说我乃一士伍黔首，从亭长做起，一步步升爵到了眼下的县尉、率长，不由感慨了一句韩非说过的话。”

“什么话？”众人皆迫不及待想听下去。

黑夫道：“王曰，宰相必起于州部，猛将必发于卒伍。然后大王突然看了看王将军和李都尉，笑着问我，有没有想过当将军。”

“率长如何作答？”众人的脑袋凑到了黑夫面前，睁大了眼睛，竖起了耳朵。

“我对大王说，当然想！

“黑夫如今虽卑微如尘，但十年、二十年后，亦愿效李都尉、王将军，为大王将，讨逆立功，然后题墓道言‘秦将军黑夫之墓’，此黑夫之志也！”

黑夫记得，自己当时直着腰板，对秦王说了一句后世人人知晓，放之于秦国大环境下，也是政治正确的名言！

“不想当将军的士兵，不是好士兵！”

……

“故兵卒有志者必欲为将，觅封侯，不欲为将为侯者，志短也……”

另一头，王帐之内，秦王政仍在念叨黑夫的这句话，对李由赞道：“好一个志高气昂的小率长，李由，你眼光不错，此子假以时日，或亦是一将才。”

黑夫没丢李由的脸，也没有过分刻意的表现——看见秦王就迫不及待扑过去，忘了谁才是他的恩主——这让李由很满意，便笑道：“大概是今日见到王将军得封关内侯，一时眼热，心里生出的念头吧。”

秦王又看向王翦：“王将军在他进来前，还向我抱怨说年岁已老，想要让蒙武等接受军务，回关中养老去，比起黑夫之言，真是暮气沉沉啊，将军未老，尚能饭否？”

“臣的确是老了，比不了年轻人的锐意进取。”

王翦倒是一点都不介意，灭了楚国后，他的负担也没了，表现得很自然，比出征前轻松了许多，主动提出交兵权，但秦王却又不接，坚持让他打完楚国再说。

这一交一推之间，暗含着君臣的博弈。

秦王想表现出自己的用人不疑，王翦想表现出自己不贪恋兵权。

王翦意味深长地说道：“既然军中将吏能有此志，残楚、辽东、代地，还有齐国何愁不平？秦国历代先君和大王一统天下的志向，何愁不能实现？”

他真在乎这君侯之位？嘿，王翦心里巴不得秦王手下的君侯、将军多一些呢，也省得他们王家高处不胜寒……

二人心照不宣地停下了这个话题，李由连忙道：“大王明日要巡视三军，不如就让黑夫和南郡兵为大王演练兵球如何？我军与楚人久持的那段时间，兵卒以此为戏，不同于齐楚蹴鞠那般花哨，反倒多了几个杀伐肃杀之意，军吏可以此练习指挥、冲锋陷阵……”

秦王自无不允。眼看夜色已深，但赶了一天路的秦王却没有丝毫疲倦，正要与王翦商议淮北治安情况，以及如何继续消灭残楚，夺取江东等地，赵高却匆匆入内。

“大王，是淮南蒙将军送来的加急信牍……”

李由眼皮一跳，生怕是王翦不在时，淮南有了反复。王翦倒是镇定，作为蒙武多年的上司、同僚、对手，他很清楚此人用兵亦不亚于其父蒙骜，已经占领的地方，绝不会有反复。

“或是江东的熊启和楚国残兵有异动。”

果然不出王翦所料，秦王政展开军报后扫了一眼，冷笑道：“蒙武报称，项荣等人在淮南居巢，拥立熊启为王……”

所有人都静默下来，李由直接就不敢说话。作为秦王之婿，他很清楚，秦王最恨的，就是背叛！

而昌平君熊启，就是最近背叛了王的人！

昌平君可是与大王一同长大的啊，一度是心腹肱股之臣。做了十年相邦，当年君臣相处得有多么令人称道，背叛就多令人愤怒。

大王此番东巡淮阳，或许也跟这一心结有关。

“孤这位志大才疏的叔父，总是忘不掉过去，叛秦附楚，是想将那些原本属于他的东西全部夺回来，但在孤看来……不过是禽兽学着人的样子，穿上襟裾，戴上冠带，徒添笑耳，大势已去的荆楚，他救不回来，只是与其一同殉葬罢了。”

一番感慨后，秦王竟再不屑于提此事半句话，而是对王翦笑道：“王将军，欲进取者，先正后方，你且将淮北新设郡县驻兵情形，尽数与孤道来！”

[节选自起点中文网]

【粉丝评论摘编】

@likegeng：这本书算是龙空的焦点作品之一，是作者在《春秋我为王》和《战国明月》之后第三部作品，主角是现代人魂穿历史上秦简家书的作者黑夫，从小吏一步步崛起的故事。

此作最大的亮点，是对于历史细节的考据。一方面非常长知识，另一方面诸多细节的描写，给人以非常出色的代入感。此外，本书虽然是以主角视角为主，但是对于秦始皇的描写是历史类小说中非常出色的，千古一帝的气魄、优点和缺点都有描写。

最后，作者对于秦朝的描写比较客观，算不上是所谓的秦吹，这种功过两分的写法很不错。对于历史上著名的人物比如汉初的那一批人杰，以及虚构的主角的一票乡党的描写也很生动。

（发表于优书网，2019 年 1 月 3 日）

@赤戟：上古先秦类，今年首推《秦吏》。作者七月新番，可以认为是当前上古先秦这一历史分类的头号作者，从《春秋我为王》到《秦吏》，作者凭一己之力，带火了这一冷门分类。

《秦吏》讲述了警校学生魂穿成秦边境县底层士伍黑夫，靠抓捕盗贼升爵公士，之后考核后当上亭长，一路破案、戍边、立军功、抱大腿，混成四百石郡吏，一步步走上历史的舞台，有考据有爽点。作者对当时的社会风貌、法律制度等着墨颇多，历史和时代很写实，让人很有代入感。在剧情展开的同时，科普诸多知识，是我最喜欢的那一类又爽又有干货的小说。目前追更中！

（发表于微信公众号“赤戟的书荒救济所”，2018 年 12 月 25 日）

@安迪斯晨风：说起距今 2000 多年前的秦朝，我们大多数受过义务教育的人大概都能或多或少知道一点零星散碎。比如说秦始皇一统天下，比如说万里长城，比如说兵马俑，比如说焚书坑儒。对历史感兴趣的人还会知道白起、王翦等名将，还会知道“卧虎秦简”中严密苛刻的秦法。不过因为秦朝十分短暂，几乎是在历史上一闪而过，我们还没来得及多看两眼，就已经进入了秦末烽烟四起、楚汉争霸的时代。所以大家多数还是对秦朝人的生活了解很浅，并不直观。对我来说，读《秦吏》这本书最大的意义就在于可以直接代入秦人的视角，体验一下他们的生活。

本书主角名叫黑夫，他活着的时候籍籍无名，在我们今天却名声大噪。因为在“卧虎秦简”中有一封木片上写的书信，是将上战场的黑夫写给家人的家书，也是世界上最早的家书。不过实际上这个黑夫也并非原装而是现代人穿越而成。于是问题就变成了该怎样操作才能让自己和自己的家人在秦朝活下来——毕竟原本历史上的黑夫，很可能就死在了秦朝征伐楚国的战争之中。

对穿越者来说，秦是一个很坑爹的时代，尤其是当主角是一个连姓氏都没有的普通黔首时更为严重。不能像别的穿越者一样，制造一些后世小发明，因为秦代的工匠们都有专门户籍，不是匠籍的人献上发明不但没奖励还要重罚；也不能像别的穿越者一样抄诗背文，因为秦代崇尚“以吏为师”，小孩子上学学的不是子曰诗云而是各种法律条文。甚至主角想找个历史名人抱大腿都难，因为秦朝实行军功授爵，砍不了足够的敌军人头，就是皇帝本人的孩子三代以后也只能去当平头老百姓。

还好，主角身高体壮，前世又练过拳脚，所以有惊无险地混进了公务员队伍，当上了一个小小的亭长。这时候我们才发现，秦朝的法律制度更是无所不包，让人眼花缭乱。就算是投个匿名信也能把你罚得倾家荡产，甚至还要被罚做苦役。盗墓、拐卖之类的罪犯更是直接砍人，绝不姑息。教科书上虽然一直在讲秦朝有着远超后世的严刑峻法，但是对我们这些守法良民来说却觉得严苛的法治不见得是坏事，最起码看到坏人遭殃的时候我们会有一种畅快感觉。

让人畅快的除了刑罚还有奖赏。换了另一个朝代，恐怕像主角这种泥腿子农民都很难平步公卿，但是秦朝却提供了一条阶层直升渠道——只要能够在军队里奋勇作战，就可以沿着一级又一级的爵位晋升上去。

思考一下，为什么陈胜吴广两个可能没受过什么教育的泥腿子竟然能说出“王侯将相，宁有种乎”这么有深度的话？有两种可能，一个是后世文人的加工，其实他不是这么说的。另外一个可能，这句话本来就是秦始皇时代的政治，出于制度变革期的秦国，通过宣传工具把这一先进观念灌输给了每一名国民。

以前看历史书上总是笼统说秦灭六国是因为制度优越性，读这本书才知道到底什么叫制度优越性——不管什么事情，都有规矩约束；不管什么人都讲究法律责任，守法上进就会越过越好，真是让人处处舒畅的社会环境啊。

或许就是因为秦朝的律法过于超前，所以才会分崩离析。毕竟让自己的儿子继承身份地位才符合人性，秦律只是战争年代激发战争潜力的工具而已。另一方面，春秋战国持续的时间过长，形成了巨大的惯性，尽管天下一统是大势所趋，但是这种惯性仍然让当时的人们更愿意接受分封制慢慢消亡，所以刘邦分封韩信、英布等人，本质上是对历史惯性的妥协，当时机成熟的时候消灭这些诸侯国则是再次天下一统的需要。

《秦吏》有很好的一点就是，既写出了秦律的细致严谨、透明高效，又写出了缺乏弹性和人性的制度下社会内部积累的残酷高压。而且秦朝也并不是完全的法治社会，因为在所有人的头顶上还有一位高高在上的秦始皇，他的旨意凌驾于所有律法之上。当这位千古一帝英明神武的时候好说，等他晚年也开始不断犯错的时候，又没有人能制约他，即使主角也只能用一些方式迂回劝告。

对于主角来说，促成大秦统一只是万里长征第一步，更重要的是如何防止它像历史上那样二世而亡。于是他既要跟六国残余势力斗争，扼杀张良等复国疯子；又要跟权相李斯斗争，千方百计阻止他毁灭诸子百家学说的计划——最后还搬出了造纸术和印刷术两尊大神。同时，主角还通过诱导秦始皇西进拓土，暂时性地把军功授爵制保存了下来。但是这种三个鸡蛋上跳舞的玩法，也已经日渐窘迫，一场大的高潮就要来临。

总体来说，这是一部各方面水平都直逼《宰执天下》的历史类神作，开头看着还有点敦厚稳健的风格，看到后面慢慢锋芒毕露。一边写故事一边科普各种历史常识，以及历史人物的正面侧面描写，读起来的感觉特别像《宰执天下》。甚至主角黑夫的行事作风也非常像韩冈——最擅长用千年见识压人。尤其作者还喜欢玩梗，比如那个齐国版《最后一课》写得就非常好玩。

（发表于龙的天空论坛，2018年10月10日）

［导引、简介、节选、粉丝评论摘编：李强］

“历史感”“穿越性”“小说骨”与黑夫们的怕和爱

——评七月新番《秦吏》

李　强

虽然《寻秦记》奠定了历史穿越小说的基本模式，但以秦为背景的历史文佳作并不多。《秦吏》能够脱颖而出，倒不是占了朝代冷门的便宜，而是在“历史”“穿越”“小说”方面，均有新的拓进，甚至还显示了对《寻秦记》以来的历史穿越小说模式突破的潜能。

七月新番是历史系科班出身，这就使得其小说史料翔实，史论精准，史识过硬。当然，历史小说的“历史感”，并不仅仅是历史知识的专业性、准确性，还体现在对一个历史时期本质的捕捉上。在七月新番看来，战国末期是“血缘亲族倒地，布衣将相崛起”的时代，有一种蓬勃向上的时代精神。这种精神在秦国是以军功爵体制为支撑的，黑夫在这个体制下实现了阶层跨越。作为穿越者，黑夫认识到了该制度的优越性。他强调自己是“秦吏”，是秦始皇的继业者，要将这种制度改进、延续下去。有如此高远的立意，同时又能落到历史证据之中，这就使得《秦吏》在“历史感”上远超一般的历史小说。

在历史穿越小说中，要将“历史感”贯注于小说中，就需要用好“穿越”设定，以“穿越性”来制造爽感。《秦吏》的“穿越性”要结合“本章说”，才能有更真切的体会。《寻秦记》等历史穿越小说是基于人们已知的历史常识，由主角带入“历史”之中，单向的“玩梗”。这虽然拓展了传统历史小说的想象空间，但它的参与性、创造性仍受到时空的限制。“本章说”的成熟，则使历史穿越小说真正成为可即时参与的、可随时再生产的小说。七月新番很好地利用了“本章说”，他是玩“梗”高手，擅长将社会热点、二次元文化中的元素加入小说，在正文抛“梗”，在“本章说”里引发共鸣，同时也吸收读者制造新的“梗”，在下一章里抛出。如此循环，最大限度地利用了基于网络媒介特质的“穿越性”，吸引读者停留在他所营造的“秦代”。

不过，这个“秦代”是建立在历史的“后见之明”基础上的。它来自知识，但如机器一样精确、牢靠，比消失在时间长河中的那个大秦帝国更像“大秦帝国”。对历史合理性的极致追求，反映了“黑夫们”这代人对确定性、安全感的看重，折射的是他们在小时代想象大历史之时的“怕”。黑夫当亭长时，因追踪钟离眛而中箭，“从那以后，黑夫变了许多，他做的一切，不再是为了正义，为了良知，而为了让自己更安全”。“为了正确的目标，不再吝惜用卑劣的手段，甚至会将自己包装得冠冕堂皇！”（第 994 章）在历史合理性诉求背后，当然也有黑夫们天真的爱。成长于物质丰裕时代里的黑夫们，往往对既定秩序有天然的认同感，对权力的神话却缺乏必要的反思。他们相信历史是有唯一正确方向的，也会不惜背负骂名去做符合那个历史方向的英雄。因为，“是否英雄，不由你我来定，而由史书来定，由后世之人来定”。（第 994 章）

在这种理性的天真之爱里，历史穿越小说中的“历史感”“穿越性”都可以达到一定的高度，但“小说”的维度却会有欠缺。此处的“小说维度”，不是人物或叙事技巧之类，而是更深层的文学可能性的内容。它是不能被权力、知识所规训的部分，可称为“小说的风骨”。在任何时候，讲述“存在即合理”的故事都是容易的，但对不存在之物的想象，对不合理之事的同情，对历史丰富性的体认，才是文学能够“共三光而永光”的缘由。《秦吏》中，荆轲、高渐离、项羽等原本历史中的反抗者，在主角面前则是反历史的动乱分子。黑夫毫不犹豫地消灭了他们，因为他掌握了历史大势，是历史理性的化身。他毫无障碍地理解“始皇帝的努力、失望、愤怒”，也可以毫不犹豫地以历史的名义，将所有反对者扫进垃圾堆。

一切历史都是当代史，一切历史也都是思想史。“历史感”就是“当代感”，“穿越性”折射“思想性”。黑夫所恃的历史理性会放大许多当代难题，特别是民族主义以及与之相伴的“内毒输出于外”的霸道方略。在历史经验中，这些处理方式都是“合理的”，也是历史文读者所乐意见到的。但是，如果“以史为鉴”只是站在胜利者一边记录成功经验并将其最大化复制出来，那么，作为历史主体的我们，该如何摆脱历史加之于自身的种种困境？在这个意义上，“穿越者之耻”可能不是黑夫没有灭秦自立（这是一些读者所不满的），而是他没有抓住现代理性精神的内核——自我反思。那么，安全精致但有些冰冷的“可信”加上圈地自萌的“可爱”，到底是张扬了黑夫们的“时代精神”，还是暴露了他们的“时代局限”？

本来，“穿越”是给历史小说带来了诸多可能的：作者可以将带着幸存者偏差的历史叙述更加合理化，也可以让不可能的历史成为可能；作者可以站在胜者的立场将丛林逻辑复制到任何时空，也可以从弱者角度出发给大历史中被侮辱与被损害的人以力量。类型小说发展到今天，在套路模式、写作技巧上已走向了成熟。同等条件下，真正的突破点就不在技术，而在思想。前面所述的那些“也可以”的道路，是被淘汰的道路，却是可以练就新的小说风骨的地方。有了新的“小说骨”，才有可能挑战既定的“历史感”“穿越性”，进而实现根本的超越。这对大多数历史文作者来说是奢望，对七月新番来说却是可期的。也许正是前两部作品中的这些挑战的尝试被读者诟病“太文青”的缘故，他在《秦吏》中就有意淡化、隐藏了它们。但是，现在既然已“一书封神”，且要以写作为志业，有如此笔力，如此专业资源，为何不能大胆一点、任性一些？且借那个“英雄”的判断标准为勉：是否真正的“大神”，不由网站来定，“而由史书来定，由后世之人来定”？

大道争锋

误道者

误道者，阅文集团签约作家。2008 年，在起点中文网发布第一部作品《异世盗皇》，西方奇幻的类型与略带翻译腔的文字使小说未在主流读者中受到欢迎。2012 年，开始连载修仙小说《大道争锋》，历时 7 年完本，被认为是修仙类型的神作。2019 年，开始连载第二部修仙小说《玄浑道章》。误道者有优秀的古典文学功底，文笔在主流升级文作者中属顶尖之列，擅长大场面、大布局，同时在节奏把控和细节描写上也颇为精当，是一个各方面都在水准之上的作家。

《大道争锋》自 2012 年 1 月 29 日至 2019 年 1 月 21 日在起点中文网连载，共约 750 万字。在连载期间，小说的商业成绩只是中上，但获得了众多老白读者、网络文学原生评论家的一致好评，马伯庸、赤戟等人都给予了很高的评价，甚至被部分读者誉为“《凡人修仙传》的升级版”。还值得一提的是，《大道争锋》以出色的人物设定和形象塑造吸引了不少女性读者为书中人物写作同人小说，是男频小说中罕有的“出圈之作”。

【标签】修仙　争霸　凡人流

【简介】

张衍魂穿到一个修仙世界中，成为修仙大派溟沧派下院记名弟子。借助“外界一天，玉中十日”的残玉，张衍最终如愿成为真传弟子，正式入门溟沧派。从此，凭借着自己的人情练达和残玉带来的修炼优势，他在溟沧派中青云直上，一步步登至渡真殿殿主的高位。此时，他也从溟沧派掌门秦墨白处得知了溟沧派的真正野心：抽取九州地气，举派破界飞升！溟沧派举派飞升是全书的分界点，在此之前，张衍借溟沧派之势以壮己；而在此之后，张衍以一己之力，为众生开辟新天。

选文来自正文第四卷第七十六章至七十九章。张衍得到彭真人的支持，欲争溟沧派十大弟子之位，奈何师徒一脉有意放过此次争夺。眼看上位无望，张衍乃劝大弟子齐云天主动去位以助宁冲玄上位；再密告之苏氏叛门之事，暗示若趁机料理苏氏，则其空出来的位置便可再引他张衍上位。如此师徒一脉便可以一换二。齐云天果断接受了此计。选段集中展示了张衍的权谋之能和进取之心，将修仙世界的权力斗争落在实处，又堂堂正正而无小家子气。

【节选】

第四卷第七十六章　胸有妙算变棋局

张衍踏烟飞驰，正欲出了十峰山，先去与门下一聚，这时身后却有一名道人远远将他喊住，道："张师叔暂请留步。"

他回首一看，发现此人倒是识得，便是那闯阵之时主动让开去路的周宣，就止住身形，笑道："周师侄找我有何事？"

周宣赶了上来，神态颇为恭敬，稽首为礼道："小侄是奉家师之命而来，特来请张师叔前去一会。"

齐云天要找自己？张衍念头略转，微笑道："既是齐师兄有请，我自当前去。"

周宣面露喜色，再行一礼，道："家师如今在聚沙堆洞府相候，还请师叔随小侄来。"

今日他也看了张衍与萧傥、杜德等人交手，见张衍与这二人还能斗个有来有往，最后以平局收场，私下里也很是佩服的，是以听得齐云天有意相请张衍，便主动请缨。

张衍随他而去，两道长烟望北而走。不多时，到了一处潮水奔涌的河滩边。此刻月光如洗，只闻涛声，河上有一艘长船，似龙牙大舟大小，虚悬江面一丈，有明珠晕光从窗隙之间透出来，映得江水宝气隐隐，彩波涟涟。

周宣当先落在船头，上前几步，主动将那船舱玉帘一掀，道："师叔请。"

张衍探身迈步，入得门中，目光扫了一圈，见舱中颇为宽敞，足可容纳数百人；此刻有二十几人坐在席上，几十名童子随侍在侧。

齐云天则坐在正中主位，左右手边是庄不凡、洛清羽二人，再往下，则宁冲玄、范长青等人，便是与他曾打过交道的方洪、任名遥也坐在其中。除此之外，还有十多个未曾见过的道人，此刻俱是用审视或好奇的目光打量着他。

齐云天见张衍入得舱中，朗声一笑，站起身道：“张师弟也是来了，来，快来席上坐下。”众人见齐云天也起身相迎，虽有些人并不情愿，却也不得不都站了起来。

范长青笑眯眯走上前来，先与张衍客套几句，再与他把在座诸人介绍了一番。

张衍这才知晓，在座这些道人皆是孟、朱、颜、真四位真人门下，尤其是以朱、颜两位真人门下弟子居多。孙真人门下除宁冲玄之外，倒也有两人，虽也是化丹修士，但俱是皓首白发，耄耋之貌，与宁冲玄那般勃发英姿相比，却是显得垂垂老矣。

如此一看，此间在座，唯独张衍一人不是洞天真人门下出身，显得颇为异类。不过众人虽不来与他说话，却对他坐在这里倒也并无什么异议。

张衍也是心知肚明。若不是今日大比之上连战两位世家弟子，自身实力已为众人所认可，怕是今夜也无资格被招至此处。

再与众人客套了几句后，他便被范长青安排在下首坐下。

见人已是齐至，齐云天双眼朝下望来，逐一扫视。但凡接触到他目光者，都是心头一凛，不自觉把头低下，只听他沉声言道：“今日召诸位师弟来此，乃是告知你们，自明日始，至七日后，众弟子不得师命，不得自行出战。”

“什么？”听了这话，有一名弟子不禁失声道，“大师兄，这……这是何意？”

众人心中都是充满了不解和惊诧，大比共是七日，若是什么也不做，这岂不是由得世家坐大么？这究竟是何意？

有几人不禁暗暗朝宁冲玄瞧去，若是如此，这岂不是说……

齐云天也是看向宁冲玄，缓缓言道：“宁师弟，想必孙师叔也与你说过，此次大比，你也无须再去争了。”

宁冲玄默坐片刻，随后站起身，朗声言道：“师命不可违，既是恩师所言，那冲玄身为弟子，自当遵从。”

众人面面相觑。若是宁冲玄此次不得上位，那就意味着下次大比仍旧是轮不到他们。不过在座诸人也都不是蠢人，齐云天虽未明说，但他们也能猜出，这定是出自那几位洞天真人的授意。

尽管心中有所不服，但众弟子却也不得不言道：“我等谨遵大师兄之命。”

张衍目光微微闪动，或许他人不明白，但他却是心头豁亮。

师徒一脉这番动作，正与他心中先前所推测的不谋而合。

若真是如此，那么他接下来一步尤为关键，不容许有半点差错。如若成功，那么自己就此便能一步登天！

但他也知晓，此举却也需一点运气在内。

不过世事并不能十分如意，只要倾尽全力去争取，成败胜负便先放在一边，否则瞻前顾后，反而不能成事。

他深深吸了一口气，目光中透出一股坚定之色。

齐云天交代了这几句话后，便摆摆手，将众弟子遣退，只留范长青在侧。

众弟子皆是带着悻悻之色出门，宁冲玄倒是过来与张衍打了个招呼，便掀帘而出。张衍仔细观察，却见他脸容之上平静一片，什么也看不出来。

待得众人散去后，齐云天瞧了一眼，却见独独张衍没走，便把他唤至跟前，和颜悦色地说道：“张师弟，是否还有话要与为兄说？”

张衍微微一笑，道：“不错，师兄方才所言，是要我等弃了此次大比，无须去争那座次，不过师弟我却有一法，定能让宁师兄此次成为那十大弟子之一，不知师兄是否有兴趣一听呢？”

齐云天略现意外之色，他倒是并不急着发问，而是沉吟了一会儿，随后目光炯炯地看着张衍，道：“若是张师弟真有此法，不妨说出，那下次大比，为兄必也为你争得一席。”

张衍并不在意什么下次大比，按他先前所想，只要这第一步走成，那么后续之事也是顺理成章，不用再等二十四年，自己也一样能够上位。

他笑了笑，一拱手，道：“敢问师兄，是否已在此位之上坐得三百余年了？”

齐云天颔首言道：“不错，已是三百三十六年了。”

张衍站起身来，郑重向齐云天施一礼，大声道："那么便请师兄提前退位让贤，则宁师兄必能上位。"

"什么？"

身旁范长青大惊，跳起来指着张衍言道："张师弟，你这出的什么鬼主意，还不快快收回此语。"

张衍却不理他，只是盯着齐云天，继续言道："师兄以为如何？"

齐云天却并不动怒，只是神情之中却现出若有所思之色。

范长青也是聪明人，适才激动之后，镇定下来也想到了什么。

他皱眉片刻，寻思了一会儿，也只琢磨出一点味道来，但却还有些关键之处未曾想通。他抬头看了看张衍，又侧过身来，望了望齐云天，见其正在深思之中，却也不敢出声搅扰。齐云天思索了好一会儿后，方才抬起头，对着张衍认真说道："张师弟，此位对他人来说极其重要，但对为兄来说却早已是可有可无，无须恋栈不去。况且十大弟子也只可坐上三百六十年，再有二十四年，为兄也要去位让贤矣，但若眼下只是为了宁师弟一人，却未免有些得不偿失。"

若是齐云天一退，那十大弟子自然空出一个座次，在此等情形下，为填补空缺，那么宁冲玄必能顺理成章坐上去，便是世家那几位真人也无由阻止。

可如今师徒一脉之中只靠齐云天一人在支撑大局，若是一旦让出首座之位，局势必然对他们不利。

要知道，排名第二的霍轩只差一步，便能入那元婴境界。若是此人一旦结婴，那双方实力更是大为失衡。

世家之所以在此次大比之上冒着和师徒一脉翻脸的风险，也要阻止宁冲玄上位，怕也打的是再拖上二十四年的主意。那时齐云天一去，局势便大为改观了。

张衍放声一笑，道："师兄无须为此忧心，师弟有一言告之，此事便可无虑也。"

他凑上前，嘴唇翕动，低声说了几句什么。

即便以齐云天的城府，听了这番话后，也是猛一抬头，目光注视在张衍身上，久久方才收回。他大有深意地说了一句：“师弟，你果真了得。”

听他语声中暗含赞赏之意，张衍心中一定，对自己的先前推断已有了十足把握。

推宁冲玄上位只是他第一步，而第二步方才是他真正目的所在。

到了如今，张衍已把能说的都说了，能做的也都做了，接下来，只看齐云天如何抉择了。齐云天没有叫他失望，只是沉思片刻，就下了决断，言道：“若是如此，倒是十分值得一试，我这底下座位让出来，又有何妨？”

张衍精神一振，又跟着说道：“师兄，此策当取在一个出其不意之时，不宜让几位真人知晓，免得横生变数。”

齐云天双目神光外露，沉声言道：“当是如此。”

适才两人说话时，用玄功将声音隔绝了去，是以范长青也未曾听清说的是什么，但此刻听得二人要隐瞒几位真人单独行事，不由惊诧莫名，大急道：“师兄，千万要慎重啊！”他又一转身，对着张衍惊怒道：“师弟，你究竟对大师兄胡言乱语些什么？”

齐云天却是一摆手，阻止范长青说下去，对着张衍豪气干云地言道：“师弟，你之心意我已明白，这计策甚好，便按此计行事。我身为三代大师兄，这点担待还是有的，事后几位真人若是怪罪下来，自有为兄一力承担，与你无关。”

这番话一说出来，范长青不由怔住。他嘴唇哆嗦了几下，却也只能闭嘴叹气不言。

张衍暗暗点头，他这番筹谋关键就落在齐云天身上。

不过决断却甚是难下，甚至有可能和几位真人意图相悖。可想而知，齐云天要承担何种压力。若是此人不敢迈出这一步，那么他就要另寻他法了。

不过眼下看来，齐云天果如他先前所料一般，不愧三代弟子之首，不但敢于担当，而且有大决心、大气魄！

张衍大步走出长舟时，抬头一看，见潮头之上的明月临江，烟波荡漾。今日这一步走出，原本他这枚小卒便成了过河之车，日后当可纵横棋局，睥睨群伦！

第四卷第七十七章　浮游宫中金钟起

次日大比，师徒一脉并无一人出战。张衍心有成算，稳坐钓鱼台，当然也不必再上场了。至于玄门世家那侧，此番只为维护原先利益，本也处在守势，是以并无出挑行止。

如此安稳过得七日之后，只闻天空中悠悠磬声一响，此次大比就此歇止收场。

齐云天率众弟子按法仪焚香祝祷之后，就有一卷法旨自云端飘飘降下，落在案头。荀长老身为大比裁正，亲自上前将法旨接了。

他拿至眼前，启开一看，见其上圈点各个弟子名姓，除却十大弟子，但凡大比之上表现卓异弟子，皆有下赐。

此榜右下角，有师徒世家八位洞天真人玉印，按辈分齿序依次排下，一目了然。

其上名姓由他宣读之后，若是无人异议，便要写下自己名讳，再亲手交于掌门真人，待掌门用印之后，高挂于功德院中，直到下回大比，这二十四年之中就再也不可更改。

他稍稍看过之后，便对照此榜，大声宣读。其音朗朗传出，十峰山上每一处皆是清晰可闻。

众弟子皆是竖耳听着，发现此番除了苏闻天去位，换了苏奕鸿坐上那十大弟子之位外，倒也与原先格局并无太大变化。

一众师徒门下弟子不免失望，原本今次大比正是师徒一脉复振而起后的大好时机，本以为总有一人能坐上十大弟子之位，却不想仍是未能如愿。

荀长老一番诵读下来后，也是心下暗叹了一声，随后高声言道："十大弟子名姓俱已宣知于诸弟子，若无异议，贫道便要转呈去掌门真人处……"

他说这话，本也不过是走个过场而已。这十人能在放法榜之上，乃是八位洞天真人共议，早已是盖棺定论了，是以说了一遍之后，就打算收起法旨，准备离去。

可偏偏就在这时，却听有人喝了一声："荀长老，且留步！"

荀长老身形一顿，错愕望去，看见说话之人，更是愣怔，诧异道："齐师侄，你这是……"

开口的竟然是齐云天。众人皆是神色有异，不禁看了过来，不明白他到底想要做什么。齐云天纵身到了半空，对着云端之上一揖，高声言道："恩师在上，弟子齐云天，在十大弟子之位上已然安坐三百三十六年整，今日愿意去位，以成全门中后进俊才。"

齐云天身为三代大弟子，一举一动莫不引人瞩目，此语一出，众皆哗然，顿时闹哄哄的一片。

原本坐谷中的宁冲玄神色冷峻，面色平静，此刻闻言，却也眉头挑起，不由站起身来。

张衍脸上露出微笑，心中大定，齐云天这话一出口，可谓大事已成！

不说齐云天这举动和大势并无冲突，就算几位真人从照拂他脸面的角度考虑，也不会驳了他的请求去。

高处祥云之中，孙真人听了这话，不禁神色动容，道："云天他这是……"

孟真人感叹了一声，缓缓抚着长须道："也难为他一片苦心了，罢了，我身为其师，当要成全他。"

他一摆袖，将云头拨开，露出真容来，朝下言道："云天，此既是你之意，为师不会阻拦，但你需想清楚了！"

齐云天再向天一拜，大声言道："恩师，徒儿此意已决，再无更改！"

孟真人点头道："好，那为师便遂你之意。"

他也不迟疑，把拂尘一摆，朝着云中深处道："几位真人，意下如何？"他声音远远传了出去，世家四位真人俱是听得清楚。

韩真人性格多疑，闻言不免皱起眉头，冷声言道："齐云天居然愿意去位，这究竟何意？内中定有古怪！"

萧真人笑了笑，道："拿一个齐云天来换宁冲玄，孟真人他们倒是舍得啊。"

杜真人却一板脸，语声森然道："此举必不会无因，当提防后手才是！"

萧真人仔细想了想，齐云天退位，对世家来说好处太大，他们实在难以拒绝，就转过首来，道："陈师兄，你意下如何？"

陈真人晃动头上白发，眼皮微微开，出言道："不必阻，不可阻，不能阻。"

言罢，他又把眼闭上，一副不理身外之事的模样。

三名真人细细咀嚼他语句中之意，皆是暗暗点头，都道："师兄说的极是！"

他们此次阻止宁冲玄的目的是什么？不就是为了在齐云天去位之前仍旧要维持先前师徒玄门之间的格局么？

在他们看来，莫说一个宁冲玄，便是两个，三个，也抵不过一个齐云天！

他要去位，那是最好不过！求之不得！

萧真人咳嗽了一声，好言对着远处回应道："孟真人，我等虽身为师长，但门下愿做何事，只要不犯了门规戒条，也便由得他们去吧，你觉得如何啊？"

孟真人又问道："既然小徒去位，却还要问上一句，那十大弟子缺漏一名，该由谁人替过？"

萧真人呵呵一笑，道："冲玄天资聪慧，在门下弟子之中也是出类拔萃，贫道看他就不错，当可补上。"

孟真人不再与他言语，伸手一指，就收了那法旨上来。他起袖在上一抹，须臾之间，就改换了其上名姓，用过印后，又轻轻一拨，发了出去。

待此物从几位真人手中一一传阅，再次用过印章之后，便又丢下十峰山来。

荀长老接过法旨，扫了几眼之后，又一次起声宣读，此番再也无人出声阻挠。

如此三遍之后，他把法旨一收，不再耽搁，就化一道剑虹，须臾飞去无踪。

待他走后，师徒门下低辈弟子皆是私下纷纷言道：“齐真人高义！”

似他们这些弟子，不明门中两派势力暗中交锋，但在表面之上却是看到一点，此次大比虽则未如他们想象中一般扬眉吐气，可齐云天为了同门师弟能够上位，不惜主动从十大弟子首座之位退下，他们心中皆是感佩不已。

此刻世家弟子俱是喜上眉梢，他们简直不能相信，齐云天竟然如此轻易就退下了。这人已是牢牢压在他们头上三百余年了，如同无法逾越的巍峨山峦一般，压得他们喘不过气来，今日终于搬去了，心中顿时颇有拨云见日之感。

那边第四峰上，封臻自败战之后，一直是一副半死不活的模样，此刻却忍不住笑了起来。莫道人不解，看了过来，低声道：“师弟何事如此高兴？”

封臻冷笑一声，道：“我是笑那张衍，空有一身本事，又费了偌大功夫，到头来却仍是一无所获。如今他仍是与我一般，还是一个寻常弟子，我岂能不笑？”

莫道人嗯了一声，道：“那张衍身后并无洞天真人撑腰，此事当也在预料之中吧？”封臻连连摇头，道：“师兄且莫小看他，不过此次他确也翻不起什么浪花来了，哈哈……”而此刻十峰山外，张衍几名徒儿也是得知了今番大比结果。

汪氏姐妹并不知道张衍心中打算，是以也并不觉得如何，只是看大比落幕，心中都是松了一口气，觉得自己师父安然无恙，那就是最好不过了。

刘雁依却有些奇怪。此来大比之前，张衍曾对她明言要夺十大弟子之位，在她看来，自己恩师一直以来都是算无遗策，从无疏漏，尤其是和杜德、萧傥等人一战之后，她更是坚信此点，心中不由暗忖道：“难道恩师还有什么后手不成？”

可这已是八位洞天真人议定之事，又怎容更改？

便是掌门真人也不会出言阻拦，她实在想不出，自己这位师父还有什么手段能施展出来，除非……

蓦然间，她神情一动，发现的确还有一个可能，只是这想法太过荒谬，只是稍稍闪过，便即从脑海中掠过。

齐梦娇见她深思不语，以为她心中失望，轻轻踱步过来，挽上她玉臂，出言安慰道："师妹，张师叔此次也是竭尽所能，并非实力不济，乃是大势所在。待到下回大比，师叔定当能有所作为。"

刘雁依"嗯"了一声，却有些心不在焉，敷衍式地点了点头。

黄复州望着十峰山，心中既有怅然，也有解脱，对那倚在身边的女子言道："师妹，尘埃落定，有如此结果，秦真人那里，想必也可有个交代了。"

那女子声音柔柔言道："妾身这就去修书告知恩师，想她定是高兴的。"

她移步来到桌案旁坐下，拿出一封飞书，提笔写下一行娟秀字迹，随后从香囊中取出一枚金章盖上，嘴中喃喃念了几句法诀，纤手一指，此飞书便离案而起，化一道清光飞去，转瞬不见。

这飞书如流星电闪一般，须臾飞过茫茫龙渊大泽，直入琳琅洞天之中，一路飞过重重银壁云楼之后，便到了一处冰帘珠璎、罗帷琼帐垂挂之地。

秦真人正端坐在玉莲花上，察觉飞书过来，凤目一睁，起两只玉指将飞书夹住，拿下打开，细看了一番之后，玉容之上稍露思索之色，轻点螓首，道："宛英何在？"

立时有一名身着鹅黄襦裙的俏丽女子步了进来，万福道："徒儿在此，不知恩师何事传唤？"

秦真人抬手拿起一枚碧色如意，道："你去浮游天宫之中，把此物送至掌门真人处。"女子正要上前接了，就在此时，却突然听闻外间钟声大响。此音不止洪亮悠远，且更有威严肃穆之感，远别于寻常。

秦真人不由蹙眉，暗道："此是那浮游天宫金钟之声，是掌门师兄在唤聚门下徒众。奇怪，门中大比适才收尾，他又有何要事要弄出这般动静来？"

第四卷第七十八章　百年谋算杀机现

听到云中有钟声响起，张衍目光微微闪动。这十峰山上，此刻知晓其中缘由的，除了师徒四位真人与齐云天外，怕就只有他一人了。

就在这时，天上金光乱闪，一气落下数十道符诏来，纷纷往齐云天、庄不凡等师徒弟子手中落去。

其中亦有一道往张衍而来。他伸手一接，便将其拿住，看了一眼之后，发现此物他也不是头回见到，乃是出入浮游天宫的法符。

他脸上浮起微笑之色，看了看四周，见不少接了法符的弟子已是破空飞去，他亦是一纵身，遁烟而起，亦往浮游天宫而去。

未有多久，他便到了天宫之外。见罡风拂面，不能再前，便把法符一拍，霎时化一道金光护着他直入云上天宫。

待落下身形后，抬眼一扫，见外殿之下，齐云天、庄不凡、洛清羽、宁冲玄等人俱已是先一步到了，他上去打过招呼后，便择了一处蒲团坐下。

又过不了多时，范长青、方洪、任名遥等人也纷纷落下身形。

凡是张衍那夜所见之人，此时俱都来到此地。

大殿之中，有一名童子走了出来，清声言道："祖师有言，众弟子安坐外殿，静候法旨，稍候若听得殿中之语，且不可喧哗吵嚷，交头接耳，亦不许擅离此地，违者以门规论处。"这话说得甚是严厉，再结合今日召集徒众之举，在场众弟子皆是感到了一丝不同寻常。此时八位洞天真人已是入了那天宫大殿之中。

见秦掌门早已端坐殿上，世家四名真人都是心中暗忖，不知道掌门真人此次这般大张旗鼓究竟所为何事。

尤其是在门中大比之后，师徒一脉此番还未能如愿的情形下，更是令人不得不心中提防。只是他们一时之间也琢磨不透掌门真人有什么打算，因此都是打足了精神，准备小心应付。

待众人坐下之后，陈真人咳了一声，谨慎问道：“掌门师兄，不知何事如此匆忙唤我等前来？”

秦掌门一开口，便是清朗醇厚之声：“今日之议，乃是我门中出了欺师灭祖之辈，不得不召你等前来相商此事耳。”

世家四位真人都是心中一凛，各自交换了一下眼色。

掌门真人当然不会信口开河，而且能如此兴师动众，显然此人也是身份不简单。

孟真人愤然言道：“师尊，不知此是何人？”

萧真人瞥了孟真人一眼，捻须不语。心下却是暗嘲，似这等事，掌门四位弟子岂会有不知之理？定是私下早有商议，否则今日何谈掌控局面？眼下这对答很显然是做给他们看的。秦真人缓声言道：“祖师堂上供有当日祖师亲手封禁的符印之碑，分别应对六处禁地。二十余年前，有一处印碑无故自鸣，显是遭人觊觎，正妄自开禁。”

陈真人眉头皱起，沉声道：“师兄，不知什么人如此大胆？既是二十年前之事，又为何今日才说起此事？”

世家四位真人这时方才依稀记起，似是当年开派祖师亲手布下六处封禁，传言其中封有上古凶孽奇物，言及后辈弟子若是见得，不得设法开禁，否则不论是谁，皆以欺师灭祖之罪而论。

不过祖师堂上居然有印碑这等布置，他们便不得知晓了。

除掌门之外，这六处无人知晓在哪里，如今居然有人无法无天地掘开，难怪如此兴师动众。

秦掌门也不答陈真人所问，而是摆了下拂尘，言道：“把人叫上来。”

不多时，就有一个矮胖道人走上殿来，乃是一名化丹修士，看那面容，五官聚在一处，有几分滑稽。

他恭恭敬敬对几位真人行礼，道:“弟子苗坤，见过掌门，见过诸位真人。”

秦掌门道:“苗坤，你把你所知告知在座几位真人。”

“是。”

苗坤躬身一礼，随后言道:“二十三年前，掌门真人察觉封印有所异动，乃是出自那涌浪湖下，此处因剿灭三泊之后赐予苏氏为府，因此特命弟子前往暗中查探究竟。这许多年下来，弟子竟发现，这苏氏不但在破毁涌浪湖下真龙府之封禁，且举族皆有不轨之心，正意图叛门自立！”

苏氏！叛门！

此语一出，满座皆惊。世家几位真人瞬间转过无数的念头，几乎是一瞬间明白了掌门的打算何在，顿时心底寒意大生。

世家之中，五族之力占了七八成去。苏氏为五大族之一，数千年的门第，枝大根深不说，底蕴也是非可小视，若是一旦去了，那世家之力，非要大损不可。门外众弟子听得殿中之语，都是当场惊怔，只是片刻之后，却是面现欣喜之色。

坐在门外的张衍虽是早已心中有所判断，此时真切听得，也还是感到心头一松，暗道:“大事定矣！”

他能猜出这结果，也并非是他谋算有多高明，而是他恰恰知道苏氏有叛门之意，把诸多碎片聚在一起之后，方能联想到此一点。

站在掌门角度上来看，师徒一脉如今复振而起，势必要把资源从世家口中抢夺回来，但却要选择一个突破点。

那么没有洞天真人坐镇的苏氏显然是最好的选择。

若是能将一门大族清理出去，不但能削弱世家势力，且十大弟子能空出一位，还更增掌门之威望，此可谓一举三得！

当时张衍虽想到这个可能，但其实心中并无太大把握，因此只是亦步亦趋，不敢跃出大势底线。

而当师徒一脉在大比之上全面退缩，似乎无有作为之时，他反而能确定此想法了。

其实如果把此事往深处一想，那什么真龙之府事先并无人知晓在何处，很可能是掌门真人有意泄露出去——早早丢下一枚的诱饵，引得苏氏去啃。

须知苏氏门中洞天真人早已身故，此为此族最大硬伤。而真龙之府和那苍龙遗蜕，两者若得其一，却极有可能再出得一位洞天真人，就算明知是违了祖师门规，也不得不吃下去。若真是如此，掌门真人之谋当真是渊深如海，怕是自当日门中大变之后就有了这番算盘，而在此时猝然发动，一击要害，一举将世家大枝斩去一根。

听完苗坤所言，韩真人语声有些艰涩地言道："掌门师兄，只凭此一人之言，尚不足以定论吧？"

秦掌门颔首道："韩师弟此乃持重之言。"

韩真人心中一凉，立刻知道掌门早有准备。

秦掌门手一招，就请来一道符诏，用手一点，化出一方清澈水镜来，再一拂袖，其中就现出景象来。

众人把目光一齐投去，见有五人围坐在一处石门之前，正对着其上封禁催发玄功大法。秦掌门道："此术是当年祖师亲设，便是防备有人暗中轻动了禁制，你等可细细观来，可认得其中之人。"

众位真人看得清楚，这其中之人正是苏氏族中五位元婴真人。此时他们再也无话可说，同时也心头凛然。若只是那破开祖师封禁的罪名，这五人抵命虽显不够，但另四族稍稍斡旋，还不至于牵累所有小辈，可掌门真人却偏偏还要让那苗坤出来，定那苏族举族叛门之罪，这分明是要将苏族一个不留，满门灭绝啊。

可为什么偏偏在这个时候？还正巧是在大比之后？

他们却不信掌门此时方才确定此事，分明是早就有所筹谋，只是留在手中，随时准备发难。

世家四位真人不觉浑身发冷，原来师徒一脉根本不在意宁冲玄是否上位的原因在此，只要铲除了苏氏，自然有空位得出。

此乃是釜底抽薪啊！

陈真人暗暗想到，苏氏自己寻死，与人无尤，而且此乃欺师灭祖之罪，既已确认，便容不得半点迟疑。他也是当机立断，脸容一肃，立刻正义凛然地开口道："苏氏一门罔顾师门之恩，竟意图开禁自立，欺师灭祖，罪不容诛，当灭之！"

孟真人起手对着上座一礼，扬声道："请掌门真人发法旨，清理门户，剿灭苏氏！"他这一出声，身后朱、颜、孙三位真人一齐言道："请掌门真人发法旨，清理门户，剿灭苏氏！"

萧、杜、韩三位真人见局面已是无可挽回，无奈之下，亦是出声附和道："请掌门真人发法旨，清理门户，剿灭苏氏！"

秦掌门点了点头，平静言道："苏氏必剿，不过此族中早已无有洞天真人，不过只五名元婴修士，自无须你等出面，可交由小儿辈去料理，你等且在此静候消息即可。"

世家四名真人都是无奈，知道这是掌门为防他们有人走漏消息，免得苏氏去走一人，是以变相将他们留在此地。只是这时候，却也无人甘冒大不韪扬言要离席。

秦掌门对身旁随侍童儿言道："去把云天唤来。"

童子领命去了。

不多时，齐云天到了殿上，执礼道："弟子齐云天，见过掌门，见过恩师，见过诸位真人。"

秦掌门笑道："云天免礼，你在外殿，想也听清此事了。此番剿灭苏氏，便由你负责掌管，我赐你一道金符玉章，门下弟子长老皆可由你调度。"

他手一抬，便有一道金光飞下。

齐云天伸手将其接住，大声道："弟子领命。"

秦掌门轻轻挥袖，笑道："去吧。"

齐云天朝殿上揖礼之后，便转身出殿。

孙真人这时神色一动，出言道："恩师，既然苏氏需除，那十大弟子之位又有空缺，不知恩师属意何人？"

就在此时，却听殿外有声音言道："掌门师兄，黄复州为门中俊才，可得此位。"随话音落处，秦真人衣飘带扬，踏入殿中。

第四卷第七十九章　千众齐聚，共诛巨族

秦真人入了殿中之后，世家四位真人皆是神色微动。孙真人皱眉而起，随即冷笑一声，朱真人与颜真人交换了一个眼色，场中局面顿时变得有些微妙起来。

秦真人旁若无人般来到殿前，在秦掌门右手边寻了席位坐下，随后言道："师兄，小妹听得诸位真人正商议谁人替上那十大弟子之位，小妹以为，黄复州这弟子在门中修行已有百余年，论功行，论修为，论辈分，皆不下于那十大弟子，且还曾为山门立下过不少大功，他当可坐上此位。"

说到最后，她放缓语速，抬起螓首，在世家那几位真人脸上扫过，目光之中似有深意。萧真人和杜真人都是不语，唯独韩真人似乎有所意动，身子微微向前倾了倾。

陈真人如木胎泥塑一般，坐在那里一动不动，双目紧闭，似乎什么都不曾听到。

唯独孙真人冷笑道："秦真人此言差矣，大比之上，黄复州已然败于张衍之手，如若他坐上十大弟子之位，安能服人？"

秦真人瞥了他一眼，淡淡言道："孙师侄，张衍当日不过依仗法宝为胜，若是黄复州也得一件趁手法宝，胜负殊为难料。"

孙真人被气笑了，正要开口反驳，这时却听外间又有人言道："秦真人此言

小妹不敢苟同。黄复州前次大比苦战方才胜了洛元化，而今次大比，张衍先败黄复州，再败洛元化，三败封臻，又与萧傥、杜德两名弟子战至平手，试问如此战绩，除却十大弟子之外，门中化丹弟子又有何人可比？孰高孰下，已是一目了然。”

这声音先自外殿而来，随着话音愈近，就见一凤钗云鬓、长裙曳地的女修踱步入了殿中。待语声收歇之时，恰好走到大殿正中，她朝着掌门真人行礼道：“弟子彭文茵，见过掌门真人。”

秦掌门把袖一摆，温润和煦地一笑，道：“彭师侄切勿多礼，且坐下再言。”

彭真人凤目一扫，轻移莲步，却是往师徒一脉席上坐去。

世家四位真人虽是容色如常，但心中俱是感觉不妙，看眼下这情形，彭真人已公然站在师徒一脉这边了。

而此刻大殿之外，张衍听得彭真人入大殿之中为自己说话，不由微微一笑，心中更是笃定。

他真正的谋划正是在于此。师徒一脉只要让自己上位，即能引出背后彭真人来，把她请入这一盘棋局中来。

可以说一子活，则满盘活。

先前他在顺应大势过程中，从小细节着手，找出破局之点，并一力劝得齐云天退位，少了十大弟子首座，师徒一脉表面上看似吃了亏，但却多了一位洞天真人支持，实则实力大增。他走出的这一步，看似简单，实则眼光、运气、决断缺一不可，机会转瞬即逝，如不果断出手，稍加犹豫便会丢掉机会。

师徒一脉有了彭真人支持，自此之后，再也无须顾忌秦真人左右摇摆的平衡之术了。张衍料定秦真人不会这么简单让他上位，定会千方百计设法将彭真人挡在局外。

不过到了如今，这一盘棋他已是胜了大半。手段诡谋可用得了一时，用不了一世，最终还是要靠自身实力说话。

此刻这浮游天宫大殿之上，溟沧派中十大洞天真人已是一朝齐聚。

彭真人一现身，便公开表示支持张衍，其后更是坐在师徒一脉席位之上，挑明了自身态度。

秦真人心中不由暗叹，她也知黄复州有所不足，但此时她手中也无合意之人，只得把此子推出来；若是没有彭真人出面，她还有极大把握推黄复州暂得此位。

她美目一转，也不去与彭真人争辩，而是对着秦掌门道："师兄，口舌之上也争不出什么高低来，黄复州与张衍到底谁高谁下，也不必争辩了。小妹适才也是思虑不周，门中英才俊杰无数，谁说只这二人方才出彩？依小妹看，此次剿灭苏氏，谁人能拿下那苏奕鸿，谁便能登上此位，诸位以为如何？"

她最后一句话，却是面朝其余真人而说。

陈真人此刻突然睁眼，接口道："此言妥当。"

萧真人暗赞一声。秦玉这女人这手段当真玩得巧妙，自己摘不得果子，便把果子扔出给大家分，到时候混战一场，未必全看自身实力，还真难说苏奕鸿会被何人拿下。

若是想得远一些，怕是人人都有机会。如此一来，那朱、颜二人就算不会出言赞同，至少也不会竭力反对，因为他们门下弟子众多，也未尝不可一试。

且这还给了他们一个台阶，可以主动插手进来，不至于在外观望；世家也可出力剿灭苏氏，想必也是掌门真人愿意看到的。

念头转了几转之后，萧真人便对韩真人使了一个眼色，后者立时会意，出声言道："掌门真人，我等也愿意驱策门下得力弟子，拨与齐师侄调遣，同去剿灭苏氏。"

果然，朱、颜两位真人显是也知道他们用意，都是坐在那里抚须不语。

孙真人忍不住，似还有话说，孟真人却一眼看了过来，对他摇了摇头，只得按捺了下去。彭真人神情恬淡，并不出言。

与其他九位洞天真人相比，她入道最晚，修为也低了一层，所说之话还没有太大的分量，是以眼下只能做到这一步了，接下来全看张衍自身之力了。

秦掌门见座下无人反对，便慢声道："那便依师妹所言，败得苏奕鸿者，便可替上那十弟子之缺位。"

这话声音不大，却是远远传了出去。

殿外弟子都是听得清楚明白。一时间，众人都是心头火热，神色振奋，大比之上无力争取此位，但眼下却不妨一试。

张衍微微一笑，若要论临阵对敌，他又怕得谁来？

若是这一关也过不去，何谈坐上十大弟子之位？到时胜得那苏奕鸿，便是几位洞天真人也无话可说。

四位世家真人请得了掌门之许，扬手连发了数十道符诏下去，召唤门人弟子前来。此刻他们俱坐在殿上，一举一动皆在秦掌门眼皮子底下，自是没有一人敢暗中做手脚知会苏氏。

秦真人也抖袖发了一道符诏出去。局面到了这一步，她已是不能再如先前一般挥洒自如了。

她心知肚明掌门真人早就不喜自己的行径，只是碍于形势不便发作，是以倾力扶植彭真人，其实就是为了牵制对抗自己。

她原本以为彭真人方才成就洞天，门下也无得力弟子，最少还要沉寂数十年方会发力，可她未曾想到，张衍竟与其走到了一处，打了她一个措手不及。如今仓促上阵，也只能尽量填补漏洞了。

不过一个时辰，师徒世家众弟子皆是纷纷到来。

张衍放眼望去，连带齐云天方才召集的弟子长老，此刻这外殿之上已是有了十多名元婴真人、近百名化丹修士、上千名玄光弟子。

这一股力量便是去覆灭如北辰派这等门派也是足够了，然而剿灭苏氏却还是稍嫌不足，因此仍是源源不断有弟子前来。

张衍心下不由暗忖：周族远在东华洲之南，根底之深，比苏氏还要强出几许，且族中更有洞天真人坐镇，自己异日若是要覆灭周族，怕是需数位洞天真人联手，方能做到。

齐云天站在殿中，从容指派弟子。

苏氏共有五名元婴真人，如今俱是涌浪湖深津涧中，这一片水域占地广大，有法阵护持，易守难攻，是以需先在周围布下阵旗，将其重重围困，不得一人走脱。

除此之外，苏氏在山门之内还有不少灵岛名峰，陆洲洞府，俱要一一拿下，收回门中，待日后再作为下赐分予弟子。

到了这浮游天宫之上，众弟子方才知晓，竟是苏氏意图叛门自立，犯下欺师灭祖之罪，此番召集他们，正是要前往清剿。

他们震惊之余，却又不免心思活络起来。苏氏数千年大族，族中弟子身上定有不少好物，若能顺手得之一二，却不知要比辛辛苦苦斩杀妖魔积攒功德好上多少。

齐云天此时把宁冲玄唤来跟前，笑着言道："师弟，苏闻天那日与你并未分出胜负，此人如今尚在门中未走，正在方振鹭门上做客，他就交由你了，你可先行一步。"

宁冲玄肃容点头，起手一拱，道："大师兄，师弟定不负所托。"

目送宁冲玄离去后，齐云天又把范长青唤了过来，沉声道："师弟，有一桩事非你来办不可，你去魏国金州一行……"

他低声对其说了几句，范长青神色一凛，随后躬身道："大师兄放心，师弟必会用心。"齐云天道："好，那里虽并无什么大能修士，但你自己也需小心，不要大意。"

范长青又对齐云天一礼，便理了理衣袍，把法符一拍，便化一道金光飞出了浮游天宫。他这是要去往古秦阳郡，即如今魏国金州，苏氏一族根系所在之地。此地有苏氏族亲数十万人，不过大多皆是凡人，自是不必去理会。他此行之责，是要将驻留此地的苏门修道士尽数找出来，将其灭杀，断绝苏氏弟子转生之路，免得其死灰复燃。此事非细心之人不可办，其他人齐云天并不放心，因此命范长青前去料理。

齐云天安排妥当之后，方才单独把张衍请至身前。

两人私下交谈了几句之后，齐云天拍了拍张衍肩膀，语带深意道："张师弟，此番剿灭苏氏由为兄调度，该是你的谁也抢不去，你不必跟随我等，可单独前往。"

张衍心领神会，笑道："师兄，那我便先走一步了。"

齐云天笑了笑，负手道："去吧。"

张衍与其拱手道别，将手中法符一运，就有金光上身将其护住，将他送出了浮游天宫，随后遁烟一起，不多时，就飞出去了数十里。

可就在此时，他却把身形一顿，眼中闪烁不定，似是想到了什么，随后复又踏烟而起，但方向却不是去往涌浪湖，而是往那守名宫而去。

[节选自起点中文网]

【粉丝评论摘编】

@月下梅边：这本书场面的描述很是精髓，很好地把握了人物与地理的关系，使"仙"的感觉不再云山雾罩，与现在流行的仙侠小说最大的不同在于它是真正的在修仙，而不是在冒险。……有人把它归为古典仙侠，但其实又有些不同，它所描述的场景更加宏大，"仙气"更浓。整本书作者用了相当一部分笔墨来描述一种排场，一种仙的气派。仙要有仙的气质，正如凤凰非梧桐不栖，非醴泉不饮一样，山门道场要有自己的气派，这不是用言辞去堆砌，而是要把仙的气质融入一言一行中——动静皆有礼度，谈笑尽是逍遥。

（发表于起点中文网，2018年4月15日）

@旖旎怪怪：……毫无疑问，《大道争锋》是一本当之无愧的仙侠巨著：其一，书中各类人物的刻画生动形象、性格鲜明。尤其是主角张衍的性格，做事胸有成竹、从容不迫，不急不躁、淡定自如，睿智沉稳、谨慎谦虚，不忘初心、道心甚坚，同时在修行中苦心孤诣、勇攀高峰，亦不失拼死一搏的决绝。其次就是既没有给主角送人头、送经验、送装备的无敌脑残蠢货反派，也没有落于窠臼的狗血剧情。同时基本上书中每个人物的言行举止都有理有度，做事不是毫无底线，处处透着一股子“仙”气。即使是一些无足轻重的小配角，轻轻几笔也可以使其形象跃出纸面、有血有肉。

其二，《大道争锋》的情节紧凑、有急有缓，高潮迭起、内容丰满，格调宏大，平淡之处不失精彩，如那平静的海水之下酝酿着无尽的波涛，高潮部分则让人心潮澎湃、热血激昂，如十六派斗剑、人劫我开、成就洞天等；第八卷《银河洗剑天上仙》开卷即为张衍成就真阳回归山海界，其精彩绝伦的描写让人看得酣畅淋漓、欲罢不能，代入感极强。

其三，作者的文字精练、言简意赅又极富深度，语言古朴典雅、古色古香，充分反映了误道者深厚的文化功底。无论是每一章所取的名字（基本上是七字或四字），还是主要人物晋级或在特定时间地点条件下所赋诗文，抑或是别出心裁的境界划分，既有传统的金丹、元婴，又有波谲云诡的洞天、凡蜕、真阳等，境界设定得合理又出乎意料、极富新意；同时作品中纷繁复杂、数量庞大的各类功法、法宝，各个地名、人名、派名，各种奇花异草、珍禽异兽以及绚烂的斗法过程，等等，无不说明了误道者对于本书所倾注的心血之大、之多、之广、之深。

其四，也是很重要的一点，《大道争锋》全书的主旨非常鲜明，也就是一个字“争”。无论是资源之争还是道念之争，不仅放在书中合情合理，放在现实生活中亦未尝不可。想起张衍所说的“道之争，何来是非对错”，不禁让人感慨万千。

（发表于起点中文网，2018 年 8 月 20 日）

@读书人1711:《大道争锋》圆满完结，虽然有些怅然，但更多的是喜悦。人之大病在晚节不保，书之大病在烂尾太监。很幸运的是，《大道争锋》做到了有始有终，开头即卓然不群，引人注目，结尾亦是浑然无迹，留人遐想。而误道者之文笔，也臻炉火纯青之境，让人叹为观止。

初见之时，只道情节畅快，毫无俗套。继而又见其写景实为一绝，文辞清丽，约而不繁。寥寥几笔，即描绘出一派仙家境界，使人恨不能亲历之。随境移景，故事逐渐展开，遂见其人物不论主角配角、路人过客，皆形神具备、栩栩如生。其间纵横一时者，亦往往俊杰豪雄，笔落生花，三两句即勾勒一人，各有特色。至此，才恍然发觉，误道者写人，实亦一绝。

此等只是论形，未及其神。人若徒有其形，纵沉鱼落雁之容，亦不过行尸走肉之体。书亦然。

（发表于起点中文网，2019年1月29日）

@黑人：能看懂的人很少了，尤其是到了后面。其实这是一本非常有深度的书，书的境界是随着主角张衍的境界在提升的，这是我目前看到的唯一一本如此设定的书。刚开始的情节浅显易懂，就好像主角也是从头修炼，但随着主角境界提升，场景转换甚至时空转换，书的描绘也逐渐深刻，需要对时间、空间和因果等追问世界本质的东西有基本了解才能大体明白作者意图传递的理念。尤其是炼神之后，几乎完全是以时空规则、因果规则作为争斗手段的。

很棒的书，作者也从来没有刻意迎合小白读者，而且水平保持到了完本。虽然追书的人越来越少，但作者真的是把《大道争锋》当成作品在雕琢，致敬误道者！

（发表于知乎，2019年1月31日）

@罗zz:《大道争锋》不火很正常。

因为这本书唯一的优点就是文笔。我可以说这本书的文笔已经达到了国内超一流写手的水平。

但问题是这本书也只限于文笔好而已，除此之外并没有其他的特点。

那看《大道争锋》这本书是什么感觉呢？

就像看一部好莱坞电影，剧情设定多数时候真是一般，但是——特效世界顶级，演员演技世界顶级。

所以看这本书的感受很矛盾，之所以坚持看到了现在（2012年入坑），原因在于实在忍受不了文笔不好的小说，就像忍受不了五毛特效拍出来的电影一样，即便有的架构和设定很好，文笔太差也难以让人入戏。

所以这本书在我眼中是网文前三（另外两部是《天行健》和《英雄志》），更直白一点就是网文文笔前三。

（发表于知乎，2019年7月5日）

［导引：吉云飞、田彤；简介、节选、粉丝评论摘编：田彤］

“凡人流”的高配版
——评误道者《大道争锋》

田 彤

如果说以《凡人修仙传》为代表的“凡人流”为修仙小说缔造了自力更生、艰苦创业的“凡人神话”，那么《大道争锋》则向我们展示了一条乘势而起、承前启后的豪杰之路。

与《凡人修仙传》虽然有很大的不同，但《大道争锋》与之共同分享了一个对修仙世界的基本认知，那就是修仙的本质即是对资源的争夺和分配。这当然是现实社会的直接映射。不过，“凡人流”强调主角是没有身份背景的平凡人凭借偶然之机缘白手起家，《大道争锋》则是在修仙资源分配极度不均，优质资源被高门垄断的情况下，借大派之势，通过派内成熟的晋升系统获取资源。同是打破了温情脉脉的高蹈的修仙神话，追求“与世有争”，但前者展现的是普通人的奋斗之路，后者扑面而来的是豪杰的枭雄之姿。

如此气质浑然背离道家之清静无为，于是误道者索性笔锋一转，变修仙为官场。更准确地说，是把修仙世界的权力结构和社会组织形态落在了实处。张衍所在的溟沧派是九州修仙大派，可与门内弟子待遇挂钩的却不只是修为，还有权位；这意味着门人若想获取足够的修仙资源，除埋头苦修之外，还要拼权谋。此设定乍看突兀，细品则极妙。修仙小说最容易犯的毛病便是节奏缓慢、行文枯燥、内容重复，嫁官场于修仙，就好比引猖风入静水，霎时间波澜泛起、风云变幻，小说的精彩程度骤升不知凡几——官场即人场，与天斗与地斗固然豪气，与人斗也是其乐无穷。

误道者对修仙世界的权力生态的摹写极为老道，无论是师徒世家两脉的派系斗争，还是各大弟子间的合纵连横，寥寥几笔道明关节利害；写人亦血肉丰盈，千人千面，如张衍之能谋善断，秦掌门之深谋远虑，孙真人之随心率性，无不是跃然纸上、呼之欲出。尤令人赞叹的是，误道者写人事虽用官场笔法，风格却依旧带仙家气象。他以其深厚的古文功底大肆铺陈、塑造描写修仙界独有的奇绝异景是一个原因；但更难得的，却是《大道争锋》中人物终于不再是只有凡人，而在层次提升之后更像是仙人，或者说至少是豪杰一流。

最值得一提的是，小说随着主角境界的提升，风格、写法也都能随之而变，给读者一种渐入佳境，乃至更上层楼之感。在张衍突破至“凡蜕”，建立在派内权力系统上的官场生态就此告一段落。人劫之战后，大鲲裹携着溟沧派诸人及其盟友飞离破碎的九州故土，跃至虚空元海，《大道争锋》也突破了重重叠叠般的官场权力体系，重归个人实力至上的修仙力量体系。以张衍拜入溟沧派为始，至溟沧派破界飞升为止，《大道争锋》的前半段主要写张衍如何借溟沧派之势成就自己；以九州众人进入山海界为始，至结尾张衍成就道主，《大道争锋》的后半段主要写张衍如何以一己之力为众生开辟新天。这两部分近乎是两部小说，却并不给人以突兀之感。

这是《大道争锋》的最大看点，也是它对修仙小说这一类型的最大贡献。“凡人流”虽然因极其贴近普通人的思维方式与现实处境，而最易获得最广大读者的共鸣和认同，但却永远是后继乏力。在主角层次逐步提高，甚或成为大修行者乃至仙人后，行事和思维仍然和最初的那个乡下小子或废柴屌丝并无两样，会给读者一种巨大的“违和感”。虽然这一“凡人修仙”的故事是每个普通人的刚需，但又难免给有更高需求的读者以重复和平庸的感觉。而一起手就层次极高的作品如猫腻的《大道朝天》，所塑造的修行者又往往给人一种过于高蹈，不近人情的感受——尽管这才是最符合小说设定和逻辑的。《大道争锋》正好在这两者之间，不但可以把凡人阶段的筚路蓝缕写得动人心魄，也将成长之中和之后的状态刻画得有模有样。

《大道争锋》很长，750余万字几乎是正常情况的两倍，但却不算“水”，正在于其故事含金量的充足。其中很大一部分便来自超出“凡人流”后对仙家景象和仙家人物的描写：坐落在龙渊大泽之上的溟沧正院，翻卷于极天云海之中的少清山门；顶浮罡云的元婴修士，身携法相的洞天真人……误道者不吝惜笔墨，以其在网文作者中堪称深厚的文言功底在书中大肆铺陈、淋漓挥洒，令读者开卷观之，只觉有潮雾浓云扑面而来，恍惚见无数隐绰身影践履其间，“竦轻躯以鹤立，若将飞而未翔”（曹植《洛神赋》）。作者也甚具古典文人做派，每每借小高潮完结或书中人物直抒胸臆之时赋诗一首，虽多为极“口水”的作品，但也偶有佳作。“平生舒快意，狂笔写春秋。长生非我愿，只解心中忧！”即是破门而去的溟沧上代大弟子晏长生被张衍打败时所吟之诗，一直颇为读者称道。全本算来，此类诗歌竟有上百首之多，在网文中的确是别具一格。

误道者为《大道争锋》的读者们织就的是一个缥缈又真实的修仙世界。真实是在没有与这个平庸琐碎乃至肮脏卑劣的现实世界完全割裂，但又超乎其上流露出了一点点自由自在的气息。这点气息不多不少，恰好是普通读者中有一定追求的那部分人可以承受和得到的，不会使他们有不可企及的高蹈之感。《大道争锋》的这一独特贡献，使得修仙类型更加丰满。

虽然误道者在境界设定上颇多新意，亦有不少精妙处，然而在主角于小说后期到了一个普通人难以思量的层次后，作者的能力也已然是完全无法抵达那种高妙的地步，不果断停笔勉强去写也只能显示出种种的荒唐可笑。此外，《大道争锋》后半部分还是不免犯上了“换地图综合征”——随着张衍的不断升级，小说前期塑造的鲜明人物都因为跟不上主角的脚步而只好一路写一路扔，后期塑造的配角又因着墨不够以及层次太高难以落实而不如前期出彩，导致人物也不再血肉丰满。

《大道争锋》的确是“凡人流”的高配版，但也只是“高配”，而非完全的超越。“凡人流”有的毛病最终一个也没有逃掉，当然这是以一个更高的标准来审视了，这也恰恰说明，这一类型和流派的潜能还远没有被挖掘干净。或许，就在不远的将来，更高配的版本会在《大道争锋》提供的新的基础上诞生，这也是类型小说必由的进化之路。

重生之出人头地

闹闹不爱闹

闹闹不爱闹，掌阅文学大神作家，被认为是网络文学中写作功底最扎实的作者之一。2014 年 7 月，以沧海煮成酒为名开始在阅文集团签约创作。先后连载的都市小说《重生之大枭雄》和《重生之大英雄》都获得极高口碑，但因有古惑仔元素而未能完结。2016 年，转到掌阅连载《重生之出人头地》，笔墨集中在比较纯粹的都市商战以使故事显得更清白简单，笔名也改为更加生活化的闹闹不爱闹。

《重生之出人头地》自 2016 年 5 月 30 日至 2019 年 7 月 2 日在掌阅连载，共约 159 万字。连载期间，获得了优秀的商业成绩和顶尖的读者评价，被认为“文字画面感强”“故事节奏紧凑”“个人风格强烈”。小说以现代化转型期的都市生活为背景，描绘了一批从底层成长起来的弄潮儿，颇具资本主义上升期的生猛之气。

【标签】重生　都市　商战

【简介】

宋天耀重生后虽然出身贫贱，且报考警察学校失利。但凭借上一世的经验，成了“二世祖”褚孝信的秘书，借助宋秘书的身份，对大形势的预判，他联合政界、商会、社团各方势力，在鱼龙混杂、生气淋漓的都市江湖践行“富贵险中求”的人生法则，多次掀起商海波澜。不仅让老板的利康商行财源滚滚，自己也在短时间内积累了通天人脉和巨额财富，最终在东南亚某地建立起属于宋天耀的商业帝国。

选文讲述了在宋天耀的策划下，“二世祖”褚孝信与故友章四少翻脸，又借助慈善事业，攀附上工商业要员石益智夫妇。日后，褚孝信的利康商行便借助石益智的势力，取代了章家在当地药品行业的龙头地位。

【节选】

第一一四章　以和为贵

褚孝信袋内揣着从宋天耀手里支领出来的五千块零花钱，坐在自己的福特49后座上骂声几乎不绝于耳，只是骂出的话却让开车的陈兴福很难判断自己老板到底是真的在发火，还是只是发牢骚。

“扑街！老板从公司支钱天经地义嘛，阿耀那扑街居然够胆讲条件，一副不怕死的表情！比狐狸仲（还）要滑，算准我从我老妈手里借不到钱，就借机狮子大开口，我褚孝信堂堂利康老板，被个秘书指手画脚，面子落在边度（哪里）呀？让我去丽池我就去咩（语气词，下文同）？蒲你阿姆！（粗口，下文同）”褚孝信叼着香烟，用手又一次摸摸口袋里的五千块，确定钱还安稳地待在里面，没有消失不见。

“信少，那到底去不去丽池？”陈兴福听褚孝信话语间似乎不想去丽池，所以从后视镜里看向老板，问了一句。

褚孝信没好气地瞪他一眼。“当然去！不去你有钱借我咩？仲是你准备卖身救主？傻乎乎！你如果争气点，我也不用整日被阿耀那扑街算计！一点眼色都冇。”

陈兴福心中暗骂一句自己多事，脸上赔着笑，把车朝丽池的方向开去。

坐在后座上，褚孝信脸上表情凶狠，眼神彪悍，想着宋天耀让自己今天要演的戏，磨着牙齿发狠。“昨天你们这些扑街吃我的大餐吃的呢般（蛮）开心，今次让你们各个都要出血！”

宋天耀从西环出来时已经十点钟，先是去了利康商贸公司，用公司安装的固定电话拨通了一串号码，与电话那边交谈了几分钟之后就挂断，然后出门直接赶奔昭隆街21号，也就是章家的欧洲海岸公司。

这处欧洲海岸公司的规模看起来与利康商贸公司相仿，门面不大，甚至可以说是寒酸，三四间办公室大小的规模而已。宋天耀整理好袖口领带，迈步走了进去。这处公司没有褚孝忠的利亨商贸那样安置服务前台，甚至里面连公司标志都见不到一个，进大门就是办公区。两个男人正在办公区里安静地坐着喝茶，其中一个就是昨晚出手动作奇快，护住章玉良的年轻人，此时正面对着公司大门，坐在一把办公椅上，双腿跷在桌沿处，左手端着一杯茶，右手捏着一份专门刊登电影明星和当红歌伶趣闻秘史的中文小报。

另一个，则背对着公司大门，手里捧着水杯，垂下头慢慢地吸着杯中滚烫的茶水，只有个背影，看不见样貌。

“劳驾，我想找欧洲海岸公司的章老板。”宋天耀进门之后才敲了敲玻璃门，开口说道。

那个昨晚单手接下高佬成短柄斧的青年把目光从报纸上抬起，瞥了宋天耀一眼，嘴角不屑地笑笑。“这间公司姓章的老板有四位，你想见哪一位？”

“哪一位现在能做主，我就见哪一位。”宋天耀脸上带着笑，礼貌斯文，仿佛看不到对方明显的轻蔑。

那名青年活动了一下脖颈。“左边第二间，章三少出去会友，章四少在里面。”

“多谢，多谢。”宋天耀对青年笑笑，按照对方的指示，朝着第二间办公室走去，边走边赞道，“先生，昨晚你好靓的功夫，同信少身边那位成哥简直不相上下，你是哪一位？”

青年此时已经继续去看手里的报纸，听到宋天耀对自己的赞美，头也不抬地说了一句：“我？我叫代锋，章四少身边跑腿的小喽啰，比不得那些字头唬人的双花红棍，也不屑同他们比。”

宋天耀不再多问，走到办公室门外敲了敲门。“章老板，鄙人是利康商贸公司的秘书，宋天耀。”

“请进。”章玉良的声音在办公室里响起。

宋天耀推开门，章玉良坐在有些杂乱的办公桌后，正悠闲地用一根撕扯的纸条逗弄着此时伏在自己身前的两只花猫，看到宋天耀进来也没有停下动作，继续逗着猫，嘴里说道：“不好意思，不是我不想起身招呼你，是刚刚同这两只猫混熟，怕起身后它们会吓跑；隔壁的街坊去吃酒席，拜托我帮忙照看。利康的宋秘书是吧？请坐。”

“章先生，我今次来是代信少向您道歉，信少昨晚多饮了几杯，酒后胡言乱语，希望章先生您大人大量，不要计较，毕竟您同他是好朋友，不要为这点小事伤了往日和气和多年感情。”宋天耀小心翼翼地坐到章玉良对面处待客用的沙发上，有些紧张地望着章玉良说道。

章玉良手里逗弄着猫，眼睛却温和地打量着宋天耀。“褚孝信酒后耐不住火气，泼了我一杯残茶，我不奇怪。我奇怪的是，褚孝信一向不懂做生意，利康最近好似又辞退了工人，那他是如何查到原来的账目，又是如何揾（赚）到钱的呢？我猜应该是宋秘书你的手笔。”

“我是利康的秘书，账目自然看懂一些，的确也是我建议信少把那批有低毒反应的山杜莲驱虫片处理掉，赚少少（一点点）。”听到章玉良的话，宋天耀垂下头去似乎有些腼腆，又好像是有些年轻人的自得。

章玉良把手里的纸条松开，然后慢慢把两只猫轻柔地放到地面上，让它们去抓弄纸条，这才继续对宋天耀笑着说道：“赚少少？七十万也算是赚少少？宋秘书你太谦虚了，我看，今天你来见我，不只是代褚孝信向我道歉这么简单吧？”

“瞒不过章先生，那批驱虫药已经脱手，利康想要再做第二笔生意，按照包装上的电话打去了英国加力子公司，电话那边却说，加力子公司所有山杜莲驱虫药的库存全都被欧洲海岸公司定下了，我想一定是章先生对昨晚的事有怨气，同信少开玩笑。”宋天耀努力把自己的姿态放低，赔笑着说道。

章玉良把目光从宋天耀身上收回来，拿起桌边的一份文件翻看，嘴里不以为意地说道：“既然知道是我做嘅，那你认为，你来替褚孝信道个歉，我就能咽下昨晚的气咩？”

“所以我今次来主要是想听听章先生您的条件，只要能让加力子公司继续供货给利康，章先生你是希望信少在丽池摆酒道歉，仲是想利康赔付您金钱损失，都可以对我讲，我去告诉信少。”宋天耀眼皮垂着，不去看对面的章玉良，仍然好声好气地说道。

章玉良哈的轻笑一声，抱起一只猫抚摸着皮毛说道：“宋秘书，能把三十万的山杜莲驱虫片卖出七十万的价格，你也算是犀利的年轻人才，褚孝信真是运气好，拣到你这块宝。对你这种聪明人，我不会遮遮掩掩，不如直说，让褚孝信跪低在我面前，当着昨晚丽池那班人的面，求我向他脸上泼回那杯茶，或许我会考虑由欧洲海岸公司卖给利康一些驱虫药。”

“章先生，这有些强人所难，信少不会答应。”宋天耀这时才焦虑地抬起头，看向章玉良说道。

章玉良英俊的脸上慢慢浮现出和煦的笑容。“或者，利康这个赚少少的生意不要独享，你告诉我如何把驱虫药卖到了那般高的利润，欧洲海岸公司就供货给利康，大家一起发财，以和为贵。”

第一一五章　圣光之下，众生平等

“手段不值一提，药糖不过是幌子，目的只不过是想快速赚一笔，然后做回正轨。”宋天耀抿了抿嘴唇，看向章玉良，呼吸了两次让自己语气放平稳，“利康准备了一批包装，把那些驱虫片冒充 PAS 肺片卖去了越南，然后用赚来的这一笔全部购买驱虫片进行二次包装，冒充盘尼西林，卖去内地。欧洲海岸公司现在西药生意已经做大，不值得用这种短视方法自毁名誉，但是利康不同，利康积累到这些资本之后，可以转去做其他生意。章先生，你现在仲想与利康一起自毁行业内的招牌发这笔财咩？”

章玉良脸上的笑容逐渐扩大。“不错，不错，如果以后不打算再做这一行，的确可以用这种下作手段揾一大笔钱，难得宋秘书想得到，居然能用利康仓库里那批药物变出七十万港币。如果把七十万港币的驱虫片当成供不应求的盘尼西林卖去大陆，利康手里最少也能赚到几百万，破釜沉舟最后一战？”

“那不知章先生，英国加力子公司的那批山杜莲驱虫药……”宋天耀殷切地望向章玉良。

章玉良点了一支好彩香烟。“当然，宋秘书快人快语，把利康的财路都如实告诉我知，我当然也要说话算话，欧洲海岸公司可以卖给利康商贸公司七十万港币的山杜莲驱虫药。”

“多谢章先生，多谢。”宋天耀闻言欣喜地从沙发上起身，对章玉良说道。

章玉良夹着香烟的手摆了摆，望着宋天耀笑容灿烂地说道：“宋秘书到底是年轻人，不用急，我仲未讲完。这次山杜莲驱虫药的价格和之前卖给利康的不同，有稍稍变动。今次，山杜莲驱虫药每公斤一千六百港币，毕竟，你赚少少，我也要赚少少啦！”

好像被狠狠一锤砸在头上，宋天耀身体微微晃了一下，他不知所措地望向章玉良。“章先生，我打电话去英国问过加力子公司，山杜莲驱虫药出厂价格才八百元港币一公斤，如今这种驱虫药因为低毒滞销，为了把这批药尽快处理掉，避免亏本销毁，价格又降低，只有不足七百元港币一公斤，你之前按照一千两百港币每公斤的价格已经和福忠商贸公司联手倒卖从利康赚了几十万……”

“上次褚孝信仲未在我脸上泼那杯茶，所以只赚利康几十万，但是现在那杯茶让我很有面子，我章玉良的脸面就算再不值钱，也要比几十万多些，你回去慢慢考虑，我不急。欧洲海岸公司不会做利康那种生意做招牌，但是其他小公司就难说，利康能做，它们也能做。”章玉良叼着香烟在办公桌前起身，把怀里的猫咪抱起来，转身到窗口处欣赏风景，“宋秘书，我也是见你头脑醒目，所以提前帮你好心上了一堂课，今次不会让你摔得爬不起身，倒是能让你记住，以后不要学你老板，利益面前急着把自己心里那点秘密吐出来，就好像你认为欧洲海岸公司做不出低毒药品冒充高价药的手段，所以觉得对我讲出来没有威胁。

可是这么大一块肥肉，我不做，也不能便宜褚孝信，便宜我的亲戚朋友不是更好？下次学聪明点。”

宋天耀在他背后狠狠一跺脚，转身朝门外走去。临出门时，仍然不甘心地望向背对自己的章玉良。

“章先生，一千两百港币每公斤。”

章玉良低头逗弄着怀里的猫，捏着猫咪的一只前爪轻轻晃动着，像是对着猫在说话。“有人吓你时，不要急着抓花他的手，应该突然抓破他的喉咙，让他想叫都发不出声。”

听到这话，宋天耀长叹口气，失望地推门而去。

等宋天耀离开之后，章玉良把猫轻轻放下，回到办公桌前，托着下巴自言自语：“这位不懂经商，只有些下作急智的宋天耀也许几年内能辗转腾挪，续利康的命，但是几年后恐怕就会走绝所有路，以次充好快速揾钱转行这一手的确不错，可惜，终归太年轻了些，褚孝信也是白痴，拣到块屎当成宝。”

他拿起桌上的固定电话，拨出个号码。“潘律师，帮我用我妻弟邝俊郎的名字注册间商贸公司，再联系一处小剂量药瓶加工厂和打粉厂，订一批盘尼西林标志的药瓶，大概数目四百箱英国产盘尼西林，让他们先按照四百箱的剂量生产包装，我会让阿郎去见你，让他帮你。”

说完之后，他放下电话，对门外叫了一声：“代锋。”

那名叫代锋的青年就像是一直站在门外候着般，从外推开门，看向章玉良。“老板。”

“你让人去石塘咀的新会酒楼订间包房，记得傍晚时提醒我，去新会酒楼约见济源弘西药行的少东家，我有生意要同他谈。”章玉良在一张纸上快速地计算着什么，头也不抬，嘴里开口说道，“等下订完包房，再帮我查一下大哥家的渭淋在边度，然后开车送我去见他，去吧。”

“知道，老板。”代锋听完章玉良的吩咐就关好门出去。

而此时，章玉良也停下笔，纸上一排计算公式之后，是一公斤山杜莲驱虫药伪造成盘尼西林干粉后抛开成本能得到的利润。

临近中午才离开欧洲海岸公司的宋天耀，没有先去找间餐厅或者酒楼享用午饭，而是搭黄包车迅速赶到圣约翰教堂。安吉·佩莉丝提出了在圣约翰教堂举办乐施会成立典礼的建议，理由是英国人大多数信仰基督教圣公会，作为乐施会主要发起人的贝斯夫人更是如此；如果弃信仰的宗教教堂而选择其他地方反而会让人觉得奇怪，选择这里，凭石智益夫妻的能力，应该能请到主教何明华出席成立典礼，何明华出席典礼能无形中增加乐施会的影响力。而且，只要是慈善行为，圣约翰教堂不会收取场地租金，还能提供很多教友帮忙维持会场秩序。

宋天耀愈发觉得鬼妹律师与自己搭档默契，自己没有注意到的信仰问题，和可借助的宗教信仰，安吉·佩莉丝都考虑到了，他自然点头同意。

安吉·佩莉丝昨晚也告诉了贝斯夫人，贝斯夫人非常满意把成立典礼放在圣约翰教堂，而且昨晚特意告诉过安吉·佩莉丝，今日中午她会和丈夫石智益来圣约翰教堂，为圣约翰教堂收容和提供实习就业的残障人士捐赠一些食物，并且会在圣约翰教堂留下来与教堂的教友一起共进午餐。

之所以特意告诉安吉·佩莉丝，含义无非是在乐施会成立之前，这是宋天耀唯一能与石智益大方交流又不用顾忌社会地位而引起猜忌的机会。

毕竟，圣光之下，众生平等。

第一一六章　哭出声的，多给一袋酱油

宋天耀在圣约翰教堂旁边的书店里买了一本《圣经》，这间出售基督教各类教义书籍的书店里打扫卫生、擦拭书架、整理书籍甚至负责收款的，全部都是无家可归的残障人士，由圣约翰教堂开辟了这间书屋和不远处的捐赠处，为这些人提供衣食住行和工作的机会。

宋天耀手里拿着《圣经》从教堂的主入口朝里面走去，进入主楼。脚下干净的马赛克样式地板，和头顶上方的拱形天花板，描绘着圣徒事迹和神迹的两旁过道上的彩色玻璃，教堂正中悬挂着巨大而古朴的十字架的圆顶，让宋天耀感觉仿佛一瞬间穿越时空，到了十六世纪的欧洲。

十字架后，则是教堂的后殿，后殿最正中的位置是祭坛，旁边是宣扬教义的讲坛，后殿正面墙体上，则是一面巨大的管风琴。

在祭坛和讲坛前，一排排油光发亮而又斑驳不堪的木制座席上，石智益就和贝斯夫人带着自己的孩子们，坐在第一排前，专心致志地对着祭坛方向祈祷。

比起宋天耀走进教堂完全没有教会工作人员理会的寒酸，此时讲坛处的一名牧师正慈祥地望向闭目祈祷的石智益和贝斯夫人一家。

宋天耀坐到最后一排的位置上，安静地等待着。终于，祷告结束，贝斯夫人带着孩子们起身，在牧师的带领下朝旁边的耳殿走去，看样子是准备去帮守候在教堂餐厅外的穷人和无家可归者发放食物，而石智益则留在座位上等待。

“石先生。”宋天耀慢慢地走过去，坐到石智益旁边的位子上，欣赏着前方不远处的祭坛开口说道，“中午好。”

石智益叹了口气，语气像是有些苦笑又像是有些无奈。“其实，宋先生，在英国，如果没有其他人为我们彼此介绍，这样直接开始谈话是很有失绅士风度的。”

“我刚刚读这本《圣经》时，发现上面有一句话，我灵愁苦，要发出言语，我心苦恼，要吐露哀情。不畏不避，可见冠冕。”宋天耀眼睛望向面前华贵的祭坛，说，“上帝又说，当为贫寒的人和孤儿申冤，当为困苦和穷乏的人施行公义。所以我和石先生在上帝的注视之下，谈论成立乐施会，以及帮助千千万万那些因疾病而遭受折磨的人，并不会有损您的绅士风度。”

“你买了这本《圣经》的目的是什么？”石智益侧过脸看了宋天耀一眼就收回视线。这个青年实在年轻得让人不敢相信，是他一句点破自己心中那点算计，而且抛出个乐施会让自己和妻子好像鱼儿一样忍不住咬上了钩。

宋天耀老老实实地说道："售价五元港币，五元港币也许能让那些残障人士每人多一个馒头吃，也能让我现在和您并坐在上帝面前时，不至于完全没有话题。"

"我想知道你对我妻子在卸任乐施会首任主席之后，还有什么建议提供给我吗，我不想看到虎头蛇尾的安排。"石智益对宋天耀说道，"慈善机构一年一次选举，你不会让她一直坐在乐施会主席的位置上。"

"但是只要乐施会存在，贝斯夫人提出的这个关于水质和寄生虫问题而展开的慈善捐赠项目就不会停止，除非所有人都能喝到干净的水，可是那也许要几十年以后才能实现。在这段时间，贝斯夫人可以用自己的名义成立一个水源调查机构也好，水资源协会也好，水文科学研究室等什么组织，负责每年为乐施会或者其他慈善机构提供新的水质调查报告。这个报告提供的年份越长，贝斯夫人就会变得越来越重要，因为后来者为了了解之前的水源资料，只能去查询贝斯夫人的历年调查报告，她会成为水资源研究调查方面的绝对权威。你觉得呢，石先生？一个人想要拥有地位，除了去设计，其实也是需要付出的。贝斯夫人拥有水文科学学士学位，我们为什么不能让她在香港这个城市成为真正的水文科学家？你要知道，在现在的英国，科学家这个头衔能赢得英国上流人物的尊敬。无论是虚情假意，还是情真意切，那些英国上流人物都必须承认科学家的优秀，和他们带来的改变战争甚至世界的力量，哪怕贝斯夫人这位科学家来自澳洲圣基达，可是那时候谁还在意那些？人们会称呼她英国女性科学家、水资源问题专家。我的安排是，乐施会半年后会第二次捐赠药物，那时利康会出笔钱，让大学邀请贝斯夫人担任客座教授或者名誉教授，我宋天耀做事从不会虎头蛇尾。"

这一大段话，宋天耀说的语速很慢，而且两个男人虽然并坐在一起，却始终没有任何目光上的交集，全都目光坦然地平视着前方，就像是两个来教堂做礼拜的人刚好坐在一起，感念上帝的恩慈。

"在伦敦时，总有人会说，该来的总会来，那是他们对伦敦多雨天气的抱怨。现在我也许也该说一句，该来的总会来，你设计了这么多，除了让我妻子深信不疑的褚先生的慈善家和太平绅士头衔之外，还想得到什么？”

“什么都不需要，我只需要您做好自己的工作。您知道这里有多少家做药品生意的公司吗？其中又有多少家在做些见不得人的禁运品生意？一支盘尼西林干粉装，想要在中国人开的西药店里买到，需要加出最少一倍的价钱才可能买到手，是最少。如果有人急着等盘尼西林救命，就算是三倍五倍他们也只能去乖乖付账。而且最过分的是，利康准备捐赠给乐施会一批杀灭体内寄生虫的药物，但是有家公司得知这个消息之后，却先一步垄断了那批来自英国加力子公司的低价的原材料，知道加价多少卖给利康吗？一倍，原材料八百港币一公斤，他们报价一千六百港币，而且他们提前缴纳了定金。现在英国加力子公司不会违约把货卖给利康，我们面临着第二批捐赠药物无法按时提供的困境。这就是需要您公平、公正、公开处理这件事的时候了。”宋天耀望着墙上巨大的管风琴，嘴里说道，“我没有想从乐施会这件事得到什么，我只是请求身为工商业管理处副处长暂署处长的您，做您该做的事。”

“只有这些？”石智益不太相信这个年轻人为自己妻子策划好一切之后，只想要这么一点点回报。

“如果海关在其他违反禁运品禁令的药品公司仓库查封出很多药品，利康当然希望能因为参与乐施会赠药这一善举的经历拥有优先从海关购买那些查没药品的权力。在上帝面前，实话实说，如果海关和工商业管理处能把真药当成假药或者过期药卖给利康，我当然是感激不尽。我可以为此提供过期标志的药品包装，而且可以把节省的钱拿出 50% 存入您提供的银行账户，上帝做证。”宋天耀终于侧过脸，看向身边这个面色平静的英国人，“有爱心的善人占一点点便宜，总比被那些无良的人掠夺暴利更让上帝乐见其成，您觉得呢？”

“不，只能按照原药品来卖给你们，那笔查没药品的款项会上缴。”石智益也转过脸，望向宋天耀，慢慢地说道。

宋天耀笑了起来。“没错，我提前恭喜您在不久的将来晋升工商业管理处处长和一级官学生。”

“那个试图破坏利康和乐施会善举，恶意囤积药物准备获取暴利的公司叫什么名字？”看到自己的妻子和孩子们从耳殿门口出现，似乎准备前往餐厅享用午餐，石智益用手扣着西装的扣子站起身，开口问道。

宋天耀低下头摊开《圣经》，像是与对方完全陌生的教友自顾自念着书上的经文：“欧洲海岸公司，如果能在明天典礼宣布捐赠药物那一刻，海关同步查封仓库展开调查，您夫人也许能得到很多中国人自发的献花。”

石智益像是没听见，迈步朝着自己的妻儿走去。宋天耀坐在后面用中国话慢悠悠地补充了一句：“都安排好了，赠药结束后愿意徒步去您别墅外献花表示感谢的，每人十元路资，哭出声的，多给一袋酱油。”

然后，宋天耀看到石智益好像脚下被什么绊到，身体微微踉跄了一下。

［选自书山中文网，选文有删节］

【粉丝评论摘编】

@赤戟：作者思想成熟，文笔极佳，翻开本书，那种满满的时代感就迎面而来，细节极为丰富；其人物塑造，跃然纸上，情节构思，章章精彩。正如五毛五分所言：“冷峻而富有张力”的语言风格，形成了独树一帜的作品画风，给爽快的情节中注入一股强烈的参与感！

（发表于优书网，2017年6月17日）

@琅嬛：大部分网络男性作者写权谋信手拈来，写情感虚伪恶心；女性作者写权谋捉襟见肘，写情感如鱼得水……但本文人物关系明了，角色语言收放自如，剧情发展急缓轻重，拿捏得当，作者行文非常成熟老练。

（发表于优书网，2018年6月5日）

@pengji：仿佛是在看一部电影，精彩刺激，全程无尿点，直到追到最新一集日本开篇的时候，才缓缓松一口气，大呼爽。

1.三观正

不管是浪荡公子信少，还是胆小怕事师爷，都有自己的性格，虽然存在着很多的缺点，但是也有爱国、努力等积极正向的价值观。纵观全文，三观正的人都活下来了，卖国贼、卖母贼等都挂了。在这个激荡的网文里，难能可贵。

2.人物鲜明

所有的人智商在线，性格突出，人物鲜明。如深谋远虑的褚会长，猛人陈泰打出一片天等。

3.多镜头

感觉作者是编剧，运用多视角去描绘，层层铺成，慢慢展开，如电影里的分镜头，很酷。

（发表于知乎，2017年10月18日）

@SealedKiss：情节设置引人入胜，逻辑线清晰明了，故事进展有条不紊，商海浮沉跌宕起伏，不失趣味性。主角一步步走在风口浪尖上舞蹈，每一次都极冒风险，却又稳操胜券。习惯了空手套白狼，扮猪吃老虎，引人趟砧板，四处挖坑，悄悄埋雷，又那么心狠手辣，杀伐果断。稍不留神，就把你吞得连骨头渣子都不剩！可偏偏他没有错，他把路留给你，可是你自己怎么选就与他无关了，出于你自己的贪婪，那你就自己埋了自己吧。

一次重生就该是绚丽的出场，搭上褚家二少，一步步走向高位。底层人物如何挣扎顺应时势造就英雄。

还值得一说的就是故事节奏了。或者是逻辑，语言的努力，将有血有肉的人物跃然纸上，让人百万字看下来毫无疲惫感。太夺人眼球了。而且，这样的商战心理文，可以说是突破网文的领头羊了。

（发表于知乎，2018 年 7 月 26 日）

@镂冰雕琼：在这里，有热血男儿为乱世中创业而胆识过人、谋略胜天。有商贾巨头的老奸巨猾、利字当头、酒色财气。还有江湖大佬的忠与义、财与利。同时亦有市井男女人世沉浮众生相。作者又通过对当时的人、物、事的介绍，将一个已逝去的年代立体地展现在读者面前。同时，作者使用带有浓郁粤式口语的对话，更赋予人物不同的个性，使之栩栩如生起来。一读着文字，会有一种年代既视感，心情亦会随之起伏。

（发表于掌阅书城，2018 年 2 月 25 日）

［导引、简介、节选、粉丝评论摘编：马哲］

老火靓汤　细煲传奇

——评闹闹不爱闹《重生之出人头地》

马　哲

《重生之出人头地》讲述了一位失意的上海中年商人重生后借底层青年宋天耀之身，以“二世祖”褚孝信的秘书身份行走江湖，最终成为大富豪的传奇经历。据作者自述，他写这部小说是受了一位美国记者所写的经济学论著《亚洲教父》的影响。可怎样把一本充满数据、注释的调查报告转述为一篇百万多字的小说？小说与调查报告的重要区别在于前者讲故事，后者求事实；小说读来要给人心灵的感应，报告则应给人即刻的效用。要想把一个故事讲得绘声绘色，离不开生动自然的语言，而故事又是由人所演绎的，因此，塑造出亲切的人物，才能给人以深刻的印象。

若从人物说起，其实本书也可以叫“重生之大富豪”，但“出人头地”给了富豪更明确的定位：作者要写的是一位青年才俊白手起家的故事。以他为主，书中涉及形形色色的人物，除了与其做生意的富豪，还有和宋天耀打交道的其他人，由内而外说开，他的家人、保镖、跟班、情人……这样一来，书中描写的社会面就广阔了。但不论这些人是如何个性鲜明，风采独特，皆因主人公而存在于故事里，写他们是为了烘托宋天耀。

试举一例。本书一开始介绍褚家的背景，看似褚家夫人及其幼子只是虚设，但宋天耀用褚孝信的利康商行吞并章家的欧洲海岸公司之后，将其中一部分股份和药店送给了褚家幼子，这不仅赢得了褚夫人的好感，也让褚家人对这个年轻人贫贱卑微甚至来路不明的背景无话可说。这个情节的设计基于作者对中国传统家庭结构的理解，后期宋天耀也是利用了华人大家族内部代际和性别的不平等，挑起矛盾，引对手上钩。如此，各色人物皆以宋天耀为主的同时，事情则以生意为主。这样一来，作者的叙述自然就有了条理，简练而有力，句句有埋伏，前后呼应，血脉流通。

语言除了叙述，还有描写之用，这当然还是为了塑造人物。人物是创造小说的关键，性格则是人物塑造的核心。本书写一个寮屋区的青年经过一夜的周旋自此住进了中环的杜里士酒店。这期间宋天耀需要和江湖上的三教九流打交道，把这些不起眼的人写好了，奇遇也能让人感到亲切自然。作者在描写人物时很清楚性格与环境应相衬，而行动则是性格的反映。因此不同的人物就有了不同的出场方式，寮屋区的悍妇赵美珍先声夺人，作者先写她的大嗓门，进而再将焦点聚焦在贱民区的人群中，接着解释大家为何围堵赵美珍——宋天耀投考警校失利，街坊闻之翻脸，上门讨债，赵美珍拒还“礼物”。这本是市井的卑琐之事，但因为小说的文字始终有焦点，字与字，句与句，全都能挂上钩，因而读起来只让人觉得自然，而无厌烦。待到潮州商会会长出场，作者就换了笔法。自宋天耀与他见面起，一直让这位会长保持沉默，待到侃侃而谈的宋天耀终于要把褚家长子掉上钩时，会长一句“阿耀，老火汤要趁热饮”四两拨千斤，宋天耀说得再是兴起，褚家长子再是好奇，也只好低头吃饭。这样不鸣则已，一鸣惊人的表现既显出了大佬的气度、城府，又让人感受到上位者的艰难。两相对比之下，悍妇与大佬的言行举止便显出了宋天耀身处环境的差别，但这差别并不让人感到陌生，反而觉得自然。

当然，塑造人物也不止描写行动这一种方法，适当的取景也能凸显人物的特点。比如安吉·佩莉丝，这位英国淑女出场时作者不写她的样貌，不写她的言语，却反倒通过宋天耀的视角描绘她的办公桌如何杂乱，而这杂乱又是怎样一种虚假夸张的掩饰。将人物置于画面之中，寥寥几笔便显出这位法学高才生的落魄，如此才为二人之后的联手做好了铺垫。相识只是第一步，要想让骄傲的英国人真正信任一位香港的青年并与之保持长期合作并不容易。于是，本书中为数不多对物的描写出现了。宋天耀为即将与英国官员打交道的安吉亲自设计了名片，从文字到版式，纸张颜色、材质、香气无一不考虑在内，继而又找到了英国人开设的印刷厂印制。最后，当他将这一盒名片交到安吉手上时，这位犀利的英国姑娘终于忍不住感叹：“难道你是在英国长大？”这名片恐怕比钞票更能打动安吉·佩莉丝的芳心。

由前几例可以看出，作者极善于观察，能将惊奇的故事讲得亲切。但如果只有观察而无思考，那文字不免带有一些钻营气。若要想在故事的出奇之外留下深长的意味，这也要巧妙的构思。宋天耀首战告捷，吞并了欧洲海岸公司，本应是激动人心的一刻，但作者却宕开一笔，转而描写药品业巨头章家失势后，佛面魔心的章玉麒亲口承认为了保全在宋天耀的策划下已然前途无望的章家，不惜对大哥章玉阶、四弟章玉麟狠下毒手。这个结局令人唏嘘，余味无穷。利用多个视角描写不同的人物，在这个过程中对事件的叙述自然是大开大合、大起大落，有不一般的气魄和张力。

闹闹不爱闹像一个魔术师，用笔变出了一座充满活力、车水马龙的香港，引人赞叹“文字画面感强”。但只有画面还不够，还要有声音。粤白夹杂的语言是写作的起点也是最后的点睛之处。若说写地域，没有方言，那文字读来便味同嚼蜡，食之无味。在“都市文”中，粤语的影响力不容小觑。因为许多读者对现代化都市的印象恰恰最早是通过香港建立起来的，语言能让人产生对一座城市的归属感和认同感。作者的文字精到、素朴，全篇无一网络用语，但读起来却是自然活泼。全篇读罢，令人感慨，这就是我们心中那座灯火璀璨的欲望都市！

大医凌然

志鸟村

志鸟村，1986年生，阅文集团大神作家。生物专业毕业的他擅长将“硬核”的科学知识引入通俗故事，用“专业感”来创造“高级感”，在爽之外充分开发了网络小说的认知功能，是顶尖的“职业文”作家。2006年，以海豚为笔名创作的首部作品《21世纪星际走私》，便以数学家的星际发家史拓展了网络科幻小说的边界，但丰富的细节描写也被急切追求故事进展的读者视之为“水字数”，使作者有了“水豚”之称。2008年，成名作《时空走私从2000年开始》则进一步在故事中编织进物理、化学、经济、历史等多领域的专业知识。2009年初至2011年3月，在起点中文网担任编辑，为避嫌改笔名为志鸟村，其间创作的《未来图书馆》基本延续了之前的风格。2011年4月，尝试都市＋魔法的《唯我独法》，开始被读者称呼为“鸟豚”。2012年，以《超级能源强国》正式开启都市职业文的创作。2014年，以《重生之神级学霸》引领“学霸文”的大潮，并逐渐成为各大排行榜的常客。

《大医凌然》自2018年5月14日在起点中文网连载，至2019年底虽尚未完结，但已有约250万字。上架后，长期保持在月票榜前十名，并获得2019年5月的月票冠军。志鸟村在创作时参考了大量医学资料，更进入医院实习，观摩了多台手术，作品充满真实可感的医疗细节，得到大量医务工作者的好评，在网文圈内掀起了“医疗文”热潮。此外，也被视为现实题材网络文学的精品之作受到中国作协的肯定和扶持。

【标签】都市　系统　医疗

【简介】

刚刚从医学院毕业的凌然，来到了昌西省著名的云华医院，成为一枚新鲜的实习医生。从天而降“医术系统”，为他提供顶尖手术技能，帮助他在职业生涯一路开挂。从最基本的缝合术开始，凌然先后获得了 TANG 缝合法、徒手止血术、跟腱修补术等术式，逐渐成长为顶级外科医生。小说的情节也由一台台手术连缀而成。加之凌然惊为天人的外貌，也令他每到一处，便收获无数赞叹与喜爱……

选文出自小说第 219—225 章，有删节，描写了凌然在骨关节运动中心为国家运动员刘威晨做跟腱修补手术的过程。为了尽可能恢复他的跟腱功能，令他能够重返赛场，凌然与祝同益院士采用了独创的手术方案，但这也为手术操作带去一些风险。凌然在手术中一度遭遇危机，这也是全书少有的碰到困难的情节。选文记录了一台完整的手术，对专业术语和操作的解释清晰到位、明白如话，医生间的对话轻松幽默，很好地调节了气氛。

【节选】

第219章　一切尽在掌握

骨关节与运动医学中心的示教室内，人山人海，挤得水泄不通。

全院三十多名在编医生，十多名进修医生，再加十多名实习生，以及数量相当的护士和办公室文员，不仅将座位坐满，过道堵住，到了后面，还有人站到了桌子上。

大家实在是太好奇了。

不是对手术本身的好奇，而是对做手术的患者的好奇。

刘威晨可以说是骨关节与运动医学中心建立以来，做过的最大牌的体育明星了。当然，祝同益院士年轻的时候参与过更大牌的患者的手术，但在成为院士之后，反而少了很多的机会。

尤其是国内的体育明星，自千禧年之后，就越来越多地奔着国外的医疗机构去了。只能说，全球化的浪潮同样席卷了医院以及与之伴生的医学界。

不赚钱的基础医疗最多只是受到进口药的侵蚀，但在最高端最赚钱的医疗服务业里面，来自日本、美国甚至韩国的竞争无处不在。全球知名的专科医生对全国知名的专科医生，《新英格兰医学杂志》的大佬对中华牌的大佬，约翰霍普金斯大学的教材上的名字对教育部教材的编委，梅奥医学院的大魔王俯视着积水潭医院的小魔仙……

运动医学受到的竞争尤其严重。

顶尖运动员原本就是少数，选择面又极大，当他们受伤的时候，能够参与竞争的医疗机构和医生，最终只可能是最顶尖的几个人。

刘威晨如果不是伤情特别严重，要求特别高，也不会迟迟得不到治疗。

事实上，跟腱断裂在世界范围内都被称作是运动员的职业生涯终结者，是运动员的“阿喀琉斯之踵”。

普通人若是跟腱断裂并不可怕，无论是采用微创手法还是开放式的手术，都能得到较好的效果。术后穿几个月的高跟鞋，注意一下动作行为，就能恢复如初了，最多是不要再参加羽毛球、篮球等跑跳较多的运动即可。

但是，运动员若是不能跑跑跳跳，不能急停，不能快跳，还有什么竞技生命可言？

其实，仅以修复创伤而言，现代运动医学的发展已经足以应对跟腱断裂的伤害了。比较著名的跟腱断裂的病人，如科比、贝克汉姆、小威廉姆斯，在手术治疗以后，不仅能跑能跳，而且都没有出现跟腱再断裂的现象。

但是，大部分的运动员在跟腱断裂以后，都无法恢复到曾经的竞技水平了。如科比和贝克汉姆，以及更多的如比卢普斯、微笑刺客托马斯等人，基本都是在跟腱断裂以后数年宣布退役。

虽然退役时的科比、贝克汉姆等人依旧是专业运动员的水平，具有超过全世界大部分人的竞技水平，但终究，竞技体育的超高要求无法忍耐竞技水平的丁点退步，也因此对运动医学提出了极高的要求。近乎奇迹般的要求。

不过，确实是有运动员获得了奇迹般的恢复。如小威廉姆斯在 2010 年的跟腱断裂之后，又继续统治女子网坛。早些年的 NBA 明星球员威尔金斯，跟腱手术 9 个月以后，就再次上演“人类电影精华”的精彩表现。

奇迹催生了希望。

刘威晨想要得到的，就是这样的希望。

……

“验明正身了吗？”手术门开，就传来凌然的声音。

“确认过眼神了，就是刘威晨。”小护士很活泼的样子。

刘威晨内心觉得这个笑话不错，但他并不想笑，只是抬抬头，想要向凌然打个招呼。

“麻掉吧。”凌然的声音平静无比。

刘威晨愣了一下，就听耳边传来麻醉医生的脚步声，紧接着就听麻醉医生道：“大郎，起来吃药了……”

刘威晨一声“卧槽”，抬起头来，几秒钟后，就失去了意识。

两名小护士不知是被“大郎”逗笑了，还是被刘威晨突然爆粗给逗笑了，都咯咯咯咯地娇笑起来，直到祝同益院士入内，才笑眯眯地歇了下来。

“做好准备了？”祝同益院士换上了手术服，双手抱胸，将主刀的位置让给了凌然，自己站在旁边，名义上是手术指导，实际上是手术监督。

纪天禄和吕文斌一左一右，依旧是给凌然做一助和二助，以研究中心的内部生态来说，祝同益院士已经可以说是抛弃了资历和等级关系，做到了最好。

凌然分别向几人确认后，道：“准备好了。”

“嗯，方案你们都是熟悉的，现在的关键是选择正确的路径，减少对神经和其他肌肉组织的损伤，再尽可能地做加强缝合……”祝同益院士强调了一遍，说得似乎非常简单，实际上，每一点要求都是极难达成的。

凌然沉默着点点头。他每次做手术都是竭尽所能的，但是，真正趋于完美的手术，也就是此前特意进行的一例；其耗费不菲，且不可避免的有运气成分。

好在刘威晨身家丰厚，骨关节与运动医学中心的硬件条件足够好，能够提供充分的技术支持。

但是，外部的帮助也就到此为止了，当切口打开之后，凌然面对的将是精益求精的新方案。

“开始吧。”祝同益院士等待了两分钟，见众人都冷静下来，才下了命令。

凌然挥手就在小腿后侧划出了一条S型切口，足足有14厘米长。

祝同益院士眼睛瞪大，好悬没有叫出来。

纪天禄使劲地咳了一声，心道：你当是抢跑呢？

只有吕文斌，神情镇定，一切尽在掌握中的样子。

第 220 章　血管网

凌然一旦开始了手术，就极其专注。

跟腱修补术的平均手术时间很短，如他昨晚做的五台，外加今天凌晨做的两台手术，总计七台手术，花费的时间都没有七个小时。

当然，单论每台手术的时间是要长一点的，毕竟有术前准备，术后的缝合，只是都不一定要凌然的参与。也就是到喂药的时候，凌然才开始出现在手术室。

而他的工作，主要就是从切口打开的一刻开始的。

“拉开吧。”凌然丢下手术刀，与纪天禄一起，将刘威晨外面的皮肤给拉开了。

“我们老家宰羊的时候也是这样。”纪天禄突然来了一句，算是开启了手术室里的段子时刻。

凌然默不言声地操作，如他之前那样。

吕文斌迅速加入其中，好奇地问：“羊的跟腱有多长？”

“不知道，反正不好吃。”纪天禄撇撇嘴，道，“羊蹄最难吃了。呦，跟腱蛮长的。”

却是凌然将暴露出来的跟腱用镊子夹起来了。

“断端是马尾状了。”祝同益意料之中地皱皱眉。

在肌腱断裂中，这是较为糟糕的类型了。

“剪掉了。”凌然将已经变成马尾状的肌腱断裂部分架起来，翻看了两下，就用剪刀将之平直地剪了下来。

“剪掉吧。”祝同益依旧抱着胸，看着凌然的操作。

若是普通人的肌腱缝合，是不用将马尾状的肌腱断裂剪掉的；一些外科医生习惯将之利用起来，做加强缝合的材料一样使用。

但是，运动员对肌腱的要求是不同的。像是这样散落状的肌腱，并不足以支持高强度的训练，也就是无益于竞技运动的部分只能剪掉。

“大郎的肌腱少了得有三厘米吧。”麻醉医生做好了自己的事，伸头看了看，同样有些好奇。

吕文斌将托盘转了一下，道：“差不多，或许都不止。”

“这样还能继续跑起来吗？”

“如果缝合得好，就不成问题。”祝同益的回答本身很肯定，内容却充满了不确定因素。

对于最后的问答，手术室里的人们关心，示教室里的观众们更加关心。

祝同益的方案，在骨关节与运动医学中心并不是机密，许多资深住院医都有接触过。所以，当祝同益说起“如果缝合得好”，许多人的脸色都不是太好。

“看来是要用 A 方案了。”

“有点变态哦。”

“能行吗？”

几名医生忍不住小声讨论。

“A 方案怎么变态了？”一名小护士坐在示教室的桌子上，很担心地问旁边的主治医生。

青春活泼的小姑娘的要求，是 30 岁的老男人无法拒绝的。主治露出单身了 30 年的微笑，道：“祝院士的 A 方案是要保血供的。这样能够保证牵拉以后的肌腱的强度。”

“然后呢？”

“然后？”主治露出呵呵的笑容，道，“然后就束手束脚了呗。”

“为什么？”

“因为……”主治不知道该怎么说，想了想，道，“这么说吧，跟腱内侧的血供是从胫后动脉来的，又分了三到四个的穿动脉，肉眼几乎看不到的，跟腱外侧的血管区也差不多，只是来源是腓动脉，你得把它们都绕过去。”

“总共要绕开八个小血管？”

“还有无数的小动脉的小分支，祝院士也希望能绕过去，保住跟腱周边的血管网。血管是给跟腱供应营养的，血管网保住了，跟腱的营养供应量大，就能更快地恢复，有点开放性的外科手术，然后得到微创手术的效果的意思。想法是挺好的，可要实现，基本是不可能的。”主治呵呵地笑出了声。

“岂止是想法好，简直是理想主义。”又一只住院医感同身受。

202 斤的住院医咕嘟咕嘟地喝着矿泉水，面带忧伤地道：“有理想总是好的嘛，祝院士把方案做出来的时候，也知道难度的，所以才推到现在。”

“推到十年后都没用，避开全部的血管网这种事你能信？不可能的。就算是现在的达・芬奇之类的机器，把血管网全部标记出来，该切断的还是会切断的，每个人的血管位置都不一样，哪里是那么好避开的。”

“所以，方案 A 里面，我记得说，最后要恢复血管网的，如果不慎切开的小血管太多的话，就要做血管缝合？”

“神经病！”主治嗤之以鼻。他倒不是对方案本身有什么看法，相反，主治对于方案的可怕和作用，是有相当的认识。

所谓的血管网，那真的是细细密密的网状结构。

理论上，小血管都是有代偿能力的。也就是说，切开了，过一段时间，身体会自己配置血管，重新做连接的。

偏偏祝院士认为，这种代偿太慢了，既影响运动员的恢复速度，也影响恢复的质量。

阿喀琉斯之踵的位置，恰恰是人体血供最差的位置，在这里进行破坏性的开放手术，结果却想要快速恢复，高质量地恢复，那就是缘木求鱼。

从普通人常做的跟腱微创手术的效果就可以看出，微创手术因为尽可能地保留了跟腱周围的组织，所以恢复得不仅快，而且质量也很不错。

然而，微创手术是不能达到高强度缝合跟腱的效果的。所以，祝同益院士的方案，干脆就等于是一个开放性的微创手术。

在理论基础不完备、设备器械不完善的情况下，寄希望于外科医生本身的技术水平来达成目的。这种思维模式，也是祝同益多年前就尝试过的。有些时候失败了，有些时候成功了。

但无论是成功还是失败，方案的难度是显而易见的。

主治等人的嗤之以鼻其实也是因为他们对方案的难度有着极大的理解。

研究中心的外科医生们，就好像一名平日里学习成绩很不错的学生，信心满满地参加了一次奥数水平的摸底考试，被打得体无完肤以后，发现有转校生窝在教室后面刷奥数。

就算不是专业做跟腱修补术的，就算以后也不准备靠奥数吃饭，但是，对于骨关节和运动医学中心的医生们来说，基本的羞耻心和好胜心都是必不可少的。

就算是 202 斤的住院医，也是实力与毅力兼具的男人；他除了喝水都长胖，再没有什么弱点。

被打得体无完肤的体验，是这里的许多外科医生从未体现过的。

可以说，骨关节和运动医学中心的医生没有一个是弱者，可是，也没有一个是能制造奇迹的外科医生。

那样的外科医生，在全世界范围内也没有多少。

而大部分的医生，甚至根本没有想过这种事。

“显微镜。”凌然严格遵循方案，开始更加细致的游离跟腱，以免一会的缝合拉断更多的血管。

这是份认真细致，而且不知道是否会有效果的工作。

但是，凌然既然相信了祝同益的方案，就尽可能地尽善尽美地完成它。

琐碎的工作，看起来漫漫无期的样子，让人看得都烦闷。

凌然却是一声不吭地默默操作。

一次一点，一次一点，慢慢地，就将工作量给积累了起来。

当凌然真的开始缝合跟腱的时候，许多观看的吃瓜医生甚至都没有醒过来。

“跟腱加强缝合完毕。”凌然的动作熟练无比，只用了几分钟的时间，就将其他人要玩弄许久的跟腱给拉到了一起。

只是，对这台手术来说，手术的核心虽然是跟腱缝合，手术的难点却是血管网的重建。

“真的很复杂了。”纪天禄看着显微镜内一片破碎却看不清楚的血管网，一脑门子的官司。

因为跟腱断裂而受伤的血管，因为开放性伤口而被切开的血管，因为拉扯跟腱而撕裂的血管，等等，只是弥漫出一片的血色术野，就像是一组复杂的多米诺骨牌，因为意外而毁于一旦似的。

恢复血管网，就是希望以最小的工作量，能够重整出一副能用的多米诺骨牌出来。

这项工作，比起断指再植的工作量都要大，而且，是否能够成功，都是两说。

“开始了。”凌然依旧是一言不发的样子，摆正了显微镜就开始忙碌起来。

……

第221　章织网

缝合血管对凌然来说，是一件很熟悉的工作了。

他刚到云华的时候，医政科就用缝合大鼠的尾巴做下马威了。

如今想来，那就相当于让新兵与特种兵比赛狙击打靶，难度已经算是行业顶尖了。

不过，缝合血管网，依旧是超脱了正常水平的高难度挑战。

脚部的血管比手部的血管粗，那是指主要的动静脉，胫后动脉或腓动脉分流出来的穿支动脉就没有那么狂放了，它们中的许多比手指的动脉还要细。

而断指缝合所要做的血管缝合，也不过是两三根、三四根罢了。

当然，实际上的难度，还是断指缝合的难度较高。因为断指缝合对血管的缝合质量是有超高要求的，对低质量缝合的容忍度很低，一个不好就是血栓坏死的。

跟腱周围的血管网倒是没有这么高的要求。祝同益院士的 A 方案，也就是要求重建血管网罢了。跟腱内侧有三四条穿支动脉，跟腱外侧也有三四条穿支动脉，祝同益院士希望每边得到两条穿支动脉，最低一条穿支动脉，再保证一定的小血管的存在，就算是达到了基本要求。

最重要的是，就算凌然缝合失败一两条血管，也不会造成太严重的影响，至少不会造成跟腱缝合的失败。

至于原定方案的失败，对于这样的实验性手术来说，成功了会有很多的说法，失败了，就无从解释了。

祝同益静静地盯着凌然的动作，似乎比凌然还要紧张。

凌然的操作却是越来越放松。

只见他的手腕柔和，手指轻盈地在显微镜下滑来滑去。寥寥几下，就缝合一个血管，再揪出另一根血管，刷刷几下，又给缝合了起来。

纪天禄忙忙地配合着，就连二助吕文斌，也是一个劲地围着手术台转圈儿，一会儿浇盐水湿润血管，一会儿弄纱布，一会儿抽吸，一会儿拉钩，其辛苦程度比得上自助烤肉时的状态了。

所有人都是眉头紧蹙，带着一股血战沙场、熬夜补作业的痛苦。

唯有凌然，表面上一成不变，心里爽得飞起。

这可是给大活人缝血管哪，而且能一缝一网，这得是有多爽？

要是断指再植，凌然得先小心翼翼地做清创，然后再固定骨头，再是做好肌腱缝合，接着才有机会玩弄最关键的两三根血管。玩好了，再将神经缝合起来，再将缝皮丢给其他动物。

以凌然的感觉来说，清创已经不是那么有趣了。内固定骨头更像是木匠活，肌腱缝合的话，屈肌腱还算是好玩，普通的肌腱就乏善可陈了，剩下的血管和神经，算是断指再植中最有意思的部分。

而在今天，凌然遇到的是什么样的情景呢？

大片的血管网，且是又细又小又困难的血管缝合。

等于说，是将断指再植中最精华的部分拿出来给凌然玩了。

凌然的心情，别说有多高兴了。

这可不是练功房里的大鼠尾巴。或许对新人来说，能缝一次大鼠已经是很开心的事了，然而，凌然早就度过了那个新人阶段了。

有大活人可以缝合，而且是有一助二助的配合，有器械护士递东西，有巡回护士帮忙的缝合，那比一个人寂寞地坐在练功房里，不知舒服到哪里去了。

"再换细一点的缝线。"凌然玩高兴了，一口气缝合了三根穿动脉，面对更细的第四根，干脆又换了线。

祝同益院士不得不提醒他道："你的关键是注意动态平衡。"

言下之意，他不可能将整个血管网给重新缝合起来的，只能挑选重要的血管，来组成一个勉强可用的血管网。

这就好像是一场战争之后，原本细致而有序的后勤线路被摧毁了大部，负责重建工作的将军的任务，不是一点点地恢复每一条原有的后勤路线，而是着重恢复一条供应链，以保障最主要的物资供应；剩下的供应链的恢复，完全可以交给其他人，用更长的时间慢慢进行。

凌然很理解祝同益的命令，他点了点头，解释道："我想多做一条备用通路出来。"

与普通的"将军"不同，状态正佳的凌然，不仅仅想要恢复一条供应链，他还想再多做一条出来。

"来得及吗？"祝同益抬头看了看表，神色稍放轻松了一些。

普通的跟腱手术，需要一两个小时的样子，手术台上的时间长则两小时，短则三四十分钟。

祝同益的A方案就复杂得多了，他计划给予主刀医生四个小时的手术时间。这个时间不是随便说出来的，而是根据跟腱暴露的程度等做出的“动态平衡”。

时间太短，主刀无法完成手术；时间太长，手术的效果可能要打折扣。

现在，看着手术进展顺利，祝同益更希望能在三小时内结束手术，从而保证更有效率的恢复。

瞅着凌然的进度，祝同益倒觉得很有希望。即使再做一条备用通路出来，若是能维持目前的速度，也是有可能的。

考虑到手术太早结束也不会有收益，祝同益还不如同意凌然多缝几条血管呢。

凌然也很熟悉祝同益的方案了，他的眼睛盯着显微镜，爽得根本不想离开，口中道：“我们切断的小血管不多，有希望恢复三四成的血管网，多恢复一些是有好处的对吗？”

“当然，但要尽可能地保证质量。”祝同益提醒了一句，“痉挛的危险依旧存在的，打通的血管才是有用的血管。”

恢复的血管越多，跟腱恢复过程中得到的滋养就越多。

微创跟腱手术为什么很快就能出院并尝试复健，就是因为跟腱周围的血管网依旧在，只要缝合好了跟腱，处理好了粘连，就能恢复如初了。

为了保证跟腱强度而做的大开放式手术就没有这样的优势了，尤其是一些特别的入路，像是跟腱后正中切口的跟腱修补术，并发症就明显要高于跟腱正中部位切口。究其原因，还是后者的血供较少，切口破坏的血管就少。

而在祝同益的方案中，缝合后的血管要有一定的质量，才能发挥作用。

不用像是断指再植的血管质量那么高，但也得是有一定的质量的。

事实上，祝同益的A方案，根本就是把刘威晨的跟腱缝合做成了跟腱缝合并血管再植，难度增加了十倍都不止。要保质保量就更加困难了。

祝同益看着年轻的凌然，生怕他耐不住性子，或者丧失专注度。

这是年轻人最容易出现的毛病。

所谓毛糙、浮躁之类的词语，一旦出现在血管缝合中，问题就要出现了。

凌然却是一点都不在乎祝同益的叮嘱，稳稳地缝合着血管，口中道："保证质量。"

纪天禄这时候忍不住抬起头来，道："凌医生没问题的。"

祝同益醒悟过来，连忙道："关心则乱。我是有点太在乎咱们的方案了。"

示教室内。

听着研究中心的老大、绝对的旗帜祝同益院士说出这样的话，众医已是一片哗然。

曲医生再也按捺不住心中的情绪，愤愤然道："真是外来的和尚好念经，主任也太好说话了。"

"就是说，语气都不对了。"

"喂喂喂，别上纲上线的，咱们祝院士也没说什么不是？"

"你要祝院士说什么？说得已经够可以了。你要弄明白，方案是咱们祝院士的，这是指导手术，凌然只是主刀而已。"

202 斤重的住院医抱着矿泉水傻笑："凌然只是主刀而已吗？只是而已？"

刚才还慷慨激昂的几名医生，都明智地闭嘴了。

同行间炫耀是很困难的，一个科室一个专业的医生就更不用说了。

若是面对外人，大家或许还有些话可讲，面对自己人的时候，大家对于各自的定位就相对清晰了。

凌然的这个主刀，可以说是研究中心让出来的，也可以说是研究中心实在拿不出人来，被支援的。

但不管是怎么看，凌然目前是占据着最强的位置的。

202 斤的住院医不愿意贬低对手。

他同样畏惧对手的强大，但他愿意正视自己与凌然的差距：凌然的技术是强，天赋是好，或许是国内一流的外科医生，但是……医生是会不断成长的！

202 斤的住院医已经为自己制定了详尽的目标，只等此间事了，他就会闭关修炼，用最短的时间追上凌然的技术。

到了那个时候，他一定会再找机会战胜凌然，再带一对纯种的法国垂耳兔，去找晓云。

202 斤的住院医想到此处，兴奋地灌下了满满一瓶的农夫山泉，舒服地打出了一个 203 斤的胖子才能打出的饱嗝。

第 222 章　备用通路

手术室渐渐归于平静。

凌然内心火热，面容冷静地勾着血管，一条条地牵拉缝合，脑海中想象着血管网的模样，并在手中构建实行。

有种一个人建设一个城市的感觉。

对于跟腱周围的血管网究竟是什么样的，有没有一定之规，现代医学研究的并不多——不像是许多人想象的，现代医学似乎已经将人体给研究透彻了，在临床医学内部，外科医生得到的大部分信息都是混沌的。

比如说，胫后动脉辐射出的究竟是三根还是四根穿动脉？解剖显示，有的人是三根，有的人是四根。为什么？有何规律而言？不是很清楚。位置在哪里？是否有规律？不是很清楚。它是否有其他的功能，与脚部和腿部的其他人体组织的关系是什么样的？不是很清楚。

祝同益院士的方案，若是成功了，拿去发表论文，就是在用临床医学的方式解释跟腱周围的血管网，说明血管网的重要性。

如果失败了，那就不用多说了。

参与了方案设计的纪天禄心头火热，给凌然牵线搭桥地送着血管，看着他一步步地将破碎的管线给连接起来，脸上不由得露出笑容来。

方案要求维持一定水平的血管网，同时又希望缩短手术时间，这就要求主刀医生的速度够快、够准确。

在此之前，纪天禄专门考察了一圈，能够符合他们要求的外科医生，几乎都有较大名气。这也不奇怪，他们所要求的快狠准，并不是地方医院里称大王的猴子型主刀，而起码是顶级医院的顶级水平。

如今这个年代，年轻医生从二十几岁开始攀科技树，攀到四十岁左右才敢说是崭露头角，有一技之长，能够主刀一系列较为重要的手术了。

而在这些四十岁左右年富力强的高技术医生中，还属于快狠准的医生，名气总是小不了的。

外国医院也是差不多，甚至比国内还厉害。他们的医院生态系统是完全市场化的，没有人会催逼着某个医生去学基本功，或者进修改造，能够在这方面闯出来的，要么凌晨两点从夜店回家自己练习，要么就是具有超卓天赋的天才。

纪天禄借着国际会议的机会，也确实在国际知名的医院里见到天才级的外科医生。但是，面对这些功成名就的外科医生，祝同益院士的方案根本就没有吸引力。

国际级的外科医生，还是运动医学的外科医生，一年四季都是在全世界各国做手术，他们对于到中国来是没有心理障碍的，但是，对方的日程排得那么满，赚得那么多，对于参与指导手术就兴趣缺缺了。

给钱都不行。

事实上，就是正常的给钱排日程，刘威晨都不一定要排到几周以后去，他的高要求，更是高阶外科医生无法认同的。

这就好像是王海洋去益源县医院做飞刀，他首先询问的就是对方的意愿。如果患者有一个超常规的要求，比如想要断指再植后的手指完全恢复功能，那王海洋肯定是啥也不说的扭头就走。

不需要说现代医学的极限是什么，外科医生只需要关注自己能不能达到患者的需求就可以了。如果达不到而强行去做手术，又意义何在呢？

纪天禄原本已经准备劝说祝同益院士修改方案了。

他们也确实是做了 B 方案和 C 方案，但是，A 方案的价值，始终是最大的。

纪天禄盯着凌然的动作，突然有些羡慕。虽然说医学研究是医学发展中最重要的部分，但在现实生活中，无论是医学研究还是临床医学，最终都要落实到实施者的身上。

一名技术高超的外科医生，要比单纯的医学研究者幸福得多。

“这里接起来的话，一个通路就完成了。”凌然说话的声音，打断了纪天禄的遐想。

“完成了吗？”纪天禄有些惊讶。

“两个通路中的第一个，再缝合一段……”凌然依旧是贴着显微镜的状态，一边看一边操作，同时声音平和地要了镊子，稳稳地将缝合的血管轻轻地夹住。

人的血管是非常脆弱的，能够肆意玩弄的血管，基本只有心脏部分的几根主动脉，也就是牛体内用来做黄喉的部分。

而在手足外科中，练习夹血管始终是一个课题。

夹稳是第一位的，不伤血管也是必须的，面对不同粗细不同人的血管，应该用何种的力度去夹，正如凌然之前所做的那样，还是只能凭感觉。

“感觉”一部分是来自于经验的，一部分是来自于理论的。例如肉眼看上去没什么区别的血管，若是有一个人是动脉硬化的话，显然就可以夹得大力一点，而且必须要夹得大力一些，否则针戳上去会有戳不破的情况。

总的来说，正常医生做手术，都是小心翼翼，试了再试，只有到了相当的水平的医生才敢抓起来就做的。

其背后的积累，很可能是数百台乃至上千台的手术。

凌然重复着之前的操作，小心地将两条小血管缝合在了一起。

完成了这个步骤之后，凌然丢下器械，直接站了起来。

“咦？”纪天禄愣了一下。

“休息一下，你先检查一遍通路。”凌然说得很是随意。

纪天禄有些日子没有做一助了，被凌然理所当然的要求糊涂起来了，低头检查血管的时候，突然想：难道我就不用休息的吗？

凌然去了手术服和手套，一边给自己推拿脖颈，一边转身出门，去重新洗手了。

手术手套并不是什么耐用品。通常来说，三个多小时的手术进行下来，手套的物理性质就会发生变化。通俗地讲，就是没那么贴手了，而且还有破损的风险。有研究称，心脏手术做到三个小时的时候，手套的穿孔率是30%，进行到五个小时的时候，穿孔率高达65%。

除此以外，医生手上的细菌也在不断地积累，并且随着时间的延长而延长。

所以，一些医院是建议医生和助手在手术超过四个小时的情况下换手套，而在学界，则有人呼吁一个半小时就更换手套。

凌然以前并没有关注这方面的信息，简而言之，就是不知道。也是最近比较闲，阅读的论文较多了，他才注意到这方面的东西。

考虑到今天的手术总长度，凌然决定现在就更换手套，顺便好好休息一下。

缝血管固然是爽，体力和注意力的消耗也是极大的。

纪天禄一条血管一条血管地认真检查。

一助就是给主刀查遗补缺的，或者说，有资格给主刀查遗补缺的一助，已经是受到重视的一助了，应当感到开心才对。

纪天禄没有开心的想法，佩服却是有一些了。

检查起来都这么累的血管，缝合起来有多累？

他本人以前是做骨关节的，其实并没有大量缝合血管的经验，这样查索的过程，才渐渐地意识到里面的复杂。

凌然建立的通路并不是简简单单的一条环路，而是考虑到了有血管缝合不完美的情况——即使概率很低。可是，考虑到缝合的断点如此之多，若是只有一条环路的话，那只要一个断点出现问题，缝合的整套通路就毫无意义了，等于是将困难提升到了断指再植的水平。

做多了断指再植的凌然深知这样的通路所受到的限制，因此，他做出来的通路更像是一套立交系统。单纯地为建立备用血管是没用的，因为有时候可能是系统性的损伤，例如恢复期跌伤或撞伤或扭伤，都有可能造成备用系统同时损坏。

所以，纵横交错又能互相取代的血管通路，是凌然设计的重点。

这让缝合更加艰难了，但是，也展现出了方案所不具备的安全性。

等凌然回来，已经检查到脖子发疼的纪天禄连忙道："血管缝合没问题了，我觉得这一条通路的安全性就足够了。"

言下之意，不用再做备用通路了。

凌然不置可否，重新穿戴整齐，换上了新的手套，道："放开来看看。"

两人重新坐回到显微镜下，凌然轻轻地松开了卡住胫后动脉的夹子。

血流涌过，通畅，且并无渗血。

"没问题了？"吕文斌亦是相当的紧张。

凌然的眼前，却是展出了任务提示：

任务"崭露头角"：完成度 75%。

75% 的完成度，意味着刘威晨的跟腱功能，可以恢复大约 75%，以侵入性手术来说，这个恢复比例是很不错了，而且，后期的复健和锻炼，若是做得好的话，还会有一定程度上的提升。

但是，以七成五的跟腱去参与世界级的竞赛，那肯定还是不够的。

只能说，目前的手术做得不错，但并未发生奇迹。

"再建备用通路。"凌然不再有丝毫的犹豫。

第 223 章　术中决断

"凌医生，我觉得你缝合的这段通路已经足够了，我们是不是考虑提前结束手术，缩短手术时间也会有不小的收益。”纪天禄说得很是委婉了。

从他的角度来看，有一条通路不仅是够用了，而且以凌然的缝合的余量来看，可以说是绰绰有余了。

现在结束手术，可以说是手术时间又短，效果又好；以病人的收益来分析，简直就是最佳节点了。至于凌然所言的再建备用通路，在纪天禄看来，已经有过度医疗的嫌疑了。

凌然若是没有系统完成度的提示的话，可能也会犹豫不决。

事实上，就是现在，他也不确定再建第二通路就一定能够提高刘威晨的跟腱功能。

祝同益院士做的方案，本身就是一个实验性方案。在此之前，是没有先例的，甚至可以说，第一通路的建成有没有用，大家都说不上，得等刘威晨养好伤了，大家才能猜测一二。

真正要判断本方案的临床价值，或许还要再多做一些手术，然后再与常规手术相比较才行。

但是，该方案针对的可不是普通人，而是对恢复时间、跟腱强度有着极大需求的运动员，起码也得是军人之类的职业人，才会有类似的需求，所以，就算是想要增加蓝本，都得一段时间。

到时候，如果真的证明了该方案的价值，一些蓝领工人或体育运动爱好者可能也可受益。但在现阶段，他们还承受不起巨大的健康和经济风险——实验性的手术方案是不报销的，国内的医保不报销，国外的也别指望。后续的持续健康风险也是个问题，刘威晨目前甚至愿意承担几年后再也不能跑跳负重的风险，普通人最好还是等待几年看看结果为佳。

“我们缝合的血管的供血能力，最多相当于两根手指的供血能力，你确定足够吗？”凌然用的是探讨的语气。跟腱功能恢复到 75% 是很正常的，而要向更高的恢复程度推进，缝合更多的血管并不是唯一的途径。

理论上，凌然还可以继续加强跟腱的强度，也可以考虑骨头和周围肌肉的问题。除此以外，感染的可能也是存在的，粘连永远是肌腱缝合的大问题，甚至有可能是刘威晨的基因问题——有的人受到侵入性的外科手术后恢复得更好，有的人恢复得更差，譬如血友病基因的人，就很不适合进行外科手术了。

不过，从凌然的判断来说，他倒是更倾向于供血能力的问题。

祝同益院士的方案是他赞同的，而以此方案为基础，他刚才缝合的通路所连接的供血网络，并不能提供充足的营养——对于普通程度的恢复是绰绰有余了，对于奇迹般的恢复，或许就力有不逮了。

这就好像是一支军队对后勤供应的需求一样，少量的后勤是活下来的基础，大量的供应足以应对战争状态下的防守，只有充足的供应才能满足进攻。

纪天禄有些被问住了，皱眉考虑了半分钟，才道："从我们的经验来看，现在的血供已经大大超过以往的水平了。"

"不一定。"凌然此前一直在考虑这个问题，道，"就好像咱们采用正中切口破坏的血管网更少，以往的跟腱断裂的患者，并没有特别关注过血供吧。有的人也许就是伤情和伤口的情况比较好，所以恢复的程度比较好呢。"

"唔……也有可能。"纪天禄不得不承认这个问题，却道，"但是，继续缝合下去，还要90分钟以上吧，病人是否能够得到正收益？开放性伤口三四个小时就不是小手术了。"

伤口敞开的时间越久，并发症出现的概率就越大；三四个小时以上的手术，基本都会出现并发症的，而对短跑运动员来说，长时间的水肿或者炎症都是巨大的麻烦。

纪天禄也是担心出现本末倒置的情况。

凌然之前是做断指再植的，对血运的执着是天然的，加上之前的思考，凌然毫不迟疑地道："保证血供永远是第一位的。担心并发症的话，可以后期用药来处理，如果血供不足的话，有弥补措施吗？"

这个回答切中了祝同益的心理。

不等纪天禄再说话，祝同益立即道："保证血供的思路是整个方案的核心，继续手术。”

在今天的手术中，凌然的主刀地位是排序第二的，最终的决定权力还是掌握在祝同益院士手里，他要继续，纪天禄就不好再说什么了，只能道：“我也换个手套。”

“嗯，吕文斌也去换，我自己先做。”凌然停顿了一下，就坐到了显微镜前，再道，“擦汗。”

头戴小灰兔手术帽的器械护士用镊子抓着纱布，在凌然的额头上轻轻地沾了一遍，接着小声道：“没什么汗，是有根头发落下来了，所以才觉得痒吧，等一下……”

戴着小灰兔手术帽的小护士放下纱布，又换了一只镊子，贴近凌然，踮起脚来，小心翼翼地捏下凌然额角的一根头发，又道：“我再帮你检查一下。”

头发之类的是很麻烦的存在，凌然顺从地站定了，让小护士将自己的脸给扫了一遍。

小护士越扫脸越红，要不是被无数次教导无菌原则，此时就要贴到身上了。

示教室的医生和护士们言笑盈盈，所有人的关注点，都开始从刘威晨转移到了凌然身上。

“没想到凌医生这么硬。”

“敢这样和纪主任争，应该也是有些把握的吧。”

“什么把握？无非就是年轻气盛。”

“年轻气盛？那祝院士干什么要同意他的方案，支持纪主任不是显而易见的？”

“这个不是谁支持谁的问题吧，你们都没注意到凌医生要做第二套通路了？这才是最吓人的好吧。”

说到具体的技术，许多医生兴奋的同时，却是哑火了。

“哎，要是让我去做的话，一套通路就能做到明天了。”一名住院医拿自己开涮，瞬间打开了话题。

"我也能做到明天晚上。"

"我估计在晕倒之前做不完吧。"

众人一个个叫了起来。

显微手术是出了名的累，相比之下，跟腱手术算是比较轻松了。谁都没想到，已经被设计得如此复杂的手术，竟然还可以翻倍复杂。

"擦汗。"屏幕里传出凌然的声音。看得出来，他的体力消耗也非常大，额角竟是再次涌出了汗珠。

戴着小灰兔帽子的小护士再次用纱布在凌然的小黄兔帽子下抹过。

手术继续进行。

小医生们继续讨论。

"擦汗。"凌然的声音稍显疲倦。

戴着小灰兔帽子的小护士依旧是神采奕奕。

202 斤的胖住院，将喝了一半的矿泉水瓶紧紧捏住，就在他要一饮而尽之时，手机蓦地响起来电铃声："我没那种命呀，轮也不会轮到我……"

第 224 章　通路完成

"病人的体征怎么样？"凌然手术做到一半，突然抬起头来，看向监视器。

之所以这样问，是因为他发现任务完成度在掉。

当第二通路的血管重建进行到三分之一的时候，凌然就发现，任务完成度开始从 75%，降到了 74%，然后是 73%、72%、71%……

短短的几分钟时间里，凌然可以想到多种原因，但想要证实，就不是那么容易了。

麻醉医生在监视器前正襟危坐，本来都无聊得要睡着了，这一刻突然惊醒似的，恐惧地看了一眼监视器，然后猛地站起来："一切正常。"

说出这四个字的时候，麻醉医生的心脏才从180下的节拍缓下来，紧接着就是一身的冷汗和无奈。

普通手术里面，主刀询问麻醉师情况属于正常操作，但凌然明显不是正常的主刀。在此前的几场手术中，凌然都是自己看监视器来判断情况的。

这一次，凌然突兀地问“体征”，加上有祝同益院士在旁，麻醉医生感觉就像是被吓醒了似的。

好在监视器上的数据确实是一切正常，才让麻醉医生的心情平复下来，西子捧心似的幽怨地望望凌然，再用手摸摸刘威晨的头，小声道：“大郎没事儿，好着呢。”

凌然皱皱眉，干脆停下了手术，站到监视器前，看了起来。

麻醉医生感觉受到了挑战，也仔仔细细地检查了一遍，再道：“病人的体征一切正常。”

凌然“嗯”了一声，缓缓点头：“的确正常。”

“凌然，怎么了？”祝同益也走了过来，双手抱胸，略显疲倦。

“感觉不太好。”凌然道。

祝同益迟疑了几秒钟，他倒是很想问“要不要提前结束手术”，但是，考虑到手术是面向示教室的，祝同益就没有问出来。这时候，他稍微有些不高兴手术室里的视频了。

黑盒状态下的手术室会有种种问题，全程视频的手术室依旧会有问题。尤其是自负的外科医生们，很容易因为他人的观察而产生错误的手术判断。

纪天禄处理了一下手里的活计，坐着扭头问：“现在呢？”

他同样没有问凌然要不要结束的话，但他本人的态度本身就是明确的。

凌然陷入了思考当中。

承受压力，并做出判断是外科医生的工作。

凌然现在可以终止手术，以维持相对较高的跟腱修复水平。75%的跟腱功能不足以刘威晨进行高强度的训练，但足以维持他日常生活所需。

或者，凌然也可以更改方案。在祝同益的方案设计中，方案B和方案C都有不同方向的侧重。

“我们继续。”凌然转身回到了主刀位，继续进行血管网的重建。

完美级的跟腱修补术，完美级的断指再植，以及上百例的断指再植的经验，都不断地提醒凌然“血运第一”。

在现场信息不足的情况下，凌然只能依靠理论坚持下去了。

病人需要的并不是保守的方案，否则，他根本用不着等待这么久；更改方案也只是病急乱投医，并没有证据显示方案B和方案C就会有更好的效果。

凌然一边做着血管吻合，一边承受着任务完成度下降的提示。

40分钟左右，任务完成度已经降到了55%左右。

这个数字，等于说刘威晨的跟腱功能只恢复到了55%，那别说是参加高强度的训练和比赛了，日常生活都较为勉强了，跑跳都得非常小心。

就骨关节与运动医学中心的招牌来说，如果最终结果就是这样一个数字，那是完全不能达到标准的。

凌然扬了一下脖子，略做活动，再次道：“我们再检查一遍。”

纪天禄不解地看看凌然，依言检查起来。

约莫10分钟后，纪天禄回答：“应该没有问题。”

凌然点点头，一声不吭地再次进入了缝合状态。

系统的信息只能作为辅助，在检查不出问题的情况下，他只能相信自己的术中判断。

仅仅是延长两个小时的手术时间，不应该有如此大幅度的完成度的降低，唯一的可能，是他正在搭建的备用通路对病人有不良影响。

但这是没道理的。就算是不进行手术重建，术后几个月的时间，人体自己也会完成血管的重建工作。换言之，血管重建是人体所需要的。

如果要凌然猜想一个答案的话，他宁愿认为未完成的备用通道对病人有不良影响。

顶着这样的判断，凌然继续怀揣着压力进行显微手术。

他的低气压也不自觉地传染给了吕文斌，接着传染给了纪天禄，再是祝同益。

几个人对凌然都是颇有认同感的，现在看凌然如此郑重其事，都猜想到了情况有所变化。虽然从仪器和外观上看不出变化来，但是，有些不好的变化并不是仪器能立即反映出来的。

吕文斌默默地拉钩，纪天禄也少了聊天调侃的兴趣，祝同益更是抱着胸，不知道脑袋里转着什么念头。

凌然还是受到了系统的任务完成度的影响，默默地加快了缝合的速度。

示教室的外科医生们感受不到手术室的低气压，却是看到了手术的变化。

凌然此前的速度就够快了，缝合的稳定性和效率都非常高。

在众人看来，这毫无疑问已是凌然能够脱颖而出做主刀的优点了。

没人能想得到，凌然竟然还可以做得更迅速、更稳当。

“有点可怕哦。”

“这个速度缝皮就够快了，缝血管就过分了。”

“是不怕缝坏的？”

“余量够大了。”

“给你这么大的余量，你能缝得有这个一半好吗？咱们不说速度，说速度欺负你……”

年轻的住院医们已经没有比较的信心了，就是经验丰富的主治们也是互相看看，不敢吭声。

缝得快从来都不是外科医生的能力指标，但它展现出的信息却不仅仅是快了。

还有准确的判断，对手术的自信，对术式的熟悉，对技能的掌握，等等。

能做到所有这些的医生，已经是普通主治拍马都赶不上的了。

“通路完成了。”

视频中，凌然的声音不大，带着一声长长的呼气。

示教室里的医护人员们立即安静了下来。

这一次，凌然没有更多的表示，自己做了检查，直接放开了动脉血管。

源源不断的血液迅速地涌入了刚刚缝合过的穿动脉中，再向四周的血管网扩散。

而在凌然的视野中，“崭露头角”的任务完成度，也从 45% 开始缓缓地增加。

55%……

65%……

75%……

85%……

当这个数字出现的时候，凌然终于如释重负。

刘威晨的跟腱断裂严重，光是切掉的部分就有拇指的大小，对于这样一根受损严重的跟腱来说，恢复到 85% 的功能已经算是成功了。

这里的 85%，若是用来做关节能力评估的话，妥妥的是“优”的水平。

刘威晨用这样的跟腱去做高强度的训练，固然还有风险，但已经是可以用了，最起码是有可能保持运动状态的。

最重要的是，85% 的任务完成度还在缓慢上升。

“第二通路成功，现在缝合。”凌然不再迟疑，果断地开始逐层缝合，结束这场耗时漫长的手术。

纪天禄积极地配合着，并用好奇的神色看着凌然，过了好一会儿，才忍不住问：“你现在看起来没有太多担心了？”

“现在的感觉好了。”凌然没有出让主刀的意思，连缝皮都是自己做的。

到了包扎的时候，凌然分明看到，刘威晨的跟腱恢复已经到了 90% 的水平。

“祝院士，您来下医嘱吧。”凌然的心情放松下来，主动将不擅长的部分让了出来。

祝同益微微颔首，沉吟了起来。

纪天禄瞅着凌然，见他似乎更加轻松了，不由好奇地问：“现在是什么感觉？”

“收获的感觉吧。”凌然望着已经到位的18个初级宝箱，很是感慨。

示教室内的护士小姐姐们，悄悄地在微信小群飞快地打字，满怀感慨：“凌医生真是个感性的人呢。”

“感性的人最好了。”

“感性的人适合当情人。”

“才不是呢，感性的人做老公，会更爱老婆。”

“做情人才是最好的。”

“你想当我老公的情人？臭不要脸。”

[节选自起点中文网]

【粉丝评论摘编】

@赤戟：本书在去年引领了这波技术流医疗文的新浪潮，其行文风格轻松戏谑，将很多颇具现实意义的行业段子巧妙地融入情节，增加了小说的趣味性，也折射出行业中的许多无奈和妥协，让身处业外的读者能更为深刻地理解医生这份职业。看似荒诞的背后，是最具网文特征的黑色幽默表达，网文中能将行业文写到这种水准，尚未有第二人。

本书的行文布局有相当的先锋成分。作者以主角为主线，却大胆做减法，淡化了各种社会关系、人事争斗，一味地突出主角的帅气光环，因此在大部分都是普通人的读者群中引起了不小的争议。另外，小说对社会的黑暗面点到即止，却于一些本不起眼的细节之处螺蛳里做道场，意味深长，引人深思。在小说的娱乐性和专业性上找到了极佳的平衡点。

（发表于微信公众号“赤戟的书荒救济所”，2019年4月10日）

@chaizixian04：第一，虽然免不了装×打脸，但是淡淡的搞笑感不让人觉得很烦。这本书里没有让人反感的配角，主角就算打脸别人，基本上也是用搞笑的手法表现，很欢乐。

第二，系统玩得很6。各种专业技能很有层次感地跑出来，让人不停地期待后面会解锁什么技能。

第三，作者真的查阅了大量资料，各种专业术语足以把我们这种外行唬得一愣一愣的。

第四，主角太帅这个梗真是对读者充满了恶意。长得丑就不让活了吗！！！

（发表于起点中文网，2019年1月）

@黄昏细雨红袖招：主角有两个金手指，一个是魅力男女老少通杀，一个是医疗知识系统。我挺喜欢里面的小花招，水鸟的人物塑造能力相当硐堡，你能想象一个200斤的胖子咕嘟嘟喝了一桶矿泉水变成了201斤的胖子吗？哈哈。你能想象一个身高不足150厘米的女医生最大的爱好是收集生物的shi吗？不只是人物塑造，很多细节也尽显作者的能力。当然，我也被凌然那颜值给打败了，神他喵点外卖点到全羊宴还免费！

（发表于优书网，2019年4月12日）

@拂衣客：主角是一个纯粹的医生，“纯粹”到了自成一套异于常人的逻辑（即三段式辩证法）的地步。举个例子，在颇受争议的违规手术情节上，主角的逻辑大概是：病人的创伤使用汤式缝合更好→我会汤式缝合法→我行我上，于是他就真的上了……以及手术后的质问，主角回答的那句“做主刀”还真不是开玩笑或故意皮，而是他真就是这样想的，逻辑大概是：助手不能主导手术→主刀就没问题→那我以后一定要做主刀……

如此就连主角孜（rú）孜（chī）不（rú）倦（zuì）刷手术的动机都能理解了，既满足爱好又能提高技术，何乐不为？不疯魔不成活嘛……该说什么呢，不愧是开篇自我测评中距精神病仅有半步之遥的准疯子吗？

（发表于优书网，2018年5月16日）

@12345123：作者文笔很好，情节很生动，很多医院的情节描写很生活化很真实，而且关于医学方面做了很多功课，至少是完全唬住我了，很吸引我继续看下去。不足是挂开得有点大，还有有些不合适吧。新手大礼包就是把一项技能点到满级，而且点到满级的还是那种在实践中锻炼出来的能力。像第一个点满的技能，很难理解主角为什么那么强。哪怕就是解释为天赋，也至少可以先点成高级然后再升级啊！系统派发的任务也很简单，太没有难度没有挑战性了，主角完成得太容易了。还有，这个作者不知道为什么从上一篇就老是刷主角很帅，这个设定真是强调了不知多少遍。这篇人设又是帅，开篇没多久就又强调，然后迷倒护士妹子，真是够了！

（发表于优书网，2018年5月22日）

［导引：吉云飞、王鑫；简介、节选、粉丝评论摘编：王鑫］

“系统”下的大医与“系统化”的现实
——评志鸟村《大医凌然》

王　鑫

很多人在提及《大医凌然》时会说，这是一本难得的现实题材小说，写了一位“纯粹”的外科医生。主人公凌然颜值过人，却为人高冷，除了外科手术，万事不关心。理由也非常简单：世界上有什么事比做手术更加有趣？谈恋爱？不如专心开挂、认真行医，将外科手术的高峰攀登到底，俨然一个纯粹的行业专家的样子。而作者志鸟村在这本书中也继续发挥自身特长，在行文间铺设了满满的医学知识，让凌然的专业水平真实可感，读起来非常“硬核”。

但如果只讨论这样的凌然，小说只讨论了一半。读者将这部小说视为“爽文”，放在“熬夜也要看”的书单中，称“一口气可以看四五百章”，“根本停不下来”，恰恰证明了是小说讲故事的方式，而不止于讲述的题材有着强烈的吸引力。为了解释这点，我们就无法绕开凌然背后的“金手指”——医术系统。

“医术系统”是近年来流行的“系统流”中非常简单的一个设定。此前，“系统流”已然承担了种田、做饭、刷题、升职等一系列工作居家实用功能，颇有“万物皆可系统”的趋势。与人们想象的不同，这类“金手指”并不直接指向世俗意义上的“成功”，而是指向提升“专业度”，是一种被严格限定的“外挂”。“医术系统”也没有超出这一范围：不单发布的任务与完成后的奖励都与手术有关，病人的衷心感谢和同行的认可也能化作宝箱，开出精力药剂与技能书，让凌然不断扩大手术范围，延长手术时间，快速而高效地投入下一台手术。

“做手术”无疑是《大医凌然》的核心情节：一台连着一台，无休无止，只不过手术的对象从断裂的指头变成断裂的跟腱，从出血的内脏变为癌变的内脏，从受伤的烤肉店老板变成受伤的烤肉店的客人……理论上可以无限延长。而系统的存在，则为这件简单的事情赋予了目的：点亮手术技能科技树。凌然每完成一项系统发布的任务，每拿到一项新技能，都变得更为强大，离点亮新的术式又进了一步。此时，凌然不仅仅是在做手术，更是在一块巨大的技术版图上开疆拓土、攻城略地。

于是，对这部小说而言，“做手术”只是故事的表层，完成“系统”发布的任务才是叙事的根本动力。在“百岁山疗养院”的故事中，系统发布了“为患者解决痛苦的时长达到一万小时”①的限时任务，凌然为了完成它，夜以继日、不眠不休地为养老院的老人、工作人员和同事（约等于他能见到的每一个人）进行推拿，终于拿到奖励：新的推拿术。这一切看上去就像是电子游戏的任务系统，用清晰明确的目标和奖励推动人完成任务，而奖励，往往联系着下一个目标的实现。相比于医生的责任心或治好病人的愿望，这种一人一“机”间的简单互动，才是最根本的叙事动力。

在互动中，凌然接受了“系统”的驱动，并根据“系统”的奖惩调节行为。小说在第 529 章提供了一个非常生动的细节：为了获得更多奖励，凌然专心刷手术量，意欲塞满每一间病房，令医院长期处于满载状态。直到某天查房，他发现病人在空病房中更容易掉落“衷心感谢”宝箱，便开始反思自身，主动降低手术量。可是，若不是“系统”重合了现实“设定”，凌然又哪里来的动机不去“刷数据”呢？因此，也有读者将这部小说视为“毒草”，甚至有人问：“主角是被系统寄生了吧？”②

“系统”是凌然与现实之间的中介，却又替代了“现实”本身，成为凌然投以能动性的对象。这里具有切实的风险：若是将人的欲望与“系统”的反馈搭载在一起，那么人也会按照系统的方式反过来规训自身，最终想“系统”之所“想”，欲“系统”之所“欲”。彼时，“人”反而会成为“系统”操作现实的中

① 指所有患者在治疗后的无痛时长之和达到一万小时。

② 优书网的评论，地址 http://www.yousuu.com/book/144764/comment/5c89c4c55dc620bb61fc4ab8。

介，工作的目标将不再是以“人”为中心的医术和医德，而是以“系统”为中心的“开更多宝箱”“再拿一本技能书”。这样一来，成为“大医”，也就和玩一款特别“肝”的养成/收集游戏别无二致了。

此时，凌然“大医”的马甲下，露出了“玩家”的身形。凌然首先是一个满足了“系统”的好玩家，然后才是一位满足了患者的好医生。幸运而具有症候性的是，“大医”的目标与“系统”的目标完全一致，达到了“人与外挂合二为一”的理想状态。可凌然自己又在哪里呢？究竟是他借助“系统”成了顶尖外科医生，还是系统在他身上实现了自身目的呢？实际上，最有意味的是，无视二者间的裂缝，将玩家凌然体认为“大医”，才是文本之外的作者和读者的共同选择，代表了某种共通的心愿。这才是《大医凌然》最“现实向”的部分。

其实，我们很难判断，对读者而言，究竟是硬核医疗文写作难度极高，使得它一出现，便填补了类型的空白，自带吸睛大法；还是“系统”为小说的快感模式辅以双翼，将“爽”推上了新的高地。不管怎样，《大医凌然》是一本能轻松阅读的小说。系统带来的升级快感和“硬核”专业知识令作品本身充满吸引力，加之行文间活泼的“吐槽”、时不时出现的“装×打脸”和对凌然帅气外貌的过度描写，都让读者在愉快中“杀”掉一个周末。

心　魔

沁纸花青

沁纸花青，起点中文网签约作家，被圈内归入“文青文”“特色文”作者之列。2011 年开始在起点连载小说，第一部作品《法师手札》以第一人称的实验性叙事断断续续写到 2015 年，这部颇具意识流风格的西方奇幻小说至今仍未完结。2013 年创作的都市小说《类神》，在不放弃叙事的复杂性和独特个人表达的同时故事性也大大增强，聚集起一批以小众文爱好者为主的死忠粉。在以一个科幻短篇《入侵地球指南》作为调剂后，2016 年的修仙小说《心魔》见证了作者的全面成熟。2018 年的《神灵狩猎计划》则在一个惊艳的开篇之后，因为监管趋严而主动暂停，随后在 2019 年开始连载《无畏真君》。

《心魔》自 2016 年 2 月 1 日至 2018 年 9 月 12 日在起点中文网连载，共约 295 万字。其间虽登上三江频道推荐榜和起点首页强力推荐榜，也累积获得超过十万收藏，但受众并不广大。不过，这部自觉地反套路去开掘类型潜能的作品，其核心价值本就不在大众流行。

【标签】修仙　文青

【简介】

《心魔》讲述了现代心理医生李四穿越为修士之子李云心后在异世界的经

历。李云心原本过着与世隔绝的平静生活，然而父母的意外身亡和莫名的外界追杀打破了这一切，一次次危及生死的险境将其一步步逼进修仙界与妖魔们斗争的旋涡中心。原本对身处世界所知寥寥的李云心被迫入局，多次利用心理学知识克敌制胜，完成夺舍①、修炼和飞升，以渭水龙王之身登上此方天地的力量巅峰。李云心一方面斡旋于各路神魔和各方势力间，另一方面不断追寻前代穿越者的痕迹，并在此过程中逐渐发现这个世界的终极真相，摸清穿越前后的来龙去脉，从而直面整个宇宙的真正困局。

选文是李云心与赤焰白凰白云心、龙子螭吻九公子、红鲤鱼洞庭君及其女红娘子、龙二子睚眦和曾经的道统天才刘凌相处时的情形。书中的妖魔、鬼魅、修士各有特立独行却逻辑自洽的一套准则，他们和李云心的结识、合作、交锋，一方面为作者营造了一个人类文明价值暂时失效的试验场，另一方面则使作品展现出一种类似志怪的独特情调。

① 夺舍：道教用语，亦常见于修仙小说，指修炼有成者在肉身朽坏后用仍存活的灵魂（或元神）夺取一个新的身体延续自己生命的行为。

【节选】

第23章　非人

淮南子盯着小丫鬟看了一会儿，皱起眉。

因为怎么看，这梳双髻的少女都是一个普通人。不是妖，不是修行人。甚至说，她露出衣袖的那半截藕一样的手臂上，还有两三道树木枝叶造成的划痕。

但普通人不会在这种时间跑来这种地方，更不会见到地上的尸体而无动于衷。那么，有问题的是那个驴背上的小姑娘。

那个小姑娘，他同样看不透，然而只觉得……

离她远些才好。

越远越好。

因此他收敛神色，向那小姑娘抱了个拳："在下凌虚剑派掌门首徒淮南子。唐突问一句，姑娘仙踪何来？所为何事？"

但驴背上的姑娘不看他，也仿佛没听见他的话。她伸出纤纤素手在小黑驴的屁股上拍了一下子，黑驴就迈开脚步，嗒嗒地走到了李云心身边。

李云心动也不动，只放缓神色微微垂着眼，看那小黑驴的蹄子。

他之所以拖延时间就是因为这两个人。

因为在他觉得自己无计可施的时候，附他身的小猫妖告诉他，远处有可怕的东西正在赶过来。小猫妖说话颠三倒四，又是在他的身体里。因此李云心只知道，在小猫妖的印象中，来者"好吓人好吓人好吓人"！

而且不是人。

那么，李云心就开心了。是人，一定打不过淮南子。不是人，自己才有活路。

现在这姑娘走到李云心面前盯着他看了一会儿，一骗腿下了地。

吧唧一声响，小小的绣花鞋踩进了血泊当中。姑娘微微皱眉，但还是走到李云心身边绕了一圈。随后她闭上眼睛，小巧的鼻尖凑近李云心的脖子深深地吸了一口气——

从上到下、从头至脚，就像是一个最最虔诚的老饕闭上眼睛，将面前一道极品美食所散发出来的香气深深吸进肺中一样！

一个纤细美丽的姑娘，弯着腰，闭着眼，这么去嗅一个男人的味道，是一件既不雅，看起来又滑稽的事儿。但无论李云心还是淮南子，都没笑出来。

因为这姑娘从脖子开始，嗅遍了他的全身，还绕着他走了三四圈，其间——就都只是一口气！

长长的一口气之后，姑娘才重新睁开眼，略急促地喘息了几下子，好像是在消化刚才吸进去的气息。

然后她对李云心露出一个笑容，细声细气地说："你真香。我喜欢你。你要去哪里？"

李云心这时候才抬头看她，露出一个温柔的笑容："我去渭城。你呢？"

姑娘笑，还露齿，露出一排细腻雪白的小牙："那我也去渭城呢。你和我一起走。"

李云心点头："好。我有个名字，叫李云心。"

姑娘开心地眨了眨眼，长长的睫毛忽闪忽闪："咦？我也有一个名字，叫作白云心！"

"真好听。"李云心说，"可是我还走不了喔。你看她。"

他指了指地上的乔嘉欣："本来她和我是好朋友，但是那个人杀了她。所以——"

姑娘嘛了嘛嘴："是呢。小猫妖上了你的身，她不香。"

这女人……闻出了猫妖。李云心的心微微一跳，松了口气。他之前还在担心，再怎么跟她解释，自己得带一个精怪上路。

因为眼下他在用十二万分的小心来和这个看起来温柔美丽的姑娘周旋，就连语调、表情、眼神都刻意调整。

从这姑娘走到他身边，用力地吸他的味道那一刻起，李云心就意识到，她不是人。

非但不是人，还极有可能是九公子那种级别的大妖！

她和九公子虽然完全不同，但行为模式上却有同一种特点——我行我素，完全不在意任何人的看法。李云心的前世和今生，见过不少人。从前因为职业的关系，他喜欢观察人，也很是记得一些案例。但即便他遇到的最最冷漠的家伙，从心底还是会在意别人的目光的——不论是哪方面的在意。

然而之前的九公子，现在的白云心，他们的“不在意”，就如同一个人“孤单”地走在森林里。

他孤单么？不。有树木、花草、飞鸟、动物。

但他并不将那些东西当成自己的同类。

李云心知道在面对这种可怕的家伙的时候千万不能表现得无趣。这种妖魔视人命如蝼蚁，倘若让他们觉得无趣了，可能随手就撕了。

他得表现得更有趣一些——就像他面对九公子的时候。

他要观察她的每一个细微表情、动作语气，知道她的情绪想法，接下来可能会做的事，然后利用这个家伙摆脱目前的困境！

于是李云心看了淮南子一眼，摊开手，就像闲聊那样说：“那你帮我杀了他嘛。”

白云心的眼睛微微一亮。

然后她转头看了看淮南子。

流派剑士此刻用三柄飞剑护住了自己身体，目不转睛地盯着李云心和白云心。听到这么一句话之后，他喝了出来：“这位仙子，你切莫自误！那小贼杀了我的两位同门师弟，又与妖魔为伍，我这才——”

他话说到这里，忽然就住了口。

因为他看见不远处站着的那个小丫鬟也在盯着他，而且双眼发亮了。

贪财的人见到金银财宝也会双眼发亮，但绝不是这样——

一双原本黑白分明的大眼睛，忽然变成了翠绿色。在夜色中放出灼灼的光，映得一张本来可爱美丽的脸仿若鬼面。

然后这小丫鬟一张嘴，嘴巴就咧到了耳根，露出排密密麻麻、又尖又细的獠牙来！

这主仆也是妖魔！不是什么修行中人！

淮南子心中一凛，自知今天不拿出自己的全部本领是难以全身而退了。他更知道，哪怕今天催出一身潜力，拼着损耗十几年的功力和以后晋升更高境界的希望，也必须要斗赢这妖魔！那之后，先要活着逃出去，才有资本求援、修炼、报仇！

因而他面色一冷，暴出一口丹田气，厉声喝道："妖魔！你当我怕你——"

小丫鬟的脖颈忽然暴涨，一口将淮南子的脑袋，连同护在身前的三口飞剑吞了去。

随后脖颈又在一瞬间缩回去，小丫鬟抿了抿嘴，皱眉，又看看自家小姐："没作料呢。"

淮南子的无头身子在原地抽搐了一会儿，扑通一声倒在地上。

第99章　还君一命

这样大的世界，河流密布。而这七成的水域当中，属于这龙子螭吻的……

只有这么一条渭水——且是名义上。

因为出了庆国之后的流域，便又不是他能够掌控的了。

大鬼不知道为何如此，但这并不重要。李云心已然知晓……九公子为何是这样的九公子了。

他身上所表现出来的猜忌、孤独、喜怒无常又强烈地渴望认同感……

这简直就是一个教科书式的，因为童年、家庭、小时候所遭遇的困境而导致了严重的慢性心理创的患者模板啊。

因而李云心说了这话之后，九公子的满腔怒火一下子消失不见。

李云心在心里松了第二口气。

妖魔……虽说没什么人性，但毕竟还是有神智、有逻辑的生物。哪怕它们的那一套逻辑与人类不同，自成体系，但既然也算是“逻辑”……

也就还在他的手心里。

这被贬谪的龙子，听了李云心的话，便站在滔滔渭水边，似乎努力想要令自己看起来更加凶恶一些。却终是被心中突然填满的东西搞得乱了方寸，过两三息才终于狠声道：“便是如此，你为何做此事？”

李云心此刻看起来已不再慌乱，而是站直了身体，深吸一口气，一字一句地说道：“九公子，你可曾听过这样一个故事？

“天方国国君有一位门客，名为片离。这位门客曾经先后为三个国家效力——那些国家却都被灭国。于是片离来到了天方国。后来，天方国也被灭国。那门客如往常一样跑掉了。

“又过了几年，灭掉天方国、杀掉国君的叶檀国国君在过一座桥的时候遭遇了刺杀，但他安然无恙。刺客被捉住了。叶檀国的国君问他，为什么刺杀自己。这刺客说，他便是从前天方国国君的门客，片离。

“在这几年的时间里，他用刀子划了自己的脸，毁容。又吞了烧热的炭，毁掉自己的声音。然后等了那样久，终于等到这个机会。”

李云心略顿了顿，擦擦自己脸上的汗，给他思索的时间。

这龙子此时脸上的神色已经变得相当复杂——这是李云心第一次看到，他的脸上露出如此近似正常人类的情感。他皱眉，问：“为什么这次不逃？”

“这片离说，从前他侍奉那几位国君的时候，国君都视他为仆从。而他跟随天方国国君的时候，国君却视他为国士。因此——”李云心挺直了身体，脸上的神情肃然而凝重，在奔流不息的渭水涛声中说道，“君，以国士待我，我，以国士报之！在那庙里，你救过我一次。在那清河县，你又救了我一次。于你而言虽是举手之劳，但于我而言，便是再造之恩。”

“先前我不晓得其中关窍，以香火愿力冲击封禁，已犯了修行大忌，再无寸进的可能。既是如此……我便还君一命吧！

“那女人知道我同公子你是朋友，便挟了我，要我助她来杀你——我岂是忘恩负义之人？！我便对那女人说，你是渭水龙王，享香火愿力。一旦将那些拜你的庙都除了，你失了众多信徒的信仰，必然实力大损。到那时候，我们便可杀你。

“那女人不信我……呵呵，我自然有法子取信于她。”李云心凄然一笑，“以画像替换神像，总是要附着些灵气，那些庙祝、观主才觉得确是真神神位，才好心甘情愿地换了。我便对她说……她不信我，我就来做那被朝拜的吧！我一个人身，受了香火愿力，便要功散身死……”

“我连自己的命都不要了，她自然……便信了。”李云心摇头，“她又问我为何这样做。我说我同你在一起的时候……所造杀孽甚重。若是你的死同我有关……我也没什么颜面苟活于世了！”

李云心说完这话，便开始深呼吸。他的胸膛剧烈起伏起来……竟像是心绪激荡不已，久久难以平静！

这九公子呆呆地站在他面前听了他的话。听完了，又愣了几秒钟，忽然暴怒起来。

他一挥手，便将李云心击出几丈远，一张面孔瞬间变得狰狞不堪，愤怒地叫喊起来：“蠢才！蠢才！蠢才！枉本公子觉得你有趣！

“本公子——乃渭水龙王！渭水龙王！！岂轮得到你如此行事？！蠢才！当真蠢才！！”

他像一个孩子一样，在原地暴跳如雷，但却再没对李云心动手。

待他这样足足嘶吼了一刻钟，才忽地跌坐于地，斜着眼看已从草地上坐起来的李云心。

阴阴地盯着他看了一会儿，九公子突然长叹一口气：“你这人……怎的不早同我说？！”

那含愤一击的力量极大。但李云心好歹穿了他送自己的软甲，因此只是喉头微甜。又看他在那里暴跳如雷的样子，知道这是……在表达自己的情感。

他不知道龙族的寿元多久，也不知道这些妖魔活到多久才算成人。

但只看这九公子，他知道……这还是个孩子。

至少在心理上，还是一个孩子。不清楚如何表达自己的情感，也不清楚如何克制自己的情感。他因为得到了第一份“真正”的友谊而欣喜，但这欣喜很快又因为随之而来的坏消息变成了沮丧。

李云心甚至没有费什么力气……便已经彻底掌控了他的情绪。

看到他这样子，即便是李云心，也忽然在心里觉得有那么一点的……不忍。这龙子，至少在此刻，是真的将他当作了……朋友。

因为这不忍，他甚至开始想——或者可以换一个其他的什么办法……

但，当九公子说出下一句话之后，这一点点的柔软情感以及幻想……就彻底在李云心心里消失了。

“……怎的不同我早说？”九公子的声音已经慢慢平复下来，“我之前找到你放了那鬼的人家附近——你将那鬼放走了，是不是？哼。本公子一直在找它！还是被本公子找到了！那鬼说你从那人家借了铜镜，哼。”

“本公子那时候气你……见那人家的小娘子细皮嫩肉，随手便抓来吃了……如今知道竟是这么一回事，哼。”九公子皱眉，“早知道便不吃了。其实味道也不甚好。不过……终究只是个人罢了。”

他似乎有一点惭愧。但这一点惭愧很快就像烈阳之下的露水一般消失不见：“唉。既已如此了，你总要死的，嗯？本公子也没什么办法了……倒可惜你这人，唉。那你说说吧，都同那女人说了什么？”

李云心的脸色一点都没有变，甚至连眼皮的微颤都没有。

他平静地看着九公子：“你说的那个女人，是尹家的女人？一个年轻的女孩子，叫作尹雪柔的？”

“或许是？”九公子皱起眉头，似乎因为李云心的牺牲，所以才给了他更多但也有限的耐心，“谁耐烦记她名字？血食罢了。你若喜欢，以后你死了，我便多给你祭几个！”

“哦。”李云心微微笑了笑。他低头沉默一会儿，又说话。

但他的声音已经变得清晰而有条理。

“那么，其实是这样子。我同那女人说，到时候我假装与你还是朋友，站在你这边。等你们两个争斗起来，我便趁你不备，放一道符箓，暂时封了你的修为。到那时候……你就只能任由宰割了。但真到那时候……”李云心吐字清晰，眼神清冽，直勾勾地盯着面前的龙子，“这符箓我对她用。”

九公子微微皱眉想了一会儿，又看了李云心几眼，眼珠滴溜溜地转了转，随后微微侧头：“就这样简单？”

“不论哪种计谋，都是越简单越有效越好。”李云心看着他，回答他，“一个计谋环节太多、变数太多，就很容易出问题，满盘皆输。所以——的确就是这样简单。我来定胜负。”

九公子又想了想，忽然面露难色：“那女人……唔……你说是一个道士？”

“一个化境的道士。说是……专程除龙子。”

“哼……若是本公子那天正巧有事，嗯——”

“无处去了，朋友。”李云心打断他的话，第一次以强硬又严肃的语气对他说，“你无处躲了，朋友。这渭水……难道不是你的吗？还能有哪里？”

九公子陡然瞪圆了眼睛：“你敢这样对我说话？！”

但李云心只叹了口气：“我是要死的人了。”

这话让龙子重新平静下来。他恼火地皱眉，又踱了几步，暴怒：“吾乃渭水龙王！！”

话音一落，便又从平地生起了一阵云雾，卷着他直入那大河中去了。

李云心转过身，盯着他入水的方向看了好一会儿，才仰起头，向着太阳，闭上眼睛，从鼻腔里长长地出了一口气。

妖魔啊……

“随手便抓来吃了。”

这样简简单单的一句话，被简简单单地说出来。

李云心便知道……再有任何柔软的心思，都是在自寻死路。

或许有一天这句话便应在自己的身上了。

和一只橙子做朋友，并不会因此而不吃橘子。

吃橘子的时候……用得着考虑橙子的感受吗？

他又叹一口气，为自己贴了另一道符，往城里走。

此间事了了。九公子想躲，但眼下知道自己躲不了——失了渭水，他又算是什么了呢？他只能应战。

刘凌……大概会很好奇自己出城来做了什么。她刘凌是化境，李云心虽然雪山气海被封，但也是化境。既然如此……她便不会愚蠢地试图用什么法子来监视他。

所以……既然这边已经“还了君一命”，就再回去“引君入个瓮”吧。

第 129 章　子非鱼

但他仍试着做好最后的收尾。

他略沉默了一会儿，配合这大妖魔可能的“悲伤情感”。他暂时还不清楚他为何如此难过——也许是因为这只妖魔本就是异类，天生多愁善感。又或者在某些时候……妖魔实则比人要单纯敏感？

莫名就想起那夜，九公子在死前看着他时、同他说话时，从鼻孔和耳中升腾出的雾气来。

当时以为他在发怒。

（略）

洞庭君——仅以刚刚短短的接触来看——是他目前所见过的，最像人的妖魔。

虽说真面目还是怪异，然而他会难过，会紧张，会激动，甚至还会请人来吃宴饮——

虽然吃的是人肉。

他曾经有那么一瞬间觉得像洞庭君这种几千年的大妖魔，已经慢慢地可以称为“人”了。

直到刚才。

那妖魔一边为九公子的死而真诚地难过，一边为这从云子注入了些妖力，然后将两人都送去了山下。

只是想让这两个人争斗厮杀起来。

这大妖魔或许相信李云心说的话是真的，但还是有一点点的怀疑。可压根儿就不在意什么“他是小九的挚友”这件事儿——死就死了吧。妖魔的悲伤是专注且专一的，他只是为了小九悲伤，关其他东西什么事。

或许李云心还会将从云子杀了。那么他也并不在意——反正也只是“有一点怀疑”。

本质上来说……他看起来那么像人，但依旧不会将人看作是人啊。

从云子并不清楚他在想什么——他仍沉浸在自己惊诧而绝望的小世界里。

直到李云心又问了他一遍，这修士才道：“但你已死了！”

他难以置信地叫喊：“你只是几天的野鬼而已！！”

李云心又叹口气，站起身走过去一掌劈碎了他的脑袋：“你他妈才野鬼。老子是渭水龙王。”

道士的无头尸体晃了一会儿便倒在地上，血哗哗地流出来。

李云心又一伸手捉住了从云子的鬼魂，捏在手中不许他走。

这鬼魂保留了死前的执念，只连声凄厉地喊：“才几天！才几天！”

李云心也不理他，只重新回到大青石上坐着，耐心地等待起来。

第 158 章　一夜湘君白发多

随后看到小舟另一头的男子微微一愣，直直地盯着自己，似是在猜想自己的心事。

红娘子便不言语，只略微紧了紧双臂——似乎这样子便可以将自己保护得更好，让人看不透。但依旧目不转睛地看着李云心。

隔了半晌，听见她的李郎低声道："你已回绝了我。我……我现在只想着我兄弟的仇。"

他看红娘子一眼，很快逃开对方的视线："儿女私情……儿女私情，哪个人会没有呢。只是……此时去想那些，却是不义。"

"那你还是很在意呀。"红娘子微微叹息，但声音很快随风而去，"我想要得到的，哪里有什么人知道呢？其实我想要的多么简单。"

她转开了视线，用一只手在船舷上拍了拍。于是那船就停下来。

此刻两人已经向着洞庭湖之内疾行了三刻钟，举目望去，四下里就只有夜空而已。

小舟与洞庭像是被装在一只由天空做壁的桶中，围绕成一圈的天空上蚀刻着被月色镀得银亮的云。灿烂的星海倒扣在他们头顶，映在这洞庭之上——

天海无垠，而一舟寂寥。

船既停，风声与涛声便也停了。

红娘子站起来，立于船头。她看一眼这辽阔的洞庭湖，幽幽地说："你看这千里洞庭。凡人来看，广阔无垠，壮丽无比。但在我来看，在我君父来看，却只是一个牢笼。

"这洞庭方圆数千里，几乎同海洋一般。但我君父的真身却有三百丈——他现了真身，却是在这洞庭畅游一番都不能。

“我父生于这洞庭，在三千年前得道，在两千年前被困守这湖中。我活的时日虽不长久，但已能体谅我父的苦楚。他怜惜这湖中水族，已千年未现过真身。从前对我说过的最多的一句话便是——

“若能畅游于汪洋之海。此生无憾……”

李云心不说话。只双手扶着船舷，看那红娘子背对他在夜色里如湖中仙子一般。

他心里是知道一件事的。

人死，精怪死，会有魂魄。而这魂魄，残缺不全，迷失了神智，即便以后成为鬼修……也仍旧有执念。

那前朝金吾卫大将军第五伯鱼，据他自己所说死的时候心中并无牵挂，因此无执念——只是他一厢情愿的说法。

他的执念一定有，只是他自己和李云心暂时都未觉察。

这红娘子也不例外。她也必然有执念。

执念，便是鬼修们最大的罩门。执念，会令他们在面对很多事情的时候失掉基本的判断力——一旦有同那执念关联的因素出现，注意力便会立即被吸引牵扯，变得浑浑噩噩。

倘若真的可以“死时了无牵挂便可无执念”——那人修还修个鬼的长生。都死掉修神道好了。

此前李云心看不到红娘子的执念。她……太像是一个普通女子了。

除了一些妖魔们所共有的“残忍”。

但这种残忍在李云心看来——一个妇人一边怜爱地看着在院中玩耍的孩儿，同婆婆细声细气地说些家常，一边一刀斩掉一只公鸡的脑袋——

这是不是如同妖魔一般的残忍？

所以这红娘子还是很正常。

然而眼下，李云心认为自己慢慢清楚她的“执念”在哪里了。

于是他就在这水声当中、在这夜色洞庭之上，安安静静地听红衣女子继续说下去。

“你可知我是如何开罪你那朋友的吗？”红娘子转过身，微微笑了笑，“我此前，只是一尾红鲤得道。我母是个人，而我天生却得了我君父的传承。出生便是虚境的妖身，在这洞庭，没有人敢忤逆我的。

“我虽不成器，但也晓得那龙子的厉害——是接近真境的大妖魔，且是龙体。我怎么会……去渭水招惹他呢？而且哪怕我想要去渭水，也是出不去的。

“我那君父被人圈禁在洞庭。我有他的血脉，也被圈禁了。所以我说这偌大洞庭，不过一个牢笼而已。”

李云心想了想，轻声问：“什么人，有这样大的本领？”

“现在不能说给你听。”红娘子微微笑了笑，看李云心的眼光却越发柔和——这与前两日的那个女子可完全不同。

“因而，实则是我父啊，要我故意去招惹龙子。而我在这洞庭待了两百年，都出不得湖边一丈地……我很想去看一看那白鹭镇。看看那些名为人的家伙，是不是真如我父口中的故事里那样活着的。

“于是我被龙子废去修为，成了一尾红鲤。受了些苦楚，但最终还是成了这鬼修之身。此前都不晓得如此做是否可以真的绕开那禁制……但眼下看是成了。我成了鬼修。可以离开洞庭可以去白鹭洲，还可以为我父做些事。”

红娘子嘴角含笑，看着李云心：“但李郎该晓得，我们这些鬼修都是有执念的。李郎的执念，便是你那兄弟的仇。或者说……执着的是情。而我那执念……”

红娘子说到这里，慢慢坐下来。

双脚向船舷外，只一蹭便将一双绣鞋踢进水中。一双雪白莹润的玉足探进湖水，轻轻搅了搅。

水波便向外荡漾开来。红娘子盯着那水波看了一会儿，双手撑着船舷，身子微微后仰，转头来看李云心：“我是妖身时，常在湖边听一个人念书。听他的读书声。读书声是很好听的。李郎，你生前念书的吗？”

李云心的目光温和，声音也温和。他浅笑了笑：“我父母双亡，家贫。生前只念过小学、字义，不曾读经史。”

“你说的我都听不懂。但是很好听。”红娘子微微笑，“从前杜生也说些我听不懂但好听的话，可是如今他不记得了……他终是个凡人。做了鬼，更混沌了。”

“那……李郎。你会作诗吗？”

李云心摇头笑了笑：“我会抄诗。”

红娘子快活地眨眨眼——至少在这时候，她就像是一个真正的美丽小姑娘：“李郎抄一首来给我听。”

“好。”

李云心闭上眼睛，深吸一口洞庭之上的氤氲水汽。

随后低吟——

西风吹老洞庭波，
一夜湘君白发多。
醉后不知天在水。
满船清梦压星河。

这诗，他以古韵念出来。悠长而凄婉。

而念了这诗之后，那红娘子便不说话了。

她怔怔地看着水面，然后又闭上眼睛。沉默了很久很久才转头，向李云心微笑：“真好听。李郎，湘君是谁？”

李云心温和地笑着，用手中的折扇敲敲掌心：“你看我这扇子，从渭城街边的店铺买来的。扇骨上是不是有斑点，像眼泪一样？”

红娘子瞪大了漂亮的眼睛仔细看看。嗯一声。

“所以这扇骨，是泪竹做的。

“传说很久很久以前有一位人间的帝王，叫作舜帝。还有一条河流，叫作湘江。湘江里出了一个怪物，常害人。于是那位舜帝就去湘江除害。

“他的两个妻子等了他很久也不见回来，就去湘江边寻他。却得知舜帝除了那怪物之后自己也死掉了。舜帝的两个妻子便痛哭，眼泪溅在竹子上，就成了这泪竹。而天帝感念舜帝的功德，封他做了湘江水神——便是湘君。”

“啊……我父是洞庭君呢。”红娘子低低地叹口气，“那李郎想做渭水君吗？”

李云心的睫毛微颤了颤。

在听到最后一句话的瞬间，几十个念头掠过他的脑海。他迅速地抓住了几个，但又统统放开。最终他极轻微地出了一口气，仍平静地笑：“从未想那么远。”

红娘子沉默了一会儿，便也笑了。

“所以我很喜欢听人念诗。听得久了就能听出一些味道来。比如知道李郎念这首诗的时候一点都不欢愉，有许许多多的感慨。”

“我那君父，觉得亏欠了我，便想要补偿我。我爱那人世，爱男人和女人在一起的样子，君父便要杜生来陪我。”红娘子看着湖水里的波纹，“我以前常在湖边听人读书，就是听他的。”

“可他全变了个模样。浑浑噩噩，整日口中只念一句话。

“李郎生得比他漂亮。说话也比他灵巧。我第一次见到李郎……实则……就好喜欢了。”

红娘子又来看李云心，眼神平静清澈。

而李云心也看着她：“可是……红娘子你前几日——”

“因为那时候我虽爱你，却不忍你受苦，又恐我那君父不允我。”红娘子看着他，“可现在我君父对我说既是我喜欢的，收来也无妨。我的执念啊，就是……”

李云心在心中叹了一口气。他知道这红娘子的执念了——

“——想要一个人好好爱我呀。”红娘子长睫微垂，轻声道，“先前我同你说，远走天涯做一个逍遥鬼修还来得及。到如今……我再告诉你，我父被圈禁在洞庭湖中，出不去的。你想要我父去渭城为你那朋友报仇，也是不可能——唯有等待，等待很久很久，或许才有机会。如今你知晓了这些，我再问你：还不走吗？”

李云心沉默了一会儿：“不走。”

他不要走，因为想要证实一件事或者一个人。还觉得，这是一个了解洞庭君的好机会。

倘若这红娘子真的带他去了洞庭君的巢穴……

他便可以知道更多，将谋划布置得更加精细了！

那洞庭君或许是了不得的妖魔，但他也不是什么境界低微的“鬼修李云心”。

这些日子神龙教的声势已颇为浩大，加之前夜城中一战他引发的那九霄雷霆火——渭城里人又记起前些日子九公子在渭城造出的那一场大风雨，都直说——“渭水龙王又显圣了。”

于是如今他已突破了虚境，重回化境了。

只要那洞庭君一时间看不破他，但哪怕对他戒备提防，而不对他使出全力，他便自保无虞，随时可以遁走。

所以……不要走。

红娘子似乎早知他会如此答。盯着他看了一会儿，眼中忽然多了一层氤氲的水汽。

“你竟执意如此。”一个微笑在她唇边绽放出来，“你到底……也是爱我的。……你们竟如此不同。”

李云心微微叹了一口气。他晓得，这是那红娘子的执念占据了她的神志了。

但还未等他再去好好思量那一句“你们竟如此不同”有什么更深一层的意思，就看见这红娘子忽然在月光中轻轻抬起手，露出一截雪白莹润的小臂来。

而后纤纤细指如水波一般轻轻舞动，声音清越曼妙，口中低吟一首曲调怪异的歌谣——

君子于役兮，不知其期——

日之夕矣兮，牧云濈濈——

她将这四句反复地唱了三遍，然后转头，对李云心微笑低语：“李郎，她来了。”

（略）

第 279 章　奇怪的二哥

李云心手中折扇上的那幅灵图已标示出了龙子睚眦所在的位置——他没有动。

实际上这龙子在晌午过后便来了洞庭，但之后就停留在野原林当中耐心地等待。

可李云心知道这并不意味着对方什么都不想做。他驻足之地算是洞庭东岸的一个小小“枢纽”——扼守在洞庭通往渭城的必经之路上。左侧是一长条低矮的山岭，通行不便。右侧则是林中雾气蒙蒙的沼泽，也通行不便。

虽然这些地理条件上的困难都是对于“人”来说的，但睚眦已经表明自己的态度——他在等李云心。

这令李云心颇感疑惑。

因为无论是他自己的认知，还是这个世界当中的传闻，龙子睚眦……都是以凶残暴戾著称的。

在他的那个世界，古时候人们将睚眦的头雕刻在刀剑的刃口处，其他的龙子可都没有这样的待遇。

可如今他与这睚眦接触了两次，却觉得这家伙……“像是一个好哥哥”——当然仅仅是说，白天时候的睚眦。

他的长相也雄壮威武。相对于九公子极度俊俏的容貌来说，显然更加适合“勇敢善良的二哥”这样子的角色。而在洞庭边第一次与自己见面时也表现出了实打实的“兄弟之情”。

这世界上有许许多多美好的感情，但李云心总是很难相信会发生在自己的身上。因此他对这睚眦仍旧警惕。于是在出了洞庭之后小心翼翼地接近睚眦驻足处。先在外围绕了三圈，然后慢慢接近。

临近傍晚时的密林中视线很差，实则和入夜也并无什么区别。

但李云心的目力极好，且……那睚眦穿一身的金袍，头上又戴一顶金冠。他那金冠会在夜晚时候散出淡淡的柔光，于是李云心可以确定对方的位置。

等他找到一个角度，终于能够从百米之外隐隐约约地看到密林中的那个身影的时候便停下来，然后转头往东边看了看。

东边的天空是微微发红的。

琅琊洞天的道士们点燃了渭城。现在道士虽已经离去，但渭城还没有熄灭，在暗夜的大地中像是一堆绝望的篝火。

李云心算了算三者之间的距离，调整呼吸。

昆吾子曾给他一计。

——那位宗座将操控渭城大阵的阵诀交给了他。虽说李云心眼下不知道原理构成，但可以“使用”它。

昆吾子又说睚眦生性最爱火焰。一旦李云心可以在他还是“睚眦”的时候将他引到渭城去“慢慢谈”，那睚眦十有八九要向着火焰的方向去。

如此一来，到了夜晚九公子再出现，便在渭城大阵的覆盖范围之内了。

而今李云心看睚眦——似乎并没有气势汹汹地要扑过来将自己捏碎的打算。好像……事有可为。

他便又等待了一会儿，发现睚眦也转头向他这边看了一眼。

随后耳边传来声音：“九弟，你要藏到什么时候呢？来与二哥说说话吧。”

睚眦的声音平静沉稳，的的确确很有“二哥”的味道。

李云心想了想，从密林中穿行过去。等走到距睚眦十几步远的时候，终于看得更清楚了。

睚眦正盘膝趺坐于地、五心朝天。一边睁着眼睛看自己，一边吸收日月精华与天地灵气来疗伤。

他穿的原本是金袍。龙族的血液又是金血。所以要走近了才能发现睚眦的袍子上满是亮闪闪的“金粉”——那大概是血液干涸之后留下来的血痂。

他瞪眼看李云心。待他走近了才露出一个奇特的笑：“这么说是九弟你将我骗去了陷空山？”

李云心微微皱眉，细细想了想，道：“二哥误会了。是那些道统的人设计，叫咱们妖魔内斗他们好收渔翁之利。小弟当日在陷空山也被斩了一个分身……哪里会是我设计！”

睚眦想了想，微微闭一闭眼，又睁开：“据说我昨夜与陷空山的邪王恶斗了一场。那邪王修为虽不如我，但那时的我也不是本我——他又携着陷空山千年经营之力与一众妖魔来攻。

“因而我最终只将那些小妖杀光了，却与邪王两败俱伤。但天明我清醒过来才意识到事情不对劲儿，因而抽身走掉。交手之时也同邪王说了一些话，于是得知——你似乎并不是我从前那个九弟。”

李云心想了想，道：“我是夺舍来的。”

但睚眦并不说话，只看着他——像是在等他的回答。

——与此前在洞庭时的情况一样。

无论是洞庭君还是睚眦，对任何有关“夺舍”这件事的言语都处于自动屏蔽状态。

如果这样子……那还怎么解释？

他便想了想，换一种说法：“二哥最近有没有意识到……一旦到了晚间，自己就失掉意识了么？”

睚眦挑了挑眉：“最近？一直都如此。只是最近……晚间总会乱走动。”

“二哥也没有好好想一想，为什么自己会乱走动么？”

睚眦笑着看了李云心一会儿，不说话，然后站起身——李云心下意识地退了一步去。

睚眦便挥挥手：“已调息了个七七八八。先不在这里说这些事。林子里又冷又潮，很难受。我们往渭城去——我前些日子看见一整座城都被点燃了。”

他说完这话便飞身上了天，化作一道金光直射渭城方向。

而李云心愣了愣才跟上去。

……会有这种好事的么？

李云心之前还在想如何在天黑之前的这段时间里软磨硬泡也好、激将也好——将睚眦弄到渭城去！

他觉得这睚眦或许已经知晓了一些事，甚至还在筹划一些事。

但他眼下的处境则是，明知道如此却不能逃开。

睚眦至少还是有些理智的。一旦到了晚间那九公子现身了……可就绝没什么道理可讲了！

他便不得不跟上去，以求事情或有转机。

林中到渭城的百里路程对于玄境、真境的妖魔来说也只是瞬间罢了。

等李云心到了渭城边时，看到睚眦已经站在城下。

渭城有厚重的城墙。边角还有瓮城。眼下这城墙倒成了“火塘”——除了边角的几个瓮城之外，余下皆在熊熊地烧。烧了这些日子，城中的草木早该烧尽了，但现在那火焰附在石头和泥土上还不熄。

城外的土地都已经变成了一面又一面光滑的镜子，这些镜子反射着城中火光，便叫周围更加明亮辉煌了。

睚眦现下正站在渭城的城下，负手往城内看。

待李云心也落下来，才感叹道：“道统的手段也算精妙。这样的一座大城化为一座大阵——一旦全力发动起来，大概玄境的修士也无法抵挡。如今道士们虽然走了，但我看着阵法还在运转——九弟，你会用这阵么？”

李云心在火光中变了脸色。他皱眉，道：“操控这阵法需要阵诀……”

“那么想来阵诀九弟已经拿到了。”睚眦转过了身，被身后的熊熊火光映衬得光辉灿烂，“我这就放了心。”

他又抬头看看天边：“天色已经不早。估摸着还有两刻钟小九就要现身——九弟你可有把握在今夜保住自己的性命？”

李云心终于皱起眉：“你……究竟是谁？”

睚眦笑着问：“嗯？”

“睚眦不会知道这么多事。你究竟是谁？！”李云心死死盯着他。看了一会儿又试探着问：“苏翁？”

睚眦哈哈大笑起来，背着手在原地踱了几步，转头看李云心：“我可不是什么苏翁。我正是你二哥。不过见到九弟这副模样也是难得——都说你心思深沉算无遗策。但如今看，啊呀……九弟，这天下可不是人人都是傻瓜呀。”

这睚眦神秘莫测——李云心在心中对他做出了这样的评价。

他几乎可以算是李云心遇到过的、看起来最和善的妖魔。但如今他意识到，或许也是最难缠的一个。

因为他说起话来与自己太像了——吞吞吐吐模棱两可，叫人心里直发痒却总也想不明白，恼怒得想杀人。

但李云心很快意识到自己对他的评价又变得不准确了。

因为睚眦不再笑，而从脸上露出严肃郑重的神色，道：“好。玩笑话说到这里。还有两刻钟，二哥来同你说正事。第一件事便是，我在洞庭湖边暗中观察你这么多天，觉得你已通过了考验——可以成为龙族的一员了。”

李云心皱眉，想要说话，但睚眦当即伸手打断他：“不要插嘴，安静听我说，收起你的聪明心思——如果你想要活命的话。”

睚眦此刻的态度不在李云心此前的任何一个备选计划当中，甚至可以说事情的发展完全超出了他的想象！

他不晓得这是对方的计谋还是其他的什么缘故，但睚眦脸上那严肃郑重的神色令他不得不继续听下去——在他没有更好的对策之前。

也许睚眦的那句话说对了——这天下可不是人人都是傻瓜。

但仍旧是傻瓜占绝大多数。

而今他遇到了一个不但不傻，而且还很聪明的。

睚眦并不理会李云心的心思，继续说下去："我来洞庭时，你被道统、妖魔、共济会夹在一处，举目都是死路。但这些日子你却生生在这死路当中走出了活路，且手段漂亮。因而二哥觉得你是个聪明讨喜的家伙，由你来做小九也不错。在二哥这里，你算是龙族的一员了。"

第284章　妖魔与凡人

（略）

不多时看到翠岗，李云心便知道此地为什么是这个名字了——隐士所居住的草庐在一个平缓的小山坡前。而山坡上绿草如茵，仿佛是用颜料画出来的。

那是一间茅草覆顶的土坯房子。门楣开得低矮。像李云心这样的身量，倘若走进去得下意识地弯一下腰，不然可能要弄乱了发髻。房前有院子，院墙是低矮的篱笆墙，门也是用粗细不一的枯枝结成的。

前任主人一定不是一个勤快的家伙。院内似乎开垦了一片小小的菜地，然而很久没有人侍弄，已经荒芜了。一柄烂了半边的木锄躺在地头，柄上似乎还生了细细白白的蘑菇。

院中没有井。

房上没有窗。

也不晓得厕所在哪里。

总的来说……对于这个时代的穷苦人而言，此处或许勉强可以算是"至少有屋有院的容身之所"，但对于李云心而言，他宁愿幕天席地，也不会居住在这里。

他在门前略迟疑一会儿，伸手推开柴门，走到屋门前。

然后再将屋门推开，便闻到屋子里那种烟熏火燎的味道——这样说这屋子里竟然有灶台。

李云心微微低头走进去，随手在土墙上画了一盏油灯。泥土簌簌地落下来，然后墙壁上的油灯亮起来。

温暖柔和的白色光芒盛满这间屋子。于是李云心看到屋中有一个半倾的灶台，一铺塌了一半的土炕。

然后什么都没有了。

他轻轻出了口气，又拿扇了在面前扇了扇。

然后，往地上一抖。

一个人从扇中落了出来。

这人落出来的时候，似乎还很不能适应如今的环境，先警惕又惊恐地茫然了一会儿，随后她看到李云心，便一眨不眨地盯着他看，接着后退了两步。

她伸手在虚空里想要抓些什么，但自然什么都抓不到。想了想又往四下张望似乎打算找到一两件武器，但自然也找不到。

李云心轻轻摇了摇头，不理会她，转身走出门。

女人没有跟出来——直到李云心走到院门前她才从屋门旁露了半张脸："李云心！"

声音中的意味很复杂。李云心收回要推开柴门的手，转过身。

月光柔和地洒在他的身上、院中，将屋内女子的半张脸也镀成了银色。

他平静地看着她，不说话。两人对视一会儿，女子才道："你要做什么？"

"我要走。"李云心答。

女子狐疑地看看他，又看看周围："你要做什么？"

虽然是同样的两句话，含义却不同。

李云心想了想，说道："你已经自由了，凌空子。先前你待在我的龙宫里，并不是我要圈禁你。而是因为那时候情况复杂危险，放你出来你可能会死。现在事情已经解决，你的人身也已经成了，我就给你自由了。”

凌空子——刘凌——认认真真地想了一会儿，皱起眉：“你为什么会救我？”

“因为之前在洞庭上看见你牧云的时候，我答应过要救你。”

刘凌眨了眨眼，微微一挑眉。不晓得是表达惊讶还是表达不屑。

她意识到李云心似乎真的没有敌意——暂时看来，于是慢慢从门后走出来。

李云心看到她的脸颊上多了一块污迹——这门框是脏的，墙也是混杂着稻草的黄土墙。她躲在那里自然要将自己弄脏。不但脸上脏了，就连身上的白衣也脏了——从扇中来到现实世界这么短短一小会儿，她就不那么干净、崭新了。

但刘凌没有意识到这一点。

实际上在很长一段时间里她都已经习惯有法宝护全周身。她永远一尘不染、超脱世俗。即便曾经在渭城的驻所中将一个不听话的修士轰杀成满院的血肉沫子，从其上踩过去，她的足底也是干净的。

“你还给我重塑了肉身——”她说出这句话的时候语气有些异样。但那一点微不足道的情绪很快过去，她又问：“你为什么给我重塑肉身？”

“不是我的本意，而是另有人做了这事。不过你要说是我的功劳，也的确是我的功劳。”李云心平静地说，“你现在的肉身，是我的龙宫当中塑造出来的六欲劫身——六欲，来自我的六欲。我从前的确可以中断这个过程。但一则，我不想得罪某位高人。二则，我的母亲是上官月。你知道上官月吗？”

刘凌皱眉想了想，不说话。

她变得很谨慎、很小心。她身上从前那些淡泊、从容全消失了，现在的她像是一个受惊的孩子，小心翼翼地对待每一件事。

“这么说你不知道。”李云心笑了笑，“简单地说，我母亲有当今双圣的稀薄血脉，我自然也有。这意味着我和道统有些亲近的关系。但我不想要这种关系。我还了道统一些人情——其中也包括你——然后我们要各走各的路。我如今是妖魔了。”

凌空子怔怔地听了，怔怔地看他。

似乎修为消失了，她的脑筋也没那么清楚灵活了。她想了好一会儿才道：“……妖魔？”

但李云心已经转了身，推开柴门。

刘凌迟疑一下子，叫他：“你要去哪里？！这是哪里？洞天的人呢？”

李云心停住脚步，顿了顿，扶着门再转身：“这里是渭城南边十里处的翠岗。以后就是你的家。渭城里的人已经死光了，以后你会过得很苦。”

他说到这里停了一下子。因为看到刘凌的脸上露出奇怪的表情——

她先略茫然地往四下里看了看，然后缩了缩脖子。接着下意识地抱住双臂，皱眉，退后一步去。

一阵夜风正吹过。

李云心低叹一口气，看着她：“这种感觉叫作冷。”

他又摇摇头，伸手在扇面上一抹，扯出一床红艳艳的薄被来，递给她。

刘凌没有接。

李云心便将薄被丢在地上，道：“君山上的东西。不是凡物。冬天可以御寒。”

又取出一只银酒壶，手指动了动撕成几块丢在被子上：“你应该知道的，这叫银子。用来买东西。这些是一两银。”

刘凌用迷茫的眼神看他做这一切，然后身子再缩了缩，问他：“这是什么意思？”

李云心沉默一会儿，叹口气：“你还没有意识到，嗯？

“好吧。这样同你说。

“你之前是死掉了的。雪山气海被废，肉身被毁。神魂则藏在音铃里。这意味着你的修为全没了。

“然后你本该做鬼修——用你的什么执念变成个疯疯癫癫的鬼修。但有高人用我不清楚的法门为你重塑肉身——就是用我的七情六欲，为你造出来的六欲劫身。

“这意味着你本身就是欲望的化身……以后你会慢慢体验得到。但说到修行的话——你从前修行的法门要绝情弃欲。可你如今的身体压根就没法修行。所以说你眼下是一个普通人了。

“至于道统……”李云心同情地看着她，“我和昆吾子在一起待过一段时间，达成某种程度的和解，做了一些交换。其间谈到许许多多的事情，甚至包括他座下几个虚境道士的生死。

“然而直到他离开，也没有提到过你。因为现在的你对道统而言……一则，你失败了。二则，你在失败的同时毁掉那样多的法宝。如果你还有修为，也许他要带你回琅琊洞天问罪。

“但如今你已经是一个修行都不再可能的世俗人，就连问罪这一步也可以省略掉。道统希望你在世俗中安安静静地活着，或者安安静静地死去，或者说压根不在乎你怎么样……也许你还会有奇遇，但至少现在——”

李云心看着她：“没人想要记得你了。”

刘凌目瞪口呆地看着他，似乎有些能理解他说的话是什么意思，又没法子全部理清楚。她眼神慌乱，眼睛眨了又眨。嗓子里像是被塞进一块炭，干得像是要冒烟。她在许久许久之后才说出一句话，但就连她自己都不知道这是不是她想要说的话：“……就在这里？”

然后她转身往四周看了看。

这是一个在荒郊野岭的、在月光下的破败院落。

“这里对你来说是最好的。因为不知道你自己对此有没有什么概念——”李云心看着她，“你是一个很漂亮的女人。在如今这时代作为一个漂亮的女人……尤其是一个对很多事都不了解，且没什么财富、势力的漂亮女人，是非常非常危险的事情。”

“对于世俗人来说这世界上有许许多多比死还要可怕的事情。所遭受的痛苦包括但不限于生理、心理。但渭城附近几乎已经没什么人了。这里是死地。以后会有人来，但要在很久很久的以后。所以在这段时间里……你可以先适应作为一个世俗人的生活。”李云心转了身，走出门，并且将柴门轻轻推上了。

“希望你可以活得久一些。这世界其实很有趣。”

刘凌颤动着嘴唇大叫起来：“哪里有趣了?！哪里会有趣?！”

她跌跌撞撞地跑到门前抓住李云心的手，身体当中那些因为先前的茫然不知所措而被压抑起来的情绪都爆发了。她歇斯底里地朝李云心大叫：“到底还有什么办法?！你一定还有办法！怎样才能重修？重修?！”

但李云心的身躯如此坚硬，以至于她的指甲缝当中渗出了血迹来也没能在他的手上留下哪怕一个白印儿。

李云心抬起手甩开了她——她此时的力量对他而言如此微不足道，仿佛手上只是搭了一根蛛丝。

“你可以死。”他冷静地说，“再死一次，成鬼魂。或许机缘巧合有万分之一的机会成鬼修。你可以试一试。”

刘凌怔住了。半天没有说话。

李云心摇了摇头，转身踏着月光离去。

如果是从前的凌空子，在听到他那一句话之后会毫不迟疑地将树枝戳进自己的脖子。

但现在的刘凌已经失去了一切——包括从前她的修为所带来的骄傲、冷静、超然。

像是陷进了泥潭里。

世界总会在你悲惨的时候……令你变得更悲惨。

[节选自起点中文网]

【粉丝评论摘编】

@君心绪：主角人设满分，很久没看到这种合理的神经病了。绝情绝性，又带有自毁性的疯狂，但每一步却都在算计怎么不死，仿佛只是在生死的钢丝绳上体验快感的疯子。世界设定上，看似修仙世界，但更大的可能是一个被设计的游戏世界，阴谋跟谜团交叉，有种《星空王座》的味道，各种黑暗风。不要去强行套以前看过的所有模板然后再揣测合理不合理的问题，因为主角一直在装 × 打脸，你本来以为的，很可能也是作者为了打你脸准备的。

（发表于优书网，2017 年 5 月 17 日）

@阳方十月：主角所处的世界里所搭设的道统、剑宗以及妖魔这些大背景，具有浓厚的中国式魔幻意味，我好像感受到好些年前的《今古传奇》武侠版的风格，在目前几乎千篇一律的仙侠网文中说一句独树一帜完全不为过。

（发表于优书网，2017 年 7 月 4 日）

@龙枪虎豹骑娱乐文学基地：这个作者绝对不避讳倒叙插叙，而且手法非常娴熟，读来极度流畅。我们知道，在叙事结构上玩花活儿是个很危险的事情，故事的逻辑一般都是按照时间线进行的，把叙事点提前或者挪后都是很危险的，稍有不慎就会对读者的理解和情绪波动造成负面影响。但是本书几次插叙都很有章法，叙事意识很强——所谓叙事意识，就是有明确目的地运用叙事手法，这种写法很见功底。

（发表于书鱼扫文，2018 年 6 月 26 日）

@去年天气不错：我是按照喜欢的电影来挑书的，商业性（特效、动作场景、搞笑、剧情等等分支中任意一项）和内涵，有一样做好就是好电影，何况《心魔》二三四五六……多者兼具。

说实话《心魔》的节奏是很适合直接拍电影的，龙子的神魔恋，不是，神魔体敘，多帅哦，小青年都燃爆了好吗！中国年轻代厉害的原画师不要太多。第一部结局当然是夺舍成功，说实话我到现在印象最深的一幕还是小九让云雾包裹自己，站着死去。

（发表于起点中文网，2018 年 8 月 30 日）

@一羽羽羽：二刷时感受很深的是花青的剧情线捋得非常清晰，伏笔一处一处相互勾连，开篇的寥寥数十章就已勾出了后期的轮廓——太上忘情、李淳风、三花、木南居，乍看上去随意的一句，中后期都可能有意料之外情理之中的妙用。短期的伏笔也超多超缜密，像李云心雨夜中惊鸿一瞥的檐角螭吻、邺朝和庆朝的更替、雪山气海和愿力……而且很多小伏笔有连贯性，细节真心惊艳。

还有很棒的一点是线索收束得非常有条理。太喜欢云心晋升太上后回到陆地的剧情了，一路了结缘果，将此前的草蛇灰线一一描摹清晰……嘉欣那章《缘起缘寂处》缱绻又温柔，之前紧张如狂风骤雨的剧情渐渐融入春日暖阳，刚封印过一次感情又晋入太上的、显得疏离超脱的李云心，也终于再次走进人世，再次生动起来。

（发表于起点中文网，2019 年 3 月 16 日）

［导引：吉云飞、项蕾；简介、节选、粉丝评论摘编：项蕾］

“进化非人”的“有趣”新世界

——评沁纸花青《心魔》

项　蕾

在网文作者中，沁纸花青堪称最擅长写“非人”的。“非人”们异乎寻常的生命体验，原本是现代派文学至为热衷展现的内容。沁纸花青却创造性地将其引入高度成熟的类型小说，挥洒出《心魔》这样一篇极具探索意味的小众网文。

网文中的“非人”形象，大可分为以下两类。第一类很常见，就是由凡人修炼成的仙人，或有着“凡人心”的妖魔鬼怪。他们的缔造者无意冒犯人，只想抚慰人。第二类则不算常见，这类“非人”由人“异化”而来，其怪异，总是指向凡人于此时、此世、此身的困惑和难堪。他们的创作者堪称现代派先锋作家的精神后辈，内蕴着超越既定规则、挣脱社会束缚的强烈冲动——没错，说的就是沁纸花青。

在凡人界、修士界、妖魔界交叠共生的《心魔》里，在形形色色的路人和配角中，就有不少这样的“非人”角色行走其间。游魂便是最典型的例子：人若成为游魂，便被执念这一异己的精神力量奴役，利益、逻辑、情感、价值……人类常识系统中的一切，都要为执念让步，并终至消弭殆尽。

不过，尽管名为“非人”,“异化”的“非人”却从未远离人的概念。“非人”由人“异化”而来，其中已自蕴含一重判断，即人拥有某种相对固定的正常状态。当人完全颠倒，跌进与“正常”截然相反的“非正常”时，他就变成了“异化”的“非人”。若将人比作只杯子，“异化”的“非人”便是这只杯子被倒扣后的形态。杯子是倒扣杯子存在的前提，就好像“正常人”是“异化非人”存在的前提，公共价值体系是其崩毁与颠覆状态的前提。“异化”的“非人”们，依靠着反叛它们想反叛的东西来定义自身，是特定社会环境之下人类中心主义的产物。可是，只能如此么？难道人永远不能逃离自己和自己的影子，“非人”注定只可经人“异化”而来？

沁纸花青不这么认为。他比现代派前辈们走得更远，因为他已经身处后人类时代，人类正在升级为神。

所以，沁纸花青可以坦然地以“进化”代替“异化”，造出不同以往的“非人”，还大胆地启用他们作为主角和重要配角。“进化非人”这一形象，早在其此前的作品《类神》中就已初见雏形。故事最初，主角李真便已“死亡”，无数癌细胞掐断了现代医学能够识别的所有生命体征。他被埋入新坟，在泥土里花费数月，等癌细胞改造身体。全新肉身长成那日，他揣着远超人类的机能和完全不同的习性，爬出坟冢、走入人世。这具“非人”的肉身，后被证实是黄帝后裔所有。李真并非死而复生的癌症怪物，而是比人类更加高等的智慧生命。此前不过世人自大，又囿于文明发展水平，才试图用癌细胞来解释“进化”因子。在这个设定里，人的医学神话破灭，人本身绝对中心的地位也立刻随之偏移。它们腾出地方，使“非人”得以往“异化”以外的方向伸展肢体。

比之《类神》，《心魔》显然更进一步。和李真还需有从人身到“非人”身、从人心到“非人”心的过程不同，《心魔》的主角李云心刚开篇就是“进化”完毕的“非人”。仍以杯子作喻，沁纸花青写“杯子”和“倒扣的杯子”，写李真这样的“进阶杯子”，到李云心这儿，他却从与“杯子”毫不相干的地方，扯出一样事物来写——这东西被时浅时浓的迷雾笼罩，或许是杯子，也或许不是。正如李云心不像所谓“正常人”那样循规蹈矩、合乎规范，也不是无逻辑、无价值的“异化非人”，他和其他“进化非人”自有一套逻辑起点与价值尺度——在小说中，这一标准被概括为“有趣”（与此相对的“无趣”恰是一种工业化社会对人的“异化”）。例如，“若让我觉得有趣，便不吃你了。”虽然，在大多数情况下，“有趣”的标准模糊、流动且极为个人化，但在人的常态逐步失去合法性的时代，却也已经足够扛起剧情。如第一卷《渭城朝雨》，李云心与另外三位

“进化非人”（螭吻九公子、鹏女白云心、天才修士刘凌）就吸引了读者几乎全部的注意力，主角如何在更强的“同类”面前盘活死局、绝地求生，也成了本卷的核心主线。敢于把握和描写众多戏份吃重的“进化非人”，敢于将他们的各种互动作为故事的主要内容，使得沁纸花青真真正正地展现出新世界、新规则与新人类的可能——虽然尚不清晰，但已颇具规模。

作为一篇具有强烈实验性质的网络小说，《心魔》以“进化”替“异化”，描绘出一群此前从未出现过的“非人”形象，从而得以甩脱昨日世界的桎梏，想象人在“正常”与“非正常”之外的可能性。然而，作者无法舍弃个人的先锋趣味，喜好绵密、细致地描写未能给主角带来实际利益的痛楚与死亡，让这部本就不“套路”、不“类型”、不写现世与凡人的作品彻底止步于小众精品，未能在大众范围内流行。不过，这一“任性之举”不仅无损于作品本身的进化特质，更是小众网文探索者具备自身美学风格、敢于追求独特体验的最佳明证。

谋断九州

冰临神下

冰临神下，1977年生，阅文集团签约作者。虽非大神级作家，却有大师级的潜质。2000年毕业于吉林大学汉语言文学系后，曾在北京多家报社担任编辑。2011年辞职，10月，在起点发布首部作品《落榜神仙》，尝试以主流网文套路创作、谋生，但终因自己无法忍受套路化、同质化的写作模式而中途放弃、烂尾。2012年7月，开始连载武侠小说《死人经》，决定按自己的方式来写，写到150万字才最终上架，后被誉为“武侠类网文巅峰之作”。2014年6月，开始更新《拔魔》，这一修仙小说中的异类被部分读者评价为个人修仙类第一。2016年3月，发布历史小说《孺子帝》，从幻想类型步入历史领域，自此连续创作三部历史小说，也自此显示出大师级作家的气象。2017年的《大明妖孽》与2018年的《谋断九州》虽然影响力不及《孺子帝》，但都是可遇不可求的绝品，也都创造出了一种历史中的行动者的形象乃至哲学。而沉郁顿挫的情节情绪、限制视角的运用以及如手术刀精准的文字，也共同构成了冰临神下在网文作家中独树一帜的个人风格。

《谋断九州》于2018年8月9日发布，2019年6月29日完结，共计555章，约180万字。主角主动放弃了王位，一反历史类网文建功立业的套路，试图追问生命和历史的终极意义。因小说在价值观上的造反，在一贯被吐槽“晦涩难懂”“虐主”的冰临神下系列作品中，也属于最具实验性和挑战性的。

【标签】架空历史　厚重　谋略

【简介】

前朝余孽、吴国公主之子徐础，从出生起便陷入重重矛盾之中。刘有终称他为“闭嘴治世之良贤，张嘴乱世之枭雄”，诚如斯言。徐础先为枭雄：一剑刺入万物帝胸膛，辗转为王，有问鼎天下之志；后为良贤，面对贺荣部，徐础不忘百姓，效法苏秦合纵连横之道，以三寸不烂之舌集中原之力驱逐异族。在天下安定后功名身退，终得以泛舟吴越，归隐江湖间。

选文部分是本书开篇楔子与最后一章，写的是乱世开始之前的山雨与乱世结束之后的风波。楔子中交代了徐础的出生，是日后徐础内心矛盾的根本缘由，也为他的数次转变埋下伏笔。结尾照应开头，徐础不再为他人谋划。从闭嘴到张嘴再到闭嘴，虽然徐础退出了舞台，但平静下的暗潮表明历史仍旧在不断重复。

【节选】

楔子　故国

（两点说明：1. 本文是架空历史，为行文方便，人物有名无字，称呼比较简略，官职接近于南北朝时期。2. 状态还在恢复中，只能每日一章，我会尽快调整过来，请大家谅解。）

一

窗外雨声淅沥，半梦半醒间，徐宝心恍惚回到了故国。

她从小喜欢雨滴声，父亲为此在闺楼外面为她建造一处精妙的装置，动用大量粗细不一的竹筒，外面覆以成片的花草。每当她闷闷不乐而又天气晴朗的时候，雨声就会响起，时急时缓，抚慰她的心绪，分不清是心随雨意，还是雨随心意。

这装置有个名字，叫作“雨神通”，徐宝心更习惯叫它“雨儿”。

大将军楼温第一次登门时，对“雨神通”颇感兴趣，前前后后仔细查看一遍，随后放肆地大笑，向众人道：“亡国之人必有亡国之举，此言不虚。吴国该亡，活该亡在我手里。”

士兵们受命将“雨神通”拆得干干净净，大将军扶刀登楼，排闼直入闺房，站在门口打量徐宝心一会，叹道：“亡国之人自有亡国之貌，你这个小公主，我是要定了，谁也别想跟我抢，皇帝也不行！”

那一年，吴国公主徐宝心刚满十六岁，已经择定驸马，还没有出嫁；从小到大没受过半点苦头，除了父亲，没见过别的成年男子，更没被人无礼地盯视过。

那一年，成国大将军楼温四十三岁，南征北战二十几年，历经大小百余役，从无败绩，在他的注视下，就连皇帝也要移开目光。

徐宝心忘了当时身边是否还有别人，只记得自己悲痛欲绝，既想自杀，又想杀死闯入者，但她最终哪样都没做成。像是被定住一般，眼中所见全是一只被甲衣包裹的肚皮，硕大无比，整个屋子都被充满；声音仿佛从肚中传来，这几乎就是她对大将军的全部印象，即使日后同床共枕多年，也没加入多少其他内容。

徐宝心当天被送上车，奔赴大成朝的东都洛阳，从此远离故国，只在梦中才能回去一趟。

“公主……”声音轻柔而恭顺，与从前一模一样，徐宝心在梦中陷得更深，嘴角露出微笑，耍赖不肯起床。

“公主。”声音依然轻柔，却多出一分坚定。

徐宝心明白过来，这里不是江东吴国，而是洛阳，在这里，她是大人、是战俘、是婢妾、是母亲，没有资格赖床。

她睁开双眼。将近八年了，每次醒来，她的心仍会滞留在梦中最深处，空落落一片，却无法容纳眼前的现实。

二

大将军楼温召见府中所有妻妾，这对他来说是常有的事情，府中的女人不管是什么来历，都属于“战利品”，值得摆出来炫耀一下。

楼温治家如治军，给三百七十多名妻妾各自安排军职，夫人是将军，宠妾是偏将、裨将、参将，余下的则是校尉、队正、伙长一类。

每次聚会，各人皆有固定位置，站错者降职，甚至会受鞭笞，因此大将军府内姬妾虽多，一片花团锦簇，却毫不散乱，颇有法度。

楼温以此为荣，曾自夸道：“我若是花些心思稍加整训，你们虽是女流之辈，也不会输于同等数量的男儿。”

还好，大将军从来没真起过这个心思，他不会真让自家女人与外面的男人见面，更不会真来一场性命相搏。

徐宝心是个例外，没有被委以“军职”，在府里她仍是“吴国公主”，包括大将军在内，所有人都这么称呼她。

吴国公主——“吴国”两字从未被省略，以免与真正的大成公主混淆；“公主”两字往往会被刻意强调，再配上各种古怪的神情，好像彼此心照不宣地传递秘密。

徐宝心没有秘密，她甚至很少掩饰自己对丈夫楼温和大成皇帝的恨意，偏偏大将军很吃这一套，用他自己的话说：“老子一生所为就是灭国、抢女人，吴国公主恨我？让她恨去吧，一个小女人，满肚子恨意能奈我何？哈哈，老子就喜欢她这调调儿。”

话是这么说，除了徐宝心，府中再没有第二个女人敢在大将军面前显露半点恨意。

众多姬妾在庭院中排列整齐，徐宝心独自站在队列前方右手边，这里是她的位置，与众不同，但是毫无意义，她仍然是一名亡国公主，无依无靠，无权无势。

今天的这次召集有些古怪。一是时间尚早，还没到午时，通常这个时候大将军不是宿醉未醒，就是去官署办事；二是大将军神情过分严肃，站在廊庑之下，肚皮比平时更加肥硕，个子矮些的人几乎看不到他的头颅。

夫人也露面了，站在大将军身边，这可是一件稀罕事。夫人娘家姓兰，家世显赫，与楼氏门当户对，虽被授予“将军”之号，但是极少参加这样的聚会。

兰夫人神情同样严肃，还有一些悲戚。

大将军轻咳一声，以前所未有的轻柔声音说：“天子……天子驾崩，大成举国同悲。”

所有人都吃一惊，当今皇帝刚刚五十多岁，从没传出过病重的消息，突然间竟已弃臣民而去。

兰夫人低低地抽泣一声，她的亲姐姐乃是皇后，皇帝驾崩对她来说多了一份丧亲之痛。

“咳……”楼温显出一丝扭捏，好像在宣读一张满是生僻字的诏书，“很快……我要进宫……领受先帝遗诏，你们……都要换上丧服，那个越丧越好，还得哭，谁的眼泪多，有赏。还有，你们当中有谁从前是吴国人、蜀国人、梁国人、晋国人，尤其要哭得凄惨些，若是不合要求，惹下祸事，别说我……”

“噗。”突然有人笑了一声。

即使是在平时，用笑声打断大将军说话，也是不可饶恕的罪过，何况举国同悲的日子？姬妾们低下头，不敢四处查看，心里明白只有一个人胆子会如此之大。

楼温瞥了吴国公主一眼，打算原谅她一次，毕竟已经原谅过她许多次了。

可他的肚皮太大，这一眼以及眼中的信息都没能传递出去。

徐宝心也低着头，为的是掩藏笑意，可她实在忍不住，笑声从“噗噗”变成“嘻嘻”，不等大将军开口制止，笑声已变成放纵的“哈哈”。

楼温收腹，满脸惊讶，仍沉浸在深深的悲痛之中，竟然没有发怒。

徐宝心其实很害怕，但她没法抑制笑声。长久以来心中那块空落落的地方，突然决堤，原来里面并非空无一物，数不尽的情绪奔涌而出，化成越来越强烈的笑声。

“你……憋回去！”大将军楼温终于清醒过来，厉声呵斥。

徐宝心憋不回去，双手按住小腹，笑声不绝，即使这时候刀下头落，她的脸上也会凝着笑容。

大将军真的拔刀出鞘，他可以允许吴国公主有一些小毛病，却不能接受如此公开的挑衅。

兰夫人伸手拦住丈夫。“她怕是疯了。”

“疯子也得守规矩。”大将军收回拔出半截的刀，费力地迈下台阶，大步走到吴国公主面前，原本握刀柄的手改而抓住公主细瘦的腕子，“今日不比往常，你又是吴国人，最好老实点，等我从宫里回来……嘿，难保你是死是活。”

徐宝心没有挣扎，她早已放弃无谓的反抗，但在心里她从未放弃仇恨，大声道：“他是怎么死的？”

“嗯？”楼温没听明白。

“你的皇帝，是怎么死的？”

楼温脸上变色，手掌握得更紧。“你真不想活了？”

手腕疼痛欲裂，徐宝心没有喊痛，声音反而更高一些。“当初我被皇帝留在身边一个月，你不想知道其中详情？”

楼温愤怒地吼了一声，甩手将吴国公主扔出十几步远。

徐宝心的言辞打破了禁忌。多年前，她刚刚被送到东都洛阳的时候，人未下车，就被送到皇宫里，足足一个月之后才又转送到大将军府。

楼温曾口出狂言，声称就算是皇帝也不能与他争女人，事实证明，皇帝还是能与他争上一争的。

一直以来，楼温绝口不提此事，徐宝心也乖巧地回避这段经历，直到今天，她突然不想再装糊涂。

楼温年纪大了，手劲却没有衰减多少，徐宝心重重地摔在地上，全身疼痛，她依然大笑不止。“大成皇帝未得好死，罪名又要落在五国人头上……”

梁、晋、荆、蜀、吴合为五国，灭国之日远则二十几年，近则不过十年，宗室贵门尽入洛阳，大成朝廷每有风吹草动，就要拿五国人开刀。

楼温大步上前，一脚踏在吴国公主胸前，伸手又去拔刀。“我先杀死你这个小贱人，免得给我楼家惹麻烦……”

大将军发怒的时候必须有人来劝，否则的话，事后他会更愤怒，迁怒于当时在场的所有人。

兰夫人一直跟在丈夫身后，及时伸手拦下，劝道：“亡国之人，何必理她？

大将军快些进宫吧，值此非常之时，不可逗留在家。”

楼温没想真的杀人，松手挪脚，恨恨地呸了一声，向夫人道：“给我狠狠管教这些妇人，我立刻进宫。”

“记得最要紧的事情。”兰夫人提醒道。

“记得记得，皇后，不对，现在是太后了，天黑之前肯定会接你进宫。”楼温不耐烦地说，迈步要走，突然停下，调整情绪，确认自己随时能哭得出来之后，这才大步离去。

三

兰夫人目送丈夫离去，转过身，面朝诸多姬妾。“换丧服，哭。”

府里的婢女早已备好麻服，几百名姬妾就在庭院中换衣，谁也不敢说个不字。

兰夫人走到吴国公主面前，盯着她看了一会。

徐宝心仍躺在地上，面朝下切切地笑。

兰夫人轻叹一声。她不喜欢这个女人，因为丈夫对所谓的吴国公主过度宠爱，但也不是特别憎恶，因为无论丈夫怎么宠爱，这终归只是一名亡国之人。

“是大将军的错，不该让大家称你‘吴国公主’，叫得多了，你就当真了，分不清现在的地位。”

徐宝心抬起头，脸上残留着笑意。“皇帝是被吴国人杀死的，对不对？”

兰夫人眉头微皱。“整天无所事事，你们这些人都被养得疯了。”身后传来哭泣声，兰夫人不太满意，转身道，“陛下子养万民，你们要像丧父一样悲哭。”

哭声立刻沸腾。

兰夫人转向吴国公主，在那张脸上仍看不到该有的威容。“陛下数日前突发恶疾……我对你说这些做什么？今天只是演示，待到正式临丧的时候，或是哭，或是死，你自己选。”

徐宝心收起最后一点笑容，强行支撑着起身。“让我见他一面，就一面，我感夫人的恩，我恨大成皇帝，恨大将军，但我生生世世感夫人的恩。”

兰夫人心有领会，沉吟片刻。“回你的房里去。”

四

“他”是一个小孩子，刚刚六岁，一直以来与诸多兄弟生活在一起，称兰夫人为“母亲”，偶尔会与吴国公主见面，却不知道该怎么称呼，通常是默默地站在那里，看着她哭，听她唠叨，心中既同情又厌烦。

今天是个例外，吴国公主居然脸上带笑。“础儿，你长高了，学会多少字了？会写自己的名字吗？吃得好吗？有没有人欺负你？”

六岁的楼础嗯嗯以对，希望能早些结束这次会面。

徐宝心说了许多话，直到门口的婢女催促，她才不得不结束，双手捧着那张不太情愿的小脸，低声道：“你是我的儿子，你不姓楼，应该姓徐，我是吴国公主，你是吴国皇帝的外孙……”

楼础挣脱手掌，大声道：“我姓楼，不姓徐，我……”话没说完，转身就跑，他才不想当这个怪女人的儿子。据他所知，“吴国公主”只是个绰号，是个玩笑，自己的一个哥哥的确娶了真正的公主，他曾经远远地望见过，与身后的女人完全不同。

“咱们都是吴国人，永远都是！”徐宝心向门外喊道，失望之色溢于言表，很快，她又振作起来，“他会明白的，就算他自己糊涂，成国人也会让他明白的。”

徐宝心撵走婢女，关上房门，独坐床头，发现有些事情做比想更难，一刻钟之后，她终于下定决心，绝不会在大成皇帝的丧礼上流一滴眼泪。

五

楼础很恼火，人小腿短，跑得却快，出门没多远就甩掉了跟随的婢女，一路进入花园。

大将军府占地颇广，却非自由散漫之所，即使只有六岁，楼础也知道自己能去哪里、不能去哪里。比如，大花园是万万去不得的，被人发现，真的会挨揍，另一头的小花园则可以随便进入，这里花草丛生，疏于打理，是男孩子们的乐园。

楼础既气恼又困惑，总觉得自己似乎做错了什么，却又不愿明确承认。

前方的草丛里突然蹿出七八个孩子，大的十来岁，小的五六岁，个个手持木刀木枪，衣服乱缠一气，模仿将士的盔甲。

“站住！”最大的孩子喝道。

楼础一顿，转身又跑，他可不会乖乖地站住。这些孩子都是他的兄弟，至少在大人面前，他们以兄弟互称，私下里却丝毫没有友爱之情。

楼础总是逃跑的那一个，也总是逃不掉的那一个，没多久他就被扑倒在地。

最大的孩子用木刀指着楼础的鼻子。“大胆逆贼，胆敢擅闯军营，军法侍候！”

没人知道“军法”具体是什么，反正死死压住就是。

楼础停止挣扎，抬起满是泥土的脸，大声道：“我不是逆贼，我是……送信的。”

“送信？什么信？”最大的孩子颇感兴趣，收回木刀。

“皇帝死了。”

最大的孩子拿木刀在楼础头上拍了一下。“敢说这种谎话，死罪。”

“不是谎话，我听大人说的，大将军已经进宫了。”府里的孩子们习惯称父亲为“大将军”，带着崇敬与得意。

孩子们纷纷起身，脸上显出几分茫然，楼础也站起来，拍掉衣服上的灰尘，猜想自己算是又逃过一劫。

“皇帝……也会死吗？”一个孩子问。

“不准说死，是驾崩。”最大的孩子纠正道，挠挠头，面露喜色，“大将军进官，肯定是要辅佐新皇帝，很快就能让我当真正的将军啦。”

其他孩子也露出喜色，没一个人明白皇帝驾崩的真实影响。

“你们都要跟着我当长使、校尉、参军……你不行。”最大的孩子用刀指着楼础，搜肠刮肚地想那个词，一会之后补充道，“你被禁锢了。”

“禁锢是什么？”一个孩子问。

“禁锢就是……就是一辈子不能当官。”最大的孩子给出一个简单但是准确的解释，“咱们长大之后都能当官，就他不能。”

楼础对当官没有特别的热望，只是无法接受“不能”两个字，涨红了脸。“我想当就能当！”

最大的孩子笑出了声。“你还不知道禁锢是什么吧？哈哈，你是吴国公主的儿子，朝廷立下规矩，不让你们这些人当官，因为吴国人最坏，所以吴国人的小孩子也坏。”

“我不是……”楼础又涨红脸，可他拿不准自己究竟是不是“吴国公主”所生，不愿在这个问题上纠缠，于是改口道，“你当不了将军。”

最大的孩子又拿刀敲打楼础的头。“我又不是吴国人的儿子，想当将军就当将军。”

楼础退后两步。“咱们楼家不缺将军，大将军送你去最好的学堂，这是想让你当文官。”

这回换成最大的孩子脸皮涨红了，在他们楼家孩子眼中，文官多少带着一点怯懦的意味，将军才是最佳选择。

趁兄弟们愣神的时候，楼础钻空逃跑，这回他选草丛间的小路，尽量隐藏身形。

争论就此结束，其他孩子随后追赶，在意的不是文官、武将，单纯享受追逐的乐趣。

这一天是大成朝亨十四年夏六月十三，皇帝驾崩的消息正在迅速传往帝国的各个方向，空中骄阳似火，一群孩子在小花园里你追我赶，不知踩折多少花草、流下多少汗水。

天色将晚，他们将兵器藏好，排着队离开小花园，楼础殿后，身上、脸上比别人都要脏，得到的乐趣则与兄弟们一样多。

六

一回到住处，所有的孩子被召集在一起，换上难看而不舒服的衣服，竟然没吃到晚饭，就被送进一间屋子，大人要求他们跪地痛哭。

一开始，大家还以为这是对他们的惩罚，慢慢才从大人的只言片语里听明白，皇帝真的驾崩了。

一名中年妇人将楼础单独带到一边，用绢帕拭去他脸上的灰土与泪痕，轻声道：“你应该多哭些，徐姬……过世了。”

厅中哭声一片，楼础一边抽泣，一边呆呆地看着妇人，完全没听懂她的话。

“徐姬就是吴国公主，也是你的生母，她死了，夫人觉得你应该知道这个消息。”妇人轻轻抚摸孩子的头顶，摘去两截草棍，“去哭吧。”

楼础脸上还是一副呆呆的模样，回到兄弟们中间，跪在地上，怎么也哭不出来，眼泪也没了，努力回忆吴国公主白天时的样子以及说过的话，那明明是一个活生生的人，怎么说死就死了呢？可他越是努力，回忆越是被小花园里的追逐场景所占据，吴国公主被遮在后面，变得虚无缥缈。

从这一天起，六岁的楼础不哭，也不说话，无论是大人的训斥，还是兄弟们的追打，都不能让他吐出一个字，或是掉一滴眼泪。基本上，他只在吃饭时才会开口，平时总是魂不守舍的样子。

府中的大人怀疑这个孩子已经变成哑巴，兄弟们则叫他“小呆子”。

大将军很忙，直到半年之后，他才注意到异常。“你为什么不说话？立刻开口。”

有人凑过来小声说明情况，楼温哦了一声，一下子想起了吴国公主。“唉，你娘也是个古怪脾气，我又没说什么，朝廷是要处置吴国人，可是有我在，总不至于查到她头上啊，干吗吓得自杀呢？糊涂，真是糊涂。有糊涂娘就有糊涂儿子，你变哑巴也算是件好事，没准因此少惹许多麻烦。”

楼础没有变成哑巴，很快就有人发现，他一个人的时候其实会喃喃自语，只是没人听清他在说些什么。

七

一晃又是半年过去，大将军得到新皇帝的信任，地位稳固，于是又退回到酒色中去尽情享受，广交朋友，几乎每天都要大摆筵席。

这天的客人只有一位，在朝中无官无职，却是所有达官贵人争相邀请的贵客，就连大将军也是等候多日才终于将他请进府来。

终南相士刘有终，平生相人无数，无一不准，还没离开故郡，名声就已传遍天下。

大将军位极人臣，对自己的运数不太在意，但他最近颇感体虚气衰，开始关心儿孙们的未来，于是有一个算一个，全都召来，请刘有终看一看。

楼家儿孙满堂，一百多人分批进入，恭恭敬敬地向父亲和客人行礼请安，然后站到一边听取自己的预言。

酒过三巡，刘有终开始端详楼氏儿孙。或是三言两语，或是颔首微笑，中间一点不耽误喝酒吃菜，不到一个时辰就点评完毕。人人满意，尤其是大将军本人，笑得合不拢嘴。

“我家老三真是前途无量？”

“外柔足以广结朋友，内刚足以制御部下，上承祖荫，下凭兄弟，又是太后亲外甥，前途不可限量。唯有一桩，切忌交友不慎……”

老三是嫡夫人兰氏的亲生儿子，与父亲相视一笑，只在意“前途无量”几字。

进来的孩子年纪越来越小，刘有终的点评也越发简单，往往只是嗯一声，道个“好”，不置臧否。楼温也不太在意，百十个儿孙，只要七八位成才，楼家的大厦就不会倾倒。

楼础与几位兄弟排在倒数第三批进厅，在外面等得太久，肚子饿得空落落的，看到满桌的酒菜，个个偷咽口水，还要规规矩矩地行礼。

刘有终照常简评一番，突然目光又回到一个孩子身上。“这位是……”

楼温看向身边的随从，儿子太多，他记不清姓名与排行。

“十七公子，名础。”随从小声道。

“哦，就是那位‘不言公子’吧。”刘有终显出几分兴趣。

“咦，我儿的名声都传到外面去了？”楼温笑道，他已经快将这个儿子连同吴国公主一同忘掉。

“略有耳闻。请十七公子上前，容我细看。”

楼础走到相士面前，抬头直视其人。

刘有终笑着点头，端详多时，道：“张嘴。”

楼础的两片嘴唇闭得更紧。

楼温有些恼怒，这么多儿孙，就这个小子不听话，正要开口斥责，刘有终却改变主意。“罢了，请退。”

看相结束，酒菜撤下去再换新的，宾主尽欢，将近夜半才真的散席。

楼温喝得醉醺醺，仍坚持送刘相士出府，几个年长的儿子忙前忙后，他搂住刘有终的肩膀，自以为小声地说：“老刘，你还有话没说，别瞒我，我看得出来。”

刘有终嘿嘿地笑，瘦削的身体难以承受大将军的肥硕身躯，腿脚因此越发不稳。

“我拿你当朋友，你拿我当什么？”楼温质问道。

“那位‘不言公子’……”

“他怎么了？有问题吗？”楼温一愣，没料到刘有终在意的竟是这个儿子。

“外面传言颇多，说吴国士庶仍不死心……”

“那又怎样，他是我儿子，还能跟着外人造反不成？再说他才几岁？”楼温真不知道这个儿子的年龄。

刘有终摇头，表示自己不是这个意思，寻思良久，看到自己的车已经来到门口，向大将军正色道：“这位公子年纪虽幼，似有凌云之志，面相不俗，要我说此子闭嘴还好，张嘴就有祸事。”

“什么意思？他敢乱说话，我撕烂他的嘴。”

刘有终依然摇头。“此子若能一直闭嘴，不失为治世之良贤，一旦张嘴——怕是将成乱世之枭雄。大将军无须多虑，人各有命，唯天能定，凡人勉强不得。”

大将军松开相士，高声道：“我灭尽天下敌国，杀伤无数，就没见过不能勉强的人和事情。”

刘有终大笑，拱手道：“大将军自非凡人，不在相术之内，此子生在大将军府中，想必也是命中注定。”

楼温喜欢听这样的话，笑着送走相士，回屋睡觉。次日醒来，已将刘有终的话忘得干干净净。

八

可传言还是散布开来，许多人当成是笑话，每每当着楼础的面说：“闭嘴治世之良贤，张嘴乱世之枭雄，你张下嘴，让我们看看枭雄是什么模样？”

七岁的楼础还跟六岁时一样，除了吃饭，从不开口，无论对方怎么调笑、挑衅，他都沉默以对，甚至连脸色都不会变，令对方很是无趣。

传言渐渐消散，终被大多数人遗忘，楼础却是听得多了，深深刻在心中，当他十三岁时终于开口与大家一块诵读圣贤经典时，仍时不时想起那两句话。

闭嘴治世，张嘴乱世，他张嘴了，乱世却没有立刻到来，还要再等五年。

第五百五十五章　复始

徐埙一去三年，走时只是刚刚八岁的孩子，心里想的全是如何玩乐，回来时已是十一岁的翩翩少年，举止有节，言辞文雅，看不出半点野性。

张释清抱住儿子痛哭，这几年来她几乎每天都要埋怨丈夫两句，在见到儿子的一刹那，所有埋怨都化为乌有。

冯菊娘却微微皱眉，扭头向丈夫小声道："回来一个小先生，也不知咱家女儿喜不喜欢……"

田匠笑而不应。

徐埙回家省亲，只能待三天，见过众人、分发礼物之后，随父母来到书房，细谈这些年的经历。徐础禁止儿子写信回来，因此许多事情都是第一次听说。

张释清听得津津有味，觉得每件小事都值得一听，徐础却没有表现出太多兴趣，一边看书一边听，偶尔插上一句。

马轼没有跟着一块回来，他现在是太子身边深受信任的侍卫，已在禁军中得官，请不下来假期。

受徐础指点，马轼在京城使用本名，并不避讳梁王之子的身份。梁王死于鲍敦与宁王的逼迫，与大楚无仇，反而深感其恩，马轼又是一个没有多大野心的武将，因此不受皇帝忌惮。

说是太子侍从，其实见到太子的机会并不多，尤其是年纪小的贵门子弟，侍从只是一个称呼，大多数时候他们都是在读书、习武。徐埙受到麻皇后的庇护，生活尤其优越，与太子见面次数也多，在父母面前对太子赞不绝口。

张释清拿自己小时候的生活做比较，总觉得儿子过得艰难，不停地叹息，看向无动于衷的丈夫，差点又要抱怨。

徐埙又说起朝廷事务，条理颇为清晰，徐础仍不显出兴趣，张释清却是满脸含笑，似乎已经看到儿子封侯拜相的一天。

过去三年里，京城最大的一件事就是长沙侯郭时风以及益州铁家的衰落。在动手之前，皇帝对宰相表现出极大的信任，每次出巡、出征，必然指定郭时风留都辅政，皇后与太子旁观而已。

皇帝号称要发兵进攻凉州，召集各州兵将齐聚西京，铁家兄弟奉召齐至，一进军门就被活捉，被指与宰相暗中勾结，存有不臣之心。

几乎与此同时，京城的麻皇后与太子发宫中侍卫闯入宰相府，拿下郭时风。马轼当场所见，说郭时风一见东宫兵卒，掷笔于地，长叹一声，没做任何反抗，全无坊间所传的先怒后恐与跪地求饶。

郭时风与铁家兄弟早有来往，书信不断，其中颇有怨语，尤其是在早年间的信里，谈到过取代楚王的未成形计划。

这些信本应毁掉，郭时风府中确实一封信也找不出来，金都城铁家却搜出不少，也是皇帝行动迅速，这边抓人，那边就已搜府，铁家人来不及销毁。

据说铁家兄弟早想毁信，但是两位夫人却不同意，以为这些信有朝一日或许能用来警示宰相，没想到这也是自家的“罪证”。

皇帝宽宏大量，念及郭、铁两家的功勋，且所涉阴谋全在十多年前，近期书信中虽有怨语，却无大过，因此赦免两家死罪，铁鸢、铁鹫削爵为伯，全家迁居广州，郭时风因为有毁信之举，罪加一等，被免爵为民。

至于益州的蜀王，立刻上书请罪，甚至声称自己不是甘氏后人，没资格称王。

皇帝力排众议，认为蜀王无罪，至于出身，查无实据，仍可称王，但是益州佞臣众多，蜀王不宜久处其中，可迁至京都。

益州平定，天下震动，凉王杨猛军派使请罪，随后亲自前往西京交出王号。

皇帝原谅杨氏的种种罪过，不肯收回凉王之号，杨猛军却极为坚持，恳请十余日以明心志，终于交出王号，只保留凉州牧守之官。

杨家也向京城派去质子，比徐埙大两岁。

"杨家之子是谁所生？叫什么名字？"张释清立刻来了兴趣，听说铁家被迁往南方，她只是唏嘘一番，没有追问太多。

徐埙不明所以，回道："当然是牧守夫人所生，庶子为质，朝廷也不能同意啊。他叫杨弥，阿弥陀佛的弥。"

张释清看一眼丈夫，然后向儿子笑道："你说错了，那是弥勒之弥。他怎么样？你们两人是朋友吗？"

徐埙更加糊涂，摇头道："我们不是朋友，杨弥自恃高大，经常欺负同僚。"

听儿子小小年纪却说出"同僚"两字，张释清又笑了。"杨家的儿子肯定高大，但你不必怕他，杨弥再欺负人，你就说……"

徐础扭头看来，以为妻子要出馊主意，张释清却道："你就说马轼是你哥哥，杨弥高大不过马轼吧？"

徐埙正色道："杨弥没欺负过我，即便有，我自己也能应对，不用哥哥出头。"

"这才是我的儿子。"张释清夸赞道。

又说许多话，张释清才放儿子离开。"车马劳累，好好休息，明天再聊。"

徐埙出书房，走向自己的卧房，忽见一名与自己年纪相仿的少女迎面走来，立刻停下，拱手行礼。

冯菊娘的女儿田熟也是十一岁，长得快些，个子比徐埙还要高出一点点，面对从前的玩伴，假装没看到，扬脸走过去，连声招呼都没打。

徐埙怅然若失，站在原处竟然也没说出话来。

走出十余步，田熟突然止步转身，问道："你给我带礼物了？"

徐埙立刻点头，快步走近。"一件交给冯伯母了，还有一件……"徐埙从怀里取出一个小包，轻轻打开，"这是三年前你要的京城泥人。"

泥人是个女娃形状，色彩鲜艳，憨态可掬，田熟拿在手中，脸上这才露出笑容。

书房里，张释清叹道："一个回来了，另一个却远在渔阳，也不知他们兄弟二人何时能够重聚。"

“今后机会多得是。”徐础道。一年前，他将小儿子徐篪送到渔阳，给渔阳王释奴做侍从，同样不许写信回家。

“儿子回来，你怎么不高兴？”

徐础放下书。“高兴，但是不能显露。”

“哼哼，对亲生儿子也要这样吗？”

三日之后，徐埙必须上路返京，母子分别自是依依不舍。徐础亲自送行，一直送到邺城方才告辞，叮嘱几句，别无他话。

徐础极少进城，此次前来，一是送行，二是来见邺城王谭无谓，他早已接到邀请，一直找借口没来。

三年前，谭无谓听从徐础的建议，先是自请攻打辽东，战败之后赴京请罪，愿以王号赎罪，未得允许，于是请削一半封地，并且免去长子“王世子”之称，以为儿子无功，不可称王。

如徐础所料，经过此举，皇帝对邺城王的忌惮少了许多，但是蜀王迁京、凉王免号之后，谭无谓又有些害怕。

一见到徐础，谭无谓就激动地说：“朝廷动手了，朝廷动手了……”

“二哥与郭相有过书信往来？”

“没有，我怎么会……他是宰相，我是一方诸侯，平时总有公文往来。”谭无谓中途改变说辞，“怎么办？我是不是该学凉王交出王号？如今异姓王只剩下我一个……”

“凉王数度不奉诏书，有罪而去王，二哥何罪之有，要交出王号？”

“我也不愿交出，可是……”

“而且异姓王还有一位蜀王。”

“蜀王迁至京城，与傀儡无异。”

“二哥要学，不如学蜀王。”

谭无谓愣了一会，问道：“四弟没有别的主意了？”

徐础摇摇头。

“让我想想，实在不行，只好用这一招。”

徐础告辞，回到谷中向张释清道：“邺城王怕是难得长久。”

张释清吃了一惊。“咱们思过谷多得邺城王庇护，你不能给他出个主意？”

“邺城王以军功得王，心高气傲，不愿去京城忍一时之辱。天子在时还好，天子一旦不预，必要先除邺城王。”

“如此说来，薨在皇帝之前，才是邺城王的幸运？”

谭无谓的“运气”没那么好，他果然没去京城，而是又一次上书，希望交出王号，被皇帝在诏书中责备之后，再不提此事。

两年之后，皇帝得病，为了冲喜，将一位公主送到邺城与谭无谓的一个儿子成亲，这是早就定妥的亲事，因为两人年幼而拖至今天。

送亲的队伍极为庞大，贵戚成群，谭无谓带儿子以及群臣出城相迎，却被随行禁军拿下，直接送往京城，亲事则照旧进行。

谭无谓在京城的遭遇众说纷纭。又过两年，徐埙第二次回家省亲时，才带来一些可靠的消息。

谭无谓进京，朝廷对外宣称是邺城王听说皇帝病重，自愿前来服侍。在京城，谭无谓住进早已安排好的王府，进宫数次，君臣之间说些什么，外人不得而知。

皇帝确实得了重病，拖了五个月，撒手驾崩。消息传出的当天晚上，邺城王自刎而死，留下遗言，声称是要追随陛下。

太子登基，感念谭无谓之忠，特许其长子继任邺城王，三世以后再削王为侯。

徐埙这年十五岁，因为从小在东宫陪伴太子，已获官职，此次回家，一是省亲，二是与田熟正式定亲，约定次年完婚。

徐埙还给父亲带来一个提醒：“新帝至孝，对太后无所不从，太后对张妃、渔阳王忌恨已久，二弟身在渔阳，望父亲多多在意。”

徐础道：“你初去京城时，我怎么交代你的？”

“莫管闲事。”

“嗯，我现在的交代也没变。”

次年秋季，该是成亲之日，徐埙职事繁忙，不得告假回乡，张释清于是与田匠、冯菊娘夫妻一同送田熟进京，这也是他们多年来第一次离开思过谷。

谷中一多半人跟着进京，只有徐础留守，带几个孩子继续读书，连信也不写一封。

这些年来，谷中人口逐年增加，已近百口，突然离开大半，立刻变得安静许多。

徐础生活不改，除了教孩子们写字、读书，就是每隔两三日前去打扫范闭与老仆的坟墓。

一个月之后，有人从京城送来书信，太后宾天，九州同哀，一年之内禁止婚嫁，徐埙与田熟的婚事不得不延后，张释清等人不愿来回奔波，因此要在京城住上一年。

徐础托此人带一句口信，说是“知道了”，再无他话。

次年初夏，思过谷里来了两位意外的客人。

一位是刘有终，这么多年过去，他竟然没有变得更老，徐础不由得怀疑他真有几分仙气。

刘有终当年弃晋王而南下，追随宁王一阵，觉得不是长久之计，悄然离去，隐居江南山中。天下平定之后，他再度出山，仍以相人为业，名声比从前还要响亮，游走王侯显贵之门，还收了一名徒弟。

徒弟姓周，名复始，自称是徐础故交，徐础认了好一会才猛然想起，此人的确是故交，脱口道：“黑毛犬！”

周复始正是当年诱学馆里的同窗周律，竟然熬过了乱世，只是当不得官，随刘有终学习相术，颇有所成，笑道：“当年贱号，徐先生倒还记得，我亦记得徐先生的那篇文章《用民以时》，这些年来所见所闻，我越发觉得这四个字似简实深。”

得见故人，徐础大悦，破例饮酒，一醉方休，与刘有终、周复始谈天说地，却不说时政。那两人每次提起，徐础都是只听不说，实在被问起，他说自己久不闻世事，无可评判。

师徒二人在谷中居住三日，告辞离去，徐础送到谷外，心里明白，自己通过了新皇帝的考验。

初秋，二子徐篪从渔阳赶回，他受征入京为官，顺便省亲，正好还能参加兄长的婚事。

徐篪给父亲带来一份特别的礼物，是两本书，一本《诗经》，一本《尚书》，书很普通，来历却不寻常。

“当年先帝与邺城王征辽东接连不胜，天成亦有自知之明，去皇帝之号，改国号为辽成，向大楚称臣，三年一贡，使者每次都要经由渔阳。去年使者经过时，将这两本书送来，说是父亲故人送来的礼物，使者不说故人姓名，我觉得不妥，所以今年才带来。”

徐础接过两本书，翻了一会，笑道：“确是故人之礼，她想告诉我，虽居荒外，不忘诗书。”

“父亲的这位故人倒有读书人的气节。”徐篪不明其意，又道，“我在渔阳听说太后死得颇为蹊跷，甚至有传言说先帝驾崩之前就已做出安排。渔阳王颇为不安，担心张太妃的安危，让我入京之后详加调查，父亲以为……”

“用民以时。”徐础回道。

“嗯？”徐篪明白这四个字的意思，却不明白它与自己所说的话有何关系。

“你进京为官，必受皇帝问策，你对‘用民以时’，别的事情不可多问，更不可多说。”

“是，父亲。”徐篪不敢多问。

徐础拿起故人送来的书，心静如止水。

他知道，自己的两个儿子入京，少不得会卷入诸多纷争之中，但他并不担心。

他知道，妻子入冬之前就能回来，思过谷将恢复热闹。

他知道，欢颜郡主已经安定下来，不用他再操心。

世事终而复始，每个终始却各不相同，他知道，自己的计谋再也用不上了。

［节选自起点中文网］

【粉丝评论摘编】

@Shaoyanjun：《谋断九州》好看，开始在于冰大的认真和勤勉，重写《孺子帝》和《大明妖孽》，虽是好上加好，但如果就这么到底，仍是量变意义上的好。没想到三卷末来了神转折，这才回头去看，卷名《破名》，早就想好，成王的路到此走到尽头，《孺子帝》的故事在此终结。冰大这次反的可不是叙事的小套路，而是价值观的大套路，不只小白文的套路，而是所有网文的套路：主人公变大变强。徐础一直十分辛苦地变大变强，刚刚攒够实力，要扫平天下了，冰大却让他自己下来了，难免让读者接受不了，仍在原有的成王逻辑上为其退位寻找合理性的读者显然没看懂。冰大费尽心思写徐础逆袭，实际上真正写的是他那颗被一次次挤压的心。圣人不仁，帝王无情，他不断鄙夷自己的妇人之仁，说服自己认同世人认同的成功价值。为成大业，什么都可以成为明码标价的代价。……不管后面写得如何，冰大的气象着实令人钦佩。价值观出轨才是真正的反套路，故事和人物才真有悬念。现在大家都摸不着套路了，不知道下一步该怎么走了。冰大真是妖孽！

（发表于起点中文网，2019年1月12日）

@湛卢130：在看本书之前，我以为历史权谋类小说是一个统一的类型，而《谋断九州》则向我证明了权谋可以是与历史相分割的一个元素。冰大虽借用南北朝时期的部分历史设定，但书中人物故事基本架空于历史，情节发展围绕着“权谋”二字层层推进。本书慢热的写作节奏让我在初期难以进入，但在第五十九章《三人》之后却渐入佳境。一个乍看有反派 boss 潜质的皇帝居然活不到一百章就被主角刺死，一个预期人设是谋士的主角居然由此打开了战斗型谋士“刺断九州”的新世界。

（发表于起点中文网，2019 年 6 月 29 日）

@浴缸里逗金鱼：

冰大的书为何特别好看？七大理由

理由一：逻辑

冰大的笔下，没有盲从，没有无用功。从男主、女主、反派、师傅、弟子、同伴、仆从……全部有其行动动机和利益链接。影射到现实，读者总能在其中找到相似度、契合点和逻辑性。也就是说，任何行为都有其合理解释，每个角色都有其一套残酷的严谨的行为链。

这是侦探悬疑小说最重要的一个点，但是在冰大的小说中，不管玄幻武侠架空宫斗历史……全部是核心系统。

理由二：吝啬的金手指

小白文金手指泛滥，霸王之气扑面而来，男女主角一个眼神杀死一切，遇到困难立即小宇宙爆发，或嘴遁或回忆杀或天神附体或顿悟神技或天降正义或援军突现……反正主角受辱，总能化险为夷。

但是冰大的书不是，虽然不能比《冰与火之歌》的说挂就挂，但是主角绝没有特别强大的金手指，冰大吝啬于此。所以主角长长陷入绝境，被欺骗，被背叛，被侮辱，被蹂躏，被利用，被抛弃。最后一步一步容忍憋屈，拨开云雾见青天，回来之后……发现自己还在另外一个更大的陷阱之中。

写实而残酷，一波接一波。

理由三：难得的真心

人性描写，往往是神作的核心，不管哪一部巨作，对人性、社会、现实的刻画越是扎心越是残酷，总越是引起读者反思和社会层面的关注。

冰大的小说黑暗，现实，残酷，在他的笔下，情如纸薄，爱像飘烟。但是这是普遍现象，总有那“固执坚守常自己认准的 xx 被人利用也坚定不移的奇葩”。

《死人经》里的如儿，《拔魔》里的死人头，《孺子帝》里的孺子，本书的五疯子。

理由四：无上帝视角

作者因为执掌生杀大权，往往不自知地陷入一个特别容易陷入的盲区“上帝视角”：不分析过程，主角猜到了结果；不了解情况，主角知道了过程。

冰大极力在避免这种情况出现在主角身上（虽然《孺子帝》在大后期有开上帝视角），但是克制得很不错。主角在成长过程中一点点积累经验，从师者们身上学到分析推理过程。最后从动机推理出大致内容，最后反派顺着读者们以为主角推理出的“合理答案”……但是极有可能这只是个烟幕弹，或者计划中的被识破。

理由五：不走寻常路的套路

冰大的书，不可以常理度之，你越猜，越惊喜，越猜，越觉得“我 ×，原来是这样”。然后呢，根本不是你觉得的自以为的。

理由六：书中哲理

冰大的书有哲学，比史诗巨作少，比网络小说多得多。

“人不可以自私到以为别人不自私”——套用到哪里都适用的生存法则，也是剧中很多角色行为的合理解释。

“神意背后都是贪婪的人心”——反迷信者最有分量的核心价值。

“这是一个教训，不要让任何一个女人和男人长时间待在一起，不管年龄与地位差别有多悬殊，总会产生依恋。当你不够坚定的时候就会将依恋误认为爱情”——让人反思那是爱情还是依赖。

“历史告诉我们很多教训，其中一条就是没有人会吸取教训”——以史为镜，破镜难圆。

理由七：精练如刀的文字控制

常规正统传统小说长于描写场景。

如《昆仑》开篇："暖风酥软，又是晚春。江畔的桃花已经透出衰意，怀着一川汉江水，徐徐流向南方。"

冰大就不，吝啬于累赘的描述。

如《大明妖孽》开篇："明朝成化十二年，京城发生了两件奇事。"时间一说，地点一画。一句描写都没，直接开始妖狐案。

更别说人物描写，别的小说："白衣胜雪、星目剑眉、面如重枣……"冰大的直接300篇之后你才知道主角长得不丑又不帅，还一脸猥琐笑。

（发表于百度贴吧，2018年1月25日）

@大大的脚板：

浅谈冰临神下的写作历程

浅谈冰临神下的写作历程以《死人经》开始，他就放弃了网络小说的各种范式，开始进行自由写作的尝试，选择了日渐式微的武侠题材，以杀手为视角创作了一个阴郁写实的武侠世界。正是在这本小说，作者确立了他的个人风格，文笔朴实、剧情曲折、人物多样，以及丰满优美的角色弧光。

到后来的《拔魔》，作者开始了仙侠题材的尝试，不同于最初的爽文式写作，这次他并没有站在各路仙侠成名作的肩膀上，而是完全以自己的构思和逻辑推演，去描绘了一个"架空"的仙侠世界。这导致《拔魔》的优点和缺点都非常明显，优点是新颖不落窠臼，让看多了模板化流水线作业仙侠文的读者有种耳目一新的感觉，也由于整体世界的架构都基于作者的逻辑推演，整个故事背景设定比较完整，没有太大的逻辑硬伤。套用别人的设定进行写作，则经常会出现各种各样的常识性和逻辑性硬伤，如果某些硬伤恰好处于某读者的不可接受区，那么阅读体验会非常糟糕。当然，《拔魔》的缺点也很致命，那就是太符合逻辑，以及过于空泛。关于逻辑方面，作者在完本之后的访谈有所提及。关于过于空泛方面，网络小说的创作模式决定了写出来的章节就已经发布，并不能反复打磨易稿返工，以及准备周期短，这都决定了作者不能够像J.K.罗琳那样花七年时间反复构想一个具体而微的魔法世界。即使是某无良胖老头写《冰与火之歌》也是大量借鉴了玫瑰战争的真实历史。所以，《拔魔》粗看之下合情合理，细看之下却又过于空泛，缺乏质感。

接下来的《孺子帝》可能算是作者后来的几本书中最让广大读者认可的一本了。这本书作者又回到了自己擅长的架空历史领域。这样的设定，既借鉴了真实历史中的真实感，又与他严谨的写作风格相得益彰。如果说《拔魔》给人的感觉是恣意挥毫泼墨山水的写意画在白纸黑墨中体会形与意，那么《孺子帝》则有了色彩，皇城的红、深宫的冷、巡狩路上的烟尘等等，都变得可以触及。而“权力只在十步之外千里之内”的观点以及官与吏、君与臣的明争暗斗却是既令人感到新颖又符合逻辑推理的设定。这本书既有话题性符合大众口味又极具冰大的个人风格，既金句百出又朴实无华，可以说兼具了话题性和高质量，算是一次非常成功的写作尝试了。

最让我佩服的是，作者并没有因为一次的成功就走上流水线作业的路子，以这个套路开始写《童子帝》《女子帝》之类的换皮小说，而是荡开一笔，以一个小人物为主角写了一部完全不同的小说《大明妖孽》。《孺子帝》的成功，只是他写作路上的一个界碑，而不是他整个写作生涯的墓志铭。我见过太多网文作者放不下自己的成功包袱，永远地成了自己的复读机。与之相比，冰大的追求与干脆，让我钦佩。

作者在《大明妖孽》这本书中，借神鬼之事写人心之叵测，也沿袭并进一步发挥了他的独特叙事方式。一群各怀目的的人参与到一个阴谋事件之中，各自算计各自谋划，却又因为所有人的参与让事件成为未知的混沌并最终导向一个所有人意料之外的结局。这种谋篇布局的手法并不适合篇幅过长的小说，但是对于《大明妖孽》这样一百多万字四五个主要故事的小说，却意外适合，一波未平一波又起，剧情往往出人意料却又在情理之中。最让我感到欣喜的是，与《孺子帝》的实感相比，本书中作者的笔力上了一个层次，洗练而又充满烟火气息，一如胡桂扬的那碗臊子面，面香氤氲即使穿越数百年的岁月变迁也足够温暖。

至于《谋断九州》，还未完本不便下定论。就个人观感而言，想起冰大在读者群的一次访谈所言，计划写一本史诗性质的群像小说，但是感觉准备不足需要过几年才能写。而《谋断九州》更像是为这本他计划中的史诗而作的练笔。这本书更是把《孺子帝》中的信息不对称发挥到了极致，书中人物只知两三分信息，读者也只能看到四五分，结合上下文推理分析最多能够猜出个七八分。比如五王破东都那段，自始至终读者也只知谭无畏借走了吴王骑兵，不知他是以何种方式引得洛阳兵与降世王本部交战；比如蜀王的背叛，读者也只知结果不知过程。喜欢就文中细节反复推敲琢磨的读者当然会觉得非常过瘾乃至意犹未尽，而习惯了上帝视角俯瞰全局的读者就会非常不适应这种云里雾里的感觉。

先写到这吧。抛砖引玉欢迎探讨。

（发表于起点中文网，2019 年 3 月 4 日）

[导引：吉云飞、龚翰文；简介、节选、粉丝评论摘编：龚翰文]

“大造反家”此番彻底反套路

——评冰临神下《谋断九州》

龚翰文

中文系出身的冰临神下刚迈入网文圈，就拿起了造反派的剧本。《死人经》闯入早已被宣判“死刑”的武侠世界，却斩获“武侠小说巅峰之作”的赞誉;《拔魔》在现有的修仙小说体系之外自成体系，凭一己之力开辟出“九大道统十八道科”的修真世界。之后的三部历史小说《孺子帝》《大明妖孽》《谋断九州》每一部都在之前的基础上走得更远一点。《孺子帝》一斧一斫将“皇权”二字诠释至极致;《大明妖孽》则试图在欲望充斥的世界中寻求“我乐意”的个人正义；而《谋断九州》在历史类小说中别开生面，以“造反妙笔”写历史造反文。全书以乱世前的风雨为开篇，天成十四年老皇帝驾崩，万物帝登基；以乱世后的余波为结尾，“真龙天子”宋取竹驾崩，新帝登基。故事的闭环结构像历史的环再度回到原点。在此之间，冰临神下先造历史文的反：六十章时一剑刺死万物帝；再造所有网文的反：两百章时徐础放弃王位，玩起了价值观出轨。

在卷帙浩繁的历史类型文所形成的叙事传统中，《谋断九州》的出现饶有趣味。尽管冰临神下声称要写一部“谋士视角的《孺子帝》”，该作的思想构成却远比前作复杂。他在《后记》中谈到，隋唐李密是徐础主要原型，另杂以张良、苏秦故事。这位隋唐霸主做谋士时劝人舍弃洛阳、专攻长安，未获接纳；做雄主时别人劝他舍弃洛阳、专攻长安，他不接纳别人，因此兵败退位。而本书最大的转折——徐础从吴王退位为谋士，便来源于此。不同的是，徐础没有兵败便主动放弃了王位。和李密相比，这位“嘴帝”的一生更为传奇。

秉持着“干一番大事业”的理想，刚开篇，主角的小目标便是杀皇帝。从此亲手开启一代乱世，印证了相士刘有终对他的评价："张口乱世之枭雄，闭口治世之能臣。"等到徐础计降四王、雄踞东都、野望天下，正是得意之时，却主动放弃吴王之位，遣散士卒，孤身投入敌营，进入思过谷闭关领悟"范氏之学"，摇身一变成为谋士。谋士犯错，身后有君王为他负责，但没有人能为君王负责。徐础敏锐地发现了自己没有"附众"的才能，无法冷漠对待士卒的牺牲，不愿意为"个人正义"而牺牲"集体正义"。在预见"李密式"结局的情况下，退位似是最明智的选择。放弃王位的人并非没有欲望，其欲望必将更为强烈。他甘为谋士，只求治国平天下之实，而不求帝王之名。讽刺的是，正是他刺向万物帝胸膛的那一刀开启了如今乱世。冰临神下的野心还不仅仅止步于此，他不甘心让徐础顺利找到"真龙天子"，而是借外蛮贺荣部再度打开小说架构，用民族矛盾提供徐础行为的合法性。"嘴公子"徐础凭一"嘴"之力，以天下为秤、诸侯为棋，效法苏秦周游列国，合纵中原豪强，最终大败贺荣部于襄阳城下。此后，冰临神下拒绝为争霸叙事的亡魂续命，以范蠡、西施的泛舟江湖为徐础落下帷幕。

《孺子帝》的成功使冰临神下敢于，或者说"被迫"在之后的创作中致力于打开历史类小说的新途径。将历史、科幻与当代情绪融合的《大明妖孽》已是先例，《谋断九州》则更多地接续传统文学资源。荀子的"名实之辩"与诸子杂糅的"范氏之学"先后成为徐础的思想基础，未停留在空想阶段，而是切实地成为其立身立命的行为准则，展现了以文证道的野心。

并且，冰临神下在叙述手法上大刀阔斧地革新，其写作风格倾向于现实主义文学的工笔细描，文字生冷爽朗，对"如实"描绘历史场面的追求近乎偏执。为了表现个人在战争中的迷茫与无助，"昏迷"是徐础度过战争最常见的方法，作者笔锋绝不触及主角视野之外的战争画面。同时，一些见于古代白话小说的典型场景，如第三百三十七章徐础与二女同登七宝阁、第四百八十八章徐础用"毡袍"妙讽寇道孤，冰临神下则化用得极为熟练，带有极浓郁的文人气。携妓登览本是古代白话小说典型情节，徐础在书中数次直言"自己不是读书人"，在同二女登阁远眺时仍旧大发骚情，饮酒畅谈乐不可支。而毡袍是贺荣部服饰，被徐础借以讽刺寇道孤通敌卖国，妙用钱锺书式的春秋笔法。

冰临神下的纯文学理想引发了很多问题，对一些理念的文学化描写甚至影响到故事本身的叙述。作者致力于通过叙述视角的限制造成信息缺失的阅读体验。前两百章的矛盾冲突集中于东都一隅，极为克制的限制视角很适合这类有限空间内的矛盾构造。你方唱罢我登场，铺张起一场即将上演的逐鹿好戏。但在徐础退位之后，先前营造的种种矛盾难免同时冰消雪融，原本要收束的伏笔散成一地废墟，叙事因之变得琐碎。此时固定不变的视角反而使得“国事”变成了徐础的“家事”，明明是历史小说，却缺乏波澜壮阔的史诗场面。冰临神下仍坚持使用苦行僧般的白描在伏笔的废墟上重新结构张力，却未能抛出犹如《大明妖孽》中“神魔背后是贪婪的人心”一类核心线索。中局部分长达两百章的延宕，徐础的三字箴言“再等等”重复数百次，令读者搔首挠腮不得其解。徐础可以迷茫但读者不行。冰临神下拒绝转换叙述视角，故事局限于徐础一条主线上，犹如干秃的树干，其余暗线则如荷下流水般只闻其声不见其形。腾挪转换仅有立锥之地，白象似的群山永远模糊，这种结构难以支撑《谋断九州》版图宏大的世界架构。

直至“真龙天子”宋取竹入场，故事才重新拥有称帝这一明晰的主线。但冰临神下的野心拒绝回到类型文叙事，而新的困难又接踵而至：如何处理主角徐础与宋取竹的关系。徐础身为主角却位居人下，而宋取竹作为真命天子，稍有不虞便会“喧宾夺主”。虽然类似的结构在网络文学中并不少见，但自称“不甚了解网络文学”的冰临神下再度旁径斜出，仍选择将叙述视角局限在徐础身上，使得宋取竹的形象永远停留在“徐础眼中的宋取竹”，反而不如徐础身边任何一名仆人的形象立体饱满。一干出场时风雷赫赫的英雄人物往往因远离徐础便被一笔带过入土为安，乃至于十余年的乱世在徐础归隐后也无奈早早收尾。

对叙事模式的迷恋与执着对中文系出身的冰临神下既是助力也是掣肘。虽然他声称“想写出好看的网络小说”，但根深蒂固的文学观念使之无意或有意地调动各种资源，不断冲击作品的文学高度。而从《死人经》开始跟随的铁粉团也为冰临神下提供了任性的资本。不过《谋断九州》的“造反”并未成功。虽然文本仅是该小说的冰山一角，小说八分之七的内蕴全在字里行间未尽之意中，但过高的纯文学理想与当下网络文学的体式特征难免抵牾不容，甚至冰大创作的瓶颈也在一次次冲击中显露出来。可也正是因为有了这样不计代价的“造反”，网络文学才能不断打开新的可能性。

2018—2019 中国网络文学大事记

2018 年

1月

15 日，由上海市新闻出版局支持、阅文集团主办的第二届网络原创文学现实主义题材征文大赛颁奖仪式举行。《大国重工》（齐橙）获特等奖，《明月度关山》（舞清影）获一等奖。

23 日，国家新闻出版广电总局、中国作家协会共同发布“2017 年优秀网络文学原创作品”推介名单，《复兴之路》（wanglong）、《岐黄》（漱玉）、《择天记》（猫腻）等 24 部作品入选。

24 日，唐家三少当选第十三届全国政协委员。

28 日，阅文集团与湖南卫视共同举办“2017 阅文超级 IP 风云盛典暨第三届中国原创文学风云榜盛典”，设立包括年度原创风云榜、年度改编潜力 IP、年度潜力作家、年度影视改编 IP、年度动漫改编 IP、年度值得期待的游戏改编 IP、年度受海外欢迎 IP、年度成就作家、超级 IP 男女演员等榜单。辰东《圣墟》与叶非夜《亿万星辰不及你》分别获“男生作品”与“女生作品”榜单冠军，猫腻《择天记》获“年度原创最佳影视改编”，蝴蝶蓝《全职高手》获“年度原创最佳动漫改编”。

31 日，蒋胜男当选浙江省第十三届全国人大代表。

晋江文学城《2017 年度 IP 改编盘点》发布。其中“多版权最有价值”榜作者有非天夜翔、priest、淮上、墨香铜臭、青浼，“影视最有价值”榜作者有玖月晞、Twentine、红九、月下蝶影、容光、耳东兔子、咬春饼，“动漫改编成品展示”有非天夜翔《末日曙光》、墨香铜臭《魔道祖师》、语笑阑珊《帝王攻略》、荔箫《盛世妆娘》，“动漫改编签约展示”有priest《默读》、淮上《青龙图腾》、梦溪石《千秋》、巫哲《狼行成双》、月下桑《没有来生》等9部。晋江自2009年以来每一年年初都会对上一年的作品进行盘点，包括年度十佳、现代言情/古代言情/纯爱/衍生等分类年度十佳等，这是晋江第一次单独列出年度IP改编的盘点榜单。

豆瓣阅读从豆瓣集团独立，并接受柠萌影业6000万人民币的A轮融资。4月，豆瓣阅读推出“豆瓣方舟文库”。第一批包括新文艺、新科幻、新女性、非虚构四类，是豆瓣阅读首次自主出版整套图书。

2月

28日，新浪微博推出评论审核功能。对读者的评论，博主可以先审后发。

3月

29日，中国作协网络文学委员会、上海市新闻出版局、上海市作家协会、阅文集团在上海市作家协会联合主办“中国网络文学20年发展研讨会”。会议公布了“中国网络文学20年20部优秀作品”榜单，猫腻《间客》（2009）荣登榜首，评委给予“网络小说的巅峰之作”之评语；痞子蔡《第一次的亲密接触》（1998）居次席；今何在《悟空传》和阿耐《大江东去》紧随其后。20部作品中还包括《悟空传》（今何在）、《大江东去》（阿耐）、《诛仙》（萧鼎）、《致我们终将逝去的青春》（辛夷坞）、《斗罗大陆》（唐家三少）、《飘邈之旅》（萧潜）、《步步惊心》(桐华)、《家园》(酒徒)、《繁花》(金宇澄)、《回到明朝当王爷》(月关)、《鬼吹灯》(天下霸唱)、《复兴之路》(wanglong)、《斗破苍穹》(天蚕土豆)、《巫神纪》(血红)、《明朝那些事儿》(当年明月)、《盘龙》(我吃西红柿)、《全职高手》(蝴蝶蓝)、《神墓》(辰东)。其中,《繁花》曾获茅盾文学奖,《大江东去》曾获“五个一工程”奖。

游戏版号的发放从本月开始事实上进入停滞，经过 20 余年的飞速发展之后，国内游戏行业在 2018 年陷入“冰点”。版号停发后，整个游戏市场的信心大受打击，与游戏相关的网文 IP 进一步遇冷。

4 月

1 日,《华夏文摘》推出纪念创刊 27 周年特刊，公布了由读者选出的“最喜欢的作者、作品评选”结果。这是对《华夏文摘》创刊以来众多优秀作者与作品的一次集中展示。不过编辑部也表示“由于备选的作品、作者跨越年代久远，作品类别很广，自愿参与评选的读者有限，评选结果可能不尽全面”。

2 日，翻译网站 Wuxiaworld 推出预读付费机制，这一“付费提前看”的模式与按章付费的“起点模式”的根本差别在于并非强制付费。截至 2018 年底，Wuxiaworld 上共有可“提前看”的小说 29 部，译者和网站一般按照七三分成，译者能拿到绝大多数的付费收入。

4 日，新浪微博著名扫文账号“紫色熄灭之纯爱扫文札记”被注销。该账号是“女性向”网文圈内最著名的扫文推文账号，被粉丝昵称为“小紫”，巅峰时期微博粉丝数量达 154 万，几乎每条推文均有超过一万次的评论、转发，在读者群体中有非常大的传播力和影响力。其推文帖不仅有常规的主角 CP 属性、情节梗概等内容，还有极具个人特色的简评或长评，夸张的语言风格、简单粗暴但直接准确的描述，辨识度极高，影响了许多其他推文号的语言风格和行文方式。

6日，现象级真人选秀综艺《偶像练习生》收官，第一名出道的练习生蔡徐坤成为“顶流”（登上微博“流量明星榜”榜首），9名出道选手组成的“乾坤正道”“异坤”“长得俊”等真人CP的同人创作在微博、LOFTER等平台热度居高不下。

13日，新浪微博官方账号“微博管理员”宣布，将开展为期三个月的针对违规漫画、游戏和短视频内容的集中清理行动。清查对象包括：涉黄的、宣扬血腥暴力、同性恋题材的漫画及短视频内容，包含“腐、基、耽美、本子”等特征的内容；含有暴力内容的违法游戏（如：侠盗飞车、黑手党、雇佣兵）及相关的动图短视频内容等。并查封“同志之声”等同志资讯方面的微博，以及“瓶邪”“盾铁”“盾冬”“锤基”等同人CP超话。这一公告因涉及“同性恋歧视”而引起了众多网友反对。同日，公众号“我的票圈”发表《渣浪你好，我是同性恋》并引爆舆论，LGBT[①]群体也在微博以“我是同性恋”为标签发起话题，阅读量很快突破5亿。在此前后，今日头条、网易新闻、凤凰新闻被管理部门暂时下架，快手和抖音负责人相继被约谈。16日，在舆论压力下，新浪微博管理账号“微博管理员”宣布“本次游戏动漫清理不再针对同性恋内容，而主要是清理涉黄、暴力血腥题材内容”，同性恋相关题材超话和账号解封，之后CP超话也陆续解封。

5月

9日，微博开始讨论“女性向”网文中的“四大新晋流量小生”，祁醉（《AWM[绝地求生]》）、丁汉白（《碎玉投珠》）、贺朝（《伪装学渣》）、严琊（《破

① LGBT：女同性恋者（Lesbians）、男同性恋者（Gays）、双性恋者（Bisexuals）与跨性别者（Transgender）的英文首字母缩略字。

云》）四个角色获得提名最多，被并称为“四大流量”，各自的“骚话”表情包也开始在微博上流传，“骚”成为2018年最为流行的小说人物属性。这里的“骚话”指的当然不是下流话，而是情话，一点不藏着掖着、直截了当地表达喜爱的情话。

15日，起点国际正式推出按章付费机制。付费机制的推行分三步：第一步是上线Video advertisement model，让读者必须看一段广告才能解锁新的章节；第二步是试运行付费机制，即Premium Program（VIP），这一机制在2018年2月18日开始试运行，此时读者可以自行选择看广告或者付费；第三步是在2018年5月15日即起点国际正式上线一周年时，取消了Video advertisement model，正式推出Premium Program（VIP），读者只能按章付费。

16日，第一届中国网络文学周在浙江杭州开幕，中国作家协会发布了《中国网络文学蓝皮书（2017）》和“2017中国网络小说排行榜下半年榜”。共20部作品入选下半年榜，其中包括《孺子帝》（冰临神下，起点中文网）等10部完结作品和《未忘日》（藤萍，火星小说）等10部未完结作品。

28日，崔永元在新浪微博上爆料范冰冰偷税逃税，随即引发影视行业监管风暴。

趣头条旗下米读小说上线，以首创的“免费阅读＋观看广告”的模式引发了持续至今的免费阅读冲击波。这一模式是以较低的成本向中小网站购买中底层作者批量生产的用于“充书库”的“套路文”，为对质量要求不高但对价格敏感的用户提供免费阅读服务，再通过大量投放广告来营利。

6月

13日，priest同名小说改编的网络剧《镇魂》在优酷视频播出，迅速爆红，成为2018年最热门的影视作品。该剧粉丝自称“镇魂女孩”，掀起了同人圈与偶像明星粉丝圈的集体狂欢，剧中角色沈巍、赵云澜组成的同人 CP“巍澜”及其扮演者朱一龙、白宇组成的真人同人 CP“朱白”，均成为 2018 年的现象级话题，“嗑 CP”成为女性文化消费的核心驱动力。

27 日，中央宣传部、文化和旅游部、国家税务总局、国家广播电视总局、国家电影局等联合印发《通知》，要求加强对影视行业天价片酬、“阴阳合同”、偷逃税等问题的治理，控制不合理片酬，推进依法纳税，促进影视业健康发展。资本大量逃出影视业，网文 IP 的估值随即降到近年最低点。

7月

3 日，晋江文学城与 bilibili 达成动漫、游戏化合作（第一弹），签约作品包括：墨香铜臭《天官赐福》、淮上《破云》、priest《残次品》、语笑阑珊《你在星光深处》、巫哲《解药》。一周后，达成合作（第二弹），签约作品包括：非天夜翔《天宝伏妖录》、拉棉花糖的兔子《我开动物园那些年》、梦溪石《无双》、西子绪《死亡万花筒》。

9 日，墨香铜臭同名小说改编的动画《魔道祖师　第一季 / 前尘篇》（视美精典、企鹅影视出品）在腾讯视频播出，24 小时内播放量火速破亿。次年 8 月 3 日，《魔道祖师　第二季 / 羡云篇》播出。此外，2018 年 6 月至 2019 年 10 月在猫耳 FM 连载的《魔道祖师》广播剧，三季累计付费播放次数超过 2.3 亿，约 400 万人次收听（收听全剧需 997 钻，折合人民币 99.7 元）。《魔道祖师》既是“女性向”读者社区内最成功的网文，长期占据晋江全站总积分排行榜第一位，也是动漫、广播剧等二次元领域改编最成功的网文 IP，2019 年又成为影视改编最成功的网文 IP，它的成绩证明了“女性向”粉丝读者的评价体系与整个女性社区 CP 文化的高度契合，最好的“女性向”网文提供了最好的 CP，同时也就是最好的 IP。

24日，晋江文学城官方微博公布，墨香铜臭《天官赐福》单本版权交易金额破4000万。

8月

2日，根据小说《香蜜沉沉烬如霜》（电线，2008，晋江原创网）改编的同名电视剧在江苏卫视播出，是2018年人气最高的古装仙侠偶像剧。

30日，教育部、国家卫生健康委员会等8个部门联合印发《综合防控儿童青少年近视实施方案》，提出了到2030年中国6岁儿童近视率控制在3%左右的目标。其中，国家新闻出版署将实施网络游戏总量调控，控制新增网络游戏上网运营数量，探索符合国情的适龄提示制度，采取措施限制未成年人使用时间。此后，文学网站纷纷推出“青少年版”。

连尚文学推出连尚免费读书App，依托Wi-Fi万能钥匙的渠道优势和逐浪网的内容支撑，连尚文学以免费模式下沉到乡镇、农村市场，吸引了广大中小城镇和乡村的网络小说爱好者以及盗版网文阅读人群，截至2018年12月，月活跃用户超3000万。

七猫免费小说上线，并依靠重金推广后来居上，在2019年年中超越米读小说和连尚免费读书，成为第三大移动阅读平台，并获得百度巨资入股。

9月

12日，阅文发布红袖读书App，是汇集阅文旗下女频内容的移动阅读平台，整合了起点女生网、云起书院、潇湘书院、红袖添香、小说阅读网、言情小说吧的作家作品。

本月起，一批微博 bot 账号陆续开通。bot 是 robot 的缩写，指的是不带主观感情、定期更新投稿的机器人账号。bot 最早出现在推特上，由机器人发布符合 bot 主题的读者投稿，由于微博无法设置机器人自动更新，微博 bot 是模拟推特 bot 形式的人工管理账号。bot 的前缀就是 bot 发布的内容主题，与推特 bot 相比，微博 bot 发展出了公共议题、文学、情感等更多种类。如热度最高的“鲁迅 bot”，主要发布鲁迅小说和杂文的片段摘录，常常与当下公共话题中的女权、儿童成长、青年人的未来、社会公平等热点出现重合，并获得大量转发点赞。同年 11 月，“俄罗斯文学 bot”开通，此后“英国文学 bot”“亚非文学 bot”“本国文学 bot”等账号陆续开通，其中，网友普遍认为“俄罗斯文学 bot”和“亚非文学 bot”的投稿内容文学价值最高。

10月

4 日，PEPA 在长佩文学发布的《我嗑了对家 × 我的 cp》正文完结。小说凭借对追星女孩“嗑 CP”的现状做出的生动描述和精准解读，在整个女性读者社区中引发热议，连续三个月蝉联长佩人气总榜第一位。

26 日，全国“扫黄打非”办公室和国家新闻出版署就微信公众号传播淫秽色情和低俗网络小说问题约谈了腾讯集团。相关部门负责人指出，通过微信公众号传播淫秽色情和低俗网络小说的问题有所蔓延，以低俗内容为噱头吸引读者通过点击“阅读原文”、识别二维码等方式引流至其他公众号或网站的现象较为严重，严重干扰了网络出版秩序。

31 日，“天一案”一审宣判，耽美作者天一因制作、贩卖淫秽物品牟利罪获刑十年零六个月，“耽美作者写黄文被判十年”成为网络热议话题。涉案小说写于 2011 年之前，2017 年上半年被制作成个志《攻占》开始网络售卖。由于天一的作品在耽美圈内也被判定为“黄文”，该事件的核心争议主要集中于法律量刑标准。

11月

2日，湖南卫视美声音乐综艺《声入人心》开播。随着节目的推进，音乐剧演员阿云嘎、郑云龙获得较高人气，两人的同人CP“云次方”吸引了大量的CP粉丝，是2019年人气最高的真人CP，长期蝉联微博CP榜前两名。“云次方”的走红，令原本小众的音乐剧和刚刚起步的中文音乐剧市场迅速升温，显示出CP在女性文化消费中的巨大驱动力。

3日，IG电子竞技俱乐部在《英雄联盟》2018全球总决赛中夺冠。中国电子竞技进一步商业化，同时也再次带动了网络文学中“电竞文”类型的发展。

12月

21日，中宣部出版局有关负责人在2018中国游戏产业年会上表示，部分游戏已经完成审核，正在抓紧核发版号，同时由于申报的游戏总量比较大，所以工作的推进还需要一定时间，希望从业人士保持一定的耐心。消息一经发出，上市游戏公司股票全线大涨。

25日，根据“宅斗”类型的经典之作《知否知否，应是绿肥红瘦》（关心则乱，晋江文学城，2010—2012）改编的同名电视剧在湖南卫视播出。

26日，《少年歌行》（周木楠，不可能的世界）的动画版在bilibili和爱奇艺播出，制作方中影年年。动画制作精良，时常占据bilibili“国创区（国产动画区）”排行榜榜首。

27日，废文网官方微博“废文网大内总管”发布《废文网年度总结》。废文网建立于 2017 年 11 月，是一个邀请 / 申请注册制的小众免费“女性向”网文平台，创作设限较少，且准入门槛较高。网站采取论坛文库结构，2018 年 7 月成立编辑组后在首页设置了“编辑推荐”专区；8 月配备微博推文号“废文网御膳房”以扩大影响力，主推“有趣、有品、有点丧”的中短篇（10 万字以内）作品。截至《总结》发布当日，已有超过 10 万注册用户，5000 日活用户，5300 余部作品（2500 部原创，2800 部同人）。2017 年长佩文学论坛进行商业化转型之后，废文网成为最大的小众免费“女性向”网文平台。

北京大学网络文学研究论坛推出《中国网络文学二十年·典文集 / 好文集》，共收入 40 部网文。《典文集》是“粉丝型学者”的网文史导读，《好文集》是“学者型粉丝”的同好安利。《典文集》中包括经典性作家代表作《将夜》（猫腻）、《大明妖孽》（冰临神下）、《赘婿》（愤怒的香蕉）、《默读》（priest）、《二零一三》（非天夜翔），类型文代表作《悟空传》（今何在）等 15 部；《好文集》包括《十大酷刑》（小周 123）等 20 部。

截至 2018 年底，加入平治信息 CPS（全称 Cost Per Sales，即以实际销售产品数量来计算广告费用）合作模式的自媒体超过 30 万家。依托于这些“流量终端”，平治连通了数千万随着微信普及而触网的新用户，进一步扩张了网络文学的大众阅读群体。新的受众和渠道也孕育出了一种新的网络文学形态——这类作品基本沿袭网文既有套路，风格趣味更接近传统通俗文学，以更快的节奏、更短的篇幅、更大胆的题材吸引读者，被业内称为“新媒体文”。

CNNIC 发布第 43 次《中国互联网发展状况统计报告》。截至 2018 年 12 月，我国网民规模达 8.29 亿，互联网普及率为 59.6%。手机网民规模达 8.17 亿，网民中使用手机上网的人群占比达 98.6%。网络文学用户规模为 4.32 亿，占网民总体的 52.1%；手机网络文学用户规模为 4.10 亿，占手机网民的 50.2%。

本年度重要作品有：《谋断九州》（冰临神下，起点中文网）、《诡秘之主》（爱潜水的乌贼，起点中文网）、《大医凌然》（志鸟村，起点中文网）、《我有一座冒险屋》（我会修空调，起点中文网）、《深夜书屋》（纯洁滴小龙，起点中文网）、《穹顶之上》（人间武库，起点中文网）、《秦吏》（七月新番，起点中文网）、《覆汉》（榴弹怕水，起点中文网）、《无污染、无公害》（priest，晋江文学城）、《破云》（淮上，晋江文学城）、《AWM[绝地求生]》（漫漫何其多，晋江文学城）、《死亡万花筒》（西子绪，晋江文学城）、《碎玉投珠》（北南，晋江文学城）、《天才基本法》（长洱，晋江文学城）、《图灵密码》（非天夜翔，晋江文学城）、《全球高考》（木苏里，晋江文学城）。

2019 年

1 月

24 日，晋江文学城发布 2018 年度盘点。其中，2018 年新增的“最受欢迎作家 / 作品投票”结果公布，2018 年度最受欢迎作者是：现代组——priest（40326 票）、栖见（6722 票）、Twentine（4155 票），古代组——月下蝶影（13034 票）、风流书呆（12135 票）、南岛樱桃（11193 票），纯爱组——墨香铜臭（77300 票）、非天夜翔（20683 票）、木苏里（16187 票），衍生组——银发死鱼眼（12284 票）、轻云淡（4691 票）、拉棉花糖的兔子（4394 票）；2018 年度最受欢迎作品是：现代组——栖见《白日梦我》、梦萝《我穿越回来了》、元月月半《后娘》，古代组——南岛樱桃《旺夫命》、风流书呆《女配不掺和》、春溪笛晓《玩宋》，纯爱组——非天夜翔《图灵密码》、缘何故《古董下山》、淮上《破云》，衍生组——银发死鱼眼《尖叫女王》、洛娜 215《我在故宫装喵的日子》、霜雪明《我始乱终弃了元始天尊》。

阅文集团旗下免费阅读 App 飞读小说上线。相较其他免费阅读 App，飞读小说虽然诞生较晚，但在内容上拥有绝对优势。阅文此前积累的众多大神完结作品，如唐家三少的《斗罗大陆》、辰东的《完美世界》都出现在其中，供读者免费阅读。

2月

18日，阅文集团正式发布《2018网络文学发展报告》，指出已有多年发展历史的网络文学正不断进化和迭代，在各个维度均展现出全新的面貌特征。

25日，国家新闻出版署和中国作家协会在北京联合发布“2018年优秀网络文学原创作品”推介名单，共有24部作品入选。本届评委会主任、中国作协网络文学委员会主任陈崎嵘认为，榜单的最大亮点是有一批优秀的网络文学现实题材作品脱颖而出。

27日，全国“扫黄打非”办公室要求各地各部门紧紧围绕新中国成立70周年主线，于3月至11月大力组织开展“净网2019”“护苗2019”“秋风2019”等专项行动。其中，“净网2019”专项行动将着重整治网络文学领域。

3月

18日，阅文集团公布了2018全年财报。据财报显示，阅文集团2018年共实现营收50.4亿元人民币，同比增长23%，全年经营利润达11.15亿元人民币，较去年同期增长81.4%。全年净利润9.106亿元，同比增长63.7%。然而，平台及自营平台渠道平均月付费用户数从2017年的1110万下降至2018年的1080万，付费比率从5.8%下降至5.1%。

21日，古装网络剧《新白娘子传奇》（爱奇艺、中文在线出品）宣布延期上线，影视剧圈内开始流传“限古令”，其中传播最广的说法是：“从即日起至6月，包括武侠、玄幻、历史、神话、穿越、传记、宫斗等在内的所有古装题材网剧、电视剧、网大[①]都不允许播出。已播出的撤掉所有版面，未播出的全部择日再排。”此后，《九州缥缈录》《陈情令》等古装题材影视剧均延期上映。

字节跳动推出免费阅读 App 番茄小说，进军免费阅读市场。

4月

18 日，第 13 届中国作家富豪榜主榜单公布，科幻作家刘慈欣登顶。

30 日，中文在线旗下互动式视觉小说平台 Chapters 登录苹果商店中国区。据中文在线年报，Chapters 自 2018 年 2 月进入美国 IPhone Top Grossing 榜单后，基本稳定在 100 名左右，是中国网络文学海外传播的又一突破。

5月

11 日，第二届中国网络文学周在杭州举行。开幕式上，中国作家协会发布了《2018 中国网络文学蓝皮书》与“2018 中国网络小说排行榜”。共有 20 部作品上榜，其中已完结作品有《修真四万年》（卧牛真人，起点中文网）等 10 部，未完结作品有《诡秘之主》（爱潜水的乌贼，起点中文网）等 10 部。

15 日，“深海先生案”一审判决，法院认定耽美作者深海先生（真名唐心）犯非法经营罪，判处有期徒刑 4 年，这是国内首例耽美作者涉嫌非法经营罪案。该案件在 2017 年 12 月经媒体报道后立即成为耽美圈的轰动性事件，受到持续关注。圈内传言，该事件的起因是抄袭者为打击报复，向警方举报其小说个志所致。抄袭者通过举报原作者，借法律之手，行打击报复之事，这一现象既受到一致谴责，又成为一种新的恶性竞争方式被普及，令一直处于“灰色地带”

① 网大：“网络大电影”的简称。

的耽美、同人类型面临新的危机。

21 日，起点中文网发布《正视问题，严肃整改》的置顶公告。表示为严格落实有关部门要求，自 5 月 21 日 15：00 起至 5 月 28 日 15：00 止，起点中文网《异术超能》、起点女生网《N 次元》栏目暂停更新七天，进行全面彻底的自查整改。

6月

20 日，“《锦绣未央》涉嫌抄袭案”一审宣判，法院认定《锦绣未央》抄袭行为成立。早在 2013 年 2 月于潇湘书院连载期间，《锦绣未央》就已经被读者质疑抄袭，但纸质书仍于 2013 年 7 月出版。2016 年 7 月，根据新浪微博账号“言情小说抄袭举报处”整理，《锦绣未央》共涉嫌抄袭 219 部小说，书目整理微博被网友转发数万次，并得到了著名编剧汪海林的声援，开始走法律诉讼程序，但同名电视剧仍于同年 11 月顺利播出。网文抄袭，进行 IP 改编的影视剧制作方是否需要承担相应的责任，成为备受关注的争议话题。此后，《一世为臣》《庶女生存手册》等 16 部小说的 12 位作者将《锦绣未央》作者秦简（真名周静）诉至北京市朝阳区人民法院。至此，立案的 12 案全部胜诉，《锦绣未央》被法律判定为抄袭之作。

27 日，墨香铜臭《魔道祖师》改编的电视剧《陈情令》在腾讯视频播出，由企鹅影视、新湃传媒联合出品。该剧是 2019 暑期档最热门的影视剧之一，剧中主角蓝忘机与魏无羡的扮演者王一博、肖战组成的“博君一肖”CP，是 2019 年人气最高的真人同人 CP。

27 日，阅文集团旗下的阅文游戏召开《新斗罗大陆》发布会。《新斗罗大陆》是成立于 2015 年的阅文游戏自主研发的第一款手游。

28 日，“首届甘肃网络文学八骏”终评会在北京举行。孑与 2（云宏）、志鸟村（高晨茗）、胡说（刘金龙）、乱世狂刀（李国瑞）、云起莫离（王莹莹）、猪三不（许万杰）、月下魂销（张桂香）、书狂人（冉耀生）当选，沐清浅（张艳艳）、顾落北（李艳）入围。

7月

2日，微信官方信息发布平台“微信派”刊载《到此为止吧，小黄文》一文，对利用“小黄文”在微信公众号引流的涉黄新媒体文进行最严厉的警告，表示自2019年1月至今，微信团队处理违规小说账号超过6.6万个。

3日，人民阅读成立。人民日报数字传播与瀚叶股份、深圳量子云科技有限公司拟共同出资设立“人民阅读信息科技有限公司”，主要从事数字阅读相关业务。其中，人民日报全资子公司人民日报数字传播股权占比51%。

9日，根据墨宝非宝《蜜汁炖鱿鱼》（晋江文学城，2014—2015）改编的电视剧《亲爱的，热爱的》在东方卫视、浙江卫视、爱奇艺、腾讯视频播出，该剧以电竞言情为主题，是2019暑期档最热的影视作品之一。

15日，按照全国“扫黄打非”办公室部署，北京和上海“扫黄打非”办公室联合网信、新闻出版和文化执法等部门分别对晋江文学城、番茄小说、米读小说进行约谈，要求针对传播网络淫秽色情出版物等问题进行严肃整改。根据问题性质，责令晋江文学城网站及移动客户端自7月15日20时起停止更新、停止经营性业务3个月，并在首页登载整改公告；米读小说网站及移动客户端自7月16日12时起停止更新、停止经营性业务3个月，并在网站、移动客户端首页登载整改公告。

23日，阅文集团发布公告招募举报志愿者。公告称：为了积极响应上海市委网信办指导，新民网与上海市互联网违法和不良信息举报中心主办“争做中国好网民　上海网民在行动”活动，加强阅文平台内用户对网络不良信息的认知，扩大网络举报志愿者队伍，夯实网络举报工作基础。即日起，特向平台内用户招募志愿者。

26日，国产动画电影《哪吒之魔童降世》上映，截至2019年12月31日，票房50亿，仅次于《战狼2》（56.83亿，以上数据均来源猫眼电影“中国电影票房总榜”），位列中国影史票房第二位。电影主角哪吒与敖丙的同人CP“饼渣”，在微博、LOFTER等平台引发了大量同人创作。

8月

1日，晋江文学城十六周年暨第四届作者大会在北京举行。据大会公布的官方统计，与2016年8月第三届作者大会的数据相比，网站的总PV流量从日均1亿次增长至日均4亿次，每半年的消费用户数从2016年下半年的62.82万增长到2019年上半年的222.94万人，月均单用户消费额从16.61元增长至23.85元，作者平均千字收入从2016年下半年的62元增长至2019年上半年的180元，千字收入纪录从三年前的930.55元上升为10207.96元。

9日，第三届中国“网络文学+”大会开幕式暨高峰论坛在北京举行。中国音像与数字出版协会发布《2018中国网络文学发展报告》。2018年，网络文学作品累计达到2442万部，较2017年新增795万部，同比增长48.3%。其中，2018年新增签约作品24万部，目前签约作品已达129.1万部。向海外输出中国网络文学作品的数量已达11168部。新增纸质图书出版1193部，新增改编电影203部、电视剧239部、动漫569部、游戏96款。国内网络文学创作者已达1755万，其中签约作者61万；在签约作者中，兼职作者占比61.9%，较2017年提升了6.9个百分点。在网络文学作者中，男性作者占比56.6%，女性作者占比43.4%。在年龄分布上，“90后”作者已达50.6%。网络文学读者平均的阅龄为7.9年，单次阅读时长近半数读者在1—3个小时。

12日，阅文集团公布2019上半年财报。财报显示，阅文集团2019上半年实现总收入29.7亿元人民币，同比增长30.1%；毛利为16.2亿元，同比增长35.5%。版权运营收入同比大增280.3%至12.2亿元。然而，在线业务收入同比减少11.5%至16.63亿元，占总收入的56%，而上年同期，该板块占比高达82.3%。其中，自有平台产品在线业务收入同比减少10.1%至9.85亿元；腾讯产品自营渠道在线业务收入同比减少13.7%至4.31亿元；第三方平台在线业务收入同比减少13.2%至2.46亿元。付费读者数量从1070万下降至970万。

18日，英文同人作品库Archive of Our Own（简称AO3）获第77届世界科幻大会“雨果奖”最佳相关作品奖。AO3创始人之一娜奥米·诺维克（Naomi Novik）在接受颁奖时发表演讲，与全世界所有对同人社群有归属感的人一起分享这个奖项。AO3是全球规模最大、最为知名的同人文库，也是中国作者最常使用的同人网站之一，建立于2007年（2008年内测，2009年正式运营）。作品以英语为主，支持多种语言，目前中文作品数量居第二位，已超过10万篇（英文作品达450万篇）。

22日，中国扫黄打非网在头版头条刊载《整治网络文学　塑造良好行业生态——专访全国“扫黄打非”办公室负责人》一文。围绕网络文学专项整治相关热点问题，全国“扫黄打非”办公室负责人接受新华社记者专访。

23日，阅文集团发布讣告，称：网络文学著名作家、阅文大神作家格子里的夜晚意外离世。格子里的夜晚，本名刘嘉俊，生于1980年。1999年，以一篇《物理班》获首届新概念作文大赛一等奖，免试进入华东师范大学中文系文科基地班，毕业后供职于《萌芽》《上海壹周》《文学报》。2004年，以笔名Absolut在起点中文网发表小说，代表作有《数字生命》《时光之心》，是起点中文网第二批白金作家。

28日，阅文集团与上海图书馆合作设立“中国网络文学专藏库”，通过永久保存的形式，收藏阅文集团旗下网络文学作品电子版，《将夜》（猫腻）、《大国重工》（齐橙）、《写给鼹鼠先生的情书》（吉祥夜）等10部作品首批入藏。

29日，唐家三少获“第五届全国非公有制经济人士优秀中国特色社会主义事业建设者”称号。

30日，网络作家阿菩的作品《山海经·候人兮猗》获广东省第十一届精神文明建设“五个一工程”奖。

30日，CNNIC发布第44次《中国互联网发展状况统计报告》。截至2019年6月，中国网络文学用户为4.55亿，其中手机网络文学用户为4.35亿。2019年上半年，手机网民常用App的使用时长占比前六位依次为：通信类14.5%，网络视频13.4%，短视频11.5%，网络音乐10.7%，网络文学9%，网络音频8.8%。

9月

2日，白熊阅读发布公告，即日起将对站内作品进行审核排查，其间所涉部分作品可能下架，审核期限未知。白熊阅读是2015年11月上线的“女性向”小说阅读App，以二次元为风格定位，凭借部分人气作者作品及同人征文活动，吸引以“95后”为主的新作者、新用户。此次审查造成全站签约作品更新均受影响，部分人气作者停止更新，离开白熊。

5日，第五届中国网络文学论坛暨首届四川网络文学周在成都开幕。

13日，萧鼎同名小说改编的电影《诛仙》上映。

16日，阅文集团出台新版《阅文用户服务协约》，将付费订阅的服务期限修改为一个月。同时规定，超出服务期限后，阅文将尽最大努力无偿地延长阅读期限，但如果收费小说超出上述服务期限后因版权纠纷、作者或作品自身原因（如违反法律法规、政策的规定或行业的规则，涉及侵权纠纷，违反公序良俗，等等）导致作品下架或被屏蔽而无法正常阅读的，阅文不承担任何责任。

10月

25日，电影《少年的你》上映，曾国祥导演，周冬雨、易烊千玺主演。电影因聚焦校园暴力等现实性问题，且在电影艺术层面上达到了较高水平，被部分影评人和观众誉为“国产良心”“年度最佳”，在豆瓣也获得了8.3分的高分（截至2019年12月31日）。但与此同时，原著小说《少年的你，如此美丽》（玖月晞，晋江文学城，2015）被指涉嫌抄袭东野圭吾的《白夜行》等作，且作者玖月晞被反抄袭群体称作“融梗女王”，其多部小说均有抄袭争议，引发了网友对电影的反感和抵制。

11月

12日，由国王陛下小说《从前有座灵剑山》改编的同名电视剧上映，以爆笑风格意外走红。

26日，由猫腻小说《庆余年》改编的同名电视剧上映，在已经播出的猫腻小说的改编电视剧中反响最佳。

12月

6日，由无罪小说《剑王朝》改编的同名电视剧上映。

18日，今日头条正式推出木叶文学网。在进入免费阅读领域之后，字节跳动更进一步进军网络文学原创领域。

本年，晋江文学城与韩国出版社 D&C Media、原创网络文学网站 Munpia 等平台达成合作，签约《魔道祖师》《天官赐福》《镇魂》《杀破狼》《默读》等作品的韩文版权，这是第一批向韩国输出的“女性向”网络文学。D&C Media 出版社是韩国最早上市的类型文学出版社，后转型为综合内容公司，以国内外网文、轻小说、网络漫画出版为主，还涉足游戏运营与 IP 改编。Munpia 是韩国最大的网络文学网站之一，由武侠小说网站发展而来，长期主打男频网文，后增设女频，与主打女频网文的网站 Joara 并称韩国网文界“双峰”。2018 年 10 月，中国阅文集团投资 Munpia，并持股 26%，双方开启了内容的双向输出。

［整理者：肖映萱、吉云飞、范雯铃、谭天、金恩惠］

2019年选系列封面绘图画家介绍

杨锋 1960年出生于浙江嵊州。1984年毕业于西安美术学院版画系。中国美协版画艺术委员会委员，陕西美协版画艺术委员会主任。现任西安美术学院版画系主任、教授、博士研究生导师。

2000年，荣获授予20世纪80—90年代优秀版画家的“鲁迅版画奖”；在国内外多次举办个人画展；作品被中国美术馆、上海美术馆、江苏美术馆、大英图书馆等收藏。

出版有《综合材料版画技法》《杨锋作品集》等。

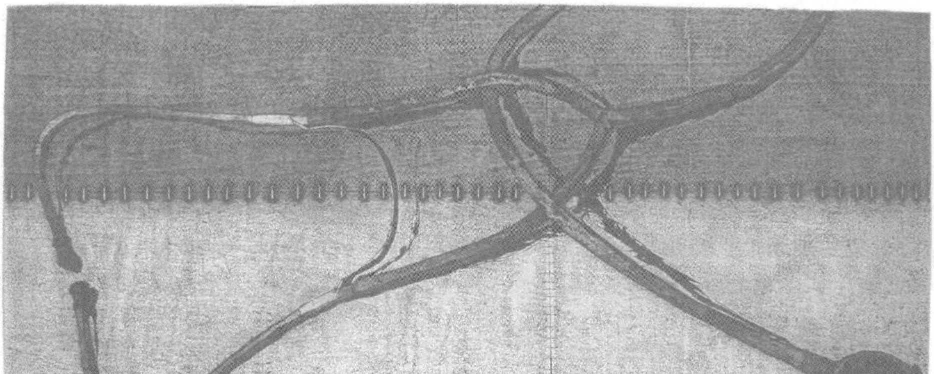

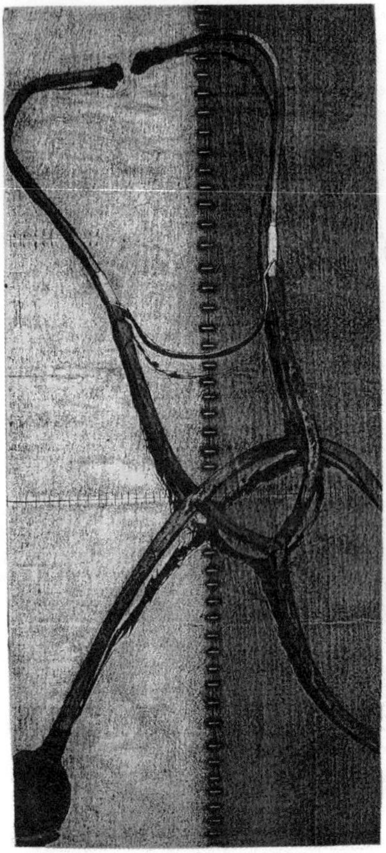

《听诊器》综合版　杨锋　38cm×86cm　套色木刻　2004 年

杨锋版画短评

对于杨锋来说，胶砂、木板、实物印痕等物质材料，在他的作品中就像是油彩、水墨一样的存在，他不断驯服材料，不断探索版画表现的边界。那些工业化的物料，经过版画的印痕，便优雅地符合了绘画的规范秩序，体现出绘画性的存在。他的版画，非常恰切地使材料的特性发挥到了极致，其语言以一种中国画笔墨风格般的个性特质归属于杨锋，使他的追随者成为他个人版画成就的注脚。他的木刻版画同样也具有这种尽显个性特征的视觉风范，语言也具有浓烈的、从属于个人化的性格特质。杨锋的版画在复数性的版画特质下，总是具有“亲笔书写”的特质。他的版画以物质印痕的不确定性、绘画的思想性、语言的个性化使产生绘画的原境得以在作品中留存，为机械复制时代的版画拓展了新的边界。

——刘坚《原境、模仿、物性、符号、语词——论杨锋的版画》